CORAZÓN NEGRO

SILVIA AVALLONE
CORAZÓN NEGRO

Traducción de Maria Borri

temas de hoy

Título original: *Cuore nero*

© Silvia Avallone, 2024

© 2024 Mondadori Libri S.p.A.
Publicado de acuerdo con Silvia Avallone a través de sus agentes designados,
MalaTesta Literary Agency, y sus coagentes, The Ella Sher Literary Agency.

© por la traducción, Maria Borri, 2025
Corrección de estilo de cargo de Rosa Iglesias Madrigal

© Editorial Planeta, S. A., 2025
temas de hoy, un sello editorial de Editorial Planeta, S. A.
Avda. Diagonal, 662-664, 08034 Barcelona (España)
www.planetadelibros.com

Primera edición: febrero de 2025
ISBN: 978-84-10293-38-0
Depósito legal: B. 1.104-2025
Composición: Realización Planeta
Impresión y encuadernación: Black Print
Printed in Spain - Impreso en España

PEFC Certificado

Este libro procede de
bosques gestionados
de forma sostenible

PEFC

PEFC/14-38-00305   www.pefc.es

Para Gio, mi marido

Silencio, alrededor: cuando sopla fuerte el viento
solo oyes, a lo lejos, desde jardines y huertos,
el caer frágil de las hojas. Es el verano,
frío, de los muertos.

GIOVANNI PASCOLI,
Noviembre

La realidad exige
que también se diga:
la vida continúa.

WISLAWA SZYMBORSKA,
La realidad exige

PARTE I
DOS SOLEDADES

1

El lunes de noviembre en que Emilia y su padre enfilaron el sendero llamado Stra' dal Forche y remontaron el bosque de castaños que separa Sassaia del resto del mundo era el Día de los Difuntos. Riccardo seguía convencido de que un lugar como ese, una minúscula pedanía aislada, no era el más adecuado para empezar una nueva vida. No lo era para su hija, menos después de lo que había pasado y, sobre todo, estando sola. Sin embargo, Emilia avanzaba a paso ligero, convencida. Valga decir que esa mañana el azul del cielo era deslumbrante. El aire, completamente despejado por la lluvia de la noche anterior, dejaba asomar incluso los detalles más lejanos. Y la luz que bañaba las cosas era de tal intensidad que daba por pensar que en ese risco de tierra virgen nadie se moriría nunca y ninguna historia se acabaría.

En realidad, hacía tiempo que todo había acabado: establos derruidos, una capilla votiva con una Virgen negra desfigurada por la intemperie... Padre e hija aparentaban no hacer caso de las ruinas que bordeaban el sendero. Sudaban y callaban. Hacía muchos años que esperaban ese momento y ahora temían quebrarlo al hablar. Una espesa alfombra de hojas mojadas cubría la vereda, así que también sus pasos eran mudos. Solo los corazones atronaban. Ambos los oían retumbar por el cansancio, la emoción, el miedo, amplificados por un silencio agazapado por doquier, entre las raíces y las ramas: vivo. De vez en cuando soltaban las maletas para recobrar el aliento. Sus pulmones ya no estaban acostumbrados a la montaña: eran gente que venía del llano y al monte solo habían ido de vacaciones hacía mucho tiempo. Notaban punzadas en las piernas y en la espalda, pero no había otra manera de subir a Sassaia: ni un solo trecho asfaltado, ni una pista de tierra o un paso por donde pudiera circular un vehículo. Habían tenido que dejar el coche en Alma, el último reducto de civilización, y seguir el camino andando, como en los años cincuenta. Y puesto que nadie, o casi nadie, se veía con ganas de cruzar a pie un bosque para comprar un cartón de leche o un paquete de tabaco, solo se toparon con un par de pinzones y una ardilla, pero ni rastro de seres humanos.

Lo que más les preocupaba en aquel momento era la casa, en qué condiciones la encontrarían. Unas semanas antes, Riccardo había enviado en avanzadilla a un pariente lejano, una persona discreta, y surgieron los típicos problemas de última hora. El calentador era viejo, las tuberías también, y era posible que no aguantaran las heladas. Había postigos dañados y el calor de la estufa de poco serviría para protegerse de las corrientes de aire. Por si eso fuera poco, los ratones habían mordisqueado la instalación eléctrica en varios puntos.

Como era de esperar, Emilia no había querido posponer el traslado. Insistió en que se las apañaría, se haría cargo de todo. Aldo, el pariente discreto, procuró disponer lo mínimo indispensable antes de su llegada: hizo una limpieza general, sustituyó algún cable y tapó unas cuantas grietas, pero había dejado muy claro que del grueso del trabajo tendría que ocuparse un electricista, alguien con muchas horas de vuelo y que se animara a llegar hasta ahí. A los dos les ponía algo nerviosos la perspectiva de encender velas de noche, en la oscuridad más absoluta, así como la negrura propia de una aldea sin farolas.

A medio camino se sentaron en unos grandes pedruscos que parecían colocados ahí expresamente para que la gente descansara. La luz del mediodía penetraba incluso en las ramas más bajas, encendía las últimas hojas aún pegadas al árbol y llegaba hasta las castañas esparcidas en el suelo, que brillaban como perlas.

—Si espabilas y recoges unos diez kilos —le dijo su padre señalándolas—, podrás sobrevivir durante semanas. Si me apuras, aguantarás incluso este invierno, cuando es probable que el sendero esté inundado de nieve —añadió irónico.

Emilia estiró una pierna y tocó con la punta de la bota un zurrón empapado de agua, sin responder a la provocación.

—A la tía Iole —continuó Riccardo meneando la cabeza— nunca nadie consiguió convencerla de que el pan fuera mejor que las castañas. Una verdadera hija del valle. ¿Te acuerdas?

Sí, pero no quería. Puestos a hablar de cosas serias, el talón de Aquiles de Emilia eran los muertos. Y se daba el caso de que la tía Iole había muerto. Pocos meses después del «asunto». Muerta de pena, se decía por ahí.

Se preguntó cómo conseguiría, de hecho, habitar una casa que había pertenecido a una persona de cuyo nombre no quería acordarse; convivir con todos sus muebles, sus manteles, sus bibelots, y recorrer dos veces al día esa vereda, que en su memoria era el alegre sendero donde brincaba de niña, pero que con el pasar del tiempo se había convertido en una subida empinada que te dejaba los pulmones hechos polvo. Arriba y abajo, en verano y en invierno. Para ir a la compra, para buscar trabajo y, suponiendo que lo encontrara, para conservarlo. Se dio cuenta de que, si te empeñas en convertir los deseos en realidad, también los traicionas.

—Vas a acostumbrarte —le aseguró su padre, como si le leyera el pensamiento—. Se te pondrán unos tobillos así de gruesos —añadió soltando una carcajada—. Si al final te convences de que esto es una locura, como te hemos dicho todos mil veces, vuelvo y te recojo. Mañana mismo si hace falta.

—No será necesario.

—Cambiar de opinión no es sinónimo de debilidad.

—Eso es lo que tú crees —replicó Emilia en un tono de voz muy seco—. Que te quede claro que puedo desatascar una tubería y dar una mano de pintura a las paredes. Incluso la carpintería se me da bien: podría fabricarme un trineo para el invierno.

Hizo gala de su típica sonrisita desafiante, ensayada en el mismo lugar donde había aprendido a pulir la madera, a serrarla, a mentir a la perfección y a trazar el perfil exacto de un paisaje con una sola pincelada de color.

—En serio —continuó Riccardo algo molesto—. Me preocupa la nieve. ¿Y si te quedas bloqueada con el móvil a medio gas? Aldo dice que hay conexión en un punto concreto de la cocina, quiero comprobarlo. ¿Qué harás si te quedas sin conexión? No puedes pedir ayuda a un helicóptero del servicio de socorro forestal haciendo señales de humo...

—Papá —contestó Emilia soltando un suspiro—, he vivido sin móvil hasta hace dos días.

Los castaños iban cargados de zurrones que nadie recogería. Más allá de los árboles asomaban rocas desnudas, bosques inmensos; y, desperdigados en la vegetación, envueltos en una sombra oscura o heridos por una luz fría, nueve o diez puñados de casas, unas aldeas de las que Sassaia era la más pequeña.

Padre e hija se quedaron observándolas en silencio. Luego Riccardo se dio media vuelta y miró a Emilia con una intensidad que llevaba una semilla de esperanza. Ella volvió a encontrar en su rostro marcado por los disgustos, pero aún atractivo y juvenil a sus cincuenta y nueve años, un recuerdo perdido: la expresión de confianza que había vislumbrado en él el primer día de colegio, cuando el hombre no le había soltado la mano hasta llegar a la entrada del instituto de primaria Collodi. No vio a otros niños acompañados por el padre, y para ella también aquello era una novedad absoluta porque papá siempre estaba trabajando y viajaba incluso los fines de semana. Sin embargo, como comprendería más tarde, él siempre había estado a su lado.

Cualquier cosa, Emi. Cualquier cosa que hayas... Eres y serás siempre mi hija.

—Vale —concluyó Riccardo tras limpiar sus ojos empañados—. Intentemos llegar a esa choza antes de que se haga de noche.

Volvió a agarrar las maletas. Le dejó a ella las bolsas de la compra, que eran más ligeras, y cogió la delantera. Subían por el camino de Stra' dal Forche, tan hostil que incluso había resultado difícil de encontrar.

Hacía casi veinte años que no habían vuelto.

Al llegar a Alma, en el fondo del valle, todo el mundo se fijó en el Volvo con matrícula de Rávena. Aún no habían acabado de aparcar en la plazoleta con la P de *parking* en un extremo del pueblo y Emilia ya percibió con el rabillo del ojo cierto bullicio. Algunas ventanas se habían cerrado de golpe, otras se habían entreabierto. Es posible que fueran solo paranoias, como le decía una y otra vez su padre; sin embargo, cuando se bajaron del coche una mujer entrada en carnes con un delantal atado a la cintura había salido de la tienda de ultramarinos para observarlos. Ni siquiera les había dado los buenos días.

Luego, al preguntar por el camino de Sassaia, pues no había cartel o mapa que lo señalara y ellos no recordaban dónde arrancaba, los únicos dos vecinos con quienes se cruzaron los miraron de arriba abajo con tanta desconfianza que Emilia empezó a arrepentirse. Uno de ellos siguió caminando sin contestar, escudriñándolos como si los reconociera. El otro soltó unas pocas palabras, pero las consonantes iban tan marcadas y las vocales tan cerradas que lo único que quedó más claro que el agua era que allí los forasteros no eran bienvenidos.

Digo yo que tendrían que haberlo previsto: nunca ha habido turismo en el valle. Si llegas hasta aquí, se da por supuesto que puedes exhibir fehacientemente algunos lazos familiares; de lo contrario, se te considera un intruso, un fisgón, y no eres bien recibido.

Sus maletas y las bolsas de la compra llenas hasta los topes mostraban a las claras que habían venido para quedarse. Sin embargo, su relación con el territorio era borrosa, acallada. Lo mejor sería no sacarla a la luz, no fuera que alguien empezara a atar cabos, a recordar, y eso diera pábulo a toda clase de chismorreos y críticas, como suele pasar en cuanto le das a la gente un buen motivo para soltar la lengua. La ropa que llevaban tampoco era de mucha ayuda. Emilia vestía como una adolescente, aunque ya no lo era: unos vaqueros hechos jirones, unas Dr. Martens violeta en los pies y una parca de plumas de color verde flúor. Su padre, en cambio, parecía recién salido de una novela de intriga de Simenon: un elegante abrigo gris, pantalones impecables y chaleco de cachemira. Ninguno de los dos tenía rasgos que los emparentara con los viejos rostros hoscos de barba descuidada, sombrero de fieltro encasquetado hasta las cejas y dialecto enrevesado que se estilan por estos pagos.

Emilia echó un vistazo a la plaza del pueblo, la única que había, y la fue reconociendo poco a poco. De pequeña había venido en verano, a hacer recados con su tía o en las grandes ocasiones que, ahora lo recordaba, la familia solía celebrar justo ahí, en el restaurante Los Abedules, del que ahora solo quedaba el letrero. La tienda de ultramarinos, en cambio, seguía funcionando y vendía un poco de todo: pan, productos de limpieza y utensilios de ferretería. También había aguantado el bar Samuray, que además vendía periódicos y tabaco. Un poco más adelante, un cartel pegado a la puerta señalaba la oficina de Correos, que abría los lunes, miércoles y viernes de las ocho de la mañana a las doce del mediodía. Cerrando el círculo, estaban la iglesia, el ayuntamiento y la escuela.

Y eso era todo.

«¿Qué coño hago aquí?», se preguntó Emilia al enfrentarse a la realidad de los hechos.

Dios no le hacía ninguna falta, el colegio tampoco; y, menos aún, los periódicos. Solo le venía bien el tabaco. Sacó un cigarrillo del paquete que llevaba en el bolsillo y lo encendió. Inspiró con chulería porque empezaba a tener miedo. Había una regla en su vida que seguía a rajatabla: no puedes echarte atrás, porque hacerlo es una infamia. Su padre no lo sabía, ya que nunca había frecuentado ciertos ambientes de los bajos fondos. Pero ella lo tenía claro porque lo había aprendido jugándose la piel.

Mientras Riccardo se empeñaba en seguir pidiendo informaciones, ella se acercó a la cristalera opaca del Samuray para echar un vistazo en el interior. Los clientes, que se entretenían jugando a cartas, tenían una edad que oscilaba entre los sesenta y cinco y los noventa años. Fue entonces cuando volvió a su mente la voz de Marta:

Piensa en los tíos, Emily. ¡Cantidad de tíos!
Vamos a pasárnoslos por la piedra, pero cuidado con echarte novio.
¡Nos los vamos a follar a todos, uno tras otro, y punto!

Se le escapó una sonrisa. ¡Menudos tíos, Marta!

Al final, pasó por allí un pastor, diría que el Rivetti, con un rebaño de ovejas y dos perros. Fue él quien señaló a Riccardo la escalera de piedra excavada en el suelo justo entre el bar y la tienda de ultramarinos, tan escondida entre las zarzas y las hortensias mustias que si no eras del lugar resultaba imposible encontrarla.

Emilia nunca había visto unas ortigas tan exuberantes como las que crecían entre un peldaño y otro. Parecían querer cortar el paso a los insensatos como ella, que pretendían instalarse en un lugar como ese. Una aldea que la rechazaba. Que no admitía a nadie que fuera joven y estuviera vivo. Donde el ochenta por ciento de las casas estaban deshabitadas, olvidadas y vacías. Pero justo de eso se trataba, ¿verdad?

Cuando casi habían llegado al final del camino de subida, Emilia se propuso no hacer tanto caso de lo que había visto abajo, en Alma, o del cansancio de sus piernas, sino del subconsciente. Está de más decir que el suyo estaba en las peores condiciones, pero la dichosa Venturi no se equivocaba al decir:

—No tenemos ningún poder sobre nuestros deseos; se trata solo de tener el valor de prestar atención.

Y ella lo había hecho, sesión tras sesión, atiborrándose de sedantes. Se mantuvo firme en su decisión de trasladarse a Sassaia, incluso cuando la Venturi volvió a soltar las gilipolleces de siempre:

—Una persona con tu pasado, Emilia, tiene que elegir una ciudad grande, una metrópolis donde poder camuflarse. No te vale un pueblucho donde enseguida sabrán de qué pie cojeas.

—Nadie se acordará de mí —replicó ella—. Están todos muertos.

—Pues eso. ¿Y tú quieres vivir con los muertos? Porque, de ser así, me parece significativo.

«Jódete», le contestó ella para sus adentros. Se levantó y se marchó, porque de verdad esa era una pregunta hecha a mala leche y, citando a Marta, la Venturi era «una frígida de manual con un palo metido en el culo». Pero, entonces, ¿por qué aún le daba vueltas?

A esas alturas, ya jadeaba. Su padre tampoco podía con su alma. Parecía imposible que aquella vereda tuviera un final, que un poco más allá hubiera casas y que alguien pudiera vivir allí en nuestros tiempos. Pero, mira tú por dónde, en la espesura del bosque asomó un cartel blanco con unas letras de molde en color negro:

SASSAIA, pedanía de ALMA

De golpe y porrazo, el puñado de casas derruidas con las que había soñado de forma recurrente se materializó. Edificios de piedra con techos de pizarra que se mantenían en pie agarrándose uno a otro. El sol los incendiaba. Brillaba con tanta fuerza que parecía que estuviéramos en junio en vez de noviembre. Bañadas por aquella luz, incluso las montañas parecían nuevas. Quizá incluso ella pudiera ser otra vez nueva y la Venturi acabara siendo solo un recuerdo pasado, como todo lo demás.

Porque aquí, por fin, empezaba *el después*.

2

Aquel año la población de Sassaia contaba en total con dos habitantes.

Uno, Basilio Raimondi, tenía sesenta y cuatro años, pero aparentaba muchísimos más. Nunca estuvo casado ni había tenido novia; se había pasado la vida entera aquí arriba, solo, y era de tan pocas palabras que cualquiera lo tomaría por sordomudo. En el valle lo llamaban *el* Basilio (por estos pagos, los nombres siempre van precedidos por el artículo) y, aunque la gente fuera cordial con él, en el fondo todo el mundo estaba convencido de que le faltaba un tornillo.

El otro habitante, no muy distinto del Basilio, soy yo.

Los dos ignorábamos que una tercera persona iba a añadirse a nuestro silencio: una mujer bastante joven, pelirroja y con pecas. De haberlo sabido, tal vez nos habríamos inventado algo para defendernos de esa intrusión. O no; quizá solo habríamos estado mejor preparados y la sorpresa no habría sido tan traumática. Está de más decir que si alguien decide vivir en una aldea despoblada es porque pretende dejar atrás cierta época de la vida en la que han pasado cosas. En que los acontecimientos te han arrollado, te han removido, te han cambiado. De saber que llegaría Emilia, no habríamos pegado ojo por la noche. Efectivamente, desde ese mismo día yo dejé de dormir, lo mismo que suele pasar cuando acabas de tener un hijo (o eso dicen). Aquel día había estado en el cementerio. Bajé a Alma a las siete de la mañana para no cruzarme con nadie mientras limpiaba con una gamuza las fotos ovaladas y cambiaba las viejas flores de plástico por unos crisantemos frescos.

Mi hermana no había venido. Como de costumbre, ni siquiera se había molestado en pedir unas disculpas vagas enviando un escueto mensaje. No me sorprendía: ya no sabía ni dónde vivía. ¿Cuánto tiempo hacía que no venía, que no compartía conmigo la carga de los muertos, de los nichos colocados uno encima de otro, de la escalera y las lamparitas votivas? ¿Cuánto hacía que no me llamaba?

Mantenerse lejos era lo que mejor se le daba.

Recuerdo cada detalle de ese día. Hacia las ocho y media había vuelto y desayunado un huevo crudo batido con azúcar. Me habría venido bien darme una ducha y afeitarme la barba, que ya me llegaba a las clavículas, pero no tenía ganas. Me daba igual que siguieran llamándome «el oso», porque, a fin de cuentas, todos sabían que era un buenazo.

Un día la Ofelia había levantado la mano y me lo había preguntado en clase:

—¿Cuántos años tiene usted, maestro?

En esa ocasión, la barba me había servido para disimular una sonrisa.

—Es que Michele dice que tiene treinta; y Marco, cincuenta.

Los demás le pedían que callara y dejara de decir tonterías escudados tras los pupitres.

Yo me lo estaba pasando en grande y contesté:

—¡Tengo ochenta!

Ya que el 2 de noviembre, quieras que no, era festivo, había aprovechado para trasplantar los ciclámenes en tiestos más grandes y luego estuve leyendo hasta bien entrada la mañana. Solo después del mediodía me puse a corregir los ejercicios: una redacción que llevaba por título «Mi mejor amigo». Había subido al estudio del piso de arriba y me había sentado frente al escritorio, donde los folios protocolarios del examen me esperaban debidamente apilados. El primero era el de Martino Fiume; enseguida me encomendé a todos los santos.

Con doce años, repetía el último curso de primaria por segunda vez. La primera frase prometía: «Mi mejor amigo es Niebla, mi perro». Pero la segunda revelaba a las claras con quién tenía que vérmelas: «Lo encontré en una cuneta, abandonado, cuando aún era un cachorro y baulaba desesperado». Solté un bufido, saqué del estuche el lápiz rojo reservado para los errores graves y marqué con un círculo el verbo *baulaba*.

—Eso no está de Dios, Martino —solté en voz alta, pues resulta que, cuando pasas tanto tiempo solo, este hábito te permite aguantar mejor el silencio—. Ya sé que para pastar vacas no te hará falta expresarte en condiciones, pero igualmente tienes que saber hablar.

«Conjugación del verbo *ladrar* —apunté en el margen del folio—. Conjugar en presente y en imperfecto, repetir cincuenta veces.» Acababa de levantar la punta del lápiz cuando oí dos voces que no eran ni la mía ni la del Basilio.

Me volví hacia la ventana con un movimiento brusco.

Eran las voces de un hombre y una mujer: hacían bromas y se reían. Sus pasos iban en mi dirección y se pararon justo debajo de mi ventana. Un ruido de llaves, una puerta abierta. Me di cuenta de que el corazón, un órgano que me merecía muy escasa consideración, me iba a cien por hora en el pecho, como si hubiera caído en una trampa. Era inédito oír voces en Sassaia.

A excepción del período que va de principios de julio a mediados de agosto, cuando la gente que ha heredado casas de sus parientes y no ha conseguido venderlas viene a tomar la fresca, el silencio era absoluto. Por aquí solo se veían perdices, lechuzas, corzos, ciervos y jabalíes. El cura ya no se atrevía a subir, ni tampoco el cartero o el encargado de la basura. Tenías que bajar a la oficina de Alma para recoger el correo e intentabas acumular el mínimo posible de desechos para poder cargártelos al hombro y llevarlos tú mismo al pueblo una vez a la semana. Sí había una persona que venía a cerciorarse de que las casas siguieran aguantando después de una tormenta, pero subía solo, sin tanta cháchara ni tantas risitas.

Me levanté del escritorio, me acerqué a la ventana y eché un vistazo protegido por la cortina.

No vi a nadie. Sentí decepción, pero también alivio; resultaba difícil decidirme. Quedarme ahí clavado con la oreja puesta a la espera de posibles ruidos me dio una idea de cómo me juzgarían desde el exterior: un inadaptado, un *friki*, tan vulnerable debajo de esa capa de ropa sucia, de la barba áspera y del olor del bosque como para sentirme amenazado por la simple presencia de dos desconocidos.

Me daba vergüenza estar espiando y, sin embargo, moví un poco la cortina y me situé con vistas al callejón. Me di cuenta de que el portal de la casa de enfrente estaba abierto de par en par y en el zaguán había dos grandes maletas.

Entonces, no sé por qué, me vino a la cabeza que no solo yo había pedido una redacción titulada «Mi mejor amigo», sino que mi maestra Irene me había asignado esta misma tarea en cuarto de primaria y yo, ni corto ni perezoso, había escrito: «Mi mejor amigo es mi hermana. Corre más que los chicos, trepa por los árboles más rápido que las ardillas. Tiene las piernas fuertes y llenas de moratones, pero no hace ni caso de las heridas porque ella es una roca y demuestra más valor que nadie».

Había sacado un sobresaliente. Siempre sacaba sobresalientes. En aquel entonces todos pensaban que tenía una cabeza prodigiosa, un futuro extraordinario, algo parecido a lo que le pasaba al Basilio de chiquillo: la gente decía que de mayor sería un gran artista y había acabado siendo pintor de brocha gorda.

Volví a embutir la redacción y a mi hermana en el sótano de la memoria, el lugar que les correspondía, frío y oscuro. Me alejé de la ventana y volví al escritorio, dispuesto a corregir los errores para que la ortografía y la sintaxis se impusieran a cualquier ajetreo. Sin embargo, el hecho de que corazón y memoria se rebelasen ante mis reglas mostraba a las claras por dónde irían las cosas con la llegada de Emilia.

Abrieron de par en par los postigos de la puerta acristalada del primer piso y empujaron un colchón hasta el balcón para que le diera el aire.

He utilizado los verbos en plural, pero en realidad fue solo él quien se encargó de trasladar el colchón, las mantas y las almohadas, y las sacudió con fuerza delante de mis narices. Ella se quedó prudentemente escondida dentro de la casa mientras hubo luz de día.

Yo me empeñaba en concentrarme en Martino Fiume y su perro, en su letra de parvulario, pero a través de las cortinas no dejaba de seguir la silueta de aquel hombre de mediana edad, desde luego demasiado trajeado, que ahuecaba, sacudía y se quejaba a voz en grito de los ácaros que seguro que proliferaban dentro de la lana.

Me pregunté qué significaría aquel colchón: ¿un par de noches, una semana?, ¿una inspección con vistas al verano o la decisión de vender la casa de la Iole? Una cosa tenía más clara que el agua: nadie se vendría a vivir a Sassaia; y, menos aún, ese hombre que iba hecho un pincel, con la camisa blanca y los gemelos que le brillaban en las muñecas. ¿A quién se le ocurriría vivir hoy en día en un lugar sin una buena conexión a internet?

Efectivamente, ese fue el primer obstáculo: el televisor. Aunque Emilia se empeñara, se desesperara y pusiera patas arriba todas las habitaciones, la televisión no estaba ni iba a estar.

Si me lo permiten, ahora dejo a mi persona ahí, enredada con las redacciones de los alumnos, y paso al interior de la casa de enfrente para reconstruir los hechos tal y como los conocería más adelante.

Emilia decía muy convencida que se acordaba de la tía Iole sentada durante horas delante de la tele por la noche. Incluso podía decir qué serie le gustaba: *El inspector Derrick*.

—Te confundes con la tía de Rávena —le contestó su padre.

—¡Televisores los hay en todas partes!

—Si vamos a eso, en todas partes hay carreteras asfaltadas.

Emilia se dejó caer en un peldaño de la escalera de caracol, víctima de una desazón que no había previsto. No le importaba cómo estuviera el minúsculo baño que daba al norte, una auténtica nevera, o el dormitorio sin conexión eléctrica. Estaba acostumbrada a un tipo de vida espartano y nunca se había quejado. Hacerse la tiquismiquis en según qué lugares era lo peor que te podría pasar. Nunca había montado un pollo para conseguir un capricho, pero el televisor no era ningún capricho: era su salvación. El bote salvavidas capaz de mantenerte a flote cuando subían la tensión, las voces y se llegaba a las manos; cuando la depresión hacía estragos y te arrastraba hacia un pozo sin fondo.

—Eso no es ninguna tragedia —dijo Riccardo desde abajo, al pie de la escalera, con una sonrisa que trataba de quitarle importancia al asunto—. ¡A lo mejor así te animas a leer!

Una mueca de asco asomó en los labios de Emilia. Se acordó del día en que la habían animado a que participara en un taller de lectura y escritura. Se apuntó pensando solo en la recompensa. Quien impartía el curso era una escritora cincuentona con la boca llena de palabros grandilocuentes, buenos sentimientos y brillantes perspectivas. En el segundo encuentro, ya mediada la clase, Emilia se sentía tan molesta que su fastidio se convirtió en algo epidérmico, parecido a una picazón, y por eso levantó la mano. Ella, siempre tan prudente, se vio impelida a cortar aquel flujo de gilipolleces:

—¿Nos está diciendo que las palabras van a curar nuestras heridas, que leer un libro puede redimirnos? A ver si piensa que aquí todas somos idiotas. Pruebe usted a salir de su vida y pase al otro lado, a vivir la nuestra...

Marta se había sentido orgullosa de ella. Soltó un silbido de campeonato metiéndose dos dedos en la boca. Casi todas habían chillado y aplaudido. La escritora se puso roja como un tomate. Entonces ella se levantó, victoriosa, desdeñosa, y abandonó el taller. Marta le rodeó los hombros con un brazo y le dio un beso en el hueco detrás de la oreja. Eso pagaba con creces la recompensa perdida.

—Papá, tenemos que comprar una tele. Ahora mismo.

—¿Sabes lo que se tarda en bajar a la ciudad y volver a subir? Además, antes tenemos que buscar a un electricista. No hay antena.

—Es que yo no consigo dormirme sin televisión, es imposible.

—Ya te decía yo que esto era una locura. Y te lo dijeron la psicóloga, la asistente social... Mejor si volvemos a casa —contestó el padre meneando la cabeza.

—¿Qué coño estás diciendo? —gritó Emilia.

El rostro congestionado, los ojos abiertos de par en par. La vida era una urdimbre frágil colgada sobre un abismo y para ella siempre existía el riesgo de resbalar y caer.

—¿De qué coño de casa me estás hablando?

Riccardo no perdió los nervios e intentó tranquilizarla:

—Solo serían unas cuantas noches, nada importante.

—¡No voy a volver nunca, nunca, a Rávena!

—Pues buscamos un hotel por el camino y le damos un par de vueltas al proyecto.

—Quiero quedarme aquí. ¿Tanto te cuesta entenderlo? —replicó Emilia a punto de llorar.

Riccardo la miró con aire severo:

—Entonces, demuéstrame que eres una persona adulta. Olvídate de *Gran hermano*, de *Supervivientes* y de las demás tonterías que ves en la tele. En vez de quejarte de lo que no tienes, ocúpate de limpiar a fondo el baño —le soltó entregándole un espray con lejía.

Los dos se pusieron a limpiar con ahínco, en silencio, para no darle más vueltas a la cabeza, digo yo. Él se aseguró de que en la cocina había un enchufe para el móvil y de que la estufa, el calentador y la nevera funcionaban. El esmalte de uñas color lila de Emilia quedó hecho polvo de tanto fregar las baldosas del baño; también rascó la mugre de las tuberías. El tal Aldo, por lo visto, tenía una idea muy aproximada de lo que era una casa limpia.

Después del baño, se fue a la habitación que se convertiría en su dormitorio: un empapelado de flores con manchas de humedad, una muñeca de porcelana con ojos de cristal y mirada perpleja sentada en un silloncito tapizado y una cama sombría de madera con marquetería que remitía a la idea de un internado católico o a una pareja que practicara solemnemente la castidad.

«No podré dormir aquí», pensó Emilia. Quitó de la mesilla de noche el candelabro de peltre, las velas y las cerillas que el pariente de toda confianza (que nunca iría por ahí contando nada de lo suyo) le había dejado para vencer la oscuridad de la noche. Los miró largo y tendido y se dio cuenta de que esa iba a ser una batalla muy dura.

Al cabo de un rato llegó Riccardo; retiró del balcón las viejas sábanas de cáñamo, una manta que pesaba un montón, las almohadas y el colchón, y juntos hicieron la cama y pasaron la escoba por los tablones de madera que chirriaban a su paso, prefiriendo agarrarse a los objetos en vez de volver a pelearse. Más tarde ya se ocuparían del jardín de la parte trasera, convertido ahora en una jungla, y de la buhardilla invadida por las telarañas. De momento, intentaron disfrutar del aire perfumado por los castaños, tibio y falsamente primaveral, que entraba por todas las ventanas acompañado de mi mirada.

Dejaron de trabajar cuando el sol empezaba a esconderse tras el monte Cresto.

—Nos comemos un bocadillo y luego me voy —le dijo su padre.

A Emilia se le partió el alma al oír ese «luego me voy». Siguió a su padre de mala gana por la estrecha escalera hasta llegar abajo, a la cocina, que, como todas las cocinas de Sassaia, era oscura y húmeda, más parecida a una taberna que a otra cosa. Ayudó a su padre a cortar el pan y a separar las lonchas de jamón del papel de la charcutería mientras se mordía los labios para no decirle: «Quédate». Se sentaron a comer los bocadillos en el sofá, el mismo en que tía Iole había pasado horas, días, años. Y todo eso sin tele. ¿Sería posible? Iluminados por el rectángulo de luz que procedía de la ventana, se escucharon masticar, tragar, sin atreverse a hablar.

A ella se le ocurrió que quizá él también estuviera viviendo «el trauma de la separación», una de las expresiones que más le gustaba a la Venturi y seguro que también a la escritora. Vete tú a saber cómo se lo montaban todas aquellas profesionales, mujeres de éxito, colocadas en el lado bueno de la vida y pisando fuerte, para tener siempre una etiqueta para cada problema. A Emilia le habría gustado volver al taller de escritura para levantar de nuevo la mano: «Óigame usted, señora *leer nos cura*, escuche bien estas cinco palabras: "el trauma de la separación". ¿Me va a explicar qué coño quieren decir, de verdad, concretamente?». Cada vez que las oía, a Emilia le resultaban frías, inútiles. Porque resulta que ella estaba ahí, pasándolo mal. Y el mal suelta calor. Te quema desde la raíz, te aniquila.

Dejaron los bocadillos a medio comer porque no tenían hambre. Se tomaron dos vasos de agua helada. Su padre intentó hacer bromas:

—Por fin, he aquí una buena razón para vivir en Sassaia —soltó contemplando el vaso—. A ver qué tal sale el café con esta agua. Voy a probar.

El hecho de que una hija de su edad se fuera a vivir por su cuenta era de lo más corriente, sobre todo teniendo en cuenta que el lugar y la casa los había elegido ella, insistiendo con infinita terquedad. Pero merece la pena subrayar un hecho: en su historia no había nada que fuera normal y corriente.

—Hará quince años que no se usa esta cafetera.

Y el problema eran justo aquellos quince años. Para ser más exactos: catorce años, cuatro meses y nueve días. Esperaron a que subiera el café. Lo endulzaron con dos cucharadas abundantes de azúcar, pero no había quien se tragase aquel mejunje. Su padre colocó las dos tacitas de porcelana en el fregadero y echó un último vistazo, por si aún rondaba por ahí algún trapo. Por fin, se rindió esbozando una sonrisa triste.

—Me voy a marchar —repitió—. Cuatrocientos kilómetros son muchos y, si hay tráfico, corro el riesgo de no llegar a tiempo a esa cena de la que te he hablado.

—No tienes que darme explicaciones.

Estaban acostumbrados a vivir separados, pero ahora nadie los obligaba: era una elección. Emilia se dio cuenta de que una nueva angustia iba formándose bajo el esternón, algo parecido a una pequeña muerte que, sin embargo, también traía consigo (y esa era la novedad) una chispa de adrenalina.

Riccardo recogió del aparador la cartera, el reloj y las llaves del Volvo.

—Hazme caso —insistió—. No pierdas el tiempo, ponte ya: mañana mismo lleva el currículum a la ciudad y sácale provecho a la poca conexión que tienes: llámame en cuanto lo necesites. Cómete el orgullo y no seas tan terca. En cuatro horas me planto aquí.

—Me las voy a apañar —replicó Emilia, de pie y pegada a la mesa, con una mano apoyada en el sobre porque le temblaban las piernas.

—Lo sé. Pero no quiero que te pase nada.

Emilia frunció el ceño. Un momento antes se estaba cayendo a pedazos, y ahora, de golpe y porrazo, soltó una carcajada.

—¿Hablas en serio, papá? ¿Qué quieres que me pase aquí?, ¿*qué más* puede pasarme?

Ya había pasado: *todo*.

Riccardo no se rio. Abrió los brazos y ella se refugió en ellos. Mientras se abrazaban bien pegados, cerraron los ojos y respiraron hondo. Luego, el padre, con la boca que sabía a lágrimas, le dijo:

—Lo hemos conseguido, Emi.

Se soltaron. Él se puso el abrigo, dio media vuelta y salió sin despedirse, porque no había lugar para los adioses. Cuando lo vio alejarse con una linterna en la mano, pues el cielo ya iba oscureciendo, cuando el sonido de sus pasos en el sendero de Sassaia se esfumó, tragado por el bosque, Emilia se quedó plantada bajo el cono de luz eléctrica de la lámpara en la vieja cocina de tía Iole. Sola.

Enseguida cerró la puerta.

El pestillo, la cerradura.

Podría abrirla y salir cuando le diera la gana. En cualquier momento, a cualquier hora del día y de la noche. Sin pedir permiso. Sin currárselo. Podía simplemente levantarse y salir.

Esa sensación le helaba el cuerpo.

La incendiaba.

Le provocaba una sorda excitación que recorría su columna vertebral.

Se acercó de puntillas a la mirilla, como una ladrona. El corazón le iba a mil, como después de un orgasmo.

Puso una mano en el tirador de la puerta, a punto de abrirla.

«Aún no», se dijo.

Corrió descalza escaleras arriba, como una chiquilla. Colocó las velas en el candelabro de peltre y las encendió todas. Abrió de par en par la maleta y sacó un lector de CD portátil, una de sus propiedades más queridas. Lo llevó al baño, donde había un enchufe, metió la clavija y notó cómo la corriente le fluía por el cuerpo.

Ninguna nueva vida era posible y ella lo sabía: hacía mucho tiempo que el futuro se había acabado, pero ahí estaba su disco preferido.

Le dio al *play* y puso el volumen al máximo. Volvió al dormitorio y se puso a bailar, perreando con el pelo suelto mientras repasaba con limpiacristales el espejo de la cajonera y los cristales de la puerta. Por primera vez en la historia de Sassaia, una música discotequera se difundía por los callejones desiertos, entre las casas deshabitadas, asustando a los animales y provocando que tanto el Basilio como yo, que me había pasado el día entero espiando y fisgoneando, levantáramos la cabeza de sopetón.

Por fin la veía.

Era un espectáculo tan conmovedor que se te partía el corazón.

Una chica.

Que bailaba.

A la luz de unas velas.

Con un limpiacristales en la mano.

En la casa de enfrente.

Perdidos, los dos, entre las montañas.

3

«¿Te puedes creer que no consigo animarme a salir?»

«Tranqui, que a mí me pasó lo mismo el primer día. Me quedé mirando la puerta durante mogollón de horas y luego salí corriendo a la una de la madrugada. ¡Me metí en el primer bar que encontré y me lo monté con un tío de veintiún años!»

«Aquí no hay bares, solo piedras...»

Emilia extendía todo el cuerpo hacia la zona de cobertura mientras intercambiaba mensajes con Marta, de pie, compulsivamente, como un niño seducido por un nuevo juguete.

«Tengo miedo de que me pase lo mismo que aquella vez en la plaza San Francesco, ¿te acuerdas? Casi me desmayo.»

«Sí; mientras tú te mareabas, yo ya había encontrado la hierba.»

Emilia soltó una carcajada.

«¡Primer permiso, primer porro! Ya me gustaría a mí ser como tú, coño.»

«Cada puta vez que vuelvo a casa cansada por la noche, me lío uno, me acuerdo de aquello y me lo paso en grande. Tú eres tú. Eres mágica, Emi.»

«¿Qué estás haciendo?»

Antes de acabar de leer las palabras de Marta, Emilia enviaba las suyas. No conseguía poner freno a los dedos. Aún le costaba creer que pudiera enviar mensajes a cascoporro sin que se acabara el crédito. Su vida se había interrumpido en los tiempos de los SMS y ahora tenía internet en el móvil.

«¿Qué voy a hacer? Pues estoy entrando en el despacho.»

«Mierda. Yo aún tengo que empezar a buscarme un curro...»

«De ti espero lo mejor, tenlo en cuenta. Y no me basta con que encuentres a un tío bueno que se dedique a cortar leña.»

«Hablando en serio, ¿cómo salgo de aquí?»

«Basta con que te acuerdes de cuando no podías hacerlo.»

Marta le llevaba tres años, pero pertenecía a esa categoría de seres humanos que han sido tan machacados por la vida y han resistido tanto que, al final, la edad es lo de menos. «Cuando ella habla, chitón», les decían enseguida a las recién llegadas. Olvídense de las psicólogas, de las escritoras y de la gente privilegiada en general, con sus consabidos títulos que colgaban enmarcados de las paredes de los despachos para impresionar al personal. Nadie habría dicho que Marta estudiaría en la universidad y se graduaría. Fue la primera en la historia de aquel lugar. Era pura sustancia. Diría más: un modelo a seguir.

Cuando fueron a comunicarle que su madre había muerto, se quedó sentada en el borde de la cama un día y una noche enteros, sin comer, sin beber, sin soltar una lágrima, imperturbable como un monje budista. Estuvo todo el rato mirando hacia arriba, sin prestar oídos a nadie. Luego sacó de un agujero del colchón su caja de seguridad secreta, cogió lo necesario y se practicó un corte profundo alrededor del ombligo. Acto seguido, con la camiseta aún manchada de sangre, abrió el manual de Química.

«Basta con que te acuerdes de cuando no podías hacerlo», volvió a leer Emilia.

«¿Y tú te acuerdas?», le preguntó.

«Continuamente —escribió Marta—. Pienso en Giada, en Yasmina, en Afifa, en Myriam.»

Cada uno de esos nombres era para Emilia una puñalada de ternura.

«A Afifa y a Myriam las encontré en Facebook y nos escribimos a menudo. Giada trabaja de patrón de barco para turistas en la isla de Elba. Yasmina ha tenido un hijo. Deberías buscarlas tú también, ahora que puedes.»

Eran las nueve de la mañana. Un sol espléndido bañaba la isla de piedras donde había recalado Emilia. El azul era una lámina perfecta, sin una sola rebaba de nubes. Y a ella le dolían los ojos al mirarlo: no los había cerrado en toda la noche.

Se había quedado presa entre un colchón duro como el cemento y una manta igual de pesada, envuelta en sábanas de lija que olían fatal después de estar encerradas en un armario durante un montón de años; ella sola, enfrentada al abismo.

Emilia no recordaba en qué vorágine te acababa hundiendo la ausencia de sonidos. Mejor dicho: la ausencia de sonidos con su corazón dentro.

En el pasado del que procedía, la televisión marchaba a todo trapo hasta las once y media de la noche; luego empezaban los secretos, los movimientos de los cuerpos, el ruido del agua del inodoro, la respiración pesada de Marta, de Myriam, de Afifa.

En ese mismo pasado había otra tabla de salvación: la luz de la farola que alumbraba la habitación hasta la salida del sol. Incluso cuando era muy de noche, ella podía abrir los ojos y toparse con las fotos de las demás colgadas de las paredes, con sus acuarelas, con los pósteres compartidos de Luke Perry y Brad Pitt descamisados y con los vaqueros ceñidos, marcando paquete; y, bajo las mantas, las siluetas de sus compañeras de viaje que no dormían, lo mismo que le pasaba a ella, o se despertaban continuamente. Podía agarrarse a ellas y sentirse a salvo. Aquí, en cambio, solo reinaban el silencio y la negrura, como dentro de una tumba.

«Estoy sin tele, Marta. Esta noche ha sido un infierno.»

«La noche siempre será un infierno para nosotras, pequeña Emily. Toma pastillas o búscate a un hombre que sepa follar a lo grande.»

Emilia sonrió.

«Voy a bajar al pueblo a ver qué encuentro.»

Esperó en vano otro mensaje de Marta. Apretó fuerte el móvil con las dos manos, como si fuera a sacarle unas cuantas palabras más, pero no llegaron. Se dio cuenta de que había desaparecido la señal *online* debajo del nombre y de su foto descarada, sentada en un bar elegante con un cóctel en la mano, en minifalda y sonriendo. ¿Quién habría imaginado, hace doce o trece años, que Marta iba a convertirse en esa mujer tan guapa y tan normal?

Emilia comprendió que su amiga, la única con quien había decidido relacionarse en el *después*, había entrado en el laboratorio y se quedaría fuera de su alcance durante las próximas siete u ocho horas.

Se dejó caer en el sofá.

«¿Y ahora?», se preguntó.

«Ahora sales, joder.»

—Dibuja un corazón.

Una mañana, hacía muchos años, en un pequeño cuarto que asomaba a un sicomoro, detrás de la enfermería, un señor calvo de gafas redondas que tenía fama de ser una eminencia en su profesión le acercó un lápiz y una hoja de papel, y ella, extrañada, se rio con arrogancia.

—Yo eso no lo hago.

—Dibuja tu corazón —replicó él subiendo la apuesta sin dar más explicaciones.

Emilia siguió negándose, esa era su arma universal contra el mundo adulto. Luego, tras media hora de silencio urticante, agarró el lápiz con rabia y arañó el folio con trazos rápidos, unas veces gruesos, otras veces ligeros, mientras reaparecía en su mente la imagen clara de la cama del hospital, quinto piso, segunda habitación a mano izquierda, que había quedado impresa en su retina el último día del año 1997.

Posiblemente, su corazón se había gangrenado para siempre en aquella habitación llena de silencio, suspendida a una distancia sideral, como un cuerpo celeste, sobre la ciudad que hervía con los preparativos para la noche de Fin de Año.

Era probable que se hubiera quedado ahí, entre las paredes pintadas de color verde pálido, junto a larga cánula de morfina, al olor que deja una persona cuando se va deshaciendo por dentro, amarillea, se marchita y, al final, se queda fría. Junto al libro que le habían regalado pocas semanas antes, colocado encima de la mesilla con el punto de lectura asomando entre las páginas del medio, y que ahí se quedaría. Junto a las gafas de ver de cerca con montura negra, al vaso de agua y al pasador de concha.

El corazón de Emilia se paró y luego volvió a palpitar, pero solo en apariencia, como para despistar a los demás. En realidad, se había coloreado de azul y violeta, como las ojeras y los hematomas.

También se habían acabado los sueños. Desde aquel día Emilia ya no soñaba, ni dormida ni despierta, y eso es quizá lo peor que le puede pasar a una chiquilla de trece años. Noches negras. Días negros, huecos como un tronco muerto. El tiempo que se vuelve vacío, marcado por los sedantes y los antidepresivos. Hasta que, de golpe y porrazo, sin ningún preaviso y sin una razón aparente, al cabo de veinte años, había vuelto a soñar.

Una única imagen: recurrente, monotemática, llena de luz y serenidad, de plantas trepadoras y pequeños postigos abiertos de par en par, de riachuelos de agua, de castaños, de estrellas que brillaban en el denso petróleo de su vida.

Pero volvamos a lo nuestro: lo que quería escribir es que, en ese encuentro con la eminencia gris, en una sesión dedicada a establecer su perfil psiquiátrico, Emilia devolvió al médico un dibujo preciso del órgano como aparece en los manuales de anatomía, con los ventrículos derecho e izquierdo, con las arterias que bombean y el tejido muscular que se contrae, y en el centro un gran agujero, negro por la presión del lápiz que a punto estuvo de rasgar la hoja.

El profesional se ajustó las gafas y asintió complacido con un gesto de la cabeza:

—¿Sabías que dibujas como los ángeles?

Emilia se puso la parca de plumas y las botas y se plantó frente a la puerta.

Esperó.

Escuchó a una Emilia que se reía a carcajada limpia y, al mismo tiempo, a otra que se estaba cagando de miedo. Le dio a la llave: clic. Solo un clic, suave y gracioso como el piar de un pájaro. Acarició el tirador y se mordió el labio inferior hasta hacerse daño. Luego respiró hondo y de golpe apretó hacia abajo. Abrió la puerta de par en par y... ¡Bum!

El mundo.

Ahí, a su alcance, sin límites.

—¡Coño! —soltó Emilia.

Cruzó el umbral. Se sintió bañada por la luz y el aire que le erizaba el vello. Dio un paso, luego otro y otro más. Se puso a dar vueltas corriendo entre las treinta casas deshabitadas de Sassaia como una niña grande, una infeliz, pisando los adoquines entreverados de musgo en los callejones desiertos, dejando atrás la puerta abierta; total, nadie iba a robarle nada, llamarle la atención, echarle una bronca o castigarla. Hacía viento. Había a su alrededor un millar de castaños que sacudían las hojas secas a punto de caer. Un campanario se alzaba solitario. Las montañas se comían el cielo. A punto estuvo de ponerse a llorar al ver cómo explotaban sus pulmones, sus ojos; pero, de repente, dos frases retumbaron en su cabeza:

Tienes que perdonarte por estar viva, Emilia.
No, ya no hay nada que yo pueda hacer para merecerlo.

Se recompuso. En tres minutos había recorrido la mitad del pueblo. Reconoció el lavadero que aparecía en su sueño, el mismo al que acudía la tía Iole los sábados para enjabonar y aclarar la ropa mientras charlaba con sus amigas en un dialecto tan cerrado como un zarzal.

Ya no había mujeres agachadas lavando o sentadas en los bancos. Ya no había niños jugando al escondite o al pillapilla a su alrededor. Sin embargo, el silencio no estaba vacío. Al contrario, iba lleno del bullicio de los pájaros, de lagartijas moviéndose entre los arbustos, incluso un cuco que piaba a lo lejos.

Emilia volvió sobre sus pasos caminado despacio. Cuando llegó a su puerta, la cerró. Se fijó en la casa de enfrente, que tenía unos hermosos ciclámenes blanco y fucsia en el alféizar, todas las ventanas abiertas de par en par y unas cortinas limpias que tapaban los cristales, y dedujo que su vecina sería una viejecita. Decidió posponer todo lo posible el momento de las presentaciones. No mentaría su apellido o, en caso de apuro, se inventaría uno falso. No, no... ¡Ningún parentesco con Iole Innocenti!

Siguió adelante para completar la vuelta al pueblo y se encontró en la plaza de la iglesia. Aunque llamarla «plaza» era una exageración; mejor sería decir «plazuela». La puerta de la iglesia estaba atrancada por unos tablones colocados en forma de cruz. Al campanario le faltaban las campanas y el reloj. Emilia observaba con cuidado todos los detalles y se sorprendía de tenerlos tan vivos en su mente. Una pequeña fuente, una hiedra encaramada a una fachada: era como si los veranos de su infancia no pertenecieran al pasado. Como si el *antes* hubiera quedado a salvo en aquel lugar.

Siguió caminando, pasó frente a la parcela del Basilio y vio las ocas y las gallinas. De nuevo, intentó olvidarse del fastidio que supondría el encuentro con otro habitante, las maneras de justificar su presencia ahí: «Hola, me llamo Emilia...». Pensó en las mentiras que podría soltar: «He venido porque estoy a cargo de una investigación, una tesis doctoral sobre la despoblación... Procuraré no molestar. Ni chicos ni drogas, se lo aseguro». Mientras reflexionaba, se dio cuenta de que en un lugar como ese, a años luz de cualquier tipo de control, habría podido montar un invernadero y llenarlo de marihuana. Conocía a gente que se encargaría de comercializarla; tal vez le vendría bien ponerse en contacto con Afifa a través de ese dichoso Facebook del que todo el mundo hablaba.

Total, Sassaia resultaba tan enroscada sobre sí misma que ella se sentía a buen recaudo, como en un saco amniótico. Los callejones tenían la anchura de un pasadizo, las casas se agarraban unas a otras mediante arcos de piedra que parecían brazos. Cuando llegó al lugar donde se acababa la aldea y arrancaba el sendero hacia Piaro, de repente se encontró con un mirador.

Una terraza natural que daba directamente al valle, que capturó a Emilia y, de golpe y porrazo, la expuso a la magnitud de las montañas, del otoño, de ese cielo infinito. Medio se mareó al sentirse como un minúsculo residuo perdido en un espacio sin fin. Le faltó la respiración, notó que le flaqueaban las piernas, tanto que se desmayó.

Yo estaba volviendo de la escuela. Los martes, al dar solo las primeras dos horas, me despedía de mis trece alumnos de la única clase de primaria de Alma a la hora del recreo. Los dejaba jugando, vigilados por Patrizia, mi colega, y me iba bosque arriba. Si no me entretenía recogiendo castañas o setas, a las once solía estar ya en casa. Aquella mañana estuve a punto de caer en la tentación, pero no me paré. Quería pasar por casa del Basilio a comprar huevos. Eso explica por qué cogí el atajo del mirador y me tropecé con ella.

No la reconocí. La vi ahí tan inerme, acurrucada, que no pude distinguir ni el sexo ni la edad. Parecía un saco de trapos abandonado.

Mantuve cierta distancia y oí mi propia voz que gritaba:

—¡Hola! ¿Estás bien?

Se movió. Abrió los ojos de par en par y, a trancas y barrancas, se levantó. Parecía trastornada, con unos mechones de pelo empapados de sudor pegados en la frente. Se limpió de tierra los vaqueros propinándose unos manotazos secos en los muslos y en el trasero. En aquel lugar, con el sol que nos daba de lleno, la temperatura superaba los veinte grados y ella llevaba puesta una parca de plumas verde flúor. Yo iba en mangas de camisa. Tengo que admitir que la tomé por una paciente que se había escapado de la clínica recién inaugurada en un pueblo algo más allá de Alma.

Al rato levantó la mirada y me vio. Me pareció aturdida, como un ciervo de noche deslumbrado por las luces de un coche.

Pude verle la cara y entonces até cabos: la figura curvilínea de la noche anterior, sinuosa, dolorosamente seductora bajo la luz tenue en la ventana de enfrente. Era esa chica desgreñada, arisca y, para qué engañarnos, menos hermosa de como me la había imaginado.

No es que pretendiera nada. Me había hecho el firme propósito de mantenerme apartado de ciertos asuntos. Lo mío solo habían sido fantasías vagas para dormirme más a gusto.

Pero ahora ya no había cortinas. Tampoco cristales y ventanas que nos separaran. No pude evitar preguntarme si se me había pegado el mal olor de la maleza y si ella lo estaría notando. Me sentí muy a disgusto. Y ella también, porque se fue huyendo.

Se dio la vuelta y empezó a correr. Como el mismísimo Martino Fiume después de una de sus trastadas, como todos mis alumnos en cuanto oían la campanilla que indicaba el fin de la clase, como si hubiera visto un monstruo.

Me quedé un buen rato ahí clavado, decepcionado por su comportamiento y el mío. ¿Por qué evitaba ciertas situaciones? Para que no se me malinterpretara, para que no me tomaran por un tonto del culo. Un chaval que iba destinado a cursar una carrera en alguna prestigiosa universidad extranjera y, en cambio, ahora vivía en el mismo lugar donde había nacido. El único que había vuelto.

¿A qué había venido esa mujer a Sassaia? Confié en que se fuera, que hiciera las maletas enseguida. Estaba cabreado, tanto que me olvidé del Basilio y de los huevos. En cuanto llegué a casa, cerré de un portazo.

Pero acto seguido hundí la cabeza y la barba en el chorro de agua hirviendo de la ducha. Repasé con la esponja enjabonada cada rincón de mi cuerpo. A pesar de todo, estaba vivo.

4

Tres días después de nuestro primer encuentro, por llamar- lo de alguna manera, la cocina de la Iole yacía estancada en un silencio frío y rancio. El aire estaba viciado por el humo del tabaco y la soledad. Tumbada en el sofá, tras haber comi- do a base de Coca-Cola y patatas fritas, Emilia llamó a su padre y se le echó encima antes de que él pudiera abrir la boca.

—¿No tenían que venir hoy el tarado de Aldo y el elec- tricista?

—Buenos días, Emilia. ¿Qué tal? Yo bien, gracias. Para que te quede claro, no basta con querer algo para obtenerlo *ipso facto*. Especialmente, allá arriba. Mientras tanto, puedes escuchar la radio.

—No hay; ya la he buscado.

—Te he regalado un libro.

—¿Vas de cachondeo?

—Cálmate.

—¡Pues va a ser que no! ¡Llevo cuatro noches sin dormir! ¡Se me va la olla! —replicó Emilia a voz en grito.

Esa rabieta era un verdadero lujo. En aquel otro sitio ni se le habría pasado por la cabeza. Ni a ella ni a las demás. Si te cabreabas en serio o sentías una frustración enorme que iba subiendo de tono y no conseguías mantener los nervios a raya, te cortabas los brazos con las hojas de afeitar escondidas en el colchón, o te dabas golpes contra la pared hasta notar un hilo de sangre que te bajaba por la nariz, hasta que llegara alguien a quien implorar que te diera un sedante.

—Le voy a pedir al médico que te envíe por correo electrónico la receta y te vas a la farmacia a comprar un somnífero.

—Nada de pastillas y gotas. Eso lo tengo claro.

—¡Por el amor de Dios! —soltó Riccardo, que ya estaba de los nervios—. ¿Qué quieres que te diga? Tengo la sensación de que volvemos a tener las mismas peleas de cuando eras una adolescente.

«¿Es que alguna vez lo he sido?», pensó Emilia.

—Solo te estoy pidiendo una tele, nada del otro mundo.

—¿Has bajado a la ciudad?

—Sí.

—No me mientas.

Desde el momento en que los pasos de su padre se habían perdido en el sendero de Sassaia la Noche de Difuntos, ella solo había hecho acopio de ropa sucia, con un fregadero lleno a rebosar de tazas manchadas de café, bolsas de patatas fritas reventadas y colillas por todas partes. Ni siquiera había intentado tener una vida propia. Se daba cuenta de eso mientras, desde el otro lado de la línea, le llegaba, terco como una sentencia, el ruido del tráfico de la ciudad en la que había nacido, los ritmos regulares de los horarios de las oficinas, de las fábricas, de los colegios: el tiempo ordenado de todos los demás. Excepto ella.

—Pues sí que he bajado...

—Nuestro pacto era otro, Emilia. Dijimos que te pondrías manos a la obra sin perder tiempo. No puedes quedarte allí arriba sin dar palo al agua.

Su padre estaba conduciendo con el manos libres conectado. Emilia se dio cuenta de que ponía el intermitente y aflojaba la marcha. Pensó que estaría tan amargado e irritado como para buscar un área de descanso y poder cabrearse a gusto. Si había algo que odiaba de sí misma por encima de todo, era su propensión a defraudarlo.

—Deja de decirme lo que tengo que hacer. Ya no aguanto a la gente que me da órdenes.

—Si quieres sentirte libre de gobernar tu vida, tienes que demostrar que eres capaz de hacerlo, de buscarte un trabajo, de tener autonomía. Me prometiste que bajarías a la ciudad el martes; hoy es viernes y aún estamos dándole vueltas a lo del televisor.

—¡Basta ya! ¡Voy a apuntarme a Manpower, a que me den por culo! —protestó Emilia.

Colgó y apagó el móvil.

Enseguida se arrepintió de todo lo que había dicho y no había hecho; equivocarse era lo que mejor se le daba. Rebuscó frenética entre los cojines del sofá para ver si encontraba la linterna y las llaves. Después de aquella primera incursión en Sassaia, se había encerrado en casa con las cortinas echadas para que no la vieran ni tuviera que relacionarse con nadie, especialmente con el hombre barbudo que la había pillado *in fraganti*.

Había pasado horas hablando con Marta por teléfono, intercambiando mensajes y emoticonos.

—¿Te acuerdas del montón de bofetadas que te di cuando no querías estudiar? Como sigas así, voy y te planto unas cuantas más —la había amenazado su amiga.

Y también los ratitos pasados al teléfono con su padre, mintiéndole de maravilla. Y se acabó lo que se daba, porque no tenía más números en la agenda.

Había escuchado música *dance* tirada en el sofá, imaginándose que era otra: en el pódium de una discoteca, joven y sexi, fumando y mojando el filtro con la saliva. «Tú no fumas, Emilia. Tú se la chupas al pitillo.» Y había vuelto a poner el disco para hacer ejercicios aeróbicos, abdominales, muslos y glúteos, como en los viejos tiempos. Se había masturbado y había bailoteado hablándole a la negrura: «Revienta de una vez, gilipollas».

«Ya me vale», se dijo. Encontró la linterna y las llaves que habían ido a parar debajo del respaldo en un nido de migas y polvo. Las metió en el bolso. Se aseguró de que también estuviera la cartera. Acto seguido, se fue al baño y miró su cara.

Tenía ojeras, los ojos macilentos como los de los pescados en las cajas llenas de hielo en la lonja de Marina y la piel tan pálida que las pecas resaltaban como lentejas en la leche.

Volvió a pensar en Rita y en su último encuentro, en la manera en que la había estrechado contra su pecho al despedirse, como una madre.

—Llámame ese día —le había pedido—. ¿Prometido? Porque te digo yo que ese día llegará y tú estarás preparada. Vivirás donde te dé la gana, volverás a empezar. Espero tu llamada, no lo olvides.

Empezó a cepillarse con ahínco el pelo encrespado y revuelto. Se dio manotazos en las mejillas con las manos mojadas, se las pellizcó para que tuvieran un poco de color y se escudó tras un lápiz de labios de un rojo intenso, color cereza, y una gran cantidad de rímel en las pestañas. Mientras tanto, le iba diciendo al espejo:

—La libertad es una jodienda, Rita. Y yo soy de las que no cumplen sus promesas.

Se dejó los vaqueros hechos jirones, pero se puso una sudadera limpia, se ató una chupa de piel en la cintura, cogió el bolso y, muy decidida, se dirigió hacia Stra' dal Forche. La idea de tener que vérselas otra vez con aquella gente que la miraba de arriba abajo e intuía su podredumbre le provocaba el estímulo físico de volver sobre sus pasos, encerrarse en el baño con una hoja de afeitar y recurrir a los viejos métodos. Pero había decidido reaccionar, se lo debía a su padre.

Las ramas entrecruzadas de los castaños dibujaban un techo de pinturas al fresco sobre su cabeza: una bóveda móvil de hojas marrones, naranjas, amarillas, y destellos de luz repentina. Recordó el cielo del belén mecánico que tanto le gustaba de niña, por el que desfilaban el sol, las estrellas y el cometa de cartón piedra; los tiempos en que miraba llena de estupor aquel espectáculo organizado por el Ayuntamiento y sentía en los hombros las manos de sus padres, todo su amor, y lo que tenía era confianza: en sí misma y en el mundo entero.

Dejó de lado la prudencia y echó a correr. Bajaba por el sendero con los brazos abiertos. Corría el riesgo de caerse en cada curva, pero no le importaba. La velocidad la excitaba, la liberaba. «Marta, ¿cómo hago para ser como tú? ¿Por qué no he ido yo también a Milán, a tu misma casa, a tu misma cama?», le había preguntado a su amiga.

Porque todas estamos en el mismo barco, pero cada cual tiene su agujero negro y tiene que apechugar con él.

Asomó la cabeza entre las ortigas, despeinada, con una bolsa de tela barata y las botas; a un lado tenía el bar de los jubilados y al otro, la tienda de ultramarinos de la Rosa. Había tardado menos de un cuarto de hora.

Ahora estaba a descubierto.

Cruzó la plaza y se fue directa a la parada del autobús. ¿Qué día es hoy? Viernes. Movió el dedo siguiendo el tablero de los horarios. ¿Qué hora es? Las tres menos cuarto. Vale. Volvió a mirar el tablero. La madre que la parió: había llegado diez putos minutos tarde. Y el autobús siguiente, el último, pasaría a las seis. Demasiado tarde para llegar a la ciudad, intentar aprovechar el tiempo y volver a una hora decente. Encendió un cigarrillo y el teléfono.

Escribió a su padre: «Perdóname».

La plaza estaba desierta. Muy de vez en cuando la cruzaba un vehículo. Emilia se entretuvo viendo pasar rancheras y furgonetas maltrechas cargadas de aperos para el huerto o los animales. Apagó el cigarrillo en el dorso de la mano y encendió otro. Al poco rato, su padre le contestó: «Perdóname tú. No tenía que presionarte tanto. Vas a poder con todo».

Lo quería. Y ese amor la hacía sufrir.

Porque el mundo estaba lleno de hijas perfectas que tenían unos padres asquerosos: que les daban palizas, que a veces se propasaban, que en el mejor de los casos pasaban de sus criaturas. Había conocido a montones de hijas así, además de Marta. Y justo a ella, que era la peor, le había tocado en suerte un padre perfecto.

Fotografió con la cámara del móvil los horarios del único bus que cruzaba el valle: paraba cuatro veces los días laborales y dos los festivos, y se acabó lo que se daba. Se dijo a sí misma que cogería el del lunes a las seis de la mañana. Juró y perjuró que la semana siguiente se pondría en marcha. Estaba dispuesta a limpiar lavabos, sacar mierda a paladas, servir *pizzas*: cualquier cosa con tal de ganar un sueldo, que se gastaría enseguida comprando un billete de tren para ir a Milán, a casa de Marta. Pero antes tenía que encontrar la manera de dormir.

Ahí era inútil buscar una herboristería donde le vendieran un poco de valeriana y, menos aún, tiendas de electrodomésticos. Pero, ya que había bajado a Alma, no quería subir de vacío. Miró a su alrededor, no había por dónde rascar. De repente, se fijó en el letrero del Samuray y en sus cristaleras guarras.

Se le escapó una sonrisa: ¿cómo no se le había ocurrido antes?

Sería porque el alcohol era una sustancia tan absolutamente prohibida, incluso en Navidad, en Nochevieja o en la fiesta de la Virgen a mediados de agosto, que no había contemplado ni de lejos esa posibilidad. Si tenían un permiso, a lo mejor pillaban unos porros: dos caladas a escondidas, como mucho, y luego venga a llenarse la boca de chicles de menta. Pero una botella de vodka ni soñarla, y con una copita no ibas a ningún lado.

La última borrachera de Emilia se remontaba al año en que acabó primero de bachillerato: una fiesta de niñatos en una pizzería de la playa con la obligación de volver a casa antes de las doce de la noche. Un cumpleaños que empezó mal, pues nadie quería sentarse a su lado, y siguió peor, entre las sombrillas cerradas del balneario, encima de las tumbonas resbaladizas por la humedad, donde todo el mundo había acabado la noche, excepto ella y otra persona de la que su mente había borrado todo rastro.

Solo recordaba que se quedaron apartadas bebiendo por los codos mientras un viejo vigilante de la playa intentaba buscar rollo. Se gastó en mojitos todo el dinero que le había dado su padre y al final, ya en casa, él tuvo que sujetarle el pelo para que no acabara, junto con su alma, en la taza del inodoro.

Después de dieciséis años, aquí tenía otra oportunidad: obvia, libre del consabido «severamente *verboten*». Solo era cuestión de dar unos pasos. Y Emilia los dio encantada. Durante más de diez años, la esfera de lo posible se había movido entre el cero y el cero coma uno. Y ahora, de repente, se había puesto a cien mil.

Cuando llegó a la puerta, esperó a que alguien le abriera, como de costumbre; luego cayó en la cuenta, se dijo a sí misma que más tonta imposible, y entró.

Con el lápiz de labios color cereza. Los vaqueros que enseñaban las piernas. La malicia y el hambre de quien, después de aquella fiesta en primero de bachillerato, solo había bebido Coca-Cola, Fanta y agua mientras los de su misma edad seguían poniéndose ciegos, desmayándose en las playas y más tarde empezaban a cantar acompañados de guitarras alrededor de un fuego, a follar y a ennoviarse.

Irrumpió en el Samuray dispuesta a rescatar un escuálido fragmento del tiempo perdido. Sin recato y sin mirar a nadie a la cara. Ante aquella entrada triunfal, los viejos más hoscos, esquivos y huraños del valle levantaron la cabeza y dejaron de lado la partida de cartas para mirarla a ella, a la *forastera*.

Emilia se sentó en la barra y pidió: «Un chupito, gracias».

Nadie se preocupó de disimular sus miradas obstinadas. Nadie le dijo «hola», «buenos días», «buenas tardes». El Piero, que estaba secando las tazas de café, la midió con una lenta mirada indagatoria. Luego, sin decir esta boca es mía, llenó una copa abundante y se la sirvió.

Todos volvieron a sus naipes como si nada hubiera pasado, pero, obviamente, había pasado *todo*. Una mujer. Que se emborracha a las tres de la tarde. Sola. Sin que nadie sepa quién es. Con ese pintalabios. El acontecimiento era de tal magnitud que no se hablaría de otra cosa en todas las cocinas, los dormitorios y los establos del pueblo durante semanas.

La intrusa, de la que todos a la chita callando intentaban adivinar edad, residencia y genealogía, daba pequeños sorbos al chupito absorta en sus pensamientos y con las piernas cruzadas. Saboreaba los santísimos efectos del alcohol que le quemaba el esófago, le cosquilleaba el estómago, relajaba poco a poco los nervios y le nublaba la mente. Y notaba tanto alivio al soltar las garras que la definían por cómo era, por el recuerdo y el peso de serlo, que al acabar la primera copa, pidió otra.

La mala suerte quiso que, cuando ya iba mareada y no se aguantaba de pie, entrara Patrizia con sus amigas. Enseguida se dio cuenta de que algo extraordinario estaba pasando y se vino arriba. Tan excitada estaba que al poco rato me llamó para contármelo todo y aprovechó la ocasión para insistir: «Podríamos cenar juntos una noche, aunque solo sea para hablar de trabajo». Para organizar el claustro, según ella, y para intercambiar opiniones sobre Martino Fiume. «¿Cuántas veces tenía sentido que un chaval repitiera curso?»

Escurrí el bulto poniendo la misma excusa de siempre y que ella se negaba a interpretar del modo adecuado. Por si eso fuera poco, el lunes siguiente en el colegio no hizo otra cosa que hablar sin parar, mientras yo me concentraba en los niños y no le hacía caso. Me contaba una y otra vez lo de la forastera, que a trancas y barrancas consiguió sacar un billete de la cartera, sin molestarse siquiera en recoger el cambio, y luego se fue tambaleándose hasta la puerta y tropezó con el último peldaño. Sería una alcoholizada, seguramente una prostituta. Una enferma mental que se había escapado de Villa Sorriso. Un bicho raro. Una bruja, porque ya debería de saber yo que todas las mujeres pelirrojas eran unas brujas.

Me la encontré vomitando cerca del lavadero. Las montañas ya estaban negras. El Cresto, el Mucrone y el Barone habían tapado el sol que se extinguía hacia el oeste, aunque todavía se filtrara una luz tenue manchada de rosa. Ya no había pájaros en las ramas y el aire era ahora más frío. De los bosques llegaban ráfagas de humedad y hojas que iban marchitándose en el suelo. Me quedé parado.

Había hablado con Patrizia por teléfono y lo sabía todo. Reconozco que aquella tarde no salí pensando en el paseo de siempre, sino llevado por una preocupación que en aquel momento no habría sabido explicar muy bien: el miedo de que la forastera, al remontar Stra' dal Forche tan perjudicada, pudiera sufrir un accidente.

Observé su cuerpo sacudido por las arcadas. Sin la protección de la parca de plumas, estaba pálido y seco. No pesaría más de unos cuarenta y cinco kilos, los huesos se le marcaban a través de la ropa. Me sorprendió que hubiera conseguido llegar hasta Sassaia tan borracha.

Esperé a que volviera a ponerse de pie, sumergiera el rostro en el agua helada y abriera los ojos.

—¿Te encuentras mejor?

Me miró, esta vez sin asustarse. Se pasó una mano por la frente y asintió antes de dejarse caer en el banco.

El agua borboteaba, las ocas del Basilio graznaban a lo lejos, se le había corrido el carmín.

—He pillado una tajada de aquí te espero.

—Creo que a estas alturas ya se ha enterado todo el valle.

Ella sonrió y movió la cabeza, resignada.

—Soy un auténtico desastre.

Había vuelto a cerrar los ojos; con aquellos mechones de pelo que se le deslizaban por los hombros y el puñado de pecas esparcidas por la nariz y los pómulos, parecía una Pippi Calzaslargas vencida por el cansancio.

—Aquí estás a resguardo.

—Por eso he venido.

Abrió de nuevo los ojos, que tenían un color verde bosque, verde manzana, verde acebo, moteados de amarillo; hermosísimos, pero totalmente faltos de luz, como dos estrellas muertas. Me turbaron. Al darme cuenta de que nos estábamos mirando e incluso hablando, sentí el mismo apuro que cuando sueñas y de repente te ves desnudo en una plaza llena de gente.

Me despedí de ella levantando la barbilla y arrastré el metro noventa de mi abultada persona hacia una dirección cualquiera. No es que hubiera mucho para escoger; lo único que pretendía era perderme en el bosque.

—Espera —oí que me decía.

Se me acercó dando pequeños pasos y manteniendo una distancia prudencial que le agradecí.

—Tú vives aquí, ¿verdad?

Asentí con un gesto de la cabeza.

Agarraba la bandolera del bolso con las dos manos y parecía titubeante.

—Sé que te parecerá extraño lo que voy a pedirte. Pensarás que soy un bicho raro, además de andar borracha, pero te aseguro que sé lo que me digo, de verdad... Es que no consigo dormir. —Dejó caer el bolso en el suelo y empezó a gesticular—. No estoy acostumbrada a tanto silencio, me taladra los oídos. No hay un puto televisor, una radio, nada de nada, y yo necesito oír voces, gente que habla. Porque siempre he vivido así, nunca he dormido sola —me soltó en un tono algo teatral—. Pronto vendrá alguien a traerme una tele y se acabará el problema. Pero, mientras tanto...

No me atreví a decirle que ninguna casa de Sassaia tenía televisión ni la tendría nunca.

—Mientras tanto, te lo pido como un favor y no quisiera que me malinterpretaras: ¿podrías venir a mi casa esta noche a charlar un rato, hasta que me duerma?

Me quedé ahí clavado, casi sin respirar, escuchándola mientras ella iba amontonando de cualquier manera unas frases extravagantes; pero en ese momento di un respingo.

—¡Si ni siquiera nos conocemos!

—Ya lo sé, ya lo sé. —Era como si estuviera recitando su parte en una comedia; al mismo tiempo, me pareció desesperadamente sincera—. Te aseguro que no estoy loca, solo agotada. Puedo pagarte por las molestias o devolverte el favor de otro modo. No te llevará mucho tiempo. Yo me meto en la cama y tú me hablas. De cabras, de astrología, de lo que te dé la gana. En cuanto veas que me he dormido, y seguro que esta noche no tardo mucho, te vas.

No me lo podía creer: me pedía que fuera a su casa después de cenar, que me metiera en su dormitorio. No sabía su nombre, ni ella el mío. Habría podido ser un pervertido, un hombre con malas intenciones, de los que violan a las mujeres, en vez de ser un tipo que iba a ver a la Gisella en el hotel Le Piane, en la zona de los arrozales, una vez al mes y pagando.

—Discúlpame —me soltó, borrando con un gesto de la mano en el aire los argumentos que con tanto afán había ido juntando; recogió el bolso del suelo con el rostro encendido—. Olvídalo.

Ella estaba tan decepcionada y apurada, y yo sabía tan bien lo que estaba sintiendo, que ensayé algo que desde hacía un montón de tiempo no había practicado con los demás: ponerme en su lugar.

—Vale —contesté de mala gana—. Después de cenar paso por tu casa.

5

Un día de finales de septiembre de 2001, Rita le dijo:

—Aprovechemos la parte buena y empecemos a trabajar desde ahí.

—Si he acabado en este lugar, está claro que no hay nada bueno que aprovechar —replicó Emilia, atrincherada en su acostumbrado muro de fastidio.

—Nadie es pura maldad. Incluso esos que los periódicos tildan de monstruos, los pedófilos, los terroristas, las madres que matan a sus propios hijos..., todos conservan un punto de humanidad.

—Desde luego —contestó Emilia riendo y jugueteando sin parar con su paquete de Winston Blue.

—Puedes fumar. Ten en cuenta que no tienes demasiadas alternativas y por algún lado hay que empezar.

Emilia extendió la mano encima del escritorio, agarró el mechero de la asistente social que llevaba dibujados unos tiernos gatitos y encendió un cigarrillo mientras se desplomaba en la silla.

—Ya me he apuntado a las clases. No sé qué coño más queréis que haga.

—Aquí estamos hablando de tu vida. A mí no me haces ningún favor estudiando. Yo tengo un trabajo, una carrera, una casa: sé quién soy. Eres tú la que tiene que tomar decisiones y arremangarse.

—Hablas como si yo tuviera un futuro.

—¡Por supuesto! ¡Tienes diecisiete años!

—No me vengas con esas chorradas, Rita. ¿Quién me dará trabajo?, ¿quién me alquilará un piso?, ¿quién querrá ser mi amigo o mi novio?, ¿quién olvidará?

—¡Uy, no corras tanto! —contestó Rita riendo—. Despacio, paso a paso. Empecemos pensando en este curso escolar, ¿vale?

Emilia se preguntó si existiría un remedio a lo irremediable.

—Aunque ahora te parezca imposible —continuó Rita, mirándola muy tranquila, con los codos apoyados en el escritorio y los dedos trenzados, como si estuviera rezando—, te aseguro que todo pasa. Y, si no pasa, cambia.

Del numeroso elenco de personas que el Estado le había ofrecido para intentar recuperarla —unos profesionales que ni por asomo se planteaban un rescate absoluto y se habrían contentado con un cambio mínimo con tal de que fuera real—, Rita era la única que se había ganado sus simpatías secretas, en aquella época amortiguada por los psicofármacos.

Se decía que las asistentes sociales quitaban los niños a sus familias, que eran como unas brujas malvadas, hurañas y sádicas; pero a Emilia le parecía que Rita era una mujer honesta y muy pragmática.

La primera vez que se habían encontrado en el despacho a pie de calle con vistas al campo deportivo era pleno verano, con cuarenta grados, y Rita, que se abanicaba con mucha energía, había mostrado sus cartas:

—Podemos tutearnos, pero que conste que no soy tu amiga. Estamos aquí para hacer frente a lo que ha pasado, aunque no voy a preguntarte nada hasta que te sientas preparada. Olvídate de Jung y de Freud: aquí se trata de construir un proyecto concreto, muy a la pata la llana, partiendo de las dificultades actuales. Por cierto, en mi despacho está permitido fumar.

Enseguida le había gustado. Empezando por el tabaco y por lo de «a la pata la llana»; porque, cuando has metido la pata hasta el fondo, antes de investigar las remotas profundidades de tu subconsciente, lo que te hace falta es un suelo que aguante y, por qué no, un Winston. También le habían gustado el pelo cardado, rubio platino como el de Pamela Anderson, y el pecho abundante, digno de una telenovela americana, realzado por un escote generoso. A eso había que añadir el pintalabios fucsia pasado de moda, que se corría por culpa del calor, y los taconazos dignos de una estrella del cine. Y, por si fuera poco, el acento de Bolonia, que Emilia adoraba.

Desde entonces se habían visto dos veces a la semana y Rita siempre llevaba puesto como poco un vestido de seda de flores o un traje de chaqueta de color amarillo canario, rosa palo o verde esmeralda, como si estuviera lista para desfilar delante de la reina de Inglaterra en vez de vérselas con infelices de su calaña.

Aquel había sido el único encuentro en el que corrieron el riesgo de acabar peleadas. Emilia aún estaba en una fase muy oscura. Con la Venturi ni siquiera abría la boca. Era la época en que se sentaba sola en una mesa del comedor, mirando a las demás mientras comían, sin dirigirle la palabra a nadie, sin rozar siquiera la barra de pan. Solo había empezado a soltarse un poco con Marta, de noche, en el dormitorio: algún comentario sarcástico a propósito de los programas de televisión o de la institución de la que formaban parte. Sin embargo, su mente aún estaba obsesionada con una cosa: encontrar una pila, una cuchilla de afeitar de cualquier dimensión o una cuerda suficientemente larga para colgarse del grifo de la ducha. Las palabras «futuro», «bueno» y «después» la ponían de los nervios.

Un buen día, Rita la pilló desprevenida.

—Vale... Si no quieres decirme qué hay de bueno en ti, dime qué te gusta.

—¿Que qué me gusta? —preguntó Emilia algo sorprendida. Luego se encogió de hombros y soltó un bufido.

—Seguro que hay algo que te gusta...

Emilia había sonreído con toda su chulería y al final contestó:

—¡La vida!

—A ver...

Rita no perdió los nervios. Al contrario, en su rostro muy maquillado se dibujó una mueca de fastidio y tolerancia que venía a decir: te piensas que eres original, pero resulta que, mira por dónde, todas ensalzáis «la vida» después de haberla mandado a tomar por culo. No dudo de que en eso de joderla te llevas la palma, pero a infelices como tú las he visto a montones.

—¿Y si acotamos un poco? Piensa en una asignatura, en un deporte —continuó Rita tras aclararse la garganta.

—Odio el deporte y odio estudiar.

—Entonces, ¿por qué te has apuntado a bachillerato?

—Porque no pienso destrozar el corazón a mi padre. Aún más, quiero decir.

—¿Y si tuvieras que hacer algo por tu propia iniciativa, porque tú lo deseas?

Ese «tú» había sido una bofetada en toda la cara.

¿Tú quién coño eres, Emilia? ¿Aún existes?

Y ese verbo, «desear», había dado en el blanco, en la única zona desarmada que le había quedado en el alma.

Apagó el cigarrillo en el cenicero y decidió que pensaría en ello seriamente, pero no era nada fácil hablar de «placeres» y «deseos». Porque, por un lado, ella no se merecía siquiera respirar y, menos aún, divertirse o darse un capricho. Por otro lado, le gustara o no, la obligaban a vivir, a mantenerse ocupada con algo que fuera más edificante que hacerse cortes en las piernas y los brazos. Era una auténtica contradicción que tenía que ver con la sociedad y consigo misma. Porque ella estaba muerta para sus adentros, pero, a la vez, viva.

Había ido observando cómo se extendía la ciudad, con sus torres y sus campanarios, más allá de la cancha, la red, los muros. Aquella había sido su tierra prometida desde que era una niña. Subirse a un tren de cercanías los fines de semana y llegar hasta allí para visitar un museo, asistir a un concierto o a las celebraciones del 25 de abril siempre había sido un placer inmenso para ella, que en esas ocasiones se levantaba a las cinco de la mañana, preparaba la mochila por su cuenta y ponía la mesa para el desayuno de sus padres.

Nunca se le habría ocurrido pensar que al final viviría allí mismo, pero no como estudiante universitaria, como había soñado, sino como un desecho humano ya putrefacto a sus diecisiete años, con el pelo grasiento recogido en una coleta floja, el acné juvenil y las uñas reconcomidas hasta dejarlas en carne viva.

—Me gusta sentarme mirando la ventana y dibujar los tejados de Bolonia —admitió—. Villa Aldini, San Luca y las colinas que se difuminan hacia Módena. A lápiz o con acuarelas.

El rostro de Rita se iluminó:

—¿Podrías traerme esos dibujos el próximo día?

—Bueno, si quieres...

—¿Qué más dibujas?

—Lo que veo por la ventana: un pedazo de iglesia y detrás una colina, el balcón del edificio que está enfrente. Solo una vez nos dieron óleos y telas —continuó Emilia, aflojando las defensas sin darse cuenta—. Hay un pueblo de montaña, en Piamonte, donde iba de vacaciones de pequeña. En la tela pinté una de aquellas montañas y la colgué sobre el cabecero de la cama.

—Pero si tú vienes de una ciudad costera... —comentó Rita con toda la inocencia del mundo.

De golpe y porrazo, Emilia se levantó. Sus ojos tristes, muertos, ahora eran duros como piedras, inundados por una luz negra.

—Yo odio el mar —ladró furiosa apuntando a Rita con un dedo—. Me alegro de no tener que verlo nunca más.

—¿Por qué? —se atrevió a preguntar Rita.

Emilia no había soltado una sola lágrima a lo largo de aquellos meses tan horribles. En ese momento, cuando se recompuso y se volvió a sentar, una gota bajó despacio por su mejilla hasta empapar el algodón de la camiseta. Era la primera lágrima tras haber vivido tanto tiempo en aquel limbo, su punto de inflexión entre el antes y el después.

—Porque a la playa siempre iba con mi madre, era su lugar preferido —confesó Emilia sin fijar la vista en nada, como ausente—. Alquilaba una sombrilla y un vestidor en los Baños Amore para los tres, en aquellos tiempos felices. Lo único que me alivia ahora, lo único bueno que me queda, es saber que ella nunca se enterará de lo que he hecho.

Llamé a la puerta a las nueve de la noche; llevaba conmigo una bolsa llena de libros.

Ella abrió enseguida, como si hubiera estado esperándome detrás de la puerta. Iba en pijama. Se quedó en el umbral medio escondida, descalza y de puntillas, tal vez para no parecer tan bajita. Me sonrió, pero, en cuanto vio los libros, me preguntó cabreada:

—¿Por qué los has traído?

Me quedé confundido pisando el felpudo. El viento que sopla en Sassaia las noches de noviembre parece proceder directamente del vientre helado de las montañas, indiferente al destino de los humanos y a nuestros sentimientos. Me alborotaba la barba y el pelo, que llevaba meses sin cortar. Tenía un nudo en el estómago, no había podido tragar bocado.

—No sabría qué decirte —le contesté—. No se me da bien hablar de mí mismo y no tengo mucha imaginación. Así que, si te parece bien, te leo algo. Si no, me voy a la cama y punto.

—Discúlpame. Tienes razón.

Abrió la puerta de par en par, se puso de lado para dejarme pasar y yo me agaché para volver a entrar, después de un montón de años, en la cocina de la Iole.

Todas las casas del valle son diminutas y tienen techos bajos, camas de poco más de un metro y muebles pequeños porque las construyeron en una época lejana unas generaciones muy distintas de la nuestra. Ella y yo no encajábamos, ni por tiempo ni por medidas. Sentía que me estaba observando desde el rincón donde se había quedado. Yo iba dando vueltas en aquella estancia liliputiense como un gigante torpe y no sabía dónde descansar la mirada. Su pijama era de tela fina; por pudor aparté los ojos de los hombros, del cuello esbelto, de las clavículas que se marcaban debajo de la camiseta, y los fijé en las paredes para mantener cierto equilibrio. Reconocí la geometría siempre igual de los trapos de cocina encima del fregadero, de las ollas de cobre en el aparador y de la sartén con agujeros para asar las castañas.

—Tu abuela, o a lo mejor tu tía, pues no tuvo hijos —pensé en voz alta—, siempre me invitaba a comer castañas asadas al salir del colegio.

—No era mi tía —contestó ella—. No he llegado a conocer a la anterior propietaria.

Yo no tenía razones para sospechar que me mintiera. No tenía motivos para hacerlo, aunque parecía haber conservado todo de la dichosa «anterior propietaria», incluso los tapetes de ganchillo. Saqué los libros de la bolsa y los coloqué uno al lado de otro encima de la mesa.

—Ensayo, novela, poesía... Elige tú.

Ella se acercó de mala gana e hizo un esfuerzo por prestarles atención. Mientras esperaba a que se decidiera, rodeado de silencio, yo me sentía cada vez más incómodo. Para romper el hielo, le pregunté:

—¿Qué tienes en contra de los libros?

—Me recuerdan a alguien a quien me duele recordar.

Fue sincera, pero yo aún era incapaz de distinguir las verdades de las mentiras, el pasado del presente, la dulzura de su rostro pecoso de la muerte torva que acechaba en el fondo de sus ojos. Solo pensé que a mí también me dolía recordar a ciertas personas, pero justo por eso me agarraba de forma desesperada a cualquier objeto, lugar o hábito que les hubiera pertenecido.

—¿Tú vives en esa especie de florero con las cortinas bordadas justo aquí enfrente? —me preguntó cambiando bruscamente de tono.

Asentí.

—¿Y vives ahí solo o con tu madre? Perdón, ¿con tu mujer?

—Solo —musité.

Ella achinó los ojos y me miró con atención, como si ese detalle me hubiera convertido en alguien más interesante.

Notaba electricidad en el aire, como en las tardes de verano antes de una tormenta, cuando el cielo se oscurece, los pájaros emprenden el vuelo, los animales se esconden y uno sabe que ese vacío es el preludio del infierno.

¿Por qué estaba allí? ¿Por qué, si yo había querido borrarme del mapa y había quemado la agenda con los números de teléfono de mis compañeros de bachillerato y de la facultad y roto cualquier relación significativa, dejando incluso de llamar a mi hermana? ¿Por qué había aceptado una propuesta tan inusual por parte de una desconocida?

—¿Has elegido ya? —pregunté.

Ella volvió a echar un vistazo a los títulos y acarició una cubierta con la punta de los dedos.

—Para mí son todos iguales. Decide tú.

Yo cogí un volumen cualquiera, sin fijarme, porque lo único que me proponía era resolver el asunto cuanto antes y si te he visto no me acuerdo.

Me guio mientras subíamos la escalera de caracol; meneaba levemente las caderas y movía despacio músculos y tendones dentro de aquel pijama de algodón blanco con dibujitos de corazones rojos que dejaba transparentar la goma de las bragas y del sujetador. Su cuerpo tenía un punto de extravagancia: era infantil, pero también el propio de una mujer hecha y derecha; inerme y amenazante. Intentaba no escudriñarlo, pero, al mismo tiempo, lo interrogaba: ¿qué razones te han traído hasta aquí, chiquilla?

De golpe, se acabó la luz y los dos nos hundimos en un pozo de negrura.

—Espérame aquí —me dijo rozándome una mano.

Oí cómo se alejaba hacia la izquierda. Sus pies desnudos presionaban los tablones carcomidos de madera de cerezo y provocaban los mismos crujidos que cuando yo me iba a la cama y que parecían herir el silencio entero de Sassaia. Advertí un chisporroteo de cerillas, la llamarada del fuego. Me asomé en esa dirección y vi su dormitorio iluminado por el brillo de cinco velas.

Era igual que el mío, que el del Basilio, que el de cualquiera que habitara en esta aldea perdida. Un empapelado de flores muy raído, viejos muebles de nogal muy pesados y con la madera hinchada por la humedad. La única diferencia era que aquí, colgando de una pared, brillaba una hilera de pinturas con unos colores tan intensos que parecían vivos. Me quedé asombrado. Reproducían algunos puntos de Sassaia, pero las pinceladas enérgicas, libres y ajenas a cualquier amaneramiento daban a entender que no eran obra de un mediocre pintor local.

Ella apoyó el candelabro encima de la cajonera y en un plis plas se metió debajo de las mantas.

—Puedes sentarte ahí —me dijo indicándome un silloncito tapizado lejos de la cama—, y tira donde quieras esa horrible muñeca. Voy a tener que deshacerme de todos estos trastos viejos.

Mis piernas eran demasiado largas y mi cuerpo demasiado grande para aquel silloncito, pero intenté encajar al bies entre los reposabrazos. Elegí una página cualquiera del libro con las manos temblando; esperaba que ella no se diera cuenta. Vi que los postigos se habían quedado abiertos.

—¿Los cierro? —pregunté a punto de levantarme.

—¡No, no! —me frenó, sentándose de golpe en la cama con una voz de alarma que me dejó sorprendido—. Déjalos abiertos.

—¿No te molesta el sol? Amanece justo de este lado.

—Al contrario —dijo, volviendo a tumbarse y acurrucándose debajo de la sábana que le tocaba la barbilla—. Cuando entra la luz, por fin consigo dormir un par de horas. Ojalá pudiera tener las velas encendidas, pero mi padre dice que es demasiado peligroso y ya no me creo el cuento de que va a venir el electricista.

—¿Cuántos años tienes? —le solté de sopetón, sin poder aguantar.

—¿Lo preguntas porque tengo miedo a la oscuridad? Te lo digo si antes me lo dices tú —me contestó riendo.

—Tengo treinta y seis.

—¡Parece que tengas como mínimo diez años más!

No me sentí ofendido. Al contrario, viendo su rostro de repente divertido, con algo de color en las mejillas, con los dientes blancos bien alineados y expuestos en una sonrisa cordial, yo también sonreí. Pero enseguida se me fue la alegría al traste porque sus ojos no reían en absoluto; su mirada parecía fija y como impotente, hundida en un abismo intocable.

—Yo tengo treinta y uno, pero hazme el favor de decirme que aparento veintiuno, ¿vale?

—Pues es verdad.

—Ahora ya puedes empezar —me dijo, cerrando los ojos.

Me aclaré la garganta, me concentré. Luego, como si estuviera en clase, encerrado entre las altas paredes del edificio de Alma, frente a un auditorio reducido e inocente, declamé impostando la voz:

Quedémonos un rato en la cocina juntos,
el aire se tiñe de la luz blanca de la lámpara;
un cuchillo afilado y una hogaza de pan...
Si quieres, enciende con cuidado los fogones;
y, si no, reúne y trenza muchas cuerdas.
Antes del alba, recógelo todo y más:
huyamos a una estación, a una vía
donde nadie pueda encontrarnos.

—No me ha gustado.

—Es de Mandelstam...

—Ni idea.

—Es un poeta ruso, uno de los más grandes del siglo xx. Murió en Siberia, en un gulag.

Ella abrió de par en par los ojos verdes y hoscos mirando al techo.

—¡Ha estado en chirona! Pues ya me cae mejor. Léeme otra —me dijo sonriendo.

Seguí recitando, embutido en el sillón. Y la voz, presa de una absurda emoción, se me cortaba, cosa que nunca me había pasado con mis alumnos; se enronquecía, tropezaba, sucumbía al texto:

Es un universo, el tuyo, enfermizo y raro,
y yo estoy aquí, vacío, dispuesto a acogerlo.

Ella, por lo visto, tampoco pudo con estos versos, porque se puso de lado y me miró fijamente.

—¿Sabes de alguien que necesite gente para trabajar?

—Dobló el codo en la almohada y apoyó la cabeza despeinada en la mano de dedos afilados—. Tengo que encontrar cuanto antes un empleo.

—¿Un trabajo por aquí? —le pregunté soltando una carcajada—. La gente se ha ido marchando desde los años setenta.

—¿Ni siquiera un pequeño hostal o una señora que necesite ayuda en los trabajos de casa? Me adapto a lo que sea, incluso un establo. De lo contrario, mi padre no me dejará quedarme.

—¿Por qué te empeñas en quedarte? Aquí no hay nadie y tú eres joven.

—Tú también eres joven.

Se levantó de la cama y fue a abrir la ventana. El frío llenó la habitación. Me entraron escalofríos. A ella no. Se apoyó en el alféizar, se llevó el pelo rojizo a un lado de la cara y prendió un cigarrillo mirando la negrura.

Me pregunté de dónde vendría. No tenía acento, ni piamontés ni de otros lugares. Dejaba los postigos abiertos de noche, y con treinta y un años necesitaba que alguien le leyera para poder dormir. Tenía unas ganas locas de saber; sin embargo, el instinto me decía que era mejor no investigar.

Me levanté, como si ya hubiéramos acabado y fuera hora de irme.

Ella continuó:

—Además, no es cierto que no hay nadie. Estás tú.

Su cigarrillo parecía incendiarse cada vez que daba una calada.

Me quedé de pie, con los *Ochenta poemas* de Mandelstam en la mano. Buscaba una palabra adecuada para despedirme, pero no la encontraba. En la penumbra encendida de las velas, ella no hacía otra cosa que mirarme y fumar. Vislumbré la figura de la primera noche, mientras bailaba.

—¿Qué currículum tienes?, ¿qué has estudiado?

Me sonrió de un modo intencionadamente pícaro, seductor, pero sus armas no eran las de una mujer de treinta años, sino las de una chiquilla de quince que quisiera impresionar a su profesor.

—¿Tú qué crees?

—Ni idea.

—¿Secundaria? ¿Formación Profesional? ¿Te piensas que soy demasiado ignorante?

—Yo no juzgo a nadie.

—Entonces, ¡eres mi héroe!

Se asomó a la ventana para tirar la colilla a la calle y la cerró. En vez de volver a meterse en la cama, se acercó a mí. Tanto que sentí su olor y el calor que emanaba su cuerpo a través de la tela. El corazón latía en el silencio. El mío también.

—Tengo una licenciatura en Bellas Artes —dijo mientras estrechaba el espacio entre nosotros.

—Es posible que conozca a alguien entonces —repliqué para romper el hechizo que nos unía—. ¿Has pintado tú estos cuadros?

Señalé las pinturas. Ella asintió, pero como si ya le importara un pimiento el trabajo y todo lo demás.

—Son muy buenos —le dije con sinceridad—. El Basilio trabaja como pintor de brocha gorda, pero tiene talento. Sería un buen artista si su familia hubiese tenido dinero para enviarlo a Turín —seguí titubeante, pensando si echarme atrás, escudado tras aquel muro de palabras—. También restaura y decora. Le han pedido que se ocupe de los frescos de las iglesias del valle, la de Alma y otros pueblos. Pero es demasiado mayor para apañárselas solo... Es el único habitante de Sassaia, aparte de nosotros dos.

Justo después de «nosotros dos», me besó. Me tiró de los hombros hacia abajo con las dos manos y me abrió la boca con tanta fuerza y tanta hambre que no pude resistirme.

Me fue empujando hacia la cama. Yo no quería, y solo quería eso. Fue lo primero que pensé cuando me pidió que fuera a su casa para hablarle hasta que se durmiera. Desnudarla, tocarla. Y ella había pensado exactamente lo mismo, como me confesaría unos meses después.

Aquella noche no nos dijimos nada. Cualquier palabra habría estado de más, mientras que envolver nuestros cuerpos el uno en el otro y luego dentro del otro fue casi una liberación. Sentía toda mi soledad y su soledad que se agarraban y se aniquilaban la una a la otra en aquella cama estrecha que olía a cerrado, a bosque, a recuerdos. La única luz encendida en toda la montaña.

Era lo que más deseaba ella desde hacía años: follarse a un hombre. Y yo, follarme a una mujer sintiendo algo en el corazón. Ya lo teníamos. Ella se lo habría montado con cualquiera que viviese en la casa de enfrente. Y yo, con cualquier chica que hubiera decidido morir en el lugar donde yo me había enterrado.

Pero ahora estábamos vivos. Y yo me había enamorado de ella sin saber nada. Si hubiera seguido ignorándolo todo, la vida seguiría siendo un lugar perfecto. Como aquella noche.

6

El timbre del móvil, que milagrosamente tenía conexión, irrumpió en la habitación inundada de luz, con la ventana entreabierta y el aire que se abría paso, oliendo a piedra, a torrente, mientras Emilia se comía las uñas tumbada en la cama. Cuando vio que era Marta quien llamaba y no su padre, le dio con los dos pulgares a la tecla de contestar, como si aún tuviera en las manos el viejo modelo que usaba en segundo de bachillerato, el que le había sido incautado y nunca le habían devuelto.

—Te prometo que estaba a punto de llamarte yo —le dijo—. Tengo que contarte algo.

Emilia prefirió no hacer caso de la inflexión lúgubre que notaba en la voz de Marta.

—Espera. Primero lo mío. Tengo una novedad *estrepitosa.*

—A ver...

—¡Ya no soy virgen!

Emilia lo soltó a grito pelado, como si estuviera en una manifestación con un megáfono en la mano. Marta se quedó a cuadros.

—¡Coño! Y eso que solo llevas cinco días allí... —El tono de su voz volvió a ser el de siempre, socarrón y divertido—. De todas formas, ten en cuenta que no eras lo que se dice un polluelo recién salido del cascarón.

—Hasta anoche, mi himen estaba intacto.

—Tienes razón. ¿Quién es?, ¿cómo se llama?

Emilia soltó una carcajada.

—No tengo la más remota idea.

—Ya lo decía yo —contestó Marta entusiasmada—; incluso cuando nadie me creía, ni siquiera tú. Siempre tuve claro que eras un fenómeno e ibas a triunfar. ¿Te acuerdas de aquel día en el patio, cuando interrumpí el partido por ti? —continuó Marta recordando el pasado y dejando de lado el motivo de su llamada.

—¿Cómo iba a olvidarlo?

—Te pasabas los días sentada en aquella tapia, meneando los pies... ¡Vaya desastre estabas hecha! Cuando me obligaban a trabajar de voluntaria en el asilo de ancianos, vi a muchas viejas con lobotomía y me acordaba de ti en aquella época. Te dije: «*Baby*, tú llevas sangre en las venas. No la desperdicies». Pues eso.

Emilia sonrió. Hundió la cabeza en la almohada y cerró los ojos para recordarlo con más detalle. Nada la hacía más feliz que la aprobación de Marta. Reviviéndolo ahora, con algo más de experiencia, pocos momentos de su vida le resultaban tan dulces como aquel 9 o 10 de agosto de 2001, el día en que había empezado su amistad.

Aún podía rescatar del fondo del tiempo aquella sensación palpitante.

Eran las cinco de la tarde de un día de verano. Un montón de cigarras parapetadas tras las ramas de los árboles chirriaban sin parar.

Bolonia, más allá del alambre de púas, parecía el desierto de un futuro apocalíptico. Los edificios que estaban al alcance de su vista tenían las persianas bajadas y los balcones estaban libres de trastos. De la calle ya no llegaba el ruido de coches y bocinas. Solo las rodeaba un gran vacío que iba destilando bochorno.

Del otro lado del alambre, en cambio, en el patio imponente, estaban todas presentes. Chillaban, sudaban, casi sin ropa. Ahí nadie se iba de vacaciones. Jugaban al balonmano un día sí y otro también. Porque en verano ya no había clases y el tiempo se derretía como el asfalto. Hacía tanto calor que a veces las chicas iban a la pequeña fuente del huerto, que tenía una manguera de goma para regar los cultivos de los experimentos científicos y de jardinería, abrían el grifo y se echaban agua las unas a las otras, así que todas acababan con la ropa y el pelo empapados. Si se pasaban, les caía la bronca, como es lógico y natural. ¿Felicidad? *Verboten!*

Sus cuerpos palpitaban bajo el sol, esbeltos, decididos, escandalosamente radiantes aunque arrastraran una mala adolescencia. Se tocaban el culo la una a la otra, se daban un pico delante de todo el mundo si marcaban un punto; en los baños o por la noche, a escondidas, el perreo era de alivio. Cuando perdían un punto, se cabreaban y se ponían como una moto. Soltaban tacos que Emilia nunca había oído antes; ahí los aprendió todos. Si fallaban, se daban de bofetadas, se tiraban de los pelos. Si alguien hubiera podido verlas sin pensar en aquel muro, admirarlas sin saber quiénes eran, dónde estaban, qué pasado las marcaba, habría gozado de un gran espectáculo. Tan hermosas, tan vivas. Llevaban pantalón corto vaquero, expresamente cortado para lucir medio culo, y tops remangados justo debajo del sujetador y agarrados con una goma. Todas.

Excepto Emilia, sentada en la tapia, lejos de las demás. De vez en cuando despertaba del estado de catalepsia y las miraba medio a escondidas. Se sorprendía al verlas saltar con gracia alrededor de la red y pelear con rabia en campo adversario, de que fueran ni más ni menos que *chicas*. Normales. No tan distintas de las que en aquel mismo momento estarían jugando al voleibol en Rímini, Riccione o Punta Marina, con unos padres rondando por ahí o incluso un novio que les metía mano en los vestuarios.

Al cabo de un tiempo se convertiría en una veterana y no se le daría del todo mal el balonmano, a pesar de su pereza y gracias a la complicidad con el equipo, más que por amor al deporte. Pero entonces llevaba allí tan solo un mes y medio aproximadamente y se había atrincherado en la tapia que rodeaba el huerto, a una distancia prudencial del campo.

Solo había apestadas en aquel gran patio amurallado donde el cielo, antes infinito, parecía un rectángulo cerrado. Sin embargo, ella estaba convencida de sufrir la infección más grave, las heridas más purulentas. Si en su vida de antes ya había sido el blanco ideal de todas las pullas, ahora, en esa especie de pesadilla sucia, se sentía un poco como aquel héroe griego llagado y maldito a quien habían abandonado en una roca en altamar, cegado por el sol y carcomido por el calor. ¿Cómo narices se llamaba? Filoctetes.

Desde el momento de su propio naufragio, nunca había intentado intercambiar unas palabras o unos toques de balón con las demás desamparadas, y ellas se habían cuidado muy mucho de no asomarse a su cráter. Por respeto, según las reglas que imperaban en aquel lugar, que funcionaban al revés que en el mundo más allá del muro: cuantas más heridas tienes, más consideración mereces. Pero ella aún no conocía esas normas y solo pensaba que le estaban haciendo el vacío.

El día de marras, después de que una chica del equipo sufriera una torcedura que la obligó a dejar la cancha, Marta echó un vistazo alrededor y, en vez de llamar a una de las que esperaban pacientes en el banquillo, decidió, ella sabría por qué, llamar a Emilia.

Interrumpió el partido. Sin prestar atención al coro de protestas, que se pasaba por el forro, y abriéndose paso a grandes zancadas, se le acercó. De pie, con los brazos en jarras, cubrió a Emilia con su sombra majestuosa.

—Me llamo Marta Vargas —se presentó, aunque no hiciera ninguna falta—; llevo aquí dos años y aún me quedan ocho.

Que era tanto como decir: soy una autoridad suprema, indiscutible, y por lo general son las demás las que vienen a mí y no al revés.

Emilia, a tope de sedantes, intentó enfocarla, luchando contra la niebla de la que era prisionera. Cuando, al fin, centró la mirada, quedó encandilada por el brillante pelo negro, casi azulado, que ardía suelto y le tapaba media espalda; por los oscuros ojos rasgados, que luego descubrió que eran herencia de su madre vietnamita; por el metro setenta y siete de altura, como para desfilar en una pasarela; por las piernas atléticas, el pecho alto y la sonrisa feroz. «Clavada a Sailor Mars», pensó Emilia antes de bajar la mirada.

Marta no había apreciado el gesto. Mientras las demás seguían protestando, impacientes por retomar el partido, ella no le fue con el cuento de que tenía sangre en las venas, sino que le lanzó un ladrido.

—Mueve el culo y ven a jugar, que no eres una princesita.

Al rato, viendo que Emilia se empeñaba en mirar al suelo meneando los pies, le agarró la barbilla con las uñas. Apretó tanto que le quedaron unas marcas. Acto seguido, le soltó:

—Aquí nadie se hace de rogar. Nadie se queda esperando que alguien la salve sin dar golpe. Por si no te habías enterado, las princesas no existen. Aquí todas somos igual de zorras, putas y reinas.

—Hola, princesa de las montañas, ¿me oyes? Te he preguntado a qué se dedica el tío ese. Si se gana bien la vida o va tirando. Son informaciones muy importantes.

Ahí estaba la Marta de ahora, como la reina de entonces, dándole un buen toque.

—Pues no se lo he preguntado...

—¡Joder! ¿Ni siquiera habéis charlado un rato? ¿Te le has echado encima y le has bajado los pantalones? Olé, mi niña.

—No, incluso me ha leído unos poemas.

—Humm... —Ese detalle decepcionó a Marta—. La poesía no te da de comer.

—A lo mejor es un pastor. Lleva barba larga...

—Por Dios, Emilia. Lo que nos faltaba: un poeta pastando ovejas. Tendrías que ir a por un hombre de negocios, un ingeniero, un notario. Tú pintando y él escribiendo poemas... ¡El acabose! A ver si al final tienes que mantenerlo tú. Y a todo esto, ¿es un tío limpio o tiene antecedentes?

Las dos soltaron una risotada.

A esas alturas, eran dos mujeres adultas. Ya no jugaban al balonmano, no tenían que respetar unos horarios cuartelarios, masturbarse juntas en los lavabos o tomar calmantes en Navidad. Ya no formaban parte de aquel lugar; es más:

habían sobrevivido. Sin embargo, no había otro lugar en el mundo al que se sintieran más atadas.

—Creo que no sería capaz de birlar una cartera, ni aunque se la encontrara tirada en el suelo —contestó Emilia.

—Pues muy bien. Tú folla, pero no te enamores. Y ahora lo siento, pero tengo que darte una mala noticia.

Emilia se levantó de la cama y soltó un bufido.

—¿Tiene que ser justo ahora?

—Me ha llamado el hermano de Myriam.

Emilia adivinó lo que vendría a continuación. La línea era inestable y tuvo que acercarse a la ventana para recuperar la conexión.

—No quiero saberlo.

—Ha muerto.

Emilia se quedó de pie, mirando el cielo allá arriba, que era alto e infinito, sí, pero de golpe parecía otra vez distante e inabarcable como cuando estaban en el patio.

—El funeral será mañana por la tarde en Piacenza —informó Marta titubeante—. Si llegas a Milán por la mañana, vamos juntas.

—¿Y a ti te parece que tenemos que volver a vernos en un funeral? —le espetó Emilia sulfurada—. Después de mogollón de tiempo, ¿va a ser en el funeral de Myriam? No me des por culo. Nosotras, que siempre decíamos: «Volveremos a vernos cenando en un restaurante de cinco estrellas, en la *rave* más grande de Europa, en la Costa Esmeralda», ¿ahora, según tú, tenemos que vernos en una mierda de funeral?

—¿Cuántos años hemos pasado meando, estudiando, cantando, llorando juntas?

—Más que nada, nos hemos hinchado a hostias.

—Se ha suicidado, Emi.

—Cobarde.

—Nadie la ayudó, la dejaron tirada. Le quitaron la custodia de la niña porque había vuelto a largarse del centro de rehabilitación y seguía pinchándose. Y ella, ni corta ni perezosa, se metió en vena tanta mierda que habría podido diñarla dos veces.

Pensándolo bien, a Emilia aquello no le pareció un disparate. Si cada una de ellas hubiera repasado la propia historia desde el principio, poniendo especial atención en el capítulo fundamental, esa sería la conclusión lógica.

—Hace mucho tiempo me prometí a mí misma que nunca más iría a un funeral o pisaría un cementerio. No iré cuando muera mi padre, ya se lo he dicho. Que sepas que tampoco iré al tuyo si te mueres antes que yo. Myriam era una gilipollas. Sin embargo, de verdad que lo siento... Sobre todo, por su niña. Pero eso es irse por la tangente —soltó Emilia con voz temblorosa.

Se quedaron calladas. La una agarrada al aliento de la otra, con los móviles pegados a la oreja, escuchando el vacío de Milán que se confundía con el vacío de Sassaia. Volvían a ver juntas, por última vez, su vieja habitación. Las cuatro camas idénticas, hechas a la perfección. Myriam dormía al lado de Afifa; Marta, al lado de Emilia. Brad Pitt, con sus vaqueros ceñidos y rebautizado como el Ángel de la Masturbación, velaba sus noches inquietas pegado a la pared con unas chinchetas colocadas estratégicamente. A su lado, Luke Perry con cara de cabreo y el Brandon de *Beverly Hills 90210* con aquel mechón en la frente que ya no estaba de moda de muros afuera. Pero es que ellas se habían quedado atrás, en un asteroide aparte. Y en ese lugar dejado de la mano de Dios se habían encontrado, desafiado y amado. Se miraban la una a la otra con hosca desconfianza al principio, se echaban pullas maliciosas, pero acabaron por compartirlo todo: tangas, compresas, besos, miedos, apuntes de Matemáticas y Filosofía, deseos.

—No debería haberte pedido que vinieras. Es demasiado pronto para ti —musitó Marta también con voz temblorosa—. Pero te pido, por favor, que cuando veas un hermoso paisaje, allá arriba, en las montañas, le envíes un abrazo. Porque me juego lo que quieras a que está en el paraíso. No me importa lo que piense la gente, todas acabaremos allí arriba, nos lo hemos currado. Y que no se te ocurra ninguna tontería parecida, ¿me oyes? Tú sigue follándote al tío ese, gana algo de pasta y disfruta de esta mierda de vida porque quiero volver a verte. Te prometo que te llevaré a cenar, invito yo. Pero tú *compórtate*, como decía Frau Direktorin.

Colgó de golpe porque puede que estuviera llorando, y una no llora delante de las demás. Las viejas reglas seguían vigentes. Eran los puntos cardinales de su educación. Emilia se los fue repitiendo para no fallar.

Prohibido llorar.

Prohibido calumniar.

Obligatorio mantener la palabra dada.

Prohibido hablar de la familia.

A las once me fui a dar una vuelta por el bosque porque estaba hasta las narices de esperar. ¿Qué? ¿Que se despertase y viniera a buscarme? ¿Que llamara a mi puerta? ¿A santo de qué?

Cogí los guantes de jardinero, el sombrero, la bolsa de arpillera. Me puse las botas y metí en la mochila dos rebanadas de pan y algo de queso para la comida porque quería estar fuera un buen rato; cuanto más, mejor.

Estaba convencido de que no querría volver a verme, de que ya se habría arrepentido. ¿Cómo iba a contentarse con un cavernícola, con «un pobre solterón», que así me llamaban en el pueblo, una mujer tan desinhibida y sexi? Por estos pagos un hombre se casa a los veinte años. Preña a su mujer, se convierte en un padre severo, se desloma de sol a sol trabajando con bestias y piedras y, cuando acaba, se va al Samuray a tomarse un trago y a jugar a las cartas con sus compinches. No lee poemas ni se folla a tías de treinta años que te lo ponen en bandeja la primera noche. Si eso no le gusta, coge y se va, como han hecho casi todos mis amigos.

Remonté el barranco del monte Cresto removiendo cúmulos de hojas muertas que casi me tapaban las pantorrillas. Era un noviembre anómalo, tan caluroso que los animales aún se movían por el bosque en vez de preparar el letargo, los pájaros se agolpaban en las ramas, los insectos volaban desorientados y las castañas brillaban en el fondo del mar de luz que se extendía entre los árboles.

Me agaché y empecé a recogerlas, separando sobre la marcha las íntegras de las marchitas, las llenas de las que solo conservaban la cáscara, con la misma intuición de cuando era niño y todo el mundo en Sassaia se echaba al bosque antes de que el invierno nos aislara y nos dejara congelados durante meses. Metí en el bolsillo las castañas mejores, las más grandes y con más pulpa, en vez de juntarlas con las demás en el cesto: ese era un asunto que habría tenido que resolver la noche del 2 de noviembre, como era costumbre, pero ella se había metido de pies a cabeza en mi vida y me había olvidado.

Me di cuenta, sí, de que había una pequeña mancha de sangre en las sábanas, pero ni se me ocurrió que fuera eso.

Por primera vez había visto gozar a una mujer, y fue ella quien me guio dentro de su cuerpo obedeciendo a su propio deseo, quien me dijo palabras guarras, quien dejó de lado el pudor y no se guardó nada, excepto...

De dónde venía, por qué estaba aquí, cómo se llamaba. Yo había huido de su casa como un ladrón en cuanto los primeros rayos de sol iluminaron la habitación. Sin atreverme a mirarla, sin dejarle una simple nota. Solo me había preocupado por vestirme lo más rápido posible, procurando que los malditos tablones del suelo no chirriaran, repitiéndome una y otra vez que no había pasado nada irreparable, ni siquiera relevante, aunque no acabara de creérmelo.

En aquel lugar solo había gargantas, barrancos y acantilados. Ni un miserable sendero o un triste claro. Pero yo conocía aquellos bosques más que a mí mismo y no iba a perderme. Al contrario, sabía exactamente hacia dónde encaminar mis pasos. Me había pasado muchos años sin ir, pero ahora, de golpe y porrazo, sentía la necesidad. El lugar donde se habían escondido los partisanos durante la guerra, antes de que los descubrieran y los fusilaran. Y donde contaba la leyenda que Fra'Dolcino y Margherita habían consumado su amor antes de morir quemados en la hoguera. Donde se reunían los valientes, los herejes, las brujas: *nuestro* lugar secreto.

En realidad, era una simple ruina escondida en la espesura del bosque, en un sitio donde nunca daba el sol. Cuando llegué, solté la mochila y el cesto lleno de castañas y me tiré al suelo bocarriba, con los brazos abiertos en cruz encima de las hojas. Me quedé mirando un retal de cielo recortado por las hojas de las hayas, inmóvil dentro de aquel falso verano que rebullía a mi alrededor.

Al rato me animé a cerrar los ojos y volver a escuchar el coro de voces de cuando éramos niños.

Algunas llegaban desde el exterior de la casa, alarmadas, titubeantes, y entre ellas distinguí la mía que piaba: «¡Valeria, ven!, ¿dónde estás?, ¡Valeria!». Otras resonaban en el interior; eran la avanzadilla, las que buscaban los fusiles de los partisanos, los calderos de las brujas, capitaneadas por la voz más aguerrida de todas: la de mi hermana.

En el valle aún vivía gente. Los niños éramos pocos, una veintena sumando las distintas aldeas; nos conocíamos todos y nos criábamos juntos. En verano salíamos temprano por la mañana con un pedazo de pan con queso en la mochila y volvíamos a casa cuando ya era de noche, vencidos por el hambre y el cansancio. Los adultos no nos buscaban ni nos echaban broncas. La única consigna era la de no morir en el fondo de un barranco, devorados en la negrura. Pero nosotros nos movíamos en manada, como los lobos, y nos protegíamos unos a otros. Todos llevábamos pantalón corto, las pantorrillas dañadas por las zarzas y una pequeña navaja en el bolsillo.

Valeria llevaba una que se podía doblar: tallaba las ramas para hacer cerbatanas y flechas, grabada la corteza con sus iniciales para marcar el territorio. Tenía su propia pandilla y no quería cargar conmigo, pero yo la seguía impertérrito, pegado como una lapa a sus amigos, que me llevaban seis o siete años. Ella entraba la primera en ese caserío que quizá antes fuera un establo, un refugio para las ovejas o un almacén para guardar castañas. Entraba pisando fuerte y echando a los murciélagos a bastonazos, que se iban volando aterrorizados. Impartía órdenes a los chicos. Era la jefa, la líder, la Bruja de los Bosques.

Yo me quedaba fuera, con los cobardes. Enclenque y feúcho. Ya entonces era el típico empollón que a los cinco años sabía leer, escribir y recitaba de corrido la tabla de multiplicar. Valeria, que tenía once, era un prodigio de tal belleza, vitalidad e iniciativa que no tenía ninguna necesidad de libros y notas. Todos estaban enamorados de ella en el valle, yo el primero. Porque era libre e indómita, porque brillaba. Por si eso fuera poco, compartíamos la misma sangre. Nadie habría podido separarnos, eso lo tenía seguro. Como el granito, la pizarra, las montañas.

En cambio, las cosas se torcieron.

Ella dejó de ser libre y hermosa. La vi tensarse, enmudecer, resecarse.

Me sorprendía darme cuenta de que nunca la había traicionado, hasta la noche anterior.

Mientras yo estaba ahí, tumbado entre las hojas, delante del lugar secreto de nuestra infancia, comiéndome el coco sin saber si olvidar la velada pasada con la forastera, de quien ni siquiera sabía el nombre, o irme corriendo con ella, si olvidar a Valeria o ponerme finalmente a buscarla, más abajo, en Sassaia, en esa casa de la Iole que crujía por todas partes, la forastera daba vueltas, inquieta, envuelta en el albornoz. Se había dado cuenta de que casi no le quedaban bragas y ropa limpia que ponerse y empezaba a considerar que tendría que vérselas con un problema mucho más importante que la falta de un televisor: no tenía lavadora.

No la vi cuando se asomaba una y otra vez a las ventanas para averiguar si yo estaba en casa. No la espié mientras se hundía en un sábado flojo e informe, fumándose un cigarrillo tras otro, insultando en voz alta a una de sus compañeras de habitación: «Vaya zorra, qué te habría costado llamarme. Podrías haberle pedido el número a Marta y decírmelo: "Estoy hasta el coño de no dormir y ahora dormiré para siempre". Yo te habría comprendido, te habría enviado un beso. Te habría dicho: "Piensa en tu hija, joder, y no hagas gilipolleces"».

Yo estaba seguro de que me había juzgado un amante mudo, torpe, mediocre... y descartado. En cambio, ella, con el pelo mojado y los brazos a rebosar de cortes que acababa de hacerse bajo la ducha, recuperó el taco de ásperos folios y el estuche. Harta de gobernar el dolor con una hoja de afeitar, se sentó en la cocina, encendió el enésimo Winston Blue y atacó el papel en blanco con un lápiz gris de punta blanda.

—Las palabras no sirven de nada —me explicaría más adelante—, pero los dibujos sí. Una línea recta, una curva, una circunferencia, son fieles a las cosas. Respetan sus límites y todo lo que no está en la superficie, eso que duele tanto: los dibujos no se empeñan en etiquetarlo todo.

«Ni siquiera te he preguntado cómo te llamas —le decía a la hoja, hablando sola mientras trazaba líneas, difuminaba, sombreaba—. Total, ¿es que tu nombre podría revelarme algo de ti que yo aún no sepa? No somos nombres, apellidos, informes más o menos detallados, firmados por psiquiatras, asistentes sociales o peritos», pensaba.

«Somos claroscuros. Huecos llenos de negrura de donde asoman, a veces, unas briznas de luz al azar. Tú eres bueno, lo he visto enseguida. Estás cabreado, enredado en ti mismo como una zarza llena de espinas, pero eres una buena persona. Al contrario que yo.»

Volví cuando el sol ya se estaba ocultando. Eché una ojeada a la casa de enfrente: las luces estaban apagadas, parecía que no hubiera nadie. Cuando llegué a mi puerta, pisé algo que me resultaba familiar. Bajé la mirada y vi que era una hoja arrugada, hecha una bola, como las que se lanzan mis alumnos para disimular una chuleta. Enseguida el corazón empezó a hacer de las suyas.

Pude dejarla donde estaba, ignorarla. La cabeza me decía que mejor sería permanecer fiel al pasado, como si el futuro solo fuera una fantasía vaga y vana. Pero la recogí.

Entré en casa y cerré la puerta a mis espaldas. Me pegué a la pared en un rincón de la habitación donde sabía que nadie podría verme. Luego, en el residuo de luz que aún quedaba de ese día, desplegué la hoja.

Era un retrato. Nítido, preciso. Representaba a un viejo con el rostro tapado por la barba, enmarcado por un pelo rizado y áspero, la frente ceñuda y una tristeza infinita atrapada en los ojos inermes, aún infantiles.

Era yo. Aquella era la viva imagen de mí mismo.

Ella lo había entendido: había sido un niño feliz y, de golpe y porrazo, me convertí en un viejo: entre un momento y otro, la nada.

Abajo, a la derecha, había escrito:

Sassaia, 7 de noviembre de 2015

Para ti, de parte de Emilia

7

«Las mujeres no son violentas. Algunos estudios recientes sobre la corteza cerebral han establecido que tienen más habilidades, con respecto a los varones, a la hora de gestionar el sufrimiento, la rabia y la frustración. Y esto explicaría, al menos en parte, por qué solo el 4,2 por ciento de la población carcelaria italiana es de sexo femenino.»

Al conocer aquellos datos, se habían partido de risa.

—Olé, chiquillas —gritó Giada—, somos la excepción de la excepción: ¡una rareza!

—Lo que nos están diciendo es que tenemos una corteza cerebral tan retrasada como la de los varones —replicó Yasmina contrariada—. Personalmente, me siento ofendida.

—Yo también —intervino Myriam dándole un puñetazo al pupitre—. Si he acabado aquí dentro no es porque soy igual que los tíos, sino porque los tíos me han cabreado un montón.

—¡Eso es! Ni más ni menos.

Gritos de liberación.

La pobre Pandolfi, la profesora de Italiano, que había traído el artículo con su mejor intención, buscó sin éxito la manera de calmar las aguas, pero el daño ya estaba hecho.

—¡No somos como los tíos, joder! ¡Somos lo contrario! ¿Quiénes son los gilipollas que han escrito el artículo?

—A ver si por el simple hecho de no habernos sometido, tragado y encajado los golpes como las demás mujeres, ahora resulta que somos unas descerebradas.

—¡Mira tú esos hijos de la gran puta!

Casi habían llegado a una insurrección.

Como siempre, Marta puso punto final a la discusión con su broche de oro:

—¿De qué sofisticados procesos de elaboración del dolor, de la humillación y del duelo estamos hablando si un tío lo que quiere es darte una paliza o violarte? Guantazos, arañazos, unas buenas patadas en las pelotas: a eso se le llama *paridad de género*.

Pandolfi se levantó de la silla implorando calma. ¿Cómo diablos se le había ocurrido algo así? Esa era la peor clase de su vida. Ella era lo más parecido a una monja laica que pretendía redimir al personal y sus alumnas le colocaban chinchetas en el asiento de la silla, dibujaban pollas en la lista de asistencia y se la sudaba su ansia de redención.

Sin embargo, el asunto del cuatro por ciento les había gustado. Las hacía sentir especiales. Desde entonces, en los momentos de bajón, se señalaban la una a la otra con el dedo índice: «Que no se te olvide que tú formas parte del cuatro por ciento», repetían con orgullo. «Arriba esa cabeza, que eres una mujer excepcional.»

En aquel lugar, por lo general, las cosas funcionaban sin tantos miramientos culturales, lingüísticos y artísticos. Al principio, Yasmina a duras penas hablaba unas cincuenta palabras en italiano. Afifa había nacido y se había criado en Italia, pero estaba tan cabreada, y con razón, por no tener la ciudadanía y por ser tratada como «la negra», «la comeplátanos» o «la mona» que odiaba a todo el mundo y solía desahogarse dando tirones de pelo a las demás. Si alguna de ellas recibía una mala noticia, no tenía costumbre de expresarse en versos en su diario, ni de sublimar el cabreo dibujando unicornios y arcoíris. Tampoco ponía la otra mejilla ni mostraba la expresión abatida y paciente de la Virgen. En cuanto alguien le soltaba una frase inconveniente o un comentario chungo, saltaba como una hiena en un gesto de purísima y brutal violencia femenina.

Ese gesto podía ir dirigido contra las demás o contra una misma; la cosa no cambiaba mucho. La cuestión, según intentó explicarle Emilia a Rita a lo largo de sus sesiones, era que, cuando algo te dolía a morir, lo que querías era eso: morirte. Acabar contigo misma, con tu interlocutor, con todo lo que te rodeaba. Cargarte al mundo entero y simplificar las cosas al máximo.

—¿Por qué?

—Porque el dolor físico es una solución a todo el dolor.

—¿Por eso sigues haciéndote cortes?

—Cuando te estás ahogando, no andas sobrada de tiempo. Si tienes los pulmones llenos de agua, no te entretienes buscando las palabras adecuadas... Estás desesperada, joder. Lo único que quieres es silenciarlo todo y subir a la superficie, acallar el ruido insoportable que te ronda en la cabeza, no caer en el agujero que tienes en mitad del pecho, en el lugar del corazón.

—Así que vas y te haces un corte.

—Sí. Y vuelvo a sentir mi cuerpo vivo, lo único que me queda para agarrarme a la tierra.

—Entonces, ¿ahora te has propuesto quedarte agarrada?

Corría el año 2006. Primavera. Emilia tenía veintiún años.

—Quiero continuar los estudios en la universidad.

—¿Lo haces para contentar a tu padre o por ti?

—Fundamentalmente, por mi padre. Y por Vargas: es ella la que me ha empujado a estudiar. Y también pensando en las demás, en las más jóvenes, porque quiero ser un ejemplo para ellas, como Marta y Myriam lo han sido para mí.

—¿Y qué haces pensando en ti?

—Yo no existo.

Rita había fruncido las cejas emborronadas de lápiz negro con forma de ala de gaviota.

—Estás aquí, sentada frente a mí.

—Soy lo que tú ves de mí. Soy la hija que ve mi padre. La infeliz que ven los profesores cuando vienen a hacerme los exámenes. Soy una amiga para algunas, una gilipollas para otras. Pero, haga lo que haga, sigo siendo Emilia Innocenti, ¿verdad? No hay manera de zafarse de aquellas fotos, de los titulares de los periódicos. Así que lo que hago, lo hago pensando en los demás. Cuando pienso en mí misma, me rajo.

Rita respiró hondo.

—¿Piensas que hay alguna manera de existir más allá de Emilia Innocenti? Me explico: ¿crees poder ser también una persona distinta de la que ven los demás, de la que recuerdan los demás? ¿Piensas que hay dentro de ti alguien que merezca algo?

Emilia se lo había pensado un buen rato, muy seria. Y luego había contestado con mucha seguridad:

—No.

—¿Qué haces? —me preguntó a voz en grito mientras yo buscaba un hueco entre las macetas del alféizar.

Eran las diez. En Sassaia era noche cerrada. Las luces encendidas en mi cocina y en la suya casaban perfectamente.

—Dejo un puñado de castañas para los muertos —contesté.

—¿Los muertos? —Emilia hizo una mueca, disgustada—. ¡Buah!

Fumaba y solo llevaba puestos los vaqueros y el sujetador. Yo la miraba de reojo, sin atreverme a fijarme en su cara; mientras tanto, me entretenía con los ciclámenes, quitando las hojas secas y echándoles agua. Ella estaba sentada a horcajadas en la ventana, en plan provocativo. A través del sujetador blanco se transparentaban las aréolas oscuras y los pezones aún más oscuros.

—¿Qué quieres decir con «para los muertos»?

Me di cuenta de que era un asunto delicado para ella. Tenía la cabeza echada hacia atrás contra el dintel de la ventana y el pelo rojizo y ondulado le cubría la espalda. Se quitaba el cigarrillo de los labios y echaba la ceniza en el callejón, tan estrecho y tan frío que yo llegaba a ver la piel de gallina en sus brazos llenos de arañazos y cicatrices.

—Manda la tradición que, en estos días de noviembre, después de recoger las castañas, se dejen las más hermosas para los difuntos —le expliqué.

Me miró perpleja.

—¿Tradición, difuntos? ¿Cómo coño hablas?

Dio otra calada al cigarrillo y se llevó una rodilla al pecho, abrazándola, tal vez para calentarse. La otra pierna se quedó colgando, infantil y coqueta. Sus armas de seducción parecían proceder de las telenovelas de los años noventa.

—Nunca he dado crédito a estas tonterías —continuó—. De niña ni siquiera dejaba sal para los renos debajo del árbol de Navidad. Pero, por si acaso, hazme un favor: añade una castaña para Myriam —me pidió muy seria.

Asentí. Agaché la cabeza para hurgar en la cesta.

—No se la merece —comentó—, pero yo soy una señora y no me gusta guardarle rencor a nadie.

Me observó para asegurarse de que colocara una castaña de más en el platito. Luego se asomó al callejón desierto, levantó la cabeza hacia el cielo estrellado que nos cubría como un manto y gritó:

—¡Myriam, te estoy dejando una castaña, para que te enteres! ¡En nombre de todas las veces que me birlaste el tabaco, los tangas de Intimissimi y las revistas del corazón! ¡Procura pasártelo bien allá donde coño estés! Tienes mi bendición.

Volvió a apoyarse en el dintel y me miró satisfecha, esperando una reacción por mi parte. Yo no sabía qué decirle, qué hacer: habría podido cerrar la ventana a toda prisa o dejarla abierta la noche entera.

—No me has dicho nada del dibujo —me reprochó.

—Es muy bonito...

—*Bonito* no significa una mierda.

Yo iba moviendo el platito de derecha a izquierda, y al final lo coloqué delante de mí, como si fuera a protegerme.

—Es que nunca nadie me había hecho un retrato... —musité, titubeante pero sincero—. Me ha pillado por sorpresa.

—¿Como anoche? —Sonrió demasiado explícita.

Yo no quería meterme en aquel lío. Porque ella era un lío. Veía los cortes en sus brazos: estaba más claro que el agua que se los había hecho ella. Iba atando cabos: esa tía no estaba en sus cabales. Y poco importaba que pudiera follármela a gusto. Uno puede equivocarse una vez, soltarse y vivir; pero, si repites, la culpa es tuya.

—Mañana tengo que madrugar —me limité a decir—. Que descanses.

Ella se puso tensa.

—Mañana es domingo, ya me dirás adónde piensas ir —me soltó, echando la colilla al callejón con un gesto de desprecio—. Así es como se libra uno de una chica después de un polvo. Disculpa, es que eso aún no lo sabía.

Me odié.

—No quería decir eso...

Se bajó de la ventana con un salto atlético, la cerró con prepotencia y echó las cortinas.

Yo me quedé ahí como un idiota, con las castañas para mis muertos y para los suyos.

Cerré también la ventana y cogí una sartén del aparador porque aún no había cenado. La solté de mala manera encima de los fogones y eché tres huevos dentro. Corté unos pedazos de queso y dejé que se derritieran encima de las yemas. Me serví dos copas de vino y me las tomé una detrás de otra. Engullí los huevos de la misma torpe manera que había visto comer a los hombres que pastoreaban a los animales en la espesa niebla de la llanura en invierno, hundidos en la soledad de quien se pasa la vida entera en compañía de animales. Fui a lavarme los dientes, apagué todas las luces y subí al piso de arriba.

Había luz en su ventana.

Me tumbé vestido. Dejé los postigos abiertos, igual que ella. En la oscuridad, mi corazón latía al hilo de los toques lejanos del campanario de Alma.

A la mañana siguiente tenía que preparar las próximas clases. Una lista para enseñar a los más pequeños las consonantes dobles —guitarra, arriba, carruaje— y explicar a los mayores qué es un verbo: una acción que se opone a un estancamiento, que rompe un estado de inmovilidad, de muerte que se arrastra. También, la diferencia entre un sustantivo y un nombre propio y por qué este último lleva una mayúscula como letra inicial.

«Emilia», repetí para mis adentros no sé cuántas veces. Porque, aunque muchas se llamen como tú, ese nombre solo te invoca a ti en la tierra. A ti, a una que se hace cortes, que busca a alguien para poder dormir. Pero no volverá a suceder, no habrá una segunda vez.

Me levanté y bajé las escaleras corriendo. Salí de casa aún más deprisa. Llamé a su puerta y el sonido de mis manos retumbó en la montaña.

Esta vez Emilia se hizo de rogar, como si quisiera que yo enmendara mis errores.

Y yo solo quería una cosa: cometerlos.

Me abrió molesta, aún con los vaqueros y el sujetador puestos.

—Me llamo Bruno —le dije casi sin aliento.

—Me importa una mierda cómo coño te llames.

Entré y atranqué la puerta. Cerré los ojos. La besé, me llené las manos de su pelo, la boca de su saliva, pegado al sujetador blanco que desabroché para sentir sus pechos, su corazón.

Ella dejó que la besara. Luego se separó y empezó a abofetearme con todas las fuerzas que tenía. Yo recibía las bofetadas y la miraba mientras me pegaba: tan furiosa, tan pálida, tan ausente. Me daba puñetazos en el pecho, en el abdomen, en las caderas. Estaba demasiado delgada, y yo a su lado parecía una roca.

«La cuestión es dejar las palabras fuera de nuestra historia —pensé— y el pasado fuera de nuestras noches.» Si podíamos llegar a ese pacto, yo volvería.

—Vendré siempre —le dije—. Cada noche que me necesites.

No me hacía daño. Solo pretendía entregarme su yo dañado.

Mientras las viejas casas de piedra, los búhos y los bosques escuchaban nuestros jadeos, ella iba aflojando los puños, abría las manos, las dejaba resbalar por sus caderas. Y yo la abrazaba con todo mi cuerpo, como si al fin hubiese encontrado una nueva casa.

—Te lo prometo —le aseguré.

8

La cita era a las once menos cuarto frente a la iglesia de Alma. Llegué con retraso, sin aliento, llevando conmigo una pesada cartera de piel llena de libros y hojas pautadas. Estaba preocupado por Martino Fiume, que se había pasado toda la mañana molestando a los demás alumnos, señal de que su padre había vuelto a casa borracho y había levantado las manos a la familia. Para acabarlo de arreglar, a la hora del recreo Patrizia me había retenido durante más de veinte minutos en la sala de profesores con asuntos burocráticos que yo detesto y a los que ella dedica mucha energía, aprovechando para coquetear, pasarme un brazo por los hombros y sofocarme con su perfume dulzón. Y yo, como siempre, sin agallas para enfrentarme a ella. Una tortura.

Sin embargo, en cuanto vi a Emilia en los escalones de la iglesia me olvidé del Martino y de su padre, de las consonantes dobles y de la sintaxis, de Patrizia y de su dichoso papeleo. Se la veía fuera de lugar en la plaza Mayor de Alma, con los vaqueros hechos jirones, la chupa con flecos, el jersey rojo ceñido y el emblema anárquico a la vista. Totalmente inadecuada para una primera cita de trabajo, aunque fuera con el Basilio, con el pelo recogido de cualquier manera, kilos de carmín en los labios y un chicle que le explotaba una y otra vez en la cara. Quieras que no, se me ocurrió pensar no sé si en broma o un poco más en serio, que aquella era mi novia.

Oyó mis pasos y enseguida se dio la vuelta. Estaba a punto de sonreírme, pero se aguantó.

—Buenos días —me saludó muy modosita.

Yo me quedé quieto, manteniendo las distancias, y le contesté, aún más formal:

—Buenos días. La acompaño dentro.

En la plaza no había nadie. El Samuray estaba en el lado opuesto y tenía la puerta cerrada, lo mismo que la tienda de la Rosa y la oficina de Correos. Nadie habría podido oírnos. Nadie estaba asomado a la ventana o a un balcón. Alma era el pueblo más grande del valle y sus novecientos tres habitantes parecían haberse extinguido hacía cientos de años, pero yo sabía que estaban ahí, que enseguida se fijarían en nosotros, nos observarían detenidamente, escondidos detrás de los postigos, las ranuras, las cortinas. Tenía claro que acto seguido afinarían sus mentes especializadas en detectar detalles sórdidos y se empeñarían en desenmascararnos, en dar un nombre específico a la sospechosa aparición del maestro Peraldo al lado de la *forastera* borrachuza. Por eso había instruido con esmero a Emilia para aquel encuentro a plena luz del día, lo mismo que se instruye a una amante invitada a la misma fiesta a la que asistirás con tu mujer. Nada tenía que ver que yo no estuviera casado y, por lo que sabía, ella tampoco, que fuéramos mayores de edad y libres de hacer lo que nos viniera en gana. Esa era la teoría. En la práctica, fuera de Sassaia nuestra libertad se esfumaba.

Me adelanté y ella me siguió sin aparentar ninguna complicidad entre los dos. Yo esperaba que la iglesia, por el solo hecho de serlo, pudiera disipar sin más cualquier chismorreo. Intercambiamos una mirada rápida y llena de luz antes de entrar; luego, como si apenas nos conociéramos, como si no hubiéramos pasado juntos cada noche durante los últimos diez días, nos metimos por la portezuela lateral y nos dimos de bruces con los pliegues de una gruesa cortina de terciopelo. Ahí me apresuré a darle un beso, cagándome en las malas lenguas, en los meapilas, en todos los que creen tener siempre la verdad de su lado. El amor solo puede ser desobediencia.

Dentro, la sombra era gélida y espesa, un acuario negro. La única excepción eran las poderosas luces que iluminaban de arriba abajo la contrafachada, y ahí estaba el Basilio trabajando, en la parte más alta de un gran andamio.

Estaba tan concentrado que no se dio cuenta de que estábamos allí, y a eso hay que añadir que tampoco oía muy bien. Cuando Emilia vio la pared pintada al fresco con la representación del juicio universal, se puso tensa y de repente se esfumó todo el entusiasmo que había expresado en una llamada de teléfono a su padre para celebrar la oportunidad inesperada de trabajar en algo que tuviera que ver con sus estudios de arte. Una conversación a la que yo presté oídos mientras ella se paseaba por el callejón hablando y yo trasplantaba otros ciclámenes, entreteniéndome para poder enterarme de todo.

Llamé al Basilio a voz en grito. Él siguió aplicando papel de arroz empapado de agua destilada en el ala sucia de un ángel rubio, y luego, muy despacio, se dio la vuelta y nos miró. Ni un saludo, ni una sonrisa, ni siquiera un gesto. Yo le había dicho a Emilia que no sería fácil vérselas con él. Era un hombre muy vapuleado por la vida, introvertido, huidizo, que siempre se había negado a trabajar con otras personas. Si ahora había aceptado ponerla a prueba, después de insistirle yo durante una semana, era porque su cuerpo ya no aguantaba y aún le faltaban tres años para jubilarse.

Tras un gran esfuerzo para bajarse del andamio, arrastró su pequeño cuerpo, jorobado y enclenque, hasta donde nosotros estábamos. Fijó la mirada cristalina en el rostro de Emilia y la observó a través de sus viejas gafas con unos ojos de color azul hielo, lúcidos y vivos, lo que demostraba que dentro de aquel saco de huesos aún vivía un espíritu brillante.

De repente, en su rostro se dibujó un amago de sorpresa. Me di cuenta, pero no hice caso.

—Te presento a Basilio Raimondi, el artista de más renombre y prestigio de todo el valle —dije yo mientras él rechazaba los elogios con un gesto de la cabeza—. Y ella es Emilia, la persona de la que te he hablado, la autora del retrato a lápiz. Emilia... —caí en la cuenta de que no sabía su apellido—, licenciada en Bellas Artes.

—¿Sabes restaurar una pared pintada al fresco? —le preguntó él sin más trámites.

Emilia tardó un rato en contestar. Nunca la había visto tan pálida. Se torturaba las uñas arrancándose las pieles. Finalmente asintió:

—Sí, he dado dos asignaturas de restauración de bienes culturales.

—Esta es una humilde iglesia de finales del siglo xiv —le explicó el Basilio— en un pequeño pueblo aislado que en sus días de gloria llegó a contar dos mil ciento trece habitantes.

A orillas del torrente, un poco más abajo, quemaron viva en la hoguera a Margherita Boninsegna, para que te hagas una idea. Este siempre ha sido un valle plagado de brujas, de herejes, de rebeldes. Quizá por eso, modestia aparte, tenemos este espléndido *Juicio universal*. No está a la altura de un Giotto, pero... Míralo bien.

Emilia levantó la mirada de mala gana y enseguida bajó la cabeza.

El Basilio era el único de su generación que se expresaba siempre y solo en un italiano impecable. La razón, y este era un secreto que yo había descubierto por casualidad, es que el hombre no tenía amigos ni se entretenía con nadie, pero leía día y noche, sirviéndose de una vieja biblioteca que le había dejado en herencia un masón, agradecido por cómo el Basilio había decorado su casa o quizá arrepentido por no haberlo ayudado antes.

—¿Te ves capaz de devolverle los colores a este *Juicio*? —le preguntó; y, señalándole algunos puntos, añadió—: Como puedes apreciar, hay partes, especialmente el infierno y el diablo, dañadas por la carbonilla y las excrecencias salinas.

Nunca había visto a Emilia tan callada, tan poco desafiante.

—¿Solo queda esto por restaurar?

La pregunta nos sorprendió al Basilio y a mí. Se trataba de una pared entera y ella nos venía con el «solo».

—También hay una Virgen negra de madera que habría que volver a pintar.

—Entonces, si no le importa, preferiría probar antes con esa pieza —replicó Emilia—. Luego, si finalmente decide darme trabajo, lo ayudaré con el fresco.

—¿De dónde eres?

Me entró el tembleque. Yo nunca había tenido el valor de hacerle una pregunta tan simple. Torcí la cabeza para mirarla y vi muy bien que su cuerpo sufría un imperceptible temblor.

—De Las Marcas —contestó—, un pequeño pueblo de la provincia de Pesaro y Urbino.

Instintivamente supe que mentía.

—¿Dónde has estudiado?

—En el Alma Mater Studiorum de Bolonia —anunció pomposamente Emilia, de nuevo animada.

En los labios del Basilio asomó una sonrisa triste:

—Yo no tengo ninguna formación, pero me habría gustado mucho estudiar. Y también visitar Bolonia y Urbino; solo las he visto en fotos.

El lugar más lejano al que había ido era Turín, donde empezó la carrera universitaria con muchas aspiraciones y orgullo, pues con suerte iba a ser el primer licenciado en toda la historia de Sassaia. Sin embargo, el dinero de la familia se acabó a los pocos meses y nadie más se animó a costear sus estudios, de manera que había tenido que volver al pueblo y darle a la brocha gorda.

Me resultaba tan doloroso reflejarme en las renuncias de aquel hombre que, aun a riesgo de parecer cursi, no pude aguantarme y solté:

—Aunque no tengas un título, Basilio, aquí todo el mundo reconoce tu talento. De no ser así, no te habrían confiado la restauración de iglesias como esta y de los demás santuarios y mansiones.

Aquello era un triste consuelo, o eso fue lo que deduje de su silencio, una resignación que marcaba su rostro cansado y lleno de arrugas tapado en buena parte por una barba larga y rizada como la mía, pero blanca. Se libró de mis palabras como si fueran moscas y se dirigió a Emilia:

—Eso poco importa ahora; yo soy viejo, pero tú eres joven y quiero ver qué has aprendido en Bolonia.

Los vi alejarse en la negrura de la nave lateral izquierda. Él la estaba guiando hacia la escultura de la Virgen negra y ella lo seguía muy discreta unos pasos por detrás. «Como una monjita», pensé de repente. Los dos en esa iglesia oscura que tiempo atrás había estado a rebosar y que ahora ni Dios sabía para quién la estarían restaurando.

Me sorprendió la amabilidad con que la había tratado el Basilio, siempre tan huraño y malcarado. Y la prudencia de ella al vérselas con un pobre viejo, a pesar de sus prendas provocativas y el chicle que iba mascando cada vez más despacio y que acabó por escupir a escondidas, me di cuenta, en un recibo de papel que guardó en el bolsillo.

Intuí que de alguna manera secreta se habían reconocido. Como si no fueran simplemente las dos personas que yo conocía, a él desde hacía un montón de años, a ella desde hacía dos semanas, sino también dos criaturas extrañas a las que yo no tenía acceso.

—¿A qué hora paso a recogerla? —le grité al Basilio.

Él me indicó que callara llevándose el dedo índice a los labios; a fin de cuentas, estábamos en una iglesia y el cura era un chismoso de cuidado. Abrió una mano y añadió el pulgar de la otra para indicarme que fuera a las seis.

Ya tenía claro que Emilia y yo estábamos liados. No se lo diría a nadie. Con él no hacía falta fingir.

Antes de irme, murmuré en la oscuridad: «Suerte, Emilia».

El pálpito que tuve al principio se revelaría cierto: el Basilio la había reconocido. Fue el único. Y por esa razón ya había decidido que le daría el trabajo, independientemente de los resultados de la prueba, porque él siempre hacía las cosas al contrario que los demás.

Aquella mañana, después de dejarla un rato sola con la Virgen negra y su Niño, compartió con Emilia el pan y el queso, la fruta y al agua, pues ella no se había enterado de que tenía que llevar una fiambrera. Estaban sentados en lo alto del andamio porque no resultaría apropiado hacerlo en otro lugar. Según opinaba el Basilio, poco importaba que uno fuera creyente o no: en caso de duda, Dios merecía un respeto.

—Has hecho un espléndido trabajo con la corona y el velo —le dijo.

—Gracias —contestó ella, masticando en silencio y con la mirada fija en el suelo.

—Vas a tener que disculparme si alguna vez te parezco arisco. No estoy acostumbrado a tener a nadie a mi lado, excepto gallinas, ocas y canarios.

Emilia devoró la comida, tomó un sorbo de agua de la bota del Basilio y, sentada obstinadamente de espaldas a la pared del *Juicio*, confesó:

—Espero no molestarle y ser útil. Para mí es muy importante este trabajo. Siempre ha sido mi sueño. Al menos —dijo pensando en voz alta—, desde que he vuelto a soñar.

El Basilio la escuchaba con atención y la miraba pudorosamente. Sabía muy bien con quién estaba hablando. Por su parte, Emilia no sospechaba que él estuviera enterado; en ese caso, se habría levantado y habría huido lo más lejos posible.

Aunque no lo dijera, ella también se acordaba de él. Eran solo retales sueltos de su infancia que ni siquiera habría sabido poner en contexto. Su tía siempre hablaba con admiración del «pintor», alguna vez él había ido a su casa a tomar un café y les regalaba unos huevos frescos. Emilia se había olvidado de su nombre, pero se acordaba de su rostro, de aquellos ojos que, a pesar de las grietas de dolor y cansancio en los párpados, aún desprendían una luz extraordinaria.

El Basilio no siguió preguntando y no quiso correr el riesgo de molestarla aludiendo a algún detalle del pasado. Hablaron de la historia de aquella pequeña iglesia de pueblo, del escultor que había entresacado de un tronco de roble la Virgen con el Niño, de los artistas poco conocidos que se habían dedicado al retrato del Cristo y de los santos y de la lástima que suponía no poder llegar a descubrir el nombre del autor anónimo de aquel *Juicio* que destacaba entre las demás obras. Tanta belleza sin que el nombre de él o ¿por qué no? de ella apareciera en ningún libro o documento. ¿No era una injusticia?

—Puede que no —contestó Emilia—. Es posible que lo que somos y lo que hacemos no sean la misma cosa. —Levantó la mirada y añadió—: Estoy pensando en Caravaggio.

—Tienes razón —admitió el Basilio. Sus miradas se cruzaron un instante—. El arte es siempre una búsqueda de luz, una vía de escape de la negrura que hay en la vida.

Tras la pausa de la comida, antes de volver al trabajo, él le dijo:

—Lo que siento es que solo voy a poder pagarte una miseria.

Emilia sonrió porque tuvo claro que había superado la prueba.

—Vivir en Sassaia no acarrea muchos gastos, y a mi padre lo único que le importa es que me las apañe yo sola.

Riccardo: el Basilio lo recordaba perfectamente. A menudo había pensado en él en aquellos años. Había rezado por él y por Emilia.

Cada cual volvió a sus tareas. La Virgen negra era una copia muy lograda de la Virgen de Oropa. Llevaba prendas de oro, el velo de oro, el pelo de oro. También su Niño Jesús tenía rizos dorados y sonreía con la misma radiosa indiferencia que su madre ante la lastimosa condición humana.

Al volver a pintarla, Emilia sentía una paz dolorosa y se encontraba a sus anchas ahí, pues esa Virgen tenía un origen oscuro: se decía que encarnaba la noche, que genera el amanecer. Una parte de Emilia habría querido ser para siempre el niño que llevaba en sus brazos, a resguardo. Criatura recién creada, pura, sin culpa. Lejos del suelo y suspendida en una burbuja de amor absoluto, incondicional.

También para Emilia la infancia había sido un pequeño paraíso; tal vez por eso, al verse expulsada de ella con tanta violencia, se le había partido el corazón.

Ponía los cinco sentidos en la tarea de difuminar o intensificar el color, intentando recuperar la tonalidad exacta que la escultura tenía en origen y que con el pasar del tiempo se había desgastado, desteñido, corrompido. Quería que el Basilio estuviera orgulloso de su tarea, que la convirtiera en su ayudante. Disfrutaba de ese nuevo inicio: la casa, el novio recién estrenado, el trabajo. En contra de los pronósticos de su padre, de Rita, de la Venturi, esa aldea desvencijada y dejada de la mano de Dios la estaba llenando de ofrendas. Como si ella fuera una reina, como si las mereciera.

El único examen que no había aprobado se centraba en el *Juicio universal* de Giotto. Al final, se había rendido y cambiado de asignatura. Al *Juicio* de Miguel Ángel ni siquiera se había acercado. Tenía muy claro que se moriría sin haber entrado nunca en la Capilla Sixtina ni en la capilla de los Scrovegni. En Bolonia, en la iglesia de San Petronio, durante la única visita guiada que le habían permitido, cuando se vio frente al gigantesco fresco de Giovanni da Módena, que en el centro muestra al diablo negro devorando la cabeza de un hombre, tuvo que pedir permiso y salir porque se le cortaba la respiración.

Había lugares a los que Emilia no podía volver. No volvería, aun imponiéndoselo con todo el empeño imaginable. Incluso la Venturi tuvo que admitirlo:

Hay huecos que no puedes llenar.
Que se quedarán ahí para siempre, negros y hondos.
Pero, si te lo propones, serás capaz de construir una vida a su alrededor, como vuelve a crecer la hierba al borde de los cráteres. Como se decoran los pozos poniendo macetas de flores. Tu vida siempre será un anillo alrededor de esa vorágine. ¿Te ves con ánimos de aceptarlo?

Unos haces de luz hendían la sombra, cargados de polvo y otras partículas. La iglesia, aunque pequeña y desierta, se imponía con su silencio justiciero. De repente, un recuerdo le cruzó la mente, uno de los muchos que Emilia tenía amordazados y encadenados con camisa de fuerza en el fondo de su maltrecho subconsciente. Ríete tú de los cráteres...

El olor a incienso en la catedral de Rávena, la voz del cura durante el funeral, el ataúd de caoba cubierto de rosas blancas: su flor preferida. Emilia se había sentido minúscula. Desde aquel día, el 2 de enero de 1998, empezó a desaparecer. Le quedaba el cuerpo, como quedan las lápidas, las placas, las fotografías enmarcadas, pero el interior se había vaciado. Dentro de ella no guardaba nada con vida.

El rostro de la Virgen tenía una mella en la mejilla y debajo del ojo derecho. Emilia pulía, rellenaba. Una parte de sí misma le pedía que le concediera la posibilidad de volver a empezar. Sin embargo, la otra parte enfriaba sus ánimos: te descubrirán, tarde o temprano ocurrirá.

Había bastado una pregunta inocua, «¿De dónde eres?», para cerrarle el estómago. Y cuando el Basilio le dijo: «¿Dónde has estudiado?», le había parecido un milagro poder decir, por una vez, la verdad. Había contestado despacio, diligentemente: «Alma Mater Studiorum de Bolonia». Pero había obviado un pequeño detalle: la «sucursal» donde le habían otorgado el título. El recorrido, digamos, «especial», que la había llevado a graduarse con un portentoso «sobresaliente», al punto de que su padre había llorado de alegría como un niño.

Emilia tenía que ocuparse día tras día de esa tarea descomunal: esconder el pasado entero detrás de su cuerpo, teniendo en cuenta que su cuerpo era muy delgado, y su pasado, gigantesco.

«Bruno va a desenmascararte —se dijo— y no querrá volver a verte. El Basilio te despedirá. La gente de Alma te echará a rastrillazos y tendrán toda la razón. No hay sitio en la Tierra para ti; tu lugar está entre los diablos, prisionera de sus garras, ardiendo entre las llamas.»

Era solo cuestión de tiempo. Pero quería vivir ese tiempo a pesar de que fuera poco y endeble, a pesar de sí misma.

Nos detuvimos en el estrecho espacio entre la cortina de terciopelo y la portezuela lateral.

—¿Cómo ha ido?

Emilia se aseguró de que el Basilio estuviera lo suficientemente lejos como para no oírla y, acto seguido, exhibió una sonrisa radiante que nunca le había visto y me soltó exultante:

—¡Genial!

—¿Te ha contratado?

—Me ha dicho que vuelva mañana.

Me di cuenta de que su felicidad inundaba de calor la parte más congelada que aún se resistía en mi interior.

—Nunca había visto al Basilio tan amable con nadie —aseguré.

—Tiran más dos tetas que dos carretas —replicó Emilia, haciendo gala de su jactancia habitual—. Tú deberías saberlo.

Estaba a punto de abrir la puerta, pero la detuve.

—Te recuerdo que estamos a punto de subirnos al gran escenario de Alma y resulta que tú y yo somos la atracción principal.

Emilia levantó la mirada al cielo y, con una mano metida en mis pantalones, me soltó:

—Montemos un número que escandalice a todos esos meapilas, por favor te lo pido.

—Tú no los conoces. Ya han condenado a la hoguera a unas cuantas brujas. ¿Quieres acabar como ellas? —le pregunté sonriendo.

—Por supuesto.

—A estas horas el Samuray estará lleno de gente y vamos a ser pasto de tantos chismorreos que...

—¡Vale! Tú ganas —replicó Emilia con un bufido—. Recuérdame qué tengo que hacer: ¿salgo yo antes y voy subiendo por Stra' dal Forche?

Estaba a punto de repetirle que cogiera el atajo, de explicarle otra vez la compleja estrategia que había planificado y que resultaría algo paranoica para cualquiera que no viviese en Alma o en los alrededores, pero en la penumbra me di cuenta de que tenía frente a mí a una Emilia nueva. Escondida tras la pose arrogante, la coraza defensiva y los ojos inermes, vislumbré a la joven mujer que había llegado a Sassaia llevada por un motivo oscuro. Pensé que esa mujer hoy había recibido una recompensa.

—Vamos a salir de aquí juntos —le dije alterando el plan— y nos iremos a cenar fuera.

Ella abrió los ojos de par en par, como si le hubiera propuesto irnos a América.

—Si te apetece, claro. Creo que deberíamos celebrarlo.

Algo en sus ojos se animó. Un brillo infinitesimal, como una señal procedente de una galaxia muy lejana, a millones de años luz, de una estrella que seguramente había muerto hacía tiempo, pero yo había conseguido interceptar. Eso me dio ánimos.

—Todo el mundo me ha visto tambalearme borracha en la puerta del bar —me recordó ella—. Te vas a jugar el tipo.

Le di un beso y contesté:

—Me la suda.

Había pasado las últimas horas sentado en una roca blanca cerca del torrente, considerando varios títulos, decidiendo cuáles resultarían más tentadores para convencer a mis trece alumnos de que leyeran, aunque fuera un solo y miserable libro. Elaboré estrategias para que se les metiera en la cabeza que leer no era un gesto inútil en un mundo como este, donde los afectos andan destartalados y crees que lo mejor es esconder tu naturaleza para que te quieran. Donde calles enteras han sido abandonadas, las casas, vaciadas, y cada rincón te persuade de que aquí el tiempo se ha acabado, que quien se queda es un perdedor. Me proponía hacer todo lo que estuviera en mis manos para que entendieran que leer podía librarlos de la soledad inmensa de ese lugar y de sus leyes de mierda.

Mandé a tomar por culo la primera regla del pueblo: no confraternizar con los forasteros.

Me dije que tenía que predicar con el ejemplo, y de ahí que abriera de par en par la puerta y saliéramos juntos de la iglesia, expuestos a la luz del atardecer, con el Samuray lleno de gente que no se cuidaba de disimular su interés, pues hubo quien torció la cabeza y el cuerpo entero para ver mejor.

Pensándolo ahora, quizá nos habría convenido andar con más cuidado, seguir amándonos en Sassaia, solo con las rocas, las hayas y los animales por testigos. Es posible que así ganáramos tiempo, o tal vez no, porque lo que tiene que pasar pasa, a pesar de que pongas todo de tu parte para evitarlo. Bien mirado, quizá acertamos haciendo nuestro aquel pedazo de felicidad, todo entero y de golpe.

Vaya por delante que, a pesar de lo que escribo, no es que saliéramos de la iglesia cogidos de la mano, del brazo o besándonos apasionadamente. Lo único que hicimos fue salir a la vez por la puerta y cruzar juntos la plaza, en paralelo, sin rozarnos, sin gestos provocativos. Pero el simple hecho de estar a la vista de todos bastaba y sobraba.

Al pasar frente a las cristaleras del Samuray, le pedí en silencio a Dios que Patrizia no estuviera en el bar y no nos viera, aunque yo con Dios había ido siempre y solo a la gresca.

9

Que se te muera alguien durante las fiestas de Navidad es una mala jugada que nadie se merece y, menos aún, una chiquilla de trece años.

Hacía poco que Emilia había tenido la primera regla. Le costaba reconocer su propio cuerpo, tenía la cara llena de granos y añoraba la infancia. Cuando le pedían que leyera en voz alta en clase, las letras se le cruzaban y se confundían unas con otras, pero la profesora no estaba al tanto y seguía humillándola delante de todos. Se sentía el único ser triste en un mundo de seres felices. Por si eso fuera poco, ahora también estaba obligada a oír una y otra vez la misma cantinela: «Ánimo, cariño: *tienes* que mirar hacia delante», declamada en tono grave, como si fuera un compendio de sabiduría, en boca de conocidos antipáticos, de vecinos que la conocían desde pequeña. Pero eso y nada era lo mismo, porque te daban el pésame llevando en la mano montones de bolsas de compra y botellas de vino espumoso, pensando en la cena de Fin de

Año, en la cuenta atrás que todos seguirían por televisión, en un futuro que para ella acababa de convertirse en tiempo muerto.

La noche de Fin de Año de 1997 Emilia y su padre la pasaron en la cocina, solos, uno sentado frente al otro, callados, evitando mirarse, con la mesa desnuda, el televisor apagado, el fregadero a rebosar de platos sucios.

A lo lejos se oían las primeras explosiones, unos petardos tirados por chiquillos impacientes que no habían podido aguantar hasta las doce de la noche. De los jardines de los chalés de los alrededores, de las ventanas iluminadas que tenían enfrente, les llegaban cascadas de risas, ráfagas de música a todo volumen que luego de repente aflojaba, quizá por respeto, porque alguien se había acordado de la desgracia de la familia Innocenti.

A decir verdad, Emilia no sentía nada. Se limitaba a oír, dentro de su cuerpo, el colapso irreversible del ventrículo derecho, luego del izquierdo, de la aorta. Mantenía la mirada fija en la mesa de mármol y ahí veía, como en un espejo mágico, a sus compañeras de clase.

Iba pensando que a esas horas ya se habrían arreglado y andarían con las diademas de terciopelo, los broches de Swarovski, el tacón alto. En cuanto bajaran del coche de sus padres, añadirían una capa de maquillaje al que les había permitido mamá, se cepillarían una vez más el pelo con el peine que llevaban en el bolso y darían un último toque a las pulseras, los anillitos y las medias finas que no estaban acostumbradas a llevar debajo de las faldas cortas. Y al llegar a la puerta del local alquilado colectivamente para la ocasión, con los altavoces tronando *What is love* y los botellines de Sprite bien alineados para disimular el vodka, harían su entrada triunfal desfilando ante los chicos.

Para sus compañeras, sería la primera fiesta libre del control de sus progenitores. Ella, en cambio, ahí estaba, con su padre, contemplando una adolescencia que había acabado incluso antes de empezar.

Tenías que decirme por enésima vez que no me pasara con el pintalabios. Tenías que prestarme tu sujetador, acompañarme a la fiesta y darme unos cuantos consejos sobre cómo cantarles las cuarenta a las dos gilipollas de Sonia y Vanessa, que siempre me excluyen y me llaman «piel de zanahoria». Tenías que enseñarme a andar con los tacones de aguja, a fumarme un cigarrillo sin tragar el humo. Echarme una bronca cuando no tuviera ganas de estudiar en casa o porque prefería los videojuegos a esos libros que tú te empeñabas en hacerme leer. Tenías que darme más detalles sobre los métodos anticonceptivos y ayudarme con el poema de Pascoli que no entiendo. Pero resulta que te has muerto.

En un determinado momento, su padre se levantó de la silla. Serían las nueve o las diez de la noche. Habían perdido la noción del tiempo y su lugar lo había ocupado un desierto lunar donde no existía la gravedad, ni tampoco el día, la noche y la vida misma; solo quedaba el charco sordo de la materia.

El hombre se puso de pie, con determinación, apoyando las dos manos en el mármol de la mesa. La miró.

Durante años no comerían más que congelados y comida preparada. Aquella noche, y todas las noches a partir de entonces, ni siquiera intentarían dormir sin tomar pastillas. La gente te cuenta que, cuando te enfrentas a la enfermedad del otro, tienes la oportunidad de acostumbrarte, de irte resignando, porque ves sufrir tanto a la persona a la que amas, resulta tan distinta a como era, que al final solo quieres renunciar.

Pero a Emilia no le podías ir con el cuento de la resignación y la costumbre. Ella habría querido que se quedara allí para siempre, en la cama articulada para prevenir úlceras. Aunque pesara treinta y nueve kilos, aunque pareciera un monstruo, con dos pelos en la cabeza, aturdida por la morfina, pero aún su madre.

Era una egoísta, una hija única consentida; cualquiera se atreve a seguir adelante *después*.

A poder ser, Emilia se habría agarrado con cuerpo y alma a aquel montoncito de huesos, a aquella piel marchita de treinta y siete años. Habría pedido disfrutar en exclusiva de la versión exhausta y esquelética de su madre hasta que llegara el momento adecuado, o sea, cuando cumpliera cien años, ciento diez. Cuando, con un poco de suerte, incluso hubieran podido morir juntas, con pocas horas o días de diferencia. Su madre ya no era capaz de comer sola, apenas respiraba, pero había una diferencia inmensa entre hacerle una caricia, cogerle la mano caliente, contarle qué tal había ido en el colegio, y no poder hacerlo.

Pero, a lo que íbamos: su padre se había puesto de pie, había apoyado las manos en la mesa, la había mirado a los ojos interrumpiendo el flujo de imágenes que iban del gotero de morfina a Sonia y Vanessa con los brillantitos pegados a los párpados, de la llamada a la funeraria a los besos que se darían sus compañeros de clase aquella noche sin que ella estuviera, con la música *dance* de fondo, sin solución de continuidad, como si la muerte y aquellos toqueteos, el cáncer y el estruendo de los altavoces fueran la misma cosa.

—Emilia, tenemos que cenar algo —le dijo. Más delgado, con los ojos hundidos e hinchados—. Vamos a preparar un poco de pasta.

Con la barba sin afeitar desde hacía días, el pelo de repente canoso, hecho polvo, pero imperativo y categórico:

—Ahora estamos solos tú y yo. Eso es lo que hay y tenemos que ir tirando.

Cuando levanté la persiana del garaje en las afueras de Alma y mostré a Emilia mi maltrecho Seat Ibiza rojo, ella soltó una carcajada:

—¿Cuántos siglos tiene?

Se acercó al capó, lo miró divertida y con el dedo índice rozó la costra de polvo y dibujó una polla enorme.

—Ya sé lo que me vas a decir... —la provoqué—. A Marta no le gustaría nada.

—Oh, ¡Marta echaría incluso la papilla! Ella no se sentaría nunca en un coche de gama inferior a un Mercedes —replicó— y limpio como los chorros del oro.

Logré encontrar un pequeño aspirador de mano que estaba ahí desde hacía años junto con otros utensilios útiles para el motor, esa clase de instrumentos que me seducían mucho menos que Giacomo Leopardi. Me empeñé en quitar de los asientos las moscas muertas, las migas de alguna excursión de mil años atrás, las telarañas. Cuando me pareció que el habitáculo ya estaba en condiciones, revisé el aceite, el agua y la presión de las ruedas y la invité a entrar.

—¡Adelante! Si te apetece, te dejo conducir.

—No, no. —Emilia se puso roja como un tomate. Luego se sentó rauda y veloz en el asiento del copiloto, se puso las gafas de sol y enseguida desvió la conversación.

—Está demasiado limpio. Me deslumbra. Parece recién salido de un taller de los años setenta.

—Ochenta —la corregí.

Le di a la llave de encendido sin saber a ciencia cierta qué pasaría. Hacía más de un año que no arrancaba el coche; la última vez lo había cogido para ir a ver a la Gisella en el hotel Le Piane. Este recuerdo me puso muy triste.

Con medio depósito de gasolina, pensé, quizá podríamos salir de la provincia y luego de Turín, del Piamonte, la tierra que solo había dejado en verano, de niño, para ir a la playa en Liguria.

El viejo trasto se puso en marcha y, milagrosamente, salió del garaje. Se deslizó por la carretera provincial, tomó impulso en las bajadas y nos precipitó en el mundo.

Emilia bajó la ventanilla, aunque hiciera frío. A estas alturas, noviembre ya se comportaba como tal. Yo le daba al acelerador como si alguien me persiguiera y ella tenía la cabeza colgando hacia fuera para sentir el viento en los ojos, en el pelo que le azotaba la cara. La vida que se nos venía encima.

Volví a pensar en Marta, el único indicio que tenía a mano para reconstruir la vida de Emilia. Aún andábamos entre jadeos en la habitación alumbrada por velas, como si estuviéramos en el siglo XIII, cuando ese nombre surgió por primera vez. Y yo me había tirado encima de él con un hambre que me resultaba insólita.

La cosa fue así: Emilia me había preguntado en qué trabajaba, y yo, muy tranquilo, le contesté que enseñaba Italiano en primaria. Al oír eso, ella reaccionó de una forma extravagante: sorprendida, casi alarmada. Meneando la cabeza, había dicho:

—No puede ser... Ahora resulta que me estoy follando a un maestro.

—¿Y qué pasa?

—Vaya rollo más patético —me contestó, tapándose la cara con las dos manos—. Cuando se entere Marta, ya no querrá saber nada de mí.

—¿Quién es Marta?

Emilia nunca nombraba a nadie, excepto a su padre, y solo de vez en cuando. Parecía que no hubiera tenido una vida antes de llegar a Sassaia. Me senté en la cama con las piernas cruzadas para dedicarle toda mi atención. Ella se quitó las manos de la cara y contestó muy compungida:

—Mi compañera de colegio.

Me pregunté de pasada quién enviaba a sus hijos a un colegio privado en los años noventa o principios del siglo XXI, pero Marta ahora era lo que más me importaba.

—Vive por todo lo alto —continuó Emilia orgullosa—. Tiene casa en Milán, un apartamento de cien metros cuadrados en una zona muy elegante. Se dedica a la investigación, ¿sabes? Trabaja para una empresa farmacéutica. Solo sale con directivos, notarios, y la cuenta de la cena siempre la paga ella porque es una mujer libre y feminista.

—Pues no le cuentes que sales con un maestro. Dile que soy... ¡profesor universitario!

Ella me miró escandalizada:

—¿Que le cuente yo una mentira a Marta? Hicimos un pacto, nos cortamos las yemas de los dedos en el baño y juntamos nuestra sangre. Un pacto no se rompe.

—¿Y qué novio querría para ti Marta?

—Bueno... —me contestó tras darle un par de vueltas—. Un tipo de pelo en pecho, muy macho. Un tío con cantidad de pasta, pero también culto. Licenciado en algo serio: Ciencias, Matemáticas. Un ejecutivo.

Solté una carcajada estrepitosa; hacía veinte años que no me reía tanto.

—Nunca encontrarás a un ejecutivo en Sassaia, y tampoco en Alma. Eso sí, está lleno de hombres de pelo en pecho, con camisetas de tirantes agujereadas, olor a establo y las manos plagadas de callos. Luego pasó algo raro. Emilia estaba como ausente. Con la mirada perdida y los dedos jugueteando con un mechón de pelo, murmuró:

—Siempre me leía sus redacciones antes de dormirnos.

Al preguntarle yo de quién estaba hablando, volvió en sí algo apurada:

—Nada, no me hagas caso.

Recordé ese episodio y también la respuesta que le había dado al Basilio: Las Marcas. ¿Qué datos tenía? Ninguno. La única vez que había visto a su padre en el balcón sacudiendo el colchón y las sábanas me había parecido un hombre rico. El colegio tal vez sería uno de esos campus al estilo americano donde las familias pudientes envían a los hijos a estudiar. Cabe que existiera uno así en la provincia de Pesaro y Urbino. Tendría que buscar en internet. A todas esas, la carretera provincial serpenteaba entre los bosques, en picado sobre el torrente, bajando por las negras montañas.

—¿Adónde vamos? —me preguntó con el pelo revuelto después de subir la ventanilla.

—«A una estación —le contesté—, a una vía donde nadie pueda encontrarnos.»

—Mandelstam. —Sonrió.

Volví la cabeza para mirarla: las pecas, los labios finos y agrietados que no aguantarían el invierno, los ojos opacos e impenetrables como unas brasas. ¿Podría amarla sin saber quién era?

Cuando llegamos al cruce, me quedé parado un montón de tiempo en la señal de *stop*, aunque la carretera estaba vacía.

Empezaba a sospechar que a veces, aunque no siempre, me mentía. No acababa de entender por qué había omitido un detalle tan tonto como el hecho de no tener carné de conducir.

Tenía pensado torcer a la izquierda y dirigirme hacia un restaurante en el llano del que me habían hablado muy bien, aunque no lo conocía personalmente. Quería que todo fuera nuevo para nosotros, como unos recién nacidos.

Sin embargo, en el último momento, en un gesto de kamikaze, tomé la dirección contraria.

El restaurante se llamaba El Ciervo Verde. Encaramado en una colina de Donato, en los confines de la provincia, en un valle mucho más soleado que el nuestro y bañado por un torrente menos impetuoso, aún seguía funcionando.

Cuando llegué a la entrada, se me hizo un nudo en el estómago. La última vez que había abierto aquella puerta fue con ocasión de una comida, un domingo de principios de agosto. Habían pasado, calculé, veinticinco años.

Tampoco Emilia se animaba a entrar. Se había quedado clavada mirando la puerta, como si esperara que alguien fuera a abrirla, pero en aquel momento yo no podía interpretar ese gesto, pues me faltaban los datos necesarios. Sus titubeos me empujaron a tomar la iniciativa y abrí.

El tiempo unas veces es implacable, y otras, milagroso. Si pensaba en lo que había sucedido en mi valle con el pasar de los años —pueblos que al principio de los años sesenta contaban con miles de habitantes y ahora se habían reducido a unas pocas decenas— se me rompía el corazón. Sassaia había llegado a albergar a treinta y cinco familias en los tiempos de los picapedreros y los albañiles conocidos en el mundo entero. Cerca de Alma, bajando por la colina, prosperaban los talleres dedicados a la confección de sombreros, fábricas que procesaban la lana, cultivos de cáñamo. Cuando yo era niño, el pueblo estaba lleno de tiendas, fiestas patronales, bares bulliciosos, y a rebosar de gente hasta altas horas de la noche, panaderías, mercados. Luego, algo parecido a una peste golpeó el pueblo, vació las casas y los bares, los restaurantes y las plazas. Era como si el tiempo se hubiera convertido en un alud y, deslizándose desde lo alto de las montañas, hubiera acallado al pueblo entero.

Aquí, en cambio, en El Ciervo Verde, el tiempo había conservado y protegido todos los detalles. De las paredes seguían colgando los cuernos, los búhos y las perdices disecadas con los ojos de cristal que te miraban fijo, imperturbables, las fotos en blanco y negro que exhibían hombres con el sombrero puesto y mujeres con el pañuelo atado bajo la barbilla, de la época en que este era un territorio rico y nadie habría imaginado que un buen día los nietos huirían en masa. Incluso me pareció que las mesas estaban puestas con los mismos manteles y los mismos centros rústicos tallados en madera.

Sin embargo, al no ser ese día un domingo de agosto de 1990, sino un miércoles o jueves de noviembre de 2015, en el comedor con vistas a los Alpes no había nadie. Solo Emilia, que desfilaba ligera entre las mesas acariciando cubiertos y servilletas.

—No te imaginas cuánto tiempo hace que no voy a un restaurante.

—Lo mismo digo —admití.

Ella levantó la cabeza y me miró:

—Pero me he dado cuenta de que estás triste.

Me quedé ahí plantado, incómodo, sin tener una respuesta a mano. Al contrario que ella, yo no sabía mentir.

Una mujer anciana con moño y delantal salió de la cocina para darnos la bienvenida y preguntarnos dónde preferíamos sentarnos. Emilia escogió una mesa cuadrada delante de una ventana que enmarcaba el Mombarone. Nos sentamos uno frente a otro mientras la señora ponía en la mesa una pequeña vela encendida y a mí me temblaban las manos. Empezaba a sudar.

Lo llaman «autosabotaje». Tú quieres salir del barro y regalarte un gesto normal, como invitar a una chica a cenar en un restaurante, y al mismo tiempo quieres castigarte por el simple hecho de haberlo intentado, así que, de todos los locales, eliges el peor.

Emilia leía entusiasmada la carta con el menú típico: polenta con estofado de ciervo, polenta con salsa de tomate, polenta con queso. Y yo intentaba concentrar la atención en ella, en su hermosa sonrisa, en el presente, que era el único espacio libre. Sin embargo, la mirada se me iba hacia un lado, hacia una larga mesa dispuesta para una familia numerosa, alborotada, alegre. Mis ojos se sentían atraídos por un imán invencible: el pasado. Mientras Emilia pedía un litro de vino de la casa y polenta con salsa para los dos, yo volvía a repasar, como si estuviera viendo una película casera, los brindis, los abanicos, las risas de aquel domingo, y un peso enorme me iba hundiendo los pulmones.

—¿Con cuántas chicas has salido?

Volví de golpe al espacio y al tiempo presente.

—¿Por qué me lo preguntas? —En ese momento me di cuenta de que ya habían servido el vino—. ¿Es importante la cantidad?

—Claro que sí, ¡joder! Es fundamental. Anda, dímelo. —Emilia levantó su copa—. Y, sobre todo, cuéntame la verdad.

—Cero —confesé mientras le proponía un brindis—. Nunca he salido en serio con nadie.

Ella movió la cabeza incrédula.

—¿Ninguna historia en treinta y seis años?

—Solo unos pocos encuentros, esporádicos y tristes, y cuando ya tenía una cierta edad.

—¿Nunca te has enamorado?, ¿nunca has vivido con nadie?, ¿nunca has presentado a ninguna chica a tu familia?

Esa última pregunta me resultó particularmente dolorosa. Vi muy claro cómo su rostro se aliviaba al confirmarle yo:

—No, nada de nada.

Nos tomamos el vino de un solo trago. El alcohol me ayudó a volver a flote.

—¿Y tú? —le pregunté.

De repente Emilia se puso en plan chulo. Recostada en el respaldo de la silla, suspiró:

—Pues yo me he acostado con un montón de tíos. Me los follaba en el baño del Imperiale y del Cocoricó en Riccione. También he tenido rollos serios, de dos, tres años. Incluso de cinco, con Emanuele, el amor de mi vida. —Mientras me lo contaba, no me miraba. Se sonreía a sí misma, como en éxtasis—. Fuimos a vivir juntos cuando estábamos en la universidad. Él llegó a pedirme que nos casáramos, pero yo no me sentía preparada.

De todas esas palabras, por instinto retuve una: Riccione.

Llegó la polenta. El rostro de Emilia se iluminó. No sabía bien si era debido al vino, al restaurante o al buen resultado de la prueba con el Basilio, pero la verdad es que se había venido arriba. Yo, en cambio, tenía la sensación de llevar una roca atada a los tobillos, y debajo de la mesa había un lago negro y profundo que estaba esperando la oportunidad de tragarme entero, que me empujaba a agarrar toda aquella felicidad repentina, inmerecida, inesperada, y a prenderle fuego.

—¿Por qué de Las Marcas a Sassaia? —le pregunté a bote pronto, serio, directo, desesperado, antes de probar la comida—. Mejor dicho, ¿por qué de Riccione a Sassaia?

Ella, que ya había empezado a comer, se ensombreció. Tragó el primer bocado, soltó el tenedor y me miró a los ojos con un sentimiento que, sin duda, era de odio:

—Que te quede claro que conmigo los interrogatorios no funcionan —me espetó, limpiándose las comisuras de los labios con la servilleta—. Si te pones en plan gilipollas, yo acabo de comer, me levanto, cojo tu coche y me voy. Aunque no tenga carné de conducir y no conozca la zona. A tomar por culo. Me marcho y te dejo aquí plantado.

Su transformación me horrorizó. Ella siguió imprecando:

—¿Me he metido yo contigo?, ¿acaso te he preguntado por qué me has traído aquí, a este lugar que te pone chungo?, ¿te he preguntado a qué o a quién te recuerda?, ¿he intentado meter el dedo en la llaga? No, porque no soy una tía de mierda.

—Discúlpame.

Le cogí una mano y la apreté. Cerré los ojos. Sentí que las lágrimas me bajaban por las mejillas. No hice nada para disimular.

Y a ella eso debió de sorprenderle, porque, tras titubear un instante, también me cogió fuerte la mano encima del mantel, entre las copas y la cesta del pan. No podía ver qué cara ponía, pero sentí que sus palabras se volvían más dulces:

—Tú también arrastras un mal rollo, ¿verdad?

Me estaba viniendo abajo y su mano me aguantaba.

—Anda, vamos a comer. No dejemos que esta magnífica polenta se enfríe. ¿Sabes qué decía siempre Rita, otra de mis amigas del colegio? Que por algún lado hay que volver a empezar. Y yo no la creía, no quería, pero me he visto obligada. Entonces, de todos los lugares del mundo, elegí Sassaia porque es el más hermoso. Es como... —se lo pensó un momento— un útero de piedra. Una se siente a resguardo, libre de culpa, calentita como en el establo de un belén, y todo el mundo frío y malvado se queda fuera.

Abrí los ojos. La miré a través de las lágrimas con un sentimiento que, sin duda, aunque me mintiera hasta el fin de mis días, aunque no supiera aún qué precio tendría que pagar, era amor.

—No vuelvas a preguntarme nada —concluyó—. Me vale follar, vivir, pero no traspasemos líneas rojas, ¿de acuerdo? Mejor respetar los límites.

Cuando toda la clase, muy modosa y llevando prendas oscuras, había hecho acto de presencia en el funeral, Emilia ya no era dueña de su corazón.

Desde el primer banco, el lugar reservado a la familia más cercana, se había dado la vuelta para mirar hacia el fondo de la iglesia, donde se amontonaban personas que ni siquiera sabían cómo se llamaba su madre. Había escudriñado uno por uno a sus compañeros, y, sobre todo, a sus compañeras, que lucían tetas, caderas y culo mientras ella seguía pareciendo el palo de una escoba. Había adivinado, tras sus miradas bajas y el silencio obligado, los pensamientos que volvían a la fiesta de la noche de Fin de Año, en la que ella no había podido participar, al vodka con sabor a melocotón que se habían metido entre pecho y espalda, al aturdimiento después de la primera ronda de porros, a eso que las revistas del corazón describían de un modo aséptico como *petting* y que a la hora de la verdad hablaba de las ganas de tener sexo sin tener el valor de hacerlo.

Ellos estaban allí, en una recta que recorrerían hasta perder el aliento, con toda la vida por delante. En cambio, ella estaba aquí, parada en una vía muerta. Su horizonte era el ataúd de su madre, que se llamaba Cecilia y amaba las novelas de Richard Ford, de Daniel Pennac y los poemas de Umberto Saba. Que tenía treinta y siete años, enseñaba Italiano en primaria en el instituto Ungaretti de Rávena y siempre había preferido el mar a la montaña.

Le gustaba tostarse al sol, meterse mar adentro con un patín de pedales para admirar las sombrillas de la playa convertidas en puntitos de colores «Mira Liliput, Emilia», ir a comer a un restaurante con la arena aún pegada al cuerpo debajo del traje de baño. Pero lo que más le gustaba era volver a clase en septiembre y reencontrarse con sus alumnos, escucharlos mientras contaban qué tal les habían ido las vacaciones, corregir las redacciones que les había asignado como tarea junto a «lecturas salvajes en libertad».

Su madre era una buena persona, nunca jamás había hecho daño a nadie. Organizó una biblioteca escolar con su propio dinero y daba clases de apoyo gratuitas a los niños con problemas que procedían de los barrios más pobres.

Cuando la vida la había golpeado con el aborto espontáneo del hermanito de Emilia, un episodio que ella recordaba perfectamente aunque entonces solo tuviera cinco años, se pasó dos días llorando en la cama. Luego, en vez de seguir lamentándose, se apuntó a una asociación de voluntarios que iba a entretener a los niños ingresados en el pabellón de oncología pediátrica.

Mientras el cura hablaba o, mejor dicho, chachareaba a propósito de los designios inescrutables de Dios, que siempre opera de acuerdo con lo que es justo y conveniente, las muecas divertidas de su madre, su manía de quitar las sobrecubiertas de los libros y dejarlas tiradas por ahí, su manera de hacerle preguntas a propósito de eventuales pretendientes levantando solo una ceja, ya se habían convertido en verbos que había que conjugar en pasado.

De ahora en adelante Emilia volvería a casa después de clase, tras sufrir las humillaciones de la profesora de Italiano y de Vanessa y Sonia, quienes le bajaban a la fuerza las bragas en los baños «¿Quién te va a follar a ti, pelo de zanahoria? Das asco...», y ya no encontraría a su madre leyendo en el cuarto de estar.

Ya no podría llorar agarrándose a ella, con la cabeza acurrucada en su pecho. Ya no le oiría decir: «Son débiles, por eso se ensañan contigo. La gente valiente siempre es generosa». Al abrir de par en par la puerta de casa, se encontraría con un agujero. Un cráter ensordecedor, vertiginoso, que aún conservaba el olor de su ropa bien ordenada en los armarios, de sus perfumes alineados en la repisa del baño, de sus novelas que llenaban la estantería del cuarto de estar y que ni ella ni su padre volverían a tocar.

Llegado el momento de sacar el ataúd de la iglesia, Emilia ya era incapaz de ver a sus compañeros, a los profesores y a los allegados, ni siquiera el cielo y la tierra. Cuando habían metido el féretro con su madre dentro en un nicho de las filas más altas del cementerio monumental de Rávena y luego habían empezado a tapiarlo con ese ruido definitivo que producían el cemento fresco y la espátula, los hierros y la fresadora, a Emilia le faltó el aire; no pudo aguantarse de pie y se cayó al suelo como un saco de patatas.

Al volver a casa, marcó el número de móvil de su madre y escuchó el mensaje: «El número solicitado no está disponible en este momento». Seguiría marcando el dichoso número cada día, obsesivamente. Seguiría llamando para escuchar, en vez del habitual «Dime, cariño», una voz anónima que repetía un mensaje grabado.

No es verdad que luego tiras para adelante.

Luego hay que vérselas con las consecuencias.

Y la primera, la más importante en la vida de Emilia, fue una rabia sorda e implacable.

10

Volvimos a Sassaia demasiado tarde aquella noche, confundidos y alterados por las palabras que habíamos intercambiado en el restaurante y que ahora nos seguían dando vueltas en la cabeza, como esas avispas alfareras que se insinúan en las pequeñas grietas de los postigos y cavan hasta vaciarlos, sin dejar de zumbar. El frío se había precipitado de repente sobre nosotros como un hacha. La humedad del bosque nos partía los huesos. Nos abríamos paso con las linternas en las zonas más tupidas, donde la oscuridad era una pasta negra y rebosante de peligros. No habríamos tenido que llevar prendas tan ligeras, no habríamos tenido que hacer un montón de otras cosas, pero con los «no» a cuestas no vas a ningún lado.

Cuando llegamos a mitad de camino, entre la capilla votiva y las piedras gigantes, me paré y le agarré la mano. Me moría de ganas de rogarle: «Dime quién eres», pero no podía porque entonces ella me lo preguntaría a mí.

Empecé a besarla de un modo violento, que reflejaba toda mi frustración. Emilia temblaba, envuelta en la chupa de cuero con flecos, pero no me rechazaba. Era como si siempre estuviéramos a punto de perdernos, amenazados por un recuerdo, por una pregunta, por el hombre y la mujer que habíamos sido, pero que ahora, en el momento de encontrarnos, ya no éramos.

Apagamos las linternas, nos apoyamos en un castaño y acabamos tumbados entre sus raíces, en una amalgama de hojas, piedras y tierra helada. Faltaba poco para que hubiera luna llena y su luz se escurría como un riachuelo a través de las ramas. A lo lejos, el campanario de Alma nos avisaba con su toque de campanas de la hora extravagante, ese tiempo en que nada se ha acabado aún y todo está por empezar. Teníamos la piel de gallina y las zarzas nos arañaban. Mientras nuestros cuerpos se fundían el uno en el otro, me dije a mí mismo que ahora sí entraría en el refugio de los partisanos. Que ya no tendría miedo de los murciélagos ni de la munición sin explotar. Que por ella iría a investigar de qué estaba hecha la negrura, qué olor tenía. Incluso sin mi hermana.

—Se nos ha ido la olla —dijo Emilia cuando acabamos, con el pelo lleno de hojas—. Los polvos en el bosque solo se los echan los adolescentes que tienen a sus padres vigilando. Los treintañeros follan en casa, calentitos.

—Yo me salté la etapa de la adolescencia, pero puede que la esté recuperando ahora contigo.

Me di cuenta de que estaba a punto de decirme algo importante, pero a última hora se echó atrás. Volvimos a encender las linternas y nos pusimos otra vez de camino. Emilia iba delante y, a pesar del cansancio, andaba a buen paso para entrar en calor. Empezaba a dominar Stra' dal Forche. «Es como si ya fuera su casa», pensé. Cuando llegamos al cartel que señalaba Sassaia, se dio media vuelta para mirarme y sonrió:

—¿Quién me lo iba a decir? —soltó, dándose friegas en los brazos—. Al final, tendré que darle las gracias al dichoso Aldo por no haberme traído el televisor.

Me atreví a pensar que podríamos ser felices.

—Si en noviembre hace tanto frío —musitó mientras seguía frotándose los brazos y caminando lo más rápido que podía—, ¿qué cojones va a pasar en enero? Ya no me noto los dedos de las manos ni de los pies.

—En enero no haremos otra cosa que quitar nieve a paladas, romper el hielo, cargar las estufas y acabarnos las provisiones. Por cierto, dentro de nada tendríamos que empezar a almacenar víveres. Podíamos quedarnos aislados.

—Ya me parece oír las palabras exultantes de mi padre —dijo, imitando su voz—: «¡Ya te lo decía yo, tonta!».

Caminábamos abrazados por los callejones iluminados por la luna, entre las casas calladas y solas, cruzando unas plazoletas tan pequeñas que no tenían denominación oficial ni números de referencia, solo nombres en dialecto, como *Surtum, Busc, Stela*. Yo también presentía la llegada del invierno, percibía su olor en el viento que bajaba rodando por las montañas. Pensé que debería ir a la ciudad a hacer la gran compra previa al apocalipsis, ir a buscar a casa del Rivetti cantidades industriales de madera y esperar aislado delante de la estufa hasta que pasara la tormenta. Sí, pero por primera vez no lo haría solo: estaba ella.

Al llegar a nuestras respectivas casas, le pregunté:

—¿Te apetece dormir en la mía?

Emilia se sorprendió, como si nunca hubiera barajado esa posibilidad. Como si mi casa fuera un ataúd, una caverna, un museo cerrado e inaccesible. Y efectivamente lo era.

—Vale —me contestó, más preocupada por estar a resguardo del frío que por convencimiento.

Me entró un temblor mientras le daba vueltas a la llave, pero no era por culpa de la baja temperatura. Desde hacía mucho tiempo, tanto que casi me costaba medirlo, nadie excepto Valeria y yo había entrado en aquella casa. Pulsé el interruptor y se hizo la luz, revelando a las claras mi vida. Que era un desierto. Una exposición ordenada de reliquias: una mantequera de madera, una huevera que ya no utilizaba, una corona de flores trenzadas y puestas a secar, testimonio de una excursión de mi infancia, y un montón de tazas y tacitas pertenecientes a personas de las que ya no recordaba la voz y la sonrisa. Pero ese mausoleo solo lo veía yo. Emilia estaba muy cansada y tenía demasiado frío.

—Me noto algo de fiebre —me dijo castañeteando los dientes.

La miré. Tenía los labios morados.

—No puedo faltar al trabajo mañana. Es mi segundo día. No voy a decepcionar a Basilio.

—No te pongas nerviosa —le contesté—. Ven conmigo.

La llevé arriba, a mi dormitorio, y encendí la tenue luz de la lamparilla que utilizaba para leer. Eché leña en la chimenea e hice sentar a Emilia en el sillón cerca del fuego que empezaba a arder. Le tapé los hombros con una gruesa manta de lana.

—Espérame aquí.

Bajé y puse agua a hervir. Actuaba siguiendo la secuencia de gestos de Valeria cuando yo me ponía enfermo. Volví con una infusión de ortigas humeante. Emilia, envuelta en la manta, casi se había dormido. Le pasé la taza para que bebiera el líquido hirviendo y le puse una mano en la frente.

—Solo tienes un poco de fiebre. Mañana estarás como nueva.

No cerré los postigos, no apagué la luz. No me atrevía a decírmelo en voz alta, pero volvía a desearlo: el futuro.

Cuando terminó la infusión, la llevé al baño y la desnudé, aunque ella no quisiera, aunque estuviera exhausta y el invierno aún le calara los huesos. Abrí el grifo de agua caliente de la ducha y le aseguré que después ya no sentiría frío, que se fiara de mí. Se dejó caer apoyándose en las baldosas. Yo cogí la esponja y el gel de baño y la lavé, eliminando los restos de hojas y tierra.

—Demasiadas emociones hoy —se justificó bajando la mirada, como avergonzada.

La envolví en mi albornoz. Le sequé el pelo con el secador. Le di uno de mis pijamas, un paracetamol, y la metí en la cama, del lado que nunca nadie había ocupado.

—¿Por qué haces todo esto por mí? —susurró, metida debajo de las mantas y con los párpados casi cerrados.

«Por qué.»

Nunca se lo había dicho a ninguna chica.

Y tampoco conseguí decírselo a ella.

Sin embargo, Emilia intuyó el significado de mi silencio. Entonces abrió de par en par los ojos enfebrecidos y, presa del pánico, me soltó a voz en grito:

—¡No puedes!

Me quedé sentado a su lado en el borde la cama.

—No puedes —insistió. Era una admonición. Me agarraba fuerte de la mano para que no me fuera, para que me retractara inmediatamente de las palabras que no había pronunciado—. Tú no me conoces, no sabes nada.

—Estos diez días contigo —le dije— valen mil veces más que los diez años anteriores. Si solo quieres pasártelo bien, si no te ves con ganas de comprometerte, si te acuestas conmigo porque soy el único hombre que tienes a mano, a mí no me importa. No pretendo que sientas lo mismo que yo. No voy a retenerte, no quiero nada. Solo me alegro de que estés aquí.

Emilia me soltó la mano y me miró con un estupor desesperado.

—No me lo merezco —dijo.

—Yo tampoco —repliqué, poniéndome de pie—, pero ahora intenta dormir, que dentro de seis horas tenemos que levantarnos.

—Cuando nos poníamos enfermas, teníamos que aislarnos para no contagiar a las demás —balbuceó— y echaba en falta las caricias de mi madre. No estoy acostumbrada al frío, no estoy acostumbrada a todo eso. —Antes de hundir la cabeza en la almohada, añadió—: Son tantos los inviernos que me he perdido que ya los tenía olvidados.

Salí de la habitación. Apagué todas las luces del piso de abajo y de arriba, excepto nuestra lámpara de la mesilla. Me metí en la ducha y, al salir, empapado y envuelto en el albornoz que ella había llevado un rato antes, me miré en el espejo empañado. Serían las dos o las tres de la madrugada, pero me daba igual. A la mañana siguiente mis alumnos se quedarían estupefactos, pero tampoco me importaba. Primero cogí las tijeras; luego, la maquinilla de afeitar. Los mechones de barba caían en el lavabo como una piel vieja durante la muda. Pedazos de coraza, pedazos de máscara.

Cuando terminé de afeitarme, vi en el espejo a un hombre distinto. Una persona que no me era ajena, todo lo contrario, pero hacía mucho tiempo que la tenía amordazada dentro de mí, prohibiéndole cualquier modo y manera de ser feliz. Basta.

Fui a acostarme en mi cama, que por primera vez no estaba helada ni desolada, ni era solo mía. Me coloqué de lado, en la misma posición que Emilia. Alargué una mano para tocarle la frente: ya no tenía fiebre. No iba a permitir que nada ni nadie del pasado viniera a turbarnos.

Patrizia estaba en el Samuray cuando Emilia y yo habíamos salido juntos de la iglesia y cruzado la plaza. Estaba con sus amigas, sentada a una mesa al lado de la cristalera, y nos había visto, igual que el resto de los parroquianos.

Cuando llegué al instituto a la mañana siguiente, con toda la pinta de haber dormido dos horas, unas ojeras profundas y, sobre todo, sin barba, ella estaba recorriendo el pasillo en dirección contraria. Al principio aflojó el paso, sorprendida. Luego me fulminó con una ráfaga de odio en la mirada y siguió adelante sin dignarse a saludarme.

Trabajábamos juntos desde 2005. Yo había vuelto a Sassaia un año antes, uno de los más desastrosos que yo recuerde. Ella acababa de divorciarse. Al principio estaban allí otras dos colegas que hacían más llevadera la relación, pero, al poco tiempo, debido a la drástica disminución de los alumnos, solo nos quedamos nosotros dos. La situación enseguida se complicó porque ella se sentía sola y no sabía gobernar ese pulpo de cien patas que es la soledad, mientras que yo me encontraba muy bien solo y no tenía ninguna intención de convertirme en la persona que llenara sus vacíos.

Nunca había hecho nada para secundar su interés, pero tampoco pretendía ofenderla. Aquella vez que me había besado a traición en la sala de profesores la había alejado de mí con la máxima delicadeza e incluso le había pedido disculpas antes de pirarme.

Vale decir que Patrizia nunca me había visto en compañía de otra mujer. La Gisella estaba a treinta y cinco kilómetros de Alma y ¿quién iba a sospechar que yo, mismamente yo, el maestro Peraldo, tan discreto y ascético, hiciera ciertas cosas? A sus ojos, habría podido pasar por homosexual. Esperaba que pensara eso. Veía su fragilidad y me entristecía herirla. Intentaba llevarme bien con ella, ser testigo amable de sus rabietas, aunque no me gustaran ni ella ni su manera de enseñar. Todo lo que podía ofrecerle era una amistad distante.

Esa mañana sus tacones retumbaban con desprecio bajo los arcos decimonónicos de la escuela, como si, en vez de las consumidas baldosas blancas y negras, quisiera pisotearme a mí. Enseguida me di cuenta de que algo horrible le rondaba la cabeza, pero, francamente, me importaba un pimiento.

Cuando entré en clase, mis trece alumnos estaban ocupados confabulando e intercambiando cartas de Pokémon, como de costumbre, y apenas se dieron cuenta de que había llegado. Les llamé la atención y al fin conseguí verlos sentados con la mirada dirigida a la tarima. Fue entonces cuando en el aula se hizo un silencio absoluto.

Observé aquellos ojos diminutos, pasmados e incrédulos. Mi transformación había sido tan grande, y no solo en el aspecto físico, que solté una carcajada.

—¿Qué pasa, chicos? Si solo me he afeitado la barba...

Se quedaron aún más perplejos.

—Aquí no hay truco. Sigo siendo yo: el maestro Peraldo. Y ahora os voy a desvelar mi verdadera edad: tengo treinta y seis años.

Esbozaron una sonrisa que mostraba los huecos entre sus dientes de leche, al principio tímidamente, luego con mayor énfasis. Estaban acostumbrados a corretear rodeados de viejos decrépitos, y era probable que ahora la idea de tener a un maestro joven los hiciera sentir más en la onda.

—Eso no quita que tengamos clase como siempre. Vamos a trabajar las consonantes dobles con los pequeños y los verbos con los mayores, ¿vale?

—¡Noooo! —contestaron a coro.

—Que todo el mundo recoja las dichosas cartas y saque los cuadernos... Andando.

Abrí el registro escolar y fui pasando lista a los pocos alumnos de aquella escuela enorme con vistas al torrente. La misma a la que habíamos ido Valeria y yo y numerosas generaciones de la familia Peraldo, y donde ahora ya solo quedaban cuatro gatos. Luego me levanté y fui a la pizarra:

—Si dobláis una consonante, ojo, aunque solo sea una, la palabra cambia de significado. Por ejemplo: *carro, caro*; *bollo, bolo*; *pollo, polo* —escribí en la pizarra; por descontado, me llegaron sus carcajadas tan gratificantes.

¿A santo de qué, me pregunté, debería mantener las promesas, convertirme en un famoso profesor universitario, enseñar en la Sorbona o en Berlín, y renunciar a esas risas?

Por una vez en la vida, aquella mañana no me sentí un fracasado.

Más tarde, a la hora del recreo, entré en la sala de profesores y me encontré a Patrizia tomándose un café solo que le había traído el Piero en una bandeja del Samuray. Rompí el silencio con un tono de voz insólitamente alegre:

—Buenos días, Patrizia.

No me contestó. Siguió tomándose el café a pequeños sorbos mientras miraba por la ventana a los chiquillos que correteaban y metían bulla en el patio, sudando y con las chaquetas abiertas, arrastrando las bufandas y sin hacer caso del frío que, en aquel día nublado, transformaba su aliento en vaho.

Estaba tan tensa que le temblaban las manos. Yo, en cambio, estaba tan contento que, absurdamente, pretendía que ella también lo estuviera.

—El Martino ha acertado todos los verbos —le dije orgulloso—. No sé si es porque su padre no ha vuelto a casa borracho, porque está en racha o porque está harto de repetir curso; hoy parecía otra persona.

—*Tú* eres otra persona.

Dejó la taza encima de la mesa. Sin mirarme, se puso a buscar algo en el bolso deprisa y corriendo, como alterada. Sacó el móvil y empezó a teclear compulsivamente. Acto seguido, salió corriendo.

Un sonido raro me sorprendió. Procedía de mi cartera de cuero. Era mi móvil, un objeto al que estaba tan poco acostumbrado que casi siempre lo tenía apagado o en silencio. Total, hacía años que la única persona que de verdad me importaba no me llamaba y los últimos SMS que me había enviado eran tan escuetos que casi parecían telegramas. Los que solían enviarme mensajes eran los de Vodafone o los del centro de atención al cliente. Patético.

Pero aquella mañana mi vida era distinta: ahora había otra persona que me importaba y que habría podido llamarme, escribirme, sentir la necesidad de decirme algo. Nos habíamos intercambiado los números de teléfono a la hora del desayuno.

—Joder, parece que fuéramos novios —había dicho Emilia. Ella, igual que yo, no se sabía su número de memoria.

—Hace poco que lo he cambiado —mintió. Y ahora yo esperaba que, olvidando por un momento la Virgen negra o el *Juicio universal*, le hubieran entrado ganas de enviarme un mensaje.

Cogí el móvil y miré.

Pero el mensaje no era de Emilia.

Era de Patrizia.

«EVIDENTEMENTE, no doy la talla para ti. No soy tan delgada, tan alcoholizada, tan guarra como a ti te gusta. No pensaba que fueras el tipo de hombre que se va de putas. Me has decepcionado IRREPARABLEMENTE.»

Sentí un conato de odio. Para empezar, por la palabra «putas».

De niño era monaguillo. Una parte de mí se vio obligada a convertirse en una buena persona, a encajar los golpes, a comprender, a ofrecer la otra mejilla. Debería colocar en ese apartado la descripción de Patrizia. Debería prometer que no pretendo juzgarla, ni ahora ni más adelante, porque sé muy bien que, cuanto más débiles somos, más daño hacemos.

Pero resulta que ahora me la suda y tengo ganas de meter el dedo en la llaga. Los adverbios en mayúsculas ya dicen mucho de ella. Lo mismo que las uñas postizas, que, sin embargo, no cuidaba como es debido, así que el esmalte saltaba, se descascarillaba, y los dedos acababan pareciendo unas burdas garras.

En aquel entonces, Patrizia tenía cuarenta y cinco años. Cuando su breve y tardío matrimonio fracasó, se vino a Alma para estar cerca de su madre anciana, pero puede que solo buscara un pretexto para escapar. A estas alturas, está de más que diga que el valle es el lugar perfecto para refugiarse.

Siempre estaba a régimen; solo tomaba café con sacarina, sustituía la comida por barritas dietéticas, pero hacia las cinco de la tarde se iba al Samuray y se ponía ciega de Spritz y patatas fritas, así que no había manera de que adelgazara. A menudo, arrancaba sus quejas a propósito de la presencia discreta y temporal de algún inmigrante, que por ahí no abundaban, con: «Yo no soy racista, pero...». Algunas mañanas se presentaba en la escuela inmersa en una nube de laca y envuelta en unos modelitos adherentes, escotados, cortos, que parecían pedir a gritos: «Mírame». En otras ocasiones, caminaba pegada a las paredes con jerséis anchos y faldas largas y oscuras, cuya función era taparlo todo: «No me mires». Sé que tenía un perfil en Facebook y que era muy activa; pero yo, que incluso ahora no sé de qué van las redes sociales, no tenía ni idea de qué publicaba, a quién votaba aunque me lo imaginaba, qué programas de televisión seguía con el alma en vilo (tal vez *Quién sabe dónde* y *Equipo de investigación*).

Había intentado convencerme de que abriera un perfil para chatear: «Es divertido intercambiar mensajes. Te soltarías un poco», y había insistido en que saliéramos juntos: «¿Un cafelito, una cenita?». Yo me había tomado algún café con ella, pero siempre busqué un pretexto para no cenar los dos solos. Cada vez que la veía en el Samuray con un hombre, las piernas cruzadas y envueltas en medias de rejilla y la permanente recién hecha, esperaba que hubiera encontrado a la persona adecuada. Pero la historia solo le duraba unos meses, luego volvía a estar sola. Odiaba las matemáticas. Los niños no le gustaban. Alma le venía pequeña. Era una chismosa. Era frágil. Estaba cabreada con el mundo entero.

Aquella mañana, al leer su mensaje, intuí algo que me empeñaba en no asumir: desde lejos, disimulando aún, empezaba a tomar forma el precio que debería pagar por esa estrepitosa felicidad que había trastocado mi vida.

En efecto, aquella misma noche, mientras Emilia y yo follábamos con todo el ímpetu de unos quinceañeros, esa edad que nunca habíamos disfrutado, Patrizia iniciaba sus primeras búsquedas en Google.

11

Habíamos vivido solo dos aventuras amorosas en el pasado: una Emilia y otra yo, aunque hay que echarle valor para calificarlas de «amorosas». Para explicar cómo podía ser que dos treintañeros se metieran de cabeza en una historia sentimental con tan poco bagaje previo, quizá merezca la pena hablar de la poca experiencia, aproximativa y distorsionada para más señas, que habíamos acumulado antes de encontrarnos.

Volviendo al dichoso Emanuele con quien ella había convivido, que le había propuesto casarse y del que yo en teoría debería haber tenido celos, pues... Adelantaré la verdadera historia, que Emilia me contaría más tarde obligada por las circunstancias. Un testimonio que solo puedo contar usando sus propias palabras, esforzándome por ser fiel a su versión, a su manera de hablar, nerviosa, a trompicones, siempre desafiante y a la defensiva. Yo habría tenido que verlo venir desde el principio, pero ya se sabe que una persona enamorada se niega a *ver*.

—El colegio (deja que lo llame así un rato más) había sido un convento de monjas. El mundo al revés, como suele decirse. Sería del siglo xv o del xvi, ahora no recuerdo.

»Tenía techos muy altos y abovedados, y unos grandes ventanales que daban, para que te hagas una idea, a casas y balcones, unos edificios cualesquiera donde vivía gente normal y corriente. Y había quien iba diciendo que ese era un factor muy positivo, porque así podíamos sentirnos parte de la ciudad en vez de vivir excluidas, como parias. Tonterías. Lo que teníamos enfrente, pegado a nuestros ojos, era la vida que no podíamos vivir. Y eso nos sacaba de quicio. Aunque tengo que admitir que, a veces, ver a una familia reunida alrededor de una mesa o a dos personas mayores sentadas juntas viendo la televisión me enternecía, como si yo también estuviera allí con aquellos desconocidos.

»Volviendo a lo nuestro, resulta que el ventanal del aula de bachillerato daba directamente al segundo piso de una casa, en concreto a un apartamento del que conseguíamos verlo todo, incluso el gel de ducha en el baño. Y en 2002, tal vez 2003, vivía allí una familia digna de un anuncio de galletas: madre joven; padre apuesto; una niñita de dos o tres años que siempre iba con coletas, trencitas y pasadores, y su hermano, que estaba como un queso.

»Resulta que también era un hijo de la gran puta, pero eso lo sé ahora, porque por aquel entonces yo no entendía de la misa la mitad. Era abril o mayo, y él, cuando estaba solo, iba por casa en calzoncillos con las ventanas abiertas. Tenía nuestra misma edad y por la mañana cogía la mochila e iba al instituto en escúter. Volvía a la hora de comer y, si no estaban sus padres, se ponía a hacer abdominales en el balcón a pecho descubierto. Que si flexiones, que si sentadillas. Parecía siempre recién salido del gimnasio, con el pelo engominado. Sabía muy bien quiénes éramos y que lo estábamos mirando.

»Imagínate lo cachondo que debía de ponerse. Y no digamos nosotras. En cuanto la profesora nos dejaba solas un minuto, nos apiñábamos en la ventana, quien sabía silbar se metía los dedos en la boca y nos desgañitábamos gritando: "¡Tío bueno!", "¡Vaya paquete tienes!", "¿Estás superdotado?". Él al principio nos sonreía y nos enviaba besos. Luego, cuando ya había más confianza, movía la lengua para mostrarnos cómo nos lamería el chocho.

»Fue nuestro gran amor prohibido. Un amor colectivo que al final causó una sola víctima: yo, que era la más cazurra.

»No teníamos a otros chicos jóvenes cerca, y él era guapísimo, fanático del deporte, chuleta. Dios sabe a cuántas tías se tiraba. Si se hubiera llevado a casa a alguna, nosotras lo habríamos descubierto enseguida y creo que habríamos organizado un motín, pero nunca llegó a jugar tan sucio.

»Lo habíamos bautizado como el Denfrente, y las de secundaria, incluso las extranjeras de los cursos de inmersión lingüística, buscaban pretextos para venir a nuestra aula y echar un vistazo. Mira tú por dónde, en aquellos meses todo el mundo quería hacer prácticas en el laboratorio, ir a las clases de la tarde o ir a estudiar allí, justo allí. Incluso, nos dio por leer. En cambio, por la mañana ni siquiera queríamos levantarnos de la cama; total, él estaba en el instituto, morreándose en los lavabos con sus compañeras de clase. Estos pequeños cambios tenían a la plana mayor con la mosca detrás de la oreja, pero nosotras disimulábamos de maravilla. Nos merecíamos el Óscar a la mejor interpretación.

»Teníamos, dieciséis, diecisiete, dieciocho años; imagínate cómo se nos disparaban las hormonas, y el tío aquel apoyado en la barandilla con los brazos musculosos, la sonrisita arrogante, el mechón engominado que le caía en la frente. Nos saludaba enviándonos besitos antes de salir para ir al entrenamiento de fútbol, para juntarse con los amigos en la plaza y liarse unos porros, para meterse mano con la novia. Y todas nosotras, castigadas y a la cama.

»Ni te cuento lo que hacíamos en aquellas dichosas camas. Por culpa del Denfrente, todas teníamos las bragas mojadas. Los responsables pretendían que nos convirtiéramos en monjas, que lo "sublimáramos" todo. Pero ¿cómo puedes pretender que a esa edad no pensáramos en el sexo a todas horas? Algunas de nosotras no habíamos oído el verbo "sublimar" en nuestra puta vida. Otras tenían hijos fuera, que habían parido a los catorce años. Y luego estaban las chungas como yo, que ni siquiera habían tenido ocasión de perder la virginidad.

»No me da vergüenza decir que me enamoré de él. Era mi primer amor. Solo me había dado un beso con lengua en un vestidor de la playa con uno de tercero de secundaria que llevaba aparato dental y ni siquiera me gustaba. Me había dado asco. Emanuele era como Justin Timberlake y estaba ahí. Era de carne y hueso, podía verme, darse cuenta de que yo existía y, paradójicamente, teniendo en cuenta el lugar donde estaba, pensar que era interesante, algo que nunca me había sucedido estando fuera. Siempre me habían llamado "pelo de zanahoria", "grano gordo", "la huerfanita", "la chunga", y ahora era una *bad girl* en toda regla. Podía arriesgarme.

»Marta no habría caído en la trampa ni por casualidad. Al revés, ella quería darle de hostias. "Estás perdiendo el culo por un privilegiado —me decía— que está calentito en su casa, con papá y mamá siempre dispuestos a dárselo todo hecho, a pagarlo todo. Que vive en el centro y tiene una moto nueva, que se folla a todas las niñatas que le da la gana y luego se la menea contigo, con nosotras, para dormir a gusto. Lo que nos da es limosna, joder. ¿Cómo te lo montas para no odiarlo?"

»No podía. Porque yo también, al contrario que Marta y prácticamente todas las que estaban allí dentro, procedía de una familia acomodada como la de Emanuele, y en su día había tenido un escúter guay, una casa preciosa, la matrícula del gimnasio y había sido la niña consentida de papá. Pero, de nuevo al contrario que la mayoría, no tenía ni puta idea de lo que eran el amor y el sexo. Creo que todas ya se habían metido en la cama con alguien. Muchas incluso tenían novio, se carteaban con él, se llamaban. Ellos las esperaban fuera, y, aunque les pusieran los cuernos, algo es algo.

»Yo también quería algo: un miserable y asqueroso cacho de vida normal. Tenía la regla, humor inestable, las hormonas que me iban a mil por hora. El Denfrente era todo lo que ofrecía el convento, literalmente, y yo lo quería para mí.

»Quizá por ser la más desesperada, fue a mí a quien se le ocurrió escribirle. Para empezar, una nota demencial del estilo: "Me encantaría chupártela. ¿Cómo te llamas? Aquí nos ponemos ciegas de tanto meternos el dedo por las noches pensando en ti". Y las demás a mi alrededor silbaban, aplaudían, me metían caña: "Añade lo de menearla con los labios y tragar...".

Al recordar aquellos momentos, Emilia se había dejado llevar por una risa hermosísima, tan cargada de ternura hacia sí misma y sus compañeras que, a pesar del mal viaje sin retorno en el que nos habíamos metido, yo también me rendí a la ternura.

—Pues eso, que escribí el dichoso mensaje e hice una bola con el papel, lo mismo que con tu retrato. Luego empezó el cachondeo, porque ya me gustaría verte a ti pasando una nota por una reja y centrando el balcón de enfrente. Ni que fuéramos campeonas de jabalina. Como máximo lanzábamos dardos. Era un follón. Además, había que ir deprisa para que la plana mayor no sospechara y esperar a que él estuviera en el balcón, que imagínate tú si llega a recogerla su madre.

»La primera nota rebotó contra la reja y luego cayó en la calle. Escribimos otra y volvió a caer. Todas lo intentamos: Afifa, Myriam, Yasmina y yo. Marta no, porque se negaba a "rebajarse". Lo que ella mantenía con el Denfrente era una lucha de clases.

»Hizo falta un entrenamiento intensísimo para que el método funcionara, pero resulta que ¡él nos contestaba!

»Daba gusto ver cómo lanzaba las bolas de papel. Tenía una puntería formidable, acertaba a la primera, muy seguro de sí mismo. Me gustaría saber qué ha sido de él, a qué se dedica, cuántos hijos tiene.

»Sigamos... En la primera nota que nos lanzó, había escrito algo del estilo: "Me llamo Emanuele, ¿y vosotras? Sois mi sueño erótico. ¿Hay alguna manera de entrar ahí para daros un buen repaso?". Se nos fue la olla. Empezamos a chillar como si estuviéramos en un concierto de los Backstreet Boys, y a punto estuvimos de romper el papel de tanto ir pasándolo de mano en mano con los nervios a mil. Por fin una diversión, *Deo gratias!*

»Después de aquel primer intercambio, le cogimos el tranquillo y mejoramos mucho en el arte de hacer bolas de papel, dándoles una forma aerodinámica. Me gustaría saber dónde fueron a parar aquellas notas subidas de tono, quién de nosotras las juntó y se las llevó a casa. Tal vez acabaron en el cubo de la basura, porque hay que ser tonta de remate para guardar recuerdos del colegio. Excepto yo, claro. Los mensajes que me enviaba a mí los guardé todos, y de vez en cuando aún vuelvo a leerlos.

»Nunca se me ocurrió la idea de fugarme. De todas ellas yo era la única niña bien, sin mentalidad ni hábito criminal. Era una muerta con patas. Solo me proponía obedecer y sufrir, pero Emanuele me insufló una gota de vida que me trastornó hasta el punto de que llegué a soñar que me fugaría por él.

»Estando juntas le enviábamos mensajes obscenos y él contestaba con más guarradas todavía. Sin embargo, cuando le escribía yo sola le decía que lo amaba, le imploraba que me esperara, buscando maneras absurdas de darnos al menos un beso. Y él, en las notas que marcaba con un "PARA EMI", me seguía la corriente. Me escribía que enseguida se había fijado en mí, que era la más guapa, la más seductora. No sé si considerarlo gilipollas o ingenuo. Creo que no se daba cuenta de que estaba jugando con los sentimientos de una presa. Pero siempre hay que fijarse en las dos caras de la moneda. Es verdad que él jugaba con fuego, pero también me aliviaba, me recordaba qué significa despertarse por la mañana con una razón para no pegarse un tiro.

»Él podía utilizar internet y disponía de una sustanciosa cantidad de porno, pero nosotras no. Corríamos el riesgo de repetir una y otra vez las pocas fantasías eróticas que teníamos a mano y siempre con trasfondo lésbico, por razones obvias. Se había formado un pequeño grupo de locas de la guerra, yo la primera, que nos pasábamos día y noche metidas en ese tráfico de sexo vía mensajero. Y luego estaban las listas, como Marta, que un buen día se colocó frente a la ventana y soltó: "¿Y si empezarais a pedirle tabaco o un poco de hierba a vuestro querido Emanuele? Se lo ponéis en bandeja gratis. Él no existe. A ver si le sacáis provecho sin que él abuse de vosotras".

»Tenía razón. Cierto es que algunas se habían dedicado a la prostitución, pero, quieras que no, el amor atonta. Y la abstinencia también. Al final, las que en su vida anterior habían llegado a pedir mil euros por un fin de semana, se espabilaron y tomaron las riendas de la situación: "Sí, le diremos que, si quiere continuar, tiene que lanzarnos algo de hierba. Si no, a tomar por culo. Que sepa que no tenemos nada que ver con las putas de tres al cuarto de su instituto; nosotras somos unas profesionales".

»"Somos unas reinas —atizaba Marta—, rei-nas. El cuatro por ciento de la población nacional. Somos una rareza, una *delicatessen* —continuaba diciendo, mientras se besaba la punta de los dedos—. Que os considere y os respete. ¡A ver si le echáis una pizca de valor y feminismo al asunto, joder!"

»Luego se licenció en Biología Molecular y ahora trabaja como química en la industria farmacéutica, pero le habría ido estupendamente en política. Los comicios y los alegatos se le daban muy bien. La revolución era lo suyo.

»El dichoso Emanuele empezó a lanzarnos Lucky Strike a mogollón. "Si tus papis te llenan de dinero los bolsillos cada semana...", había dicho Marta, muy sarcástica. Luego empezó a pasarnos hierba envuelta en papel de plata, pero a cambio pedía que le enseñáramos algo en vivo y en directo —tetas, culos— a través de las rejas. Él también sabía negociar. Recuerdo que a veces nos lanzaba porros ya liados para que lamiéramos la saliva que había usado para enrollarlos: eso era lo máximo a que podíamos aspirar en cuanto a contacto físico.

»El único problema era que yo había empezado a montarme mi propia película.

»Que a lo mejor él también llegaba a enamorarse. Que a lo mejor me esperaría. Que, dentro de unos años, cuando me dieran los primeros permisos, podríamos fugarnos y casarnos. En el extranjero y con documentos falsos que, echando mano de mis nuevos contactos, podría procurarme sin demasiados problemas. Había perdido por completo la lucidez y la dignidad. Y Dios sabe qué hacía él con mis cartas. Es posible que las leyera en voz alta a sus compañeros de clase para chulear. Tampoco sé si estaba al tanto de lo mío. No creo. No era tan inteligente como para ponerse a investigar.

»De todas maneras, era un idilio que no podía durar. Ya nos habían descubierto. Ya estaban sobre aviso y solo esperaban el momento adecuado.

»Y ese momento llegó una tarde de junio, el mes más negro para mí. A las tres menos cuarto, puntual como la muerte, Frau Direktorin entró en el aula y nos pilló con las manos en la masa.

»Y se montó el gran pollo.

»Un pollo épico. Gigantesco. Todavía lo recuerdo.

»Toda Bolonia la oyó gritar.

»La cara de Marta parecía una sábana de lo pálida que estaba.

»Tengo que decir que Frau Direktorin era una buena persona y nos tenía cariño. Nosotras también la apreciábamos; pero, cuando se cabreaba, el mundo se caía a pedazos.

»Todas fuimos castigadas. Fuera permisos, fuera descuentos y llamadas suplementarias. Enseguida redactó y envió un informe a las altas instancias y, por si eso fuera poco, pidió que forraran la ventana con una red metálica tan tupida y con huecos tan finos que por ahí no pasaba ni un mosquito, solo aire. Fue jodidamente despiadada.

»Por supuesto, se dirigió también a la familia de Emanuele con una carta oficial. Creo que papá y mamá le dieron un buen palo, porque no volvimos a verlo en mucho tiempo. Las cortinas siempre estaban echadas y en el balcón solo se veía a la hermanita con la canguro sudamericana. Luego se fueron de vacaciones, suerte que tenían, y las persianas se quedaron cerradas a cal y canto durante semanas, como nosotras. En esos días íbamos al aula solo a meter bulla, a hacernos la manicura o a jugar a las cartas, porque todas las actividades escolares se habían acabado. Cuando la familia feliz volvió en septiembre, mi querido Justin Timberlake reapareció, pero sin dedicarnos ni una triste mirada. Para él, y para los demás también, era como si hubiéramos desaparecido de la faz de la tierra.

»Seguí escribiéndole notas en mi diario. Continué comprometiéndome a entregarle mi virginidad, metidos los dos bajo los soportales que se veían desde mi habitación. A organizar fugas a España, a Brasil, incluso a Sassaia. Mientras tanto, en el colegio habíamos vuelto a la rutina. En plena juventud, con el culo prieto, las ganas a mil y los pezones tiesos. Y sin un puto hombre a mano. Imagina tú qué desperdicio.

»Algo inhumano, ¿no te parece? No existe un derecho a la sexualidad. ¡Qué coño va a existir! ¿Cómo le cuentas a unos de esos que se desgañitan pidiendo que nos encierren de por vida que éramos unas chiquillas de dieciséis, diecisiete años, y nos moríamos de ganas de follar y enamorarnos? Se les hincharía la vena del cuello hasta reventar, a esa gente. No lo saben. Nunca han venido a vernos, a conocernos. No tienen ni idea.

»La verdad es que nosotras teníamos un cuerpo, vaya si lo teníamos, dispuesto a reaccionar y a abrirse de par en par. Si eras lesbiana, puede que de vez en cuando te lo pasaras de puta madre; si no lo eras, en todo caso te servía para experimentar. Siempre es una manera de intercambiar cariño. Pensándolo bien, quizá mi único amor antes que tú no fue Emanuele, sino Marta. Porque nos ayudamos la una a la otra, nos acariciamos. Nos calentamos los corazones y el envoltorio que los contenía.

Por mi parte, el primer amor antes de Emilia fue la Gisella. Pero ahora no me veo con ánimos de contar esa historia.

12

La primera nieve fue solo un velo encima de las placas de pizarra de los tejados, de las ramas desnudas de las hayas y los castaños, en los huecos de sombra entre una casa y otra de Sassaia. Y ahí se quedó, terca, fina y dura como el cristal. Emilia resbalaba continuamente. Se caía de culo, como decía ella, y se moría de risa. Aquella capa ligera le bastaba e, incluso, la entusiasmaba. Se ponía de todo: dos camisetas, un jersey térmico, una sudadera, la parca de plumas y los pantalones impermeables; y luego bajaba rodando por el paso escarpado justo debajo del mirador, en el amasijo de hojas caídas, chillando como una loca e iluminada por los retales de sol que derretían la nieve, dejando unas pocas manchas.

Yo la miraba desde lo alto, con los brazos cruzados, llevando solo un jersey de lana. Cuando llegaba al final del paso y se daba de bruces con la espalda o el pecho contra los troncos, se levantaba, subía de nuevo y vuelta a empezar; infatigable, como nosotros cuando éramos niños.

—¡Ven! —gritaba—. ¡Mueve el culo, vejestorio!

Y yo sonreía, pero no me animaba.

Debería escribir que éramos felices. Porque es cierto. En aquellos días precarios y fríos, yo hablaba en clase de adjetivos y ella repintaba angelotes en la iglesia, a quinientos metros de distancia de mí, con un abrigo de lana de la Iole metido debajo de la parca de plumas.

Lo fuimos un viernes por la tarde, sentados en el Seat y conduciendo hacia Center Gross, donde el valle se convertía en llanura, un lugar en la periferia lleno de grandes almacenes y centros comerciales, con la idea de hacer la compra como si fuéramos una pareja normal y corriente. Emilia empujaba el carrito, sorprendida de que ya no estuvieran a la venta los pastelitos que tanto le gustaban de niña, suplantados por nuevos *snacks*. Yo iba haciendo acopio de harina, polenta, salsa de tomate y, mientras tanto, me iba tragando unas cuantas preguntas del estilo: ¿cuándo fue la última vez que hiciste la compra? Cargaba azúcar y otros alimentos que no fueran perecederos, que luego tuvimos que arrastrar por la subida de Stra' dal Forche sudando y soltando tacos a uno bajo cero.

Fuimos felices delante de la estufa, por la noche, hundiendo la cuchara en la sopa de caldo con pasta, tomando demasiado vino, acabando borrachos en el sofá y fundiéndonos el uno en el otro sin llegar siquiera a la cama del piso de arriba. Los domingos cortábamos leña en el bosque, yo dándole al hacha y ella consumiendo sus Winston hasta la mismísima colilla. Los lunes por la mañana, con el despertador puesto a las seis, la ceniza en la chimenea, mi dormitorio o el suyo helados como una nevera, los cristales empañados por el frío, permanecíamos envueltos en las mantas, clavados en un mismo calor, con las piernas trenzadas, su culo en mi barriga, agarrados a esa ancla de salvación.

Pues sí, fuimos felices durante aquellas pocas semanas en las que me aguanté y no hice preguntas. Pero llevaba un gusano dentro que me reconcomía. Y sabía que el tiempo era un hijo de la gran puta.

La segunda racha de nieve no tardó mucho en llegar. Todo pasó de noche, a la chita callando, un sábado de mediados de diciembre. Cuando Emilia se despertó en mi cama la mañana siguiente, tarde porque ninguno de los dos tenía que ir a trabajar, me dijo:

—¡Bruno! Está todo blanco...

Yo acababa de despertarme. Se dio la vuelta y me miró, pálida, iluminada a ratos por las rayas de luz blancuzca que se filtraban a través de las cortinas.

—Está todo, pero que *todo*, blanco.

Yo estaba acostumbrado a eso, ella no. Cuando nevaba en serio, Sassaia dejaba de existir. Se convertía en una ausencia, un hueco metido con calzador en las entrañas de una montaña. Y nosotros podíamos imaginar que estábamos desconectados del mundo, libres de hacer lo que nos viniera en gana. «Total, no nos ve nadie», se había convertido en la frase preferida de Emilia. Podía robarme un beso en plena calle, mear en el sendero, empujarme contra un castaño y bajarme los pantalones.

Pero aquella mañana añadió:

—Nunca había estado aquí, en invierno.

Fue solo un murmullo, lo dijo casi sin querer, deslumbrada por aquel mundo sin forma que blanqueaba allí fuera.

Durante un momento, solo un instante, me pareció ver como en una alucinación a una niña pelirroja con el cabello rebelde, gobernado a duras penas por dos trenzas. Un puñado de pecas en cada mejilla. Un pichi vaquero. En la plaza, cogida de la mano de la Iole, quien, al contrario que la niña, asomaba nítida en mi recuerdo. Estaba hablando con otras mujeres, les contaba algo a propósito de su sobrina. Puede que fuera la festividad de la Asunción. La iglesia estaba abierta. La Iole tenía unos cuantos parientes repartidos por toda Italia que durante las vacaciones venían a verla, se quedaban en su casa una o dos semanas, se juntaban con nosotros en el pueblo y jugábamos en la calle.

¿Podía ser que yo ya conociera a Emilia?

La pregunta me dejó helado, echado en la cama, tieso hasta el punto de que me costaba mover brazos y piernas e incluso respirar. Mientras tanto, ella había ido a vestirse a toda prisa. Cuando nos reunimos en la cocina, yo con el corazón en un puño y la garganta seca, ni siquiera quiso desayunar. Se iba poniendo los guantes, la bufanda, el gorro. Estaba que se salía. El asombro se había transformado en un ansia frenética. Antes de que yo pudiera comparar su rostro de treintañera con aquel fragmento incierto, ella ya había abierto la puerta de par en par y desde arriba se había tirado en plancha en medio metro de nieve.

Me libré de lo que sin duda había sido una mala jugada de la memoria. Llené la cafetera grande y corté el pan en rodajas. El silencio nevado de Sassaia era como una vorágine que arañaba el nervio acústico: el sonido perfecto de la nada. Roto, aquella mañana, por las risas de Emilia. Un entusiasmo tan estrepitoso que uno no podía evitar preguntarse por qué un restaurante, un supermercado, una botella de vino o una nevada copiosa tenían un efecto tan sorprendente en una persona de su edad. Metía tanto barullo que al cabo de un rato se presentó el Basilio con las botas de goma, el sombrero de fieltro y la pala para asegurarse de que todo iba bien.

Emilia estaba lanzando bolas de nieve contra mis ventanas.

—¡Sal de ahí, cobarde!

Me alegraban sus chiquilladas. Ya no podía dormir sin ella, cenar sin ella, e incluso notaba su ausencia mientras estaba dando clase, durante las únicas horas en que estábamos separados. Sin embargo, aquella frase («Nunca había estado aquí, en invierno») había vuelto a escarbar en el mismo punto, el más débil, y rebajaba la temperatura, aflojaba la luz, agriaba el gusto de la mermelada de moras que había preparado el verano anterior.

Dejó de tirar bolas de nieve. Oí su voz que pedía disculpas:

—¿Te he despertado?

Y, acto seguido, la voz del Basilio que contestaba:

—¡Qué dices! Si yo me levanto a las cinco de la mañana...

Me asomé a la puerta. Era raro verlos juntos, tan abrigados y con las piernas hundidas en la nieve hasta la rodilla. Pregunté si les apetecía un café. El Basilio asintió y se puso a resguardo del frío. Emilia dudaba, estaba claro que quería mantener cierta formalidad, pero fue él mismo quien insistió:

—Anda, diviértete un rato.

Y ella, encantada de la vida, continuó dejándose caer, dando volteretas en una callejuela, zambulléndose en la nieve desde un parapeto, deslizándose escaleras abajo. Nos quedamos absortos mirándola durante un rato; luego, el Basilio plantó la pala y entramos en casa.

El café estaba listo. Puse la cafetera en el centro de la mesa, encima de un salvamanteles. El Basilio se quitó las botas y el chaquetón y se sentó. Nos lo tomamos en silencio mientras la oíamos correr y cantar: el único ruido en la blancura.

—Te ha alegrado un poco la vida, ¿verdad? —preguntó, dejando la taza en el plato y señalando el exterior con la cabeza.

Me puse rojo como un tomate.

—No se lo digas a nadie, por favor.

—Faltaría más —contestó él con una sonrisa.

No éramos amigos. Solo compartíamos una inmensa soledad que tenía la forma de Sassaia. Él era el único habitante de la aldea antes de que de improviso apareciera yo de vuelta, huyendo casi, de Turín. Recuerdo que una de las primeras noches, cuando ni siquiera había deshecho las maletas y pasaba el tiempo arriba y abajo por el valle, como un loco, o encerrado el día entero en la cama con los postigos cerrados, los ojos abiertos de par en par en la negrura y la cabeza apoyada en los brazos, él había llamado a mi puerta dando golpes tan fuertes y con tanta insistencia que al cabo de veinte minutos me resigné.

Se sabía muy bien toda mi historia. En aquel entonces me dijo:

—Mejor te buscas otro sitio, Bruno.

Pensé que no quería que le tocara las narices, cuando en realidad era yo quien no lo aguantaba rondando por ahí. Le solté:

—No tengo otro sitio.

No se había rendido:

—Ve a buscar un atlas. Cierra los ojos y apunta con el dedo en un lugar cualquiera. Tanto da que sea París, Cuba o Japón. El mundo es inmenso; tanto como las oportunidades que aún tienes.

Lo había mandado a tomar por culo.

—Entonces, ¿por qué no las aprovechas tú? —repliqué. Estaba tan mal que ya no tenía reparos. Ni siquiera me importaba faltarle al respeto a un hombre mayor.

—Yo ya he perdido el tren, pero tú eres demasiado joven.

—¿Te parece mejor que me pegue un tiro? —le solté en toda la cara. Y él se había marchado sacudiendo la cabeza, tan dolido como si yo fuera su hijo.

Diez años más tarde, me miraba con un gesto de satisfacción que nunca le había visto.

—Tenías razón —dijo al cabo de un rato, tomándose como siempre su tiempo—. Tiene talento y le pone empeño.

—Me alegra saberlo.

—Conseguiremos devolver a su esplendor la iglesia de Alma, la de Novella, que está hecha una ruina, y la de Donato, la que más me gusta.

—¿No serán demasiadas todas estas iglesias para Emilia? Parece alérgica a la religión —pregunté con una carcajada sarcástica.

El Basilio de repente se puso serio, casi grave.

—Nadie conoce a Dios mejor que ella.

Se levantó. Volvió a ponerse las botas, el chaquetón y el sombrero. Salió sin darme siquiera las gracias por el café, me dejó solo en la silla de siempre y absolutamente convencido de que yo era el único que no sabía lo que había que saber.

—Que no me entiendes, papá.

—¿Te has quedado bloqueada? He visto las previsiones meteorológicas.

Emilia mordió el dedo índice del guante para quitárselo y agarrar mejor el móvil.

—Me importa un rábano el bloqueo. Esto es el paraíso. Parece que estuvieras en una nube, caminas y no sabes por dónde andas. De todas maneras —añadió medio cabreada—, si me quedo bloqueada yo, lo mismo le pasará a mi jefe.

—Buena jugada por tu parte. —Riccardo cambió el tono de voz: de preocupado a guasón—. Como está nevando y no tienes nada que hacer, yo que tú aprovecharía la poca conexión a internet que tienes para empezar a buscar un empleo menos precario... de cara al año que viene.

A Emilia se le fue el buen rollo. Para una vez que era ella quien lo había llamado, en plan niña buena... Sentada encima de un montículo de nieve, en las lindes del bosque, en un lugar donde la conexión era buena, le faltó tiempo para ponerse chula:

—Nunca estás contento. Soy restauradora, y eso mola un montón. ¿Qué más quieres?

—Un contrato a tiempo indefinido, un empleo que te sirva de algo con vistas a tu jubilación.

—Tú, que ni siquiera querías que viniera aquí, ¿ahora me hablas de jubilación? ¿Qué es eso? ¿Qué coño me estás diciendo? Cuando acabemos con las iglesias, empezaremos con los chalés. Los pintores de brocha gorda se forran.

—Lo que tú digas, pero insisto en que no era eso lo que yo quería para ti.

De repente, un pinzón levantó el vuelo desde la punta de un pino y dejó un retal verde en la blancura uniforme.

—No sé cómo te atreves. —Emilia pisó con fuerza el guante y le dio una patada—. Hace menos de dos meses estaba en una comunidad de mierda en las colinas de Pianoro, sin una puta cuenta corriente, sin teléfono, sin documentación. Ahora tengo un trabajo que tiene que ver con lo que he estudiado. Y aunque solo estuviera ordeñando vacas. Según y cómo, eso ya sería un progreso.

—¿Quieres que te trate como a una pobre infeliz? ¿Pretendes que me parezca estupendo cualquier paso adelante solo porque eso es mejor que lo de antes?

—Eso es, míster.

—Pues te voy a decir que tú vales más que una ayudante de pintor de brocha gorda.

Emilia volvió a ver la figura de su padre durante las visitas. El más elegante. El más educado. El más acicalado. Un alienígena.

Recordó aquella habitación pintada de colores amarillo y rosa pastel, con un revoloteo de flores y mariposas en las esquinas, como en un parvulario. Cuatro mesas pintadas de azul, ideales para unos niños, y cuatro sillas de madera alrededor de la mesa para que se sentaran los que venían a visitarlas, máximo tres a la vez.

Su padre se plantaba allí como Richard Gere en la película equivocada. Se sentaba subiendo un poco los pantalones de cachemira para que no se le hicieran bolsas en las rodillas, enseñando los calcetines azules de hilo y los zapatos brillantes. El plano medio de un hombre apuesto, sentado frente a ella en la mesa, que, sin embargo, con el pasar de los años resultaba cada vez más canoso, viejo y cansado. Porque el tiempo, ya se sabe, es un hijo de la gran puta. De todas formas, seguía siendo Riccardo Innocenti, ajeno a la magnitud de los obstáculos, empeñado en ver siempre el vaso medio lleno, aunque dentro solo tuviera lo poquísimo que aún podía rescatarse de su hija y su *futuro*.

Emilia recordaba sus discursos motivacionales, su energía, su indestructible optimismo que llamaba incluso la atención de las demás familias desgraciadas reunidas alrededor de otras mesas. Madres que disimulaban el rostro tras un pañuelo floreado, padres con los pantalones manchados de cal o de pintura, hermanos y hermanas con vaqueros choni y deportivas hechas pedazos. Padres que animaban a sus hijas a comer más, pues las veían muy delgadas, o a volver como fuera al instituto para sacarse la secundaria, o a que aguantaran lo que hiciera falta porque en casa las esperaba su hermanito, «Te echa mucho de menos, siempre pregunta por ti», o el hijo, «Se le ha caído otro diente de leche y tiene un hueco monísimo». Que contaban que les habían asignado un piso de protección oficial. O que habían comprado a plazos la dichosa plancha para el pelo que tanto le gustaba y que se la encontraría encima de la cama, en su habitación, en cuanto volviera. O que se lamentaban de que habían pillado a un pariente y estaba en chirona; total, por treinta gramos. Emilia había envidiado a todas y cada una de las destinatarias de aquellas charlas, mientras su padre la animaba a enviar sus dibujos a una revista de arte, a pensar en una carrera universitaria, y ella se moría de ganas de preguntarle si se daba cuenta de dónde coño había ido a parar.

Riccardo se daba cuenta, claro, pero era como si esa circunstancia no lo comprometiera para la vida, la eternidad y más allá. Cada vez que iba, le llevaba un montón de libros de bolsillo —las ediciones en tapa dura, con las que habrían podido sacarse un ojo o sacárselo a las demás, estaban *verboten*—, obras de autores como Buzzati, Cassola, Eric Fromm *El miedo a la libertad*, para que os hagáis una idea— que ella «donaba» sistemáticamente a la pequeña biblioteca del «instituto», con gran alegría de Marta, que no tenía bicho viviente que fuera a verla excepto el abogado y no podía hacer otra cosa que joderse y leer.

—Será que aún no has aceptado el hecho de que tu única hija nunca tendrá una profesión decente, nunca se casará ni te dará nietos, y mucho será si consigue sobrevivir en este agujero en el culo del mundo. A propósito... —dijo, con la intención de meter el dedo en la llaga—, ¿sabías que Myriam se ha suicidado?

Su padre se quedó callado un buen rato. Emilia pensó que al fin había conseguido aflojarle las tuercas.

—Lo siento por Myriam —contestó muy sincero—. No lo sabía. Enviaré un telegrama y un ramo de flores a su familia. Pero te recuerdo que Marta vive en Milán y tiene un empleo de primera —insistió él, tozudo e inasequible al desaliento.

—No empieces a hacer comparaciones.

—No se trata de comparar, sino de tener ejemplos que seguir. Para empezar lo tuyo va muy bien, no me malinterpretes, pero me gustaría que no te quedaras ahí estancada. No pierdas de vista el horizonte, lo que la vida *aún* puede ofrecerte.

Era increíble ver cómo los padres se empeñaban en no querer aceptar a sus hijos tal como son. Resultaba patética su voluntad de no rendirse, de pretender que fueran el resultado de sus sueños hechos carne y no unas astillas alocadas y a menudo destinadas al fracaso.

Su padre era un arquitecto famoso. Un hombre íntegro, muy apreciado por los demás, reconocido en el extranjero. Los periódicos habían tenido a bien subrayar esta circunstancia y los cronistas se lo habían pasado en grande dándole vueltas a las malas pasadas del destino: un hombre con ese prestigio... y mira tú qué hija le ha tocado en suerte.

—¿Sabes qué te digo? Que no volveré a llamarte.

—No aceptas los buenos consejos y las críticas constructivas.

—A tomar por culo, oye. Yo solo quería decirte que aquí hay mogollón de nieve, que es chulísimo, que me estoy vengando de aquella vez que nevó en Bolonia y ni siquiera nos dejaron bajar al patio a tocar la nieve. Porque no íbamos *equipadas*, porque *enfermaríamos*. —Emilia parodió la voz de una funcionaria que le caía fatal—. La mirábamos desde la ventana y alucinábamos. Estábamos cabreadas como monas, solo nos dejaron salir cuando no quedaba ni rastro. Y ahora, que me estoy resarciendo con creces, vienes tú a marearme el chocho —concluyó Emilia utilizando la expresión preferida de Marta.

—Es lo que me corresponde, *darling* —dijo Riccardo soltando una risotada.

Emilia se levantó del montículo de nieve con el culo mojado a pesar de los pantalones impermeables y no pudo evitar soltar ella también una carcajada.

Habían sido capaces de reír juntos en circunstancias en que otro padre y otra hija se habrían cortado las venas. Era su fuerza secreta: tocar fondo, llorar y, con las lágrimas aún corriendo por las mejillas, soltar una risotada.

—¿Sabes qué? En vez de continuar cavando en las honduras, podríamos probar un túnel lateral y ver adónde nos lleva —le había dicho él el día después de la sentencia.

Ahora, Emilia le preguntó:

—¿Qué día tienes pensado venir?

—Haré lo posible por llegar el 23, máximo el 24 por la mañana. ¿Estás segura de que podré subir por el sendero?

—Vamos a limpiar el camino a paletadas, tranquilo.

—¿Quiénes?, ¿Basilio y tú? Creía que era un viejo con artrosis.

—Vive otra persona en Sassaia... —confesó Emilia.

Su tono de voz había cambiado imperceptiblemente. Parecía apurado, más flojo. Riccardo se dio cuenta enseguida.

—No me habías dicho nada... ¿Es un chico?

Emilia farfulló:

—Más o menos.

—Ten siempre presente que ahora tienes todo el derecho a una vida normal.

Habíamos acumulado tantas sábanas sucias que, con nieve o sin ella, aquel fin de semana teníamos que ponernos manos a la obra. Mientras las estaba apelotonando en un cesto grande —el *cistùn* de mi abuela—, Emilia entró en casa nerviosa, con cara de preocupación. Cerró la puerta de golpe, soltó el móvil encima de la mesa y fue a sentarse, calada hasta los huesos, en el sofá.

—¿Qué ha pasado?

—Nada —contestó; y luego, mirando el cesto con cara de pocos amigos, continuó—: no me digas que quieres lavar la ropa con este tiempo.

—Sí, antes de que empiece a nevar otra vez.

—Tú estás mal del coco.

Se había ido demasiado lejos a hablar por teléfono, así que yo no había pillado nada de lo que decía, aunque hubiera entreabierto un poco la ventana. Pero estaba claro que el cambio de humor tenía que ver con la llamada.

—¿Cómo es posible que nadie tenga una lavadora aquí? —me preguntó con hastío.

—Algún forastero que viene de Turín o Milán a pasar las vacaciones sí que la tiene —contesté muy tranquilo.

—¿Y por qué nosotros no podemos comprarnos una? ¿Tanta tirria te provoca la modernidad? Eres un viejo, joder. Por dentro y por fuera.

Aguantarse, controlar el tono de voz, mantener la calma para gobernar sus descargas de rabia: lo intentaba.

—Si quieres, te acompaño a comprar una. Cuidado con los gastos de entrega, que habrá que elevar al cubo. A menos que quieras alquilar dos mulos de carga.

Emilia se arrancó furiosa la bufanda, la parca de plumas, las botas de esquí, y me preguntó, casi ladrando:

—¿Es que tú no tienes padre?

Salí. Descolgué el martillo del clavo que lo aguantaba; servía para romper la capa de hielo que seguramente se había formado en la superficie del agua. Y fui dando patadas para quitar la nieve de la callejuela hasta llegar al lavadero. Así me iba con Emilia. La veías alegre, tierna, sensual, licenciosa, y de golpe y porrazo cambiaban las tornas y parecía que quisiera arrasar el planeta entero, tú incluido, tanto era el odio que llevaba en el cuerpo.

Di un martillazo y el hielo que cubría el agua se rompió, formando grietas. Sumergí un mes y medio de sábanas sucias, suyas y mías, en el agua helada. Un mes y medio de sexo una noche sí y otra también, sin que ninguno de lo dos hubiera averiguado algo significativo del otro. Observando objetos, usos y costumbres de nuestras vidas anteriores, que, sin embargo, se comportaban como los viejos reactores de Chernóbil: prohibido acercarse a ellos.

Era difícil tener que callarse preguntas simples, como saber dónde había nacido, o sospechar de cada una de sus respuestas, pensando que solo eran una tapadera. Cuando me las veía con la mejor versión de Emilia, me convencía de que podría conformarme con eso. Sin embargo, cuando le daba por convertirse en una gilipollas de primera, me moría de ganas de meter la mano en su bolso, sacar su billetero y ver qué ponía en el DNI: apellido, fecha de nacimiento, dirección.

Estábamos a 19 de diciembre y nuestra felicidad era muy frágil.

Ayudándome con un bastón, saqué del agua una funda de almohada y luego volví a sumergirla con rabia, como si tuviera que rematarla.

Al cabo de un rato, Emilia asomó en medio de la nieve. Me alcanzó mientras enjabonaba y aclaraba la ropa. Se guiaba por las huellas que yo había dejado en la nieve y se me acercó sonriendo, arrepentida. Asomada al lavadero, comentó:

—Mira tú qué amo de casa tan estupendo me he agenciado.

—No sé si voy a poder con esto, Emilia.

—¿Con qué? —me contestó aún con la sonrisa en los labios a pesar de mi semblante cabreado.

—Con esto de follar y nada más.

Se sentó en la repisa de piedra cubierta de musgo. Lo acarició con los dedos desnudos y enrojecidos, las uñas pintadas de azul eléctrico.

—Me he peleado con mi padre. Disculpa, tú no tienes nada que ver.

Yo seguía enjabonando, frotando, aclarando, sin mirarla.

—Va a venir dentro de unos días y se quedará hasta fin de año. Y eso de convivir con otro adulto, de usar el mismo baño, me estresa. Ni siquiera sé dónde encontrarle un sitio para dormir y qué vamos a hacer tú y yo... Tendré que bajar por la ventana liando una cuerda con las sábanas —propuso soltando una risotada—. Además, llega la Navidad. Eso me deja hecha polvo.

—Pues a mí me pasa lo mismo.

Coma, en invierno.

Cabe que también a mí la Navidad me afectara, hundiéndome en la cólera y la depresión. O quizá me había dado cuenta al fin de que, a pesar de la furia, la voluntad y el sentimiento, no podríamos seguir mucho más tiempo así: seres clandestinos en el presente; como dos personas sin familia, sin historia.

Solté las sábanas y la miré:

—Te propongo un juego: yo te cuento algo de mí que sea cierto y tú a cambio me cuentas algo de ti. ¿Te parece?

Su mirada de repente se ensombreció y se le fue la sonrisa de los labios. Yo había hecho mi propuesta de forma agresiva, para nada dispuesto a aceptar cualquier intento de fuga, así que Emilia renunció a la arrogancia y asintió con la cabeza.

—La respuesta es no —empecé—. No tengo padre ni madre. Ya te habrás dado cuenta de que nadie me llama, nadie pasa por casa. No tengo el problema de tener que esconderte o presentarte a alguien.

Apoyé las manos agrietadas por el frío en el lavadero. La miré a los ojos, escudriñando aquel espacio impenetrable que había empezado a odiar.

—Solo he contado esta historia dos veces en toda mi vida: una vez en comisaría y otra ante un tribunal. —La vi estremecerse—. Siempre he pensado que, si alguien me lo pedía, preferiría pegarme un tiro en la cabeza antes que soltarla otra vez.

El cielo era sólido y blanco, indistinguible de la tierra. A ratos asomaban una chimenea, una barandilla, un frontón. Líneas quebradas y cortas que ahí, suspendidas de la nada, habían perdido todo su significado.

—Sin embargo, por un miserable cacho de tu verdad, Emilia, estoy dispuesto a contarte la mía.

13

—Durante algún tiempo se habló del asunto en los periódicos y por televisión. Incluso se desplazó un equipo a Sassaia: lo nunca visto. La reportera era muy guapa, con un peinado vaporoso. No sé cómo se las apañaría para subir Stra' dal Forche con los tacones que llevaba, es posible que se cambiara a última hora. Tampoco sé por qué la recuerdo tan bien. Se había empeñado en entrevistarnos a mi hermana y a mí. A cargo de la cámara tenía a un tipo *heavy metal* con la camiseta de los AC/DC que estaba a sus órdenes. Se instalaron frente a nuestra casa y se quedaron ahí quietos hasta después de la puesta de sol. Chacales... —respiré hondo—. Había un teleférico a tres montañas de distancia, unos quince kilómetros en coche. Un teleférico inaugurado en 1952, que conectaba el santuario de San José con un pequeño lago de montaña y un refugio en la punta del monte Stella.

»A mis padres les encantaba la montaña —volví a respirar hondo—. Todos y cada uno de los domingos y festivos subíamos monte arriba con las botas y los bocadillos de mantequilla con anchoas metidos en la mochila. Mi padre decía que tenías que salir del bosque para empezar a ver por dónde iban los tiros. Que tenías que sentir el peso del cielo sobre la cabeza. Que las rocas estaban ahí desde siempre y que escalar te ayudaba a redimensionar tus problemas.

»Eran dos personas sencillas: un albañil y un ama de casa. No tenían estudios. Cuando se enteraron de que yo sacaba tan buenas notas en el colegio, al principio se sorprendieron, pero terminaron convencidos de que el futuro podía premiar nuestros esfuerzos. En pocas palabras: éramos una familia tan corriente que no provocábamos admiración ni envidia. No molestábamos, no destacábamos. Yo era un fiasco, como se demostraría con el paso del tiempo. No éramos ricos; mis padres eran una pareja de las que se pelean y se quieren. En la economía de la creación, nuestra existencia no modificaba en nada las cuentas. Sin embargo... —Despegué las manos del muro del lavadero y me di la vuelta para mirar las montañas hundidas en la blancura—. Sin embargo, créeme si te digo que éramos felices.

Desde Sassaia no se ve el monte Stella, ni siquiera desde la cumbre del Cresto, ni cuando el cielo está despejado: un regalo piadoso de la geografía. Pero yo sabía, cada día, en cada instante, que allí estaba. Inamovible, como cualquier otro monte.

—El 26 de agosto de 1990, un domingo, a las 8.35 de la mañana compramos los billetes y nos pusimos en la cola detrás de otro pequeño grupo de personas, dispuestos a subirnos al teleférico. Cerca de ahí había un bar donde hacía poco habíamos desayunado por segunda vez. Café, cruasanes, incluso me acuerdo de que mi hermana eligió el que no llevaba relleno y yo me pedí uno con chocolate. Todos entramos en la cabina. Toma nota: *todos*. Primero, la familia de gente que no conocía, con un niño rubio que más tarde supe que se llamaba Thomas, que era de Busto Arsizio y que tenía cinco años; luego, mi padre y mi madre, mi hermana y yo, y por último, una pareja de ancianos. Podría volver a vivir para siempre jamás esos dos minutos.

»Mi madre llevaba una gorra verde con visera. El pelo recogido en una cola baja encima de la cinta ajustable le daba un aire juvenil y desenfadado. Mi padre, con la cámara de fotos colgada del cuello, estaba ajustando el objetivo. Avanzaron hacia la cristalera frontal para tener mejor vista. Detrás de la pareja de ancianos no subió nadie más. Estábamos a final de temporada y no había mucha gente. Mi padre y mi madre se cogieron de la cintura, aislados en un momento íntimo. A mí aún no me había crecido la barba, ni en las mejillas ni en el mentón. Era desabrido y torpe. Mi hermana me tomaba el pelo, decía que mis calcetines eran desechos nucleares. Los encargados se ocupaban de que todo funcionara, repitiendo los mismos gestos de todos los demás días, años y decenios. En un determinado momento, mi madre se dio la vuelta para mirarme. Sin soltar a mi padre, me puso una mano en el hombro, como para estar segura de que yo estaba allí, o para insistir en el hecho de que ella estaba ahí y seguía queriéndome, a pesar de haberme convertido en esa mezcla extraña de hombre y niño, con la voz ronca y un pudor recién estrenado. Me acarició una mejilla y yo me retiré apurado. Ella soltó una carcajada. Fue el instante más precioso de mi vida, pero yo no lo sabía.

»Estábamos todos allí, esperando. Los encargados querían asegurarse de que no iba a subir nadie más. Éramos once y en la cabina cabían treinta. De repente, Valeria se dio con el puño en la frente y gritó: "¡Dios mío! ¡Me he dejado la mochila en el baño del bar!".

Di media vuelta para mirar a Emilia: ahí estaba. De repente quieta, con los ojos como dos estalactitas que me apuntaban. Quise asegurarme de que también existían el lavadero, las sábanas. De que Sassaia se había vaciado de paisanos y estábamos en 2015.

—Bien pensado, es absurdo. Una mochila. La mochilita de una chica con, pongamos por caso, unas pocas cartas del novio de turno, unas compresas, o un anillo de pacotilla como muestra de amor.

»Yo solté un bufido: "Siempre estamos con las mismas". Mamá dijo: "Ve corriendo a buscarla. Subirás en la próxima vuelta". Se dirigió a mí. Llevaba una camiseta roja, unas bermudas vaqueras que le llegaban a la rodilla; era mi madre: nadie iba a quererme más que ella. "Anda, ve con tu hermana. Así subís juntos a las 9.00." Valeria se fue pitando. Yo la seguí de mala gana, solo porque mi madre me lo había pedido. A mi hermana no le hacía falta que nadie la acompañara. Tiene seis años más que yo. Pero yo obedecí porque era un chico dócil. Podría haberme negado, haber dicho que la mochila era suya, se la había dejado ella y que se espabilara sola.

»Mira tú qué gilipollez: una puta mochila.

»Valeria corría, y yo, detrás, quejándome. Desde hacía un tiempo nuestra relación había cambiado: yo estaba en plena metamorfosis, ella tenía diecisiete años y salía con un chico. A mí me molestaban sus besos y me pesaba mi cuerpo. Ella se pasaba horas en el baño, encerrada con llave; sus secretos me ponían de los nervios, y aquel día aún más si cabe. Aquel domingo. Además, resulta que a ella no le apetecía venir con nosotros, porque quería salir con su novio. Y vete a saber qué había en aquella mochila que fuera tan importante, me preguntaba yo. Me habría gustado saber si ella ya tenía la regla y qué le pasaba a mi cuerpo de ombligo para abajo. Esas eran las tonterías que me iba preguntando mientras la cabina empezaba a subir. Vi que mis padres, aún enlazados por la cintura, ya no miraban hacia las montañas, sino que tenían la vista puesta en nosotros. En mí. Me saludaban con un gesto de la mano. Habían pasado veinticinco años y aún no conseguía llorar. Comprender. Aceptar.

—A diez metros de altura, vi cómo se caía la cabina.

Hoy, mientras escribo estas líneas, sé que Emilia perdió a su madre por culpa de un cáncer de mama cuando tenía trece años, más o menos la misma edad a la que yo me quedé huérfano. Aquella mañana nevada en el lavadero aún no me lo había contado, pero de alguna manera yo lo había intuido desde el primer momento.

La cuestión es que, cuando ya estás en secundaria, tienes que empezar a distanciarte de tus padres, a redimensionarlos, a criticarlos y juzgarlos por lo que son: dos personas entre muchas, las que te han tocado por azar. Pero, si los pierdes justo a esa edad, entonces es imposible desprenderse de ellos. Imposible redimensionarlos. Imposible crecer.

Emilia me miraba a los ojos con mucha atención y no se atrevía a acercarse.

Yo lo tenía muy claro: quien sobrevive es intocable. El dolor te circunda como un aura.

Ella se había quedado de pie frente a mí, del otro lado del lavadero, y esperaba paciente, con extremo interés, que le contara el resto de la historia. Me sorprendió el hecho de que no pareciera afectada ni conmocionada, pero en aquel momento estaba demasiado metido en lo mío como para ocuparme de eso.

—Desde entonces —seguí hablando—, cada día me pregunto el porqué. Mi hermana había salido del bar, pero no la vi. Solo me di cuenta de que me daba un toque en el hombro y decía: «Ya la tengo», aliviada porque nadie le había robado su mochila violeta. Yo me había quedado paralizado frente al espacio vacío entre el cable que había cedido y el suelo sembrado de pedazos de metal. Mi cuerpo ya estaba al tanto, pero mi cabeza no: estaba vacía y sorda como un cráter. Valeria no se había dado cuenta, aún no. «Vamos, no te quedes ahí parado.» Notaba uno de sus pechos pegado a la espalda, su aliento en mi nuca, que de pronto empezó a disminuir, a adelgazar, como si ella también estuviera muriéndose. Con ellos. Conmigo. La gente chillaba, llegaba de todos lados, llamaban a la policía, a la ambulancia. Nosotros no.

»Nosotros éramos materia inerte, a la deriva en un no lugar, en un no tiempo. Nos quedamos clavados en la hierba como dos postes de luz, sin movernos, respirando juntos, despacio. Durante unos instantes, unas horas; no sabría decirte. Lo único que sé es que en un determinado momento nos sacaron de allí y nos llevaron al hospital.

»Durante unas semanas todos los periódicos y telediarios se hicieron eco del caso. El mundo entero descubrió que existía un lugar llamado Sassaia y que ahí vivían dos huérfanos que habían sobrevivido a la tragedia del teleférico del monte Stella por un capricho del destino. Pero Sassaia no quería que nadie se entrometiera. Todos esquivaron los micrófonos e hicieron piña alrededor de nuestra casa, presidiéndola día y noche, protegiéndonos de los chacales y los chismosos. Nos traían comida, limpiaban la casa, se aseguraban de que nos acostáramos por la noche, de que nos aseáramos, de que nos lleváramos algo a la boca. Luego llegaron otras desgracias, otras noticias, y lo nuestro dejó de interesarles. En todas partes pasan continuamente cosas absurdas: masacres, catástrofes, accidentes aéreos, terremotos, choques múltiples en la autopista. Lo nuestro se convirtió en una desgracia de segundo orden.

Emilia asintió con un gesto de la cabeza, como si me comprendiera muy bien.

—Nos quedamos solos, Valeria y yo, con tanta libertad a nuestra disposición que nos temblaban incluso las piernas. Ya no éramos unos chiquillos del montón, sino los dos pasajeros que en el último momento se habían bajado de la maldita cabina y habían esquivado la muerte. La salvación es un ultraje, pero voy a ahorrarte lo que vino después. Nunca le ha interesado a nadie.

»Solo te diré que Valeria dejó al novio y tiró la mochila, con las cartas y el anillo dentro. Cada vez que nos mirábamos a la cara en silencio era como si lleváramos grabada en la frente la palabra "culpa". La casa se convirtió en un espacio inmenso para nosotros dos solos. Ella aguantó hasta que yo cumplí los dieciocho. Luego, se fue.

Bajé la mirada y me quedé callado.

Golpeadas por el chorro de agua de la fuente, las cándidas sábanas nadaban y se hinchaban como medusas. No se veía el sol. El cielo entero soltaba su luz blanca, e igual podían ser las once como las doce y media o las dos de la tarde.

Mi tiempo se había truncado aquella mañana. Desde entonces solo había aparentado vivir. Con altibajos, experimentando largos períodos de depresión y breves momentos cargados de ilusión. Lo indecible no es nunca el mientras, el instante abrumador, sino el lento, invariable e inexorable *después*.

No hubo un solo día en que no pensara que habría sido mejor, muchísimo mejor, morir todos juntos en aquella cabina. Ninguno de los cuatro se habría quejado ni pedido otra cosa. Nos habríamos estrellado todos juntos, nuestros huesos, nuestros pulmones y nuestros corazones se mezclarían uno con otro, como si el impacto hiciera de nosotros una sola persona. Habría sido un fin de fiesta hermoso y me habría importado un pimiento morir a los once años. Ya había sido feliz un montón de veces: en el bosque, en Navidad, en el colegio. No éramos culpables de nada, nada que mereciera de golpe y porrazo esta separación: dos en el cementerio y dos en casa. El después fue un auténtico infierno.

—El después ha sido un auténtico infierno —le dije a Emilia—; hasta que tú, de repente y cuando ya habían pasado veinticinco años, me has llevado a pensar que, a pesar de todo, quizá aún merezca la pena vivir.

Me entraron ganas de llorar en aquel momento.

Emilia se me acercó despacio, paso a paso. Alargó una mano hasta tocar mi mejilla para secarme las lágrimas.

Me temblaban los labios mientras le imploraba:

—Por favor, no vuelvas a decirme que has encontrado Sassaia en internet y que has llegado hasta aquí porque los alquileres son los más bajos de toda Italia. Nadie llega aquí. Todos volvemos. Dime quién eres.

Emilia se bloqueó. Soltó la mano, cerró los ojos y dijo:

—No puedo.

—¿Después de lo que acabo de contarte? —le contesté, abriendo los brazos—. ¿Por qué eres así?

Cuando volvió a abrirlos, sus ojos verdes punteados de gris ya no eran opacos ni impenetrables. Brillaban. Por dentro, luchaban dos fuerzas opuestas.

—Tú no tienes ninguna culpa, ninguna —me dijo, clavada en el suelo a medio metro de distancia—. Pero ahora comprendo que la inocencia también tiene su peso.

Yo no acababa de entender. Solo me daba cuenta de que ella seguía escondiéndose y eso me exasperaba.

—De niños, en la plaza. ¿Tú y yo nunca nos conocimos? ¿Estás segura? Contesta.

Me miraba y seguía callando.

—¿Solías venir aquí en verano? ¿Iole era pariente tuya? Sus ojos habían penetrado en los míos. Estaba seguro de que ese silencio era un sí. Pero yo quería que su boca se abriera, que lo certificara con su propia voz. Lo exigía. Sin embargo, sus labios seguían sellados, mudos.

—No podemos seguir juntos —concluí—. Si tú sabes mi historia, pero yo no sé nada de la tuya, entonces, no podemos seguir.

Agarré las sábanas, las retorcí con fuerza hasta agrietarme la piel de los nudillos y las metí de mala manera en el cesto.

Cargué el bulto en la espalda y fui a casa. Estaba empezando otra vez a nevar. Las sábanas mojadas pesaban un montón. Colgadas en el desván, tardarían como mínimo una semana en secarse. Luego las doblaría y se las devolvería. Y después me obligaría a no preocuparme por saber si las luces estaban apagadas o encendidas en la casa de enfrente. Al final, ni siquiera Sassaia me serviría de escondite.

Sentí que me abrazaba.

Pegada a mi espalda, sus manos se colaron debajo del chaquetón, sus uñas en mi piel.

—No es por lo que me has contado. Es por lo que eres ahora.

Hice un esfuerzo y me di la vuelta para mirarla. La nieve iba depositándose en nuestros hombros, en nuestro pelo, en nuestras pestañas. Mi orgullo era de tontos. Emilia lo tenía claro.

—Tú no eres aquella cabina y yo tampoco soy lo que hice. Te lo contaré —me dijo, asintiendo con un gesto de la cabeza—. Sé que tengo que contártelo, pero necesito un poco de tiempo. Por favor, espérame —añadió, golpeándome el corazón con la mano en forma de minúsculo puño—. No somos nuestros traumas, el resultado de lo que hicimos o padecimos. El pasado no coincide con el punto en que nos encontramos ahora. Estamos ya en otra parte, y yo, hasta hoy, no lo sabía. Tú me has contado lo que creías que era *todo*. Me has revelado por qué estás solo, por qué vives en Sassaia. Pero esa es solo una *parte* de la historia, la que está acabada, rematada. Ya ha empezado otra.

Esbozó una sonrisa y añadió:

—Incluso la verdad cambia.

14

—Háblame de Angela.

A Emilia se le había cortado la respiración.

De todos los nombres, aquel era el único que no se podía mentar. Como el famoso personaje de *Los novios* de Manzoni, el más potente.

—Han pasado tres años.

Fue como si una roca de granito le diera en todo el pecho. *Háblame de* era un arranque que ya no aguantaba. No solo le tocaba *pagar*, sino que, además, tenía que *hablar*. Y el segundo verbo era decididamente peor que el primero.

—Suelta lo primero que se te ocurra. Un detalle físico, una anécdota. Lo importante es que empecemos a *arrancarla* del silencio.

A Emilia le entró frío en el cuerpo. Como de noche, cuando le bajaba la regla y toda ella se convertía en un pedazo de hielo hirviendo. Ella también tenía dos vidas, como todos. Lo que podía contarse era la punta inocua del iceberg; lo indecible era justo ella.

La Venturi le sonreía paciente. Nunca había habido ningún tipo de complicidad entre ellas porque, al contrario que Rita, llevaba gafas estilosas sin montura, vestía blusas impecables de color blanco, *beige* o marfil y sus complementos nunca desentonaban: perlas, brillantes pequeños y nunca vulgares. La manera en que se sentaba, modosita, con la espalda recta, las piernas cruzadas, y el bolígrafo siempre a punto, encarnaban el mismísimo concepto de una mujer dueña de sus actos, equilibrada, capaz de domesticar sus impulsos femeninos. Por eso bastaba una mirada suya para hacerte sentir fuera de lugar. Parecía el sentido común hecho persona, y tú, ahí sentada enfrente, hecha un manojo de nervios. Su trabajo consistía en clavar agujas en el punto más jodido de ese manojo.

—No puedo.

—Tienes que hacerlo. Aunque salgas de aquí, nunca te sentirás libre hasta que te las veas con este asunto.

Del corazón marchito de Emilia brotó una risotada. *Su* inconfundible risotada de protesta, la de Angela: «¡Yo no soy ningún asunto, gilipollas! ¡Yo soy la Sin Nombre!».

Emilia manoseaba de malas maneras el paquete de tabaco, pues ahí, al contrario de lo que pasaba en el despacho de Rita, no se podía fumar. Sin embargo, el *asunto* era tan delicado y potencialmente letal que la Venturi le había propuesto, como algo excepcional, salir juntas a fumar.

Año 2004. Sería abril o septiembre: la luz era clara; la temperatura, agradable. Imposible recordar el mes exacto, pues eso no tenía ningún valor más allá del gran patio cercado de muros, como tampoco lo tenían las estaciones. Para esas chicas solo tenían sentido la luz y la oscuridad, el período escolar y las vacaciones. Porque el trabajo de los demás implicaba atenciones, actividades, diversiones, a veces una manera eficaz de llenar los minutos y las horas. En cambio, las vacaciones para ellas significaban el vacío absoluto que se ensanchaba bajo tus pies hasta tragarte y aniquilarte. Algunas ventanas del primer piso estaban abiertas. *Toxic*, de Britney Spears, salía a todo volumen por una de las ventanas, como si fuera la habitación de una chiquilla cualquiera. Pero eran las diez de la mañana. A esa hora las jóvenes normales estaban en la escuela. En cambio, ellas, en el centro, recibían clases a salto de mata durante algunas horas al día, o iban a talleres de cocina, de costura e incluso de carpintería, pues hacía tiempo el alegre edificio había albergado a residentes de sexo masculino y se armaba la de Dios es Cristo... «Se matan a pajas de día y de noche», había contado una vigilante que tenía al novio, guardia también él, pero a cargo de los chicos. «Puñetazo va, puñetazo viene; y las peleas no se acaban nunca. Están a tope de testosterona.» Y ellas, que andaban escasas de testosterona, pero acumulaban cabreo, familias desestructuradas y diagnósticos funestos, al escuchar esas historias soñaban con un centro mixto, con celdas como alcobas, citas secretas en la biblioteca, tiernos mensajes con faltas de ortografía que pasaban por debajo de las rejas y la pena convertida en práctica matrimonial. ¡Entonces sí que se verían con ánimo de *cambiar*!

Emilia y la Venturi cruzaron despacio el patio. Caminando a su lado, Emilia notó que la psicóloga era muy bajita ahora que no estaba atrincherada detrás de su impecable escritorio. ¿Y eso? Puede que ella hubiera crecido. ¿Cuántos centímetros habría ganado estando presa sin darse cuenta?

Su padre le llevaba ropa en cada visita: sudaderas, conjuntos de deporte, camisetas, cosas cómodas y poco vistosas, pues allí dentro tampoco se trataba de organizar desfiles de moda. Eran prendas de calidad, con un punto de distinción, de marcas prestigiosas con el logotipo a la vista; porque, quieras que no, en aquellos pasillos había que hacerse respetar, mantener cierto estatus, incluso provocar cierto temor reverencial, un poder que determinadas firmas ejercían sobre quienes se habían podido permitir solo y siempre su versión choni.

Papá se sabía las tallas, incluso de las bragas. Y Emilia iba pasando a las demás la ropa que ya no le cabía, con gran alborozo de todas ellas, encantadas con la idea de poder salir de ahí y volver al barrio llevando unos vaqueros de Armani. Se los probaban frente al espejo del baño, que colgaba sobre el lavabo, subidas al inodoro para verse de cuerpo entero. El día en que Emilia regalaba su ropa, se armaba un fiestón de los buenos. Había inmigrantes o gitanas que ni siquiera tenían calcetines, y, si los tenían, estaban agujereados. Algunas educadoras se los llevaban a casa para zurcirlos, y hubo un día en que, a una chiquilla de quince años, al entregarle la mujer los calcetines recién repasados, se le escapó un «Gracias, mamá».

¡Cadena perpetua! ¡Cadena perpetua!
¿De qué van los que están fuera?
¿Seguro que la culpa es tuya, si solo tienes quince años?

Emilia y la Venturi llegaron al muro que rodeaba el huerto. Olía a malva, a tomillo, a salvia. La Venturi observaba las plantas aromáticas que, cosa rara, habían sido sembradas, regadas y podadas en condiciones. Pronto las recogerían y las usarían en la cocina. A decir verdad, ellas habrían preferido tener animales: cabritas, ovejas, corderitos de pelo suave y rizado, pero, obviamente, no había dinero para la *pet thera-py*. Por no haber, ni siquiera había disponibilidad económica para contratar al personal que se ocupaba de asuntos normales y corrientes.

No se sentaron; se quedaron de pie, escuchando a Britney Spears, que les llegaba desde el corazón herido de Bolonia.

—¿Crees que podrías describírmela? Me basta con un detalle. ¿El pelo, los ojos?

El rectángulo de cielo sobre sus cabezas, de un azul luminoso y uniforme, campeaba desde muy arriba, y solo de vez en cuando una nube borrosa ondulaba en el espacio.

—Azules —reconoció Emilia mientras echaba el humo del cigarrillo—, como este cielo.

Estaba harta de que le dijeran «háblame de». Y vaya por delante que no hablar de algo no impide que ese algo exista. Existe incluso más. Existe tanto que respiras con un solo pulmón porque el otro lo tienes aplastado; la garganta, obstruida; el corazón, convertido en un hoyo. Pero hablar implica extraer de tu cuerpo una bala tan incrustada que ya forma parte de tu organismo; los tejidos han crecido a su alrededor, las arterias la han incorporado a su flujo. Extraerla equivale a morir.

—El pelo no era nada del otro mundo. Rubio tirando a castaño, fino, sin volumen. Le daba apuro enseñarlo y siempre lo llevaba atado. En cambio, los ojos... —añadió tras dar otra calada—, los ojos sí que destacaban.

Hizo una pausa, sorprendida de que las palabras se le hubieran escurrido como un hilo de sangre cuando arrancas una pequeña costra, sin que pudiera frenarlas. Imaginó la cara de la Venturi, tan satisfecha ella, pero no quería darse la vuelta.

También en 2001 escuchaban a Britney. Se tiraban tardes enteras viendo vídeos en MTV, fumando porros a escondidas o jugando a *Resident Evil* en la PlayStation. Tenían que hacer deberes, pero a Emilia nunca le venía bien y a la Sin Nombre le bastaba con estudiar media hora por la noche para sacar un notable al día siguiente.

—Tenía la típica familia *perfecta* —continuó—. Un adosado blanco, bastante parecido al mío, pero más lleno: de muebles, de voces. Su padre trabajaba en un banco; su madre se quedaba en casa, cuidando de la familia.

Dio una última calada y se quedó con la colilla medio quemada entre los dedos.

—También tenía un perro, un labrador como el del anuncio del papel higiénico, y un hermano mayor, monillo. Su madre la llevaba a clase de danza clásica y a hacer compras. Cada mañana, antes de ir al colegio, le dejaba la ropa preparada encima de la cama, a juego con los zapatos, y su cocina siempre olía a bollos calientes y a huevos revueltos recién hechos.

Britney Spears seguía cantando y a ella ahora se habían sumado las chicas del primer piso. Chillaban enfervorizadas en un inglés mezclado con árabe, rumano e italiano. Probablemente también se habrían desnudado, subiéndose a las camas para saltar y perrear, olvidándose de dónde estaban y de los motivos que las habían llevado hasta allí.

—¿Tú la envidiabas?

«No, yo intentaba montármelo con su hermano. Su madre siempre me dejaba un bollo recién hecho cuando pasaba por su casa para ir juntas al instituto en moto. Le habría propuesto un intercambio: yo me convierto en ti y tú te colocas en mi lugar, ¿vale?»

Pero eso a la Venturi no se lo iba a contar. Se había quemado las yemas de los dedos con el filtro incandescente sin que le doliera lo más mínimo. Se había librado de toda aquella podredumbre y ahora se sentía más ligera.

Se despidió de la loquera y se fue a bailar con las demás. De día las rejas siempre estaban abiertas. La celadora la había dejado pasar, aunque ella no se alojara en el primer piso, sino en el segundo; a esas alturas, Emilia andaba por allí como Pedro por su casa. Las más jóvenes la recibieron como si fuera una reina, porque le correspondía: era una veterana, igual que Marta. Las niñas rumanas y las norteafricanas con la piel aceitunada y los ojos resplandecientes volverían a su casa dentro de unos meses; en caso de no tenerla, entrarían en una comunidad. Pero Marta y ella, junto con unas pocas italianas más, se quedarían allí durante años, convertidas en celebridades y leyendas, entre aquellas paredes del siglo xv restauradas con mucha dedicación, en aquellas pequeñas celdas monacales tan limpias que podías comer en el suelo.

Ahora estaban todas apiñadas en el pasillo, unas cuantas con la ropa puesta y otras en bragas. Emilia bailaba con los ojos cerrados, meneando la pelvis, restregando las caderas contra el culo de las demás, levantando los brazos como si quisiera agarrar algo en el cielo. Al rato, en vez de la voz de Britney, se oyó *aquella* canción.

La canción del verano de 2001.

Que era vulgar a más no poder. Que le daba al *tunz, tunz, tunz* como si fuera un sábado por la noche en una discoteca de provincia. Que inundaba toda la costa como la niebla en el Adriático por la mañana. Que tenía una letra hermosísima:

> *Because I, I live to love you some day*
> *You'll be my baby*
> *And we'll fly away*

Ella también había cantado el estribillo, imaginaba estar dentro de una de esas discotecas enormes a las que no le había dado tiempo a entrar, como tampoco le había dado tiempo a dejarse desvirgar por el hermano de la Sin Nombre. Ni siquiera había tenido tiempo de enamorarse, de vivir como todos los demás aquel verano que le había destrozado la vida y el alma para siempre. Cantaba mientras lloraba, saltaba y sacudía el pelo de acá para allá...

Hasta que la celadora decidió que «Basta ya, se acabó lo de jugar a la discoteca» y empezó a golpear el metal de las rejas con unas enormes llaves de hierro, produciendo un sonido que de golpe y porrazo acalló las voces, aflojó los cuerpos y apagó la música.

Ese sonido que ninguna de ellas olvidaría, como no se olvida la voz de mamá, el latido de su corazón en el vientre.

15

La mañana del 24 de diciembre el cielo estaba nublado y cargado de nieve, la humedad se expandía desde el torrente y helaba los huesos. Emilia iba dando patadas en el suelo con los pies y se calentaba las manos enguantadas echándoles el aliento. Lo esperaba al lado del cartel de *parking* de Alma, el mismo lugar donde habían aterrizado juntos el día 2 de noviembre. En menos de dos meses habían pasado un montón de cosas; es decir, lo que suele pasarles al común de los mortales, hechos que caían como copos de nieve imposibles de controlar. Se preguntó si él la encontraría cambiada, si se le notaría ese nuevo sentimiento que la animaba. Por fin, después la última curva, vio asomar el capó del Volvo y sintió que el corazón le latía como una piedra que estuviera abriéndose.

Riccardo le sonrió detrás del parabrisas, apuesto como un viejo actor, impaciente por aparcar, apagar el motor y poner el freno de mano. Ella tenía los ojos húmedos y dolor de garganta. Estaba emocionada. Siempre se había empeñado en fijarse en la parte de la familia que faltaba, en la silla vacía entre ellos dos. Sin embargo, ahora que su padre se bajaba del coche con el traje de rayas finas y el pañuelo doblado en el bolsillo delantero de la americana, se daba cuenta de que, si ella había llegado hasta allí, instalándose en el futuro, era porque él nunca había dejado de quererla.

—¡Emi! —soltó él abriendo los brazos.

Emilia cogió carrerilla y se zambulló en su cuerpo.

Todo pasa. Y, si no pasa, cambia.

—Qué voz más rara tienes...

Riccardo la agarró de los hombros y la alejó para poder examinarla.

—Solo es un catarro. En Bolonia ponían la calefacción a tope, pero aquí solo tengo una estufa y la chimenea.

«En Bolonia» era su forma diplomática de referirse al pasado.

—¿Tienes paracetamol?, ¿has ido al médico?

Emilia frunció el ceño como si todo aquello le sonara a chino. Riccardo hizo un gesto resignado con la cabeza; estaba a punto de empezar con las regañinas de siempre, pero era el día de Nochebuena: podían concederse una pausa. Se puso el abrigo y se cambió los zapatos de piel por unas botas impermeables de montaña. Abrió el maletero, donde asomaban un *panettone* y una botella de vino espumoso, pero en el último momento se lo repensó:

—Llévame antes a ver la iglesia.

Las mejillas pálidas de Emilia se ruborizaron. No esperaba un examen por sorpresa. Se sonó la nariz congestionada para ganar tiempo.

—¿Qué pasa?, ¿te da vergüenza?

—Qué va.

Pero estaba aterrorizada, creyendo que él, frente a la Virgen negra o, incluso, frente al reducido grupo de condenados del *Juicio* al que había intentado dedicarse, pensara: ¿eso es todo?

Remontaron los callejones del pueblo muy pegados el uno al otro para entrar en calor. Aplastados en las aceras, montones de nieve sucia. De las chimeneas salía un humo gris, única señal de que en aquel pueblo perdido en la montaña vivía gente. El torrente hurgaba en el silencio, se daba de bruces contra las rocas blancas con un grito ahogado. Su padre le preguntaba por el Basilio, por las técnicas que utilizaban, por la antigüedad de la iglesia. Emilia iba contestando poco a poco y, mientras tanto, se daba la vuelta recelosa.

A esas alturas ya era una vecina de Sassaia; sin embargo, para los paisanos de Alma seguía siendo un «cuerpo extraño», o peor aún, «la forastera que se encama con el maestro», «la alcoholizada que sabe Dios de dónde viene», «que lleva por mal camino a ese santo varón que es Peraldo» y, como consecuencia lógica, también a los castos niños que eran sus alumnos. Así se explica que, mientras Riccardo la iba achuchado con sus preguntas entusiastas, ella se fuera encogiendo. Era como si sus palabras le llegaran de ultramar, con interferencias continuas, y, mientras tanto, ella seguía mirando de reojo las ventanas, los portales, los rincones oscuros de aquel viejo pueblo lleno a rebosar de víboras.

Cada día, Bruno, «el santo», la acompañaba a la iglesia antes de ir a la escuela, y luego iba a buscarla cuando ya era hora de volver, como si fuera una niña. Ella, a su lado, en cierto modo se sentía libre, pero con la sensación de interpretar el papel de puta.

Para sus adentros, iba pensando: «Si supieran...».

Estaban celebrando la misa de vigilia, pero Riccardo se había empeñado en entrar y Emilia no tuvo más remedio que seguirlo. El cura soltaba con fervor su homilía a los parroquianos, reunidos todos ellos con ocasión de la festividad. Al verlos entrar, se interrumpió y se quedó mirándolos. Algunos se volvieron desde los bancos, otros soltaron un comentario por lo bajini. El cura volvió al Génesis:

Caín le dijo a su hermano Abel: «¡Vamos al campo!».

Las ancianas, muy abrigadas, se hundieron otra vez en sus mantones. Los hombres, con el sombrero de fieltro en las manos, volvieron a seguir la homilía o a dormitar en la oscuridad marchita por la humedad.

Sentada en la última fila, una cabeza de pelo negro no se había vuelto de nuevo hacia el altar. Al contrario, se los había quedado mirando descaradamente. Con la permanente recién hecha, tan revuelta y oscura como la de una Medusa, había enganchado la mirada en los cuerpos de los intrusos e insistía, como si quisiera desnudarlos. Sus ojos se achicaron, se excitaron frente a la nuca inerme de la presa y soltaron un destello, como si, detrás de las córneas, hubiera surgido de golpe una intuición mágica.

Emilia no la conocía, ignoraba sus noches en blanco con la vista consumida por la luz azul de la pantalla del ordenador, que ella interrogaba obstinadamente, como una vidente con su bola de cristal. A unas horas infames, las dos, las tres de la madrugada, ella investigaba en Google, enviaba mensajes inoportunos a usuarios de Facebook, metía la nariz en los perfiles de parientes lejanos de gente que había vivido en Sassaia, sin recibir casi nunca respuesta. No obstante, la mujer seguía, erre que erre, afinando el tiro en la búsqueda de apellidos, consultando hasta el último detalle en las webs de heráldica. No le faltaba tiempo y la frustración se convertía en aliciente. Olfateaba, husmeaba, arañaba datos en las publicaciones y en los comentarios buscando indicios útiles.

No tenía ni un pelo de tonta. Había vuelto a engordar, y es posible que alguien pensara que no se la follaría ni harto de vino, o que la llamaran «elefante», como estaba escrito en una pared del baño reservado al equipo docente, lo cual seguramente era obra de un exalumno que ella había suspendido dos veces. Pero era inteligente, y la inteligencia estaba por encima de todo. En ese mundo infame, que usa y tira a las mujeres, las jode y las traiciona, ella había aprendido a defenderse, a fiarse solo de sí misma y de su instinto. Y ahora mismo el instinto le sugería que si una chica pelirroja como las brujas, más sola que la una, se encerraba allá arriba, en un lugar donde solo había muertos y no quedaba bicho viviente, *a la fuerza* estaba guardando un secreto. Sucio, escabroso. Un marido, fotos comprometedoras o puede que una adicción.

Aquella mañana, aunque pasara muy cerca de ella, Emilia no podía percibir las ideas convulsas que revoloteaban en la cabeza de Medusa, ni podía imaginar su incesante trabajera, su propósito de exprimir internet hasta la última gota. Le aterrorizaba la idea de que alguien se pusiera a investigar, pero creía que ese alguien solo podía ser yo, el único interesado. El Basilio no se metería en esos líos y no se le ocurría nadie más que tuviera motivos para hacerlo.

El *Juicio* todavía estaba cubierto en parte por el andamio. De los vitrales apenas llegaba un hilo de luz gris.

Su padre se quedó callado un buen rato, examinando atentamente la pared. Finalmente asintió con orgullo:

—Mira tú... Nunca me lo habría imaginado.

Emilia sintió que la invadía la dicha. Le constaba haberse dedicado a fondo a su exiguo grupo de condenados, ayudándolos a librarse de la suciedad para que volviera a destacar toda su enérgica desesperación, pero el reconocimiento de su padre era lo que más apreciaba. Desde luego, el mérito no era solo suyo. El Basilio la había guiado, le había aconsejado de la mejor de las maneras. Desde lo alto del andamio, sentado entre angelotes alados e iluminado por la luz divina, la había animado, como lo hacía su padre ahora, a continuar, a seguir limpiando, a quitar incrustaciones y residuos hasta lograr la pureza.

Pero ¿qué pureza? «Acuérdate de quién eres», se dijo a sí misma.

Detrás de ellos, la gente empezó a entonar el Padre Nuestro. El coro desafinado del rezo parecía transmitir el fastidio de los fieles hacia aquellos dos desalmados, que no habían rezado, que no habían recibido la comunión y ahí andaban, señalando y comentando como si estuvieran en un museo.

Riccardo se entretenía examinando pequeños detalles. Se congratulaba con Emilia, sorprendido y feliz, mientras ella, aun sin proponérselo, no podía evitar que a su mente acudiera el rostro lejano de su madre. Desde la otra punta de la mesa o en el cuarto de estar. En segundo o tercero de primaria. Los músculos tensos, la mandíbula contraída. Cuando ya había quedado claro que ni siquiera la logopedia resolvería el problema.

Mamá escuchaba mientras ella leía o, mejor dicho, balbuceaba, tropezaba, se tambaleaba entre palabras en aquellas tardes quietas y brumosas, con el televisor apagado y el silencio catastrófico que las rodeaba, encerradas las dos en casa, en un barrio de chalés adosados donde había anidado la burguesía de Rávena. La mujer se esforzaba por sonreír para disimular la desesperación que sentía. Su hija, su única hija. Una desilusión inmensa.

Emilia recordaba que su padre volvía a las ocho de la tarde y en casa todo estaba patas arriba porque madre e hija aún estaban ahí, sentadas a la mesa del cuarto de estar, con los libros abiertos. Mamá era maestra, sabía cómo comportarse con los niños, que no había que perder la paciencia, que era mejor no gritar, no exasperarse. Pero la que tenía sentada enfrente no era una niña cualquiera: era su hija. Y no progresaba. Tampoco en matemáticas: 7 × 2. ¿Cuánto son 7 × 2? Una pregunta obvia, como decir que la noche es oscura y el día luminoso, pero su hija no contestaba. Se encogía. «¿Cómo puede ser que no lo sepas, que no entiendas?» Y aquellas preguntas obstinadas, furiosas, a Emilia la sacaban de quicio. Negro por fuera, negro por dentro. Las cifras y las palabras se mezclaban en un magma confuso, incomprensible, donde ella se hundía. Y lo único que persistía era la idea de que incluso una mujer como mamá, que hacía voluntariado, que todo el mundo apreciaba y quería, al final, se había puesto de los nervios.

Efectivamente: después de tantas horas de resistencia y lucha, la sonrisa de Cecilia se venía abajo y la rabia le salía a borbotones. *¡Joder, que eres mi hija! Mía y de tu padre... ¿Cómo puede ser que hayas salido tan mal?*

No es que pronunciara esas palabras en voz alta, pero por ahí andaba el sentido de lo que no se decía o se decía a medias. El agravio implícito que dominaría su vida. Emilia se quedaba noqueada, inerte como una muñeca rota que solo merece que alguien la tire a la basura. Hasta que el arquitecto, de vuelta del trabajo con una bandeja de raviolis de pasta fresca hecha a mano, les daba un besazo a las dos y soltaba: «Ya está bien por hoy. ¿Que todavía no lo ha aprendido? Pues ya lo aprenderá».

Cuando remontaron juntos Stra' dal Forche por segunda vez, el bosque de castaños se había hundido en la nieve, raíces incluidas. Sobre sus cabezas, las ramas desnudas se intrincaban hasta formar mallas tupidas que parecían huesos. Su padre arrastraba la maleta con evidente dificultad, y Emilia tenía que preocuparse de aflojar el paso para no dejarlo atrás, aunque llevara dos bolsas a rebosar de comida, incluida una bandeja de pasta fresca que Emilia había mirado con ojos dulces.

—Desde luego, ahora subes a la velocidad del rayo —dijo él resoplando. Aún no habían llegado siquiera a la capilla votiva.

—Pásame la maleta —contestó ella—. Esa caminata me la meto yo entre pecho y espalda dos veces al día, cinco días a la semana. Y, mira tú por dónde —añadió sarcástica—, aún no tengo los tobillos como dos chorizos.

Riccardo no permitió que ella llevara la maleta.

—Aún no soy tan viejo.

Emilia se preguntó si habría alguien a su lado en Rávena, una compañera que hubiese sustituido a su madre en aquella casa tan grande y vacía, al menos durante los fines de semana o para cenar de vez en cuando. Por primera vez se atrevió a formular aquella pregunta en su cabeza, aunque no tuvo el valor de expresarla en voz alta.

Él, en cambio, estaba dispuesto a preguntar. Continuaron subiendo en silencio durante un rato, pisando los guijarros cubiertos de nieve luminosa, que crujían bajo sus pies debido a la sal que ella y yo habíamos echado en el sendero, tras pasarnos muchos domingos pala en mano quitando nieve. Y mi nombre flotaba en el aire, se percibía. El padre esperaba el momento adecuado. La hija pensaba en el mejor modo de ir soltando información. Les habría venido bien a los dos un poco de entrenamiento, unos cuantos novios de quita y pon durante el bachillerato que abrieran camino, pero no pudo ser.

—¿Cuándo vas a presentármelo? —se animó Riccardo.

Emilia aceleró el paso.

Durante los años pasados en el centro, después del chasco de Emanuele, había fantaseado con la idea de que un buen día encontraría a un chico como ella, que se hubiera hecho mayor en ese mismo lugar, con los mismos horarios, con el mismo runrún de fondo de llaves pesadas como las del Hades colgando del cuello de Cancerbero. Con él se entendería de maravilla, sin necesidad de explicar nada: los postigos se quedarían abiertos, y la tele, encendida toda la noche.

Para eso tampoco hacía falta tanta imaginación: la mayoría de los novios de sus compañeras entraban y salían de los centros como si fuera lo más normal del mundo. Cuando hablaban por teléfono, comentaban los artículos del código penal con tanta precisión y desenvoltura que habrían podido licenciarse en Derecho. Giada, recién acabada la secundaria, le enmendaba la plana a su abogado. Afifa se sabía las leyes de este país mejor que cualquier otro ciudadano «pura sangre», aunque era mejor no mentar el tema de la sangre en un lugar como ese. Marta, por su parte, había dudado mucho entre Biología Molecular y Derecho. Ya estaba claro que la suya sería «la historia de la redención», pero faltaba decidir el camino que debía seguir. Se había decantado por las moléculas: eran más de fiar que las leyes, «y, además, hablando mal y pronto, estoy hasta el chocho de asuntos jurídicos».

Su padre dejaba que ella se adelantara, como si estuviera huyendo. Y ella, a medida que se acercaba a Sassaia, recobraba lucidez. Las paranoias, que en Alma la asediaban en cada esquina, aquí iban menguando hasta desaparecer. Los troncos y las rocas, los barrancos y el silencio, ese inmenso silencio que durante años jamás había escuchado, pues los gritos, la cháchara, la televisión, los *walkie-talkies* y el ruido de las llaves lo habían aniquilado, le devolvían una vida nueva y posible.

No había encontrado a un chico como ella, sino a un alma pura, una víctima. Qué se le iba a hacer. La vida no pide permiso, no se deja programar. Al contrario, le encanta dar por culo.

Emilia se paró: ya no oía los pasos de su padre. Dejó las bolsas con los víveres para la cena de Nochebuena y el día de Navidad debajo del cartel con la inscripción «Sassaia, pedanía de Alma» clavado en medio de la nada y se sentó en una roca saliente a dar vueltas a sus asuntos.

¿Convenía presentárselo a su padre, aunque no eran novios ni fueran a serlo? Porque, cuando dos se comprometen oficialmente, lo suyo es saberlo todo el uno del otro, o por lo menos una parte de la verdad, como el lugar de nacimiento y el apellido.

En cambio, ella había dicho que se apellidaba Morelli. Se lo había robado a Rita, y, mientras hurtaba mintiendo, había odiado la burocracia italiana que aún no le había permitido cambiarse de apellido. «¿Entendéis que si pongo en el buzón de casa Emilia Innocenti nunca tendré una vida normal?», había gritado. «¿Y qué entiendes tú por vida normal?», le había preguntado a su vez el espectro gafotas y gris de la burocracia.

«Bruno nunca lo aceptaría», discurría ella para sus adentros. Mientras esperaba a su padre al final del camino, volvió a acordarse del domingo en que los dos estaban escuchando la radio en la cocina de la Iole. Acababan de comentar que una madre había dejado morir de hambre y de sed a su hija de dieciocho meses. La había abandonado durante seis días y seis noches para irse a follar con el novio, y la niña se había quedado sola en su camita, rodeada de heces y comiéndose el relleno de la almohada para intentar salvarse desesperadamente del trágico abandono.

Ella recordaba muy bien mi reflexión: «A esa habría que enviarla a la silla eléctrica. No estoy a favor de la pena de muerte, pero en casos como este diría que sí», unas palabras que yo había soltado de sopetón, dejando de darle vueltas a la salsa de tomate con el cucharón y mirándola a ella.

Emilia notó cómo se le encogía el estómago. No consiguió decir ni mu; solo asintió y continuó aplastando con el tenedor los *gnocchi*, pero tenía náuseas.

La radio no escatimaba detalles. Expertos psicólogos invitados al programa participaban en la conversación: *Los mecanismos de la psique. La disociación. La madre había sido abandonada de niña por su propia madre.* La explicación: buscaban la explicación, pero no existe. *Si uno es un monstruo, lo es y punto. ¿Qué más se puede añadir? ¿Estáis intentando buscar una justificación? No puede ser... Qué asco. ¿Justificar a la chiquilla de Rávena? ¡Esa criatura es un monstruo!*

Había ido corriendo al baño. Con la cabeza metida en la taza del inodoro, se había jurado a sí misma: «Nunca se lo diré. Si el precio para estar con él es fingir que yo no soy yo, tendré que pagarlo».

A todas esas, yo había apagado la radio y fui a llamar a la puerta del baño, sorprendido y ajeno a lo que estaba pasando.

—Emilia, ¿te encuentras bien?

«No, estoy podrida por dentro. Bruno es un tío legal —se iba diciendo—, no pertenece al ejército de los que gritan *cadena perpetua*, pero él también la ha mentado: *la silla eléctrica*. Vale que han matado a sus padres por negligencia, de acuerdo, pero él está entre las víctimas.»

¿Y ella? Ella era aquel vómito.

Su padre asomó renqueando. El abrigo de cachemira desabrochado, la frente mojada por el sudor. Cuando la alcanzó, soltó la maleta y se dejó caer en la roca saliente a su lado.

—Estoy haciéndome mayor —admitió.

Emilia miró el paisaje blanco frente a ellos. La vida que respiraba despacio tierra adentro. Los animales dormidos en su guarida. Los huevos escondidos. El tiempo ovillado en un antro cálido e invisible.

—¿Tú tienes novia? —le preguntó sin volverse a mirarlo—. ¿Una persona que lo sabe todo de ti y sigue estando a tu lado?

Riccardo dudó; luego, mesándose el pelo con una mano, contestó:

—Sí.

—¿Desde cuándo?

—Desde hace tres años, pero nos conocíamos ya de antes. A mi edad, no la llamaría novia. Digamos que es una *compañía*.

—¿Es de Rávena?

—Sí.

—Eso quiere decir que sabía...

Su padre soltó un suspiro, como si no fuera aquella la cuestión importante. El cielo se movía tan bajo que lo veías meterse entre los árboles e ir extendiéndose, húmedo y gélido.

—¿Lo habéis hablado alguna vez? —insistió Emilia.

Su padre apoyó las dos manos en las rodillas, como si estuviera preparándose para hacer frente a un asunto que le sobrepasaba y se sintiera perdedor incluso antes de empezar. Sin embargo, había que apechugar.

—¿O es que conseguís estar juntos sin mentar nunca la bicha? —Emilia ahora se dio media vuelta y lo miró con sus hondos ojos verdes que apenas se movían, como la superficie podrida de una charca, encrespada por alguna nueva e inesperada forma de vida—. ¿Tú crees que es posible?

—No puedes seguir viviendo así.

Su padre trasladó la mano de su rodilla a la de Emilia y la apretó con delicadeza.

—Papá, este chico no sabe nada y no tiene por qué saberlo. Además, no es ningún chico, es mayor que yo. No lo entendería y no lo aceptaría. Lo sé.

—Emilia... —volvió a decir su padre.

¿Se puede hablar de culpa cuando tienes dieciséis años?

¿La culpa es la misma tanto si eres un adolescente como un adulto?

Si el adolescente aún no es un adulto, ¿quién opera dentro de su culpa?

—Tú ya has cumplido tu condena —le dijo con calma—. No lo olvides. Has llegado al final de tu calvario. Si esta persona te importa, cuando te veas capaz le contarás cómo has llegado hasta aquí y por qué. Y él, que te habrá conocido a fondo, te verá como te veo yo. —Tenía los ojos inundados de lágrimas—. Estoy muy orgulloso de ti, Emilia.

16

Mientras abría la puerta de mi casa y se me venía encima una oscura cuchillada de frío, no pude reprimir un pensamiento: el Basilio en su casa, solo.

Sabía qué quería decir eso. Durante los últimos quince años, en Navidad había partido leña, quitado la nieve, limpiado la estufa, comido y cenado en silencio como si fuera cualquier otro día de invierno; la única diferencia era que, secretamente, esperaba que pasase más rápido. Desde luego, vivir en Sassaia facilitaba las cosas: no veías ni una luz colgando, no había misas del gallo atestadas de familias, ninguna casa ajena decorada para la ocasión, con los reflejos de los árboles de Navidad que parpadeaban desde las ventanas. Sin embargo, aunque estuviéramos solo el Basilio y yo allá arriba, dentro de aquel puño de rocas congeladas, ese no era *un día de invierno como cualquier otro*.

Por la mañana, mientras buscaba en el armario mi mejor camisa, aún no podía creer que fuera verdad la invitación.

No era para la comida, cosa que habría resultado excesiva, sino para algo menos formal, como pasar la tarde juntos. Faltaban cinco minutos para las cuatro, afuera ya era de noche y el termómetro marcaba tres bajo cero: había llegado el momento. Y yo, que hacía horas que estaba listo e incluso me había embadurnado las mejillas con un *after shave* que guardaba en el baño desde la adolescencia, creo, y llevaba unos pantalones de pana azul y mis únicos zapatos de piel, comprados con ocasión de la licenciatura y olvidados desde entonces, yo, tan pertrechado, me sentí desnudo mientras cruzaba el callejón.

Al despertar había sentido cierta ansiedad. La ausencia de Emilia a mi lado en la cama me había turbado. La noche anterior había cenado solo con el estómago encogido, sorbiendo a duras penas una sopa, sorprendido al constatar que, pasados apenas dos meses, mi antigua y acostumbrada soledad se me hacía ahora insoportable. Quizá fuera la idea de conocer a su padre, de descubrir ese pasado que ella se empeñaba en negarme, lo que me ponía nervioso.

Al llegar a su puerta, estuve a punto de llamar, pero oí cómo se reían tras la ventana inundada de luz cálida y enseguida bajé el brazo. Me escondí detrás del dintel.

En invierno el silencio de Sassaia era aún más abismal. Ya no había nada que lo encubriera: ni el trinar de los pájaros, ni el rumor del viento entre las hojas o el zumbido obstinado de los insectos. Lo único que sentías, entre los bosques desnudos y la quietud de las montañas, era el tiempo, posado en la cúpula terrestre como un gigante y mellado ahora por sus dos voces alegres y cargadas de ironía que se filtraban a través de las paredes junto con el calor de la estufa.

Estaban hablando de política. Escuché a Emilia desgranar una lista de nombres extranjeros para luego arremeter:

—Imagínate que ellas también pudiesen votar. ¡Sería cojonudo! Por eso no quieren darles la ciudadanía.

Su padre hablaba en un tono de voz mucho más bajo y no llegué a entender la respuesta. A través de la cortina solo entreví su silueta, que asentía con la cabeza. Estaban sentados uno al lado del otro, parecían cómplices. Cualquiera que sea el significado de la palabra «familia», ellos dos juntos el día de Navidad, a resguardo dentro de la vieja casa de piedra, la representaban.

Di dos golpes en la puerta y el diálogo se interrumpió.

Emilia tardó un rato en abrir la puerta, visiblemente apurada, pero yo lo estaba aún más. Me entretuve más de la cuenta limpiando las suelas impolutas de los zapatos en el felpudo mientras el aire helado entraba como un torbellino en la sala. Emilia estaba de los nervios y no se atrevía a mirarme. Su padre se levantó para venir a saludarme. Me estrechó la mano, sonriente y cordial. Era la misma persona que había visto airear el colchón a la luz del sol en el balcón de la casa de enfrente. La misma elegancia, los mismos modales de un hombre de ciudad. Pero ahora, escudriñando su rostro bajo la luz despiadada de las bombillas, tuve la certeza de haberlo visto antes del 2 de noviembre pasado. Mucho antes. Y esa certeza me cerró la garganta justo mientras intentaba soltar unas palabras para saludar.

—Encantado, Riccardo.

Su apretón de manos era enérgico sin llegar a ser agresivo: no tenía ninguna necesidad de reivindicar una jerarquía. Cuando me soltó la mano, me aventuré a sacar del bolsillo interior del chaquetón la botella de licor de nuez que había dejado macerar en el sótano y se la di a Emilia, que la agarró como si apenas me conociera. Luego me quité el chaquetón y miré a mi alrededor, buscando un lugar donde dejarlo, como si no supiera orientarme en aquella cocina que había sido testigo de nuestros desmanes.

Nos sentamos. Yo frente a Riccardo, Emilia entre nosotros dos. Ya habían quitado la mesa y solo quedaban unas migas de pan y una jarra de agua. Emilia se devoraba las uñas, yo había perdido la voz, Riccardo nos observaba divertido. Abrió los brazos y dijo:

—Me encantaría probar este licor de nueces.

Se acercó raudo y veloz a una estantería de la despensa y sacó tres copitas de cristal. «Conoce muy bien la casa», pensé. Emilia y yo nos miramos. La piel arrancada con los dientes de su dedo índice sangraba. Los dos nos moríamos de ganas de tomar algo.

Riccardo dejó las copitas en el centro de la mesa y las llenó hasta el borde.

—Se nota a la legua que es de buena calidad —comentó—, por el color.

No se parecía en nada al clásico «padre italiano celoso». Al contrario, percibía nuestra tensión e intentaba disminuirla. Era ese tipo de personas que, independientemente de quién sea el interlocutor, siempre intenta que los demás se sientan a gusto. Pensé que, con un padre como ese, era imposible que Emilia hubiera vivido una experiencia demasiado dura. Dejando de lado, claro está, la muerte de la madre. No podía haber sido toxicómana, la hipótesis más probable que había barajado en su día. Y tampoco podía haber tenido un hijo siendo adolescente para rechazarlo luego, otra de mis conjeturas, aunque menos convincente. Teniendo un padre como el que tenía, su vida antes de Sassaia no tenía que ponerme sobre aviso.

—Enhorabuena —me felicitó asintiendo con la cabeza—, se nota de verdad el gusto de la nuez.

—En estos parajes hay montones de castaños y hayas —balbuceé—; pero, yendo hacia Piaro, al empezar la bajada hay algunos nogales.

—Cerca del torrente, sí. Conozco la zona.

Levanté la vista hacia Emilia y percibí que lo estaba fulminando con la mirada. Él, en cambio, estaba muy tranquilo. Cambió de conversación con desenvoltura:

—Emilia me ha contado que das clase en la escuela de Alma. ¿Tienes muchos alumnos?

A fin de cuentas, yo era como él: si veía a alguien en apuros, yo mismo me sentía apurado. No me hacía ninguna falta preguntarle por qué conocía la zona y desde cuándo. Era Navidad, y por nada del mundo quería poner nerviosa a Emilia. Le había prometido que la respetaría.

—Este año tengo a trece, de distintas edades. Todos mezclados.

—Un poco como en los viejos tiempos, ¿verdad? Tiene que ser fascinante dar clases en estas condiciones en un pueblo pequeño. Ser un punto de referencia para los niños y también para la comunidad.

Pensé en Patrizia y esbocé una sonrisa amarga.

—A estas alturas, casi todos tienen internet. La escuela los aburre. Ya saben que intentarán irse de aquí en cuanto puedan. Solo uno se quedará y será pastor como su padre. Por eso me cuesta tanto que aprenda italiano.

Riccardo me escuchaba atento, con las piernas cruzadas y la copita en la mano, saboreando el licor. Hacía rato que Emilia se había acabado el suyo y ahora se servía otra copa. El alcohol encendía sus pómulos y ese rubor manchado de pecas le quedaba de perlas.

—Me imagino que tiene que ser un reto conseguir que los niños se apasionen por la ortografía, con la cantidad de vídeos y videojuegos que tienen a mano. Y en un lugar como este, sin un cine o una biblioteca.

Me había duchado usando una cantidad exagerada de gel de baño y ahora, en vez de mi olor corporal, percibía cierto perfume a pino silvestre. El cuello de la camisa, abrochado hasta el último botón, me molestaba. No me reconocía con esas prendas. Sin embargo, la estufa emanaba un calor delicioso, el mantel azul de cuadros me hacía sentir como en casa y el licor que aflojaba los nervios de Emilia estaba relajando los míos también.

Al rato, oí cómo mi voz se explayaba:

—Una mañana vimos un ciervo. Estaba en la orilla del torrente hacia donde mira nuestra aula. Martino Fiume, el alumno del que le hablaba, el que de mayor quiere dedicarse al pastoreo, fue el primero que lo vio, nos avisó y todos nos pegamos a los cristales. Era majestuoso. Tenía unos cuernos imponentes. Un pelo y un hocico que eran auténticas joyas. Lo teníamos tan cerca que podíamos zambullirnos en sus ojos amarillos, abiertos, apacibles. Era como encontrarse frente a una aparición, un mensajero. Como si el rey de nuestro valle hubiera bajado del bosque para revelarnos algo. —Me acabé la segunda copa, la dejé en la mesa y continué—: Encargué a los niños una redacción sobre el tema y todos, cada uno con sus propias palabras, contaron que para ellos había sido una experiencia sobrenatural, inolvidable. Es difícil avistar a un ciervo, es como si no existiera; sin embargo, es más real que todo lo demás.

Emilia se levantó de golpe. Se fue corriendo a abrir un cajón y volvió con un lápiz y una hoja de papel.

—Vuelve a describirlo —me pidió.

Apartó un poco el mantel para apoyar el tosco pedazo de papel en la madera y empezó a delinear, a ensombrecer, a difuminar, frenética. Me di cuenta de que aquella era su manera de gestionar la situación y elegí los adjetivos más adecuados, empezando por los cuernos: oscuros, nudosos, amplios, cuarteados; consumidos por el tiempo, por la intemperie, por las batallas; temibles, solemnes.

Riccardo la miraba atolondrado, y yo también. Con la cabeza agachada, con el pelo que le cubría el rostro, la mano rápida. Me di cuenta de que era zurda. El don que poseía iba pasando de las manos al papel. Para no molestarla, el padre y yo dejamos de hablar hasta que acabó, hasta que levantó la hoja y nos mostró la imagen exacta del ciervo que mis alumnos y yo habíamos visto una mañana de finales de abril.

No pude por menos que preguntarle:

—¿Cuándo descubriste que tenías este talento?

«Una pregunta inocente», pensé. Pero su rostro se tensó y, como casi siempre, el cambio fue muy repentino. La expresión estática de la creatividad se esfumó y nos quedamos con la Emilia desencantada, a la defensiva, aunque, estando su padre, no tenía ganas de mentir.

—Tarde.

Riccardo, por primera vez, bajó la mirada.

—Estaba en bachillerato... —continuó con una mueca dibujada en los labios—. Había elegido letras, pero no me iba muy bien. Entonces fui a *otro instituto* y pasó. Un día estaba asomada a una ventana con unas hojas y un lápiz, sin nada que hacer. Me aburría. Tenía enfrente un paisaje de tejados y colinas. Así empezó.

Me agarré al dibujo del ciervo como a una tabla de salvación. Cogí la hoja con las dos manos y lo observé estupefacto. Estaba vivo. Su hocico se salía del papel y me miraba fijamente.

Riccardo volvió a levantarse para remediar el silencio glacial que las palabras de Emilia habían convocado y se había posado encima de nosotros como una tormenta de nieve. Abrió la nevera y sacó una botella de vino espumoso:

—Te hemos esperado para brindar.

Devolví el dibujo a Emilia y miré a mi alrededor. No había árbol de Navidad. No había belenes ni adornos de acebo en el centro de la mesa. Tampoco vi velas rojas ensartadas en coronas de agujas de pino rociadas de blanco. No había piñas decoradas ni angelotes de mazapán. Era una lóbrega tarde de invierno con pésimas previsiones meteorológicas para la noche.

En otras celebraciones navideñas nunca nos habíamos buscado. Éramos dos soledades que gravitaban alrededor de la misma órbita, como Emilia y yo antes de encontrarnos. En el fondo, mejor así: vernos para juntar nuestros silencios habría sido peor, pero hoy las cosas habían cambiado: Riccardo estaba a punto de servir el *panettone* y Emilia había roto para siempre el vacío de Sassaia. Íbamos a celebrar la Navidad, como cualquier otra familia más o menos creyente de este mundo.

—Pido disculpas por abusar de vuestra hospitalidad —dije—, pero ¿qué os parece si voy a llamar al Basilio?

—¡Claro que sí! —contestaron a la vez, como si ellos también lo pensaran, pero no se hubieran atrevido a proponerlo.

Me puse el chaquetón y salí deprisa y corriendo. Encendí la linterna, rodeado por la oscuridad y la nieve, con esos zapatos de piel con hebilla plateada tan poco adecuados para pisar aquellos caminos de guijarros maltrechos. Estaba corriendo, volvía a los tiempos en que mi hermana y yo, en Nochebuena, dejábamos leche y galletas para Papá Noel en el alféizar de la cocina. En una ocasión, Valeria había añadido una barra de labios de mentira para la Virgen y yo un tirachinas para el Niño Jesús. Aunque ya no éramos unas criaturas, nos empeñábamos en creer que la Navidad pudiera testimoniar la existencia de una excepción.

No cambiaba nada, absolutamente nada. No les servían una comida algo mejor que la de costumbre, salvo raras excepciones, y, por supuesto, estaban prohibidos los brindis y, menos aún, con alcohol. Solo en dos o tres ocasiones por Navidad les habían dado un cacho de pastel. Fue cuando estaba el comandante Ruggeri, un padre separado; tal vez por eso pasaba a visitarlas, les llevaba un *panettone* y, echándole muchas agallas, les felicitaba las fiestas.

Siempre eran muy pocas por Navidad. Porque a la mayoría se les concedía un permiso, aunque solo fuera de cuatro o seis horas: el tiempo justo de llegar a casa, comer, hacer la digestión y volver. Pero no había color. Ellas podían abrazar a la familia, abrir los regalos, tomarse una copa de vino e incluso pillar una buena tajada o fumarse tranquilamente un porro en su habitación de siempre.

Las veteranas y las recién llegadas que pasarían allí solo unos pocos meses, pero con la mala suerte de que les hubiera tocado las fechas malas, se quedaban allí bien jodidas. Metafóricamente, *of course*. Y ese era el momento de la depresión, de la postración más absoluta: todo el mundo ahí, celebrando la sagrada gracia de tener una casa, una familia, de creer en Dios o en la bondad humana, y tú sin casa, sin familia y sin fe, sobre todo en la bondad humana.

El centro estaba casi vacío. Para que quede claro: todo el mundo tenía a alguien con quien juntarse frente a un plato de raviolis recién hechos. Solo unas pocas funcionarias tenían que fichar a la fuerza y con un cabreo de no te menees; porque es obvio, nadie quiere trabajar en Navidad. Y ese no era un hospital, donde la gente entra en Urgencias sin tener ninguna culpa. ¡Ellas eran unas criminales como la copa de un pino! Y, encima, fastidiaban la Navidad a los demás.

Marta se pasaba el día entero haciéndose la manicura, depilándose y aplicándose mascarillas caseras en la cara y en el pelo, unas mezclas raras de huevo, salvia y otros mejunjes que le daban las encargadas de la cocina. Quieras que no, era un día festivo, ¿verdad? Pues ella, que en su vida había estado en un balneario, se dedicaba a los tratamientos de belleza. Y ahí se quedaba, tumbada en la cama con el albornoz puesto, como si desde la ventana pudiera ver, pongamos por caso, las Dolomitas. Suspiraba, se colocaba con cuidado las rodajas de patatas crudas debajo de los ojos para eliminar las ojeras. Y a Emilia y a Myriam, que ni siquiera tenían ganas de poner la tele, porque solo echaban películas navideñas, les decía: «Casi no hay ruido, ¿os dais cuenta? Qué maravilla... Más os valdría felicitaros y dar gracias a Dios o a quien sea en vez de poner mala cara. Cada día de Navidad que pasé antes de ingresar aquí, a mi padre le entraban unas ganas irresistibles de matar a mi madre. Desde por la mañana se despertaba con esa idea. Miraba el árbol, vomitaba la borrachera de la noche anterior y luego se remangaba la camisa, dejando a la vista sus antebrazos peludos. Y, puntualmente —seguía contando como si fuera un chiste—, antes, o mejor durante la comida, volaban cuchillos y llovían platos. Una vez voló un saco lleno de harina, al estilo napalm en *Apocalypse Now*. Al final, los vecinos llamaban a nuestros queridos carabineros, que aún no habían acabado de digerir sus lasañas y ya os digo yo que estaban hasta las narices de redactar cada año la misma denuncia... Creedme, chicas —concluía, moviendo las uñas de los pies recién pintadas como si fueran alas de mariposa—, las Navidades que pasamos aquí son un regalo de los dioses».

Después de que su madre muriera, Marta no tenía a nadie que la esperase fuera y era lógico que dijera eso. Myriam, en cambio, tenía a una hija de dos añitos de la que cuidaban los abuelos, y cuando volviera probablemente no la reconocería. Ella sí que estaba hecha polvo en Navidad: la noche del 24 ya la pasaba en la enfermería, y pedía que le dieran un chute de algo potente que le permitiera dormir y la dejara alelada durante todo el 25.

Para Emilia, la primera Navidad en el centro había sido de armas tomar. Hacía seis meses que había ingresado. Ya se iba acostumbrando, pero la primera Navidad dentro sigue siendo «la primera Navidad dentro». Había dado vueltas por ahí a lo tonto después del toque de diana, y a media mañana intentó dormir para no ver cómo las demás se preparaban, felices de disfrutar de sus permisos. Había aguantado durante la hora del comedor, unida al grupo tristón de las que no tenían familia o cumplían condenas graves, con el estómago en un puño, soltando palabras amargas por la boca y con unas ganas de repartir bofetadas a diestro y siniestro que se respiraban en el aire. Al final, ya no pudo más: volvió a la habitación, abrió el mando de la tele y se tragó una pila.

Marta la había visto en el último momento y soltó un «Qué cojones haces, idiota», y acto seguido había llamado a las celadoras: «Oigan, ¡esta tonta del culo se ha comido una pila!». La plana mayor había venido volando. Explosión de mensajes por *walkie-talkie*. Una llamada a Frau Direktorin, que se puso hecha una furia. Emilia miraba asombrada aquel ir y venir constante de gente, como si estuviera de paso en el set de una película titulada *La pila*. Mientras tanto, eso de «una mierda de pila» iba repitiéndose de una habitación a otra, de un piso a otro. A todas esas, le llovían los insultos de Marta: «Las cosas no se hacen así, Emily. Además de imbécil, eres una infeliz». Emilia no miraba a nadie, no veía nada. Se iba diciendo a sí misma, desesperada y aliviada a la vez: «Ya está, me voy a morir». «No, no morirás ni de coña. Van a hacerte un lavado de estómago, o te van a cortar a pedazos, que te lo mereces, ¡por idiota!». Marta estaba más cabreada que Frau Direktorin: «Estas cagadas solo las hacen los adultos, no gente como nosotras».

Llegó la ambulancia y se la llevaron en una camilla. «¡Te vas a pasar la Navidad en Sant'Orsola, idiota!» La habían llevado al hospital con gran despliegue de sirenas y dos agentes hechos una furia. Los médicos de Urgencias, igual de cabreados, le hicieron una radiografía. Su padre, que tampoco se había acostumbrado a aquella situación, alucinante por no decir otra cosa, había llegado corriendo de Rávena a Bolonia. Aún no había digerido lo sucedido seis meses antes y ahora su hija se había tragado una pila. Estaba hecho polvo, por no decir más. Era una piltrafa. ¿Es que no había bastante con todo lo que ya había pasado? Por si eso fuera poco, ahora también la pila. ¿Qué había hecho él para merecer una hija como ella? Que era un desastre, con todas las letras. Que hubiera bastado con no concebirla, con no traerla a este mundo para vivir una vida serena, *normal*.

Le habían permitido una visita rápida. Emilia estaba tumbada en la cama, con la endoscopia recién hecha, aún atontada por la sedación y con unas náuseas que le recorrían el cuerpo de la cabeza a los pies. Pero ver la cara de su padre había sido el verdadero castigo, quizá esa muerte que andaba buscando, porque Emilia ya no tenía claro qué quería. «Vida» y «muerte» eran ahora dos sinónimos, dos palabras fundidas en una sola.

Su padre había entrado a la habitación, se había asomado a la cama, la había mirado. Y se había desmoronado como un castillo de arena.

Se había puesto a llorar a moco tendido, como un niño. Para ella había sido un espectáculo desgarrador. Porque ese hombre era una buena persona, un gigante capaz de reunir fuerza, comprensión y dignidad. Y hasta ese momento lo había intentado, no se sabe bien cómo. En vez de desesperarse, se había remangado, haciendo montones de llamadas, viajando de noche, sin renunciar a nada: los abogados, los expertos, las consultas. Dios le daba una bofetada en una mejilla y él volvía a levantarse y ponía la otra. Pero la pila era demasiado. La puta recarga del mando de la tele había roto todos los muros de contención.

Riccardo no le dijo nada, ni siquiera se sentó a su lado en la cama. Se había cerciorado de que aquel desastre de hija aún estuviera viva y luego había llorado hasta decir basta. Cuando ya no le quedaban lágrimas, se agachó, le dio un beso en la frente y se fue.

Aquel día de Navidad de 2001, Emilia juró y perjuró que nunca más haría llorar a su padre. Y se había convencido de que Marta tenía razón: el centro era mejor que el hospital.

Volví con el Basilio. Sus húmedos ojos claros parecían temblar sorprendidos tras los lentes empañados de las gafas o tal vez se tratase de un sentimiento más profundo: gratitud.

—Como no lo sabía —dijo excusándose—, solo he traído esto.

Era una caja de galletas de mantequilla.

—¡Faltaría más! No nos andemos con formalidades, al menos hoy —contestó Riccardo.

Puesto que se conocían, solo de vista, pero desde hacía mucho tiempo, se miraron a los ojos mientras se daban un apretón de manos. Luego, como no tenían ningún interés en fingir, pero tampoco querían perturbarnos a Emilia y a mí, no entraron en detalles.

Fuera volvía a nevar. Emilia había bebido otra copita de licor y se le notaba. Su cuerpo se había suavizado, ablandado, hasta el punto de dejarse caer en mis rodillas y quedarse ahí un rato, incluso delante de los demás. Nos rozamos las mejillas y las manos. Ahora que ya estaba resuelto el asunto de las presentaciones y las cosas no habían ido tan mal, empezábamos a pensar de qué modo podría ella colarse en mi casa más tarde.

—Tu padre hará como que no se da cuenta —le susurré.

—Va a caer la de Dios es Cristo —contestó ella con una risotada, refiriéndose a la nieve—, así que tendrás que ayudarme a bajar desde la ventana.

—Para ya de tocarme.

Su padre y el Basilio se hacían los despistados. Hablaban de las condiciones meteorológicas; en concreto, del riesgo de quedar bloqueados hasta Nochevieja.

—No se preocupe —replicó el Basilio—. Bruno puede despejar todo el sendero en una mañana. ¿Cuándo piensa irse usted?

—No sabría decirle. —Riccardo sonrió mientras abría el envoltorio del *panettone*—. Según vayan las cosas. No quisiera ser un estorbo...

Finalmente, los cuatro nos sentamos alrededor de la mesa, con una copa llena de vino espumoso y un cacho de *panettone* en los platitos de porcelana de la Iole. Riccardo levantó la copa con la mirada fija en su hija:

—Que aproveche... ¡Feliz Navidad!

—¡Feliz Navidad! —contestamos el Basilio y yo con la voz ronca por la emoción.

La que no dijo nada fue Emilia. Mientras intercambiábamos brindis haciendo chocar las copas por encima de la mesa, ella no me miraba a mí, tampoco al Basilio, sino que tenía la vista clavada en su padre. Con el tiempo había ido acostumbrándose. Ella también se había echado en la cama al lado de Marta, sin nada debajo del albornoz, entreteniéndose con las curas de belleza en el Spa-Convento con vistas a los muros y al alambre de púas. Luego, al cabo de un tiempo, un montón de tiempo, ella también se había beneficiado de los dichosos permisos, y su padre había ido a recogerla como a una niña que saliera del colegio. Se paraban en un McDonald's o un Burger Kings para tomar algo rápido, acompañados de quienes, por trabajo, por religión o por elección, no celebraban la Navidad. Devoraban un bocadillo a toda prisa y luego se ponían en marcha, dispuestos a convertir en realidad el único regalo que a esas alturas Emilia deseaba: un paseo. Preferiblemente en la colina, subiendo a Villa Spada o Villa Chigi. Poco importaba que hiciera sol o que tuvieran que andar bajo la lluvia, la niebla o la nieve. El espacio arriba se ensanchaba tanto que se sentía sumida en un vórtice. Según como se mirase, vivir en el centro era como estar dentro de la barriga de mamá, enroscada, acurrucada, a resguardo de la inmensa amenaza del mundo. Allí dentro lo pasabas mal, te ahogabas, pero la verdad inconfesable era que también te sentías a gusto, porque los problemas, los que te habían llevado hasta allí, se quedaban fuera.

En ese momento, única mujer rodeada de tres varones, con el calor del alcohol que le incendiaba la nuca y los lóbulos de las orejas, Emilia pensó que esa Navidad, en Sassaia, volvía a ser tan hermosa como las que había pasado de niña, cuando su madre le acariciaba la cabeza, sentadas las dos en el sofá viendo una película de Disney.

No pudo evitar preguntarse si Riccardo también estaría recordando el episodio de la pila. Si estaría comparando esta Navidad con la de entonces.

Mientras tanto, los dos pusieron todo de su parte y la estrategia dio buenos resultados. Habría bastado un detalle para echarlo todo por la borda, pero ella había insistido esa mañana. Y Riccardo había soltado un suspiro:

—No me pidas que te llame Morelli, por favor.

—Claro que no. Me basta con que no te vayas de la lengua.

—Tarde o temprano tendrás que decírselo.

—Papá...

—Tienes que asumirlo...

—Sí, pero despacio.

—No tan despacio, que luego es peor. No puedes estar tomándole el pelo a ese pobre chico.

—¡No le tomo el pelo! Estoy protegiéndolo.

Se hizo tarde. La mano de Emilia agarrada a la mía, a escondidas, debajo de la mesa. Todos entretenidos hablando de cosas alegres. Grandes copos de nieve caían en la negrura y envolvían Sassaia en una sábana fría. Una sola luz encendida, una sola habitación cálida.

Al volver a casa aquella noche, después de años, encontré el valor de llamar a mi hermana.

17

Cinco días después ya había salido el sol.

Yo ayudé a Riccardo a bajar por Stra' dal Forche prestándole mis viejas botas que llegaban hasta la rodilla y cargando la pala en el hombro para despejar los puntos peores. Nos despedimos en la plaza grande de Alma, sin palabras, pero con una sonrisa sincera. Luego volví a subir dando zancadas. Me metí en casa y ahí la alcancé. Emilia ya estaba desnuda. Me abalancé encima de ella empapado de sudor. Mientras la nieve iba derritiéndose. Mientras Sassaia, de nuevo nuestra, se fundía por los alrededores soltando gotas de agua desde los tejados, desde las ramas, desde las espinas de las zarzas. Eran casi las doce del mediodía cuando nosotros, disueltos en un charco de luz, nos convertíamos en una misma cosa.

Después nos quedamos tumbados en la cama, en silencio, cogidos de la mano. Por fin, libres de compromisos de trabajo y familiares, bajo un cielo azul incendiado por el frío, como si acabaran de crear el universo y no hubiera otros hombres y mujeres en la faz de la tierra excepto nosotros dos.

—Voy a proponerte algo —me dijo en un tono de voz insólitamente alto, insinuante—. Solo si te apetece, por descontado. Solo si no lo encuentras absurdo.

Me volví y la miré. Sus pecas, todas ellas, crepitaban.

—¿Vamos a bailar mañana por la noche?

Soltó una carcajada: ya estaba dicho. Yo fruncí el entrecejo.

—¿A qué te refieres?

—A bailar —insistió dándome un ligero empujón—. ¡Bailar! —Se puso de pie encima de las mantas revueltas y empezó a contonearse a la luz del sol, frente a la ventana, desde donde nadie, ni siquiera los animales dormidos, podría espiarla—. ¡En una discoteca!

—Pero si casi tengo treinta y siete años y ni siquiera fui cuando era el momento... —le dije sonriendo.

—¡Mejor me lo pones! No existe *el momento*.

—Existe, claro que existe —remarqué con un gesto de la cabeza—. Además, no hay discotecas por estos pagos.

—Podemos buscarla en... ¿cómo se llama? —replicó rebuscando en su cabeza—: ¡Google! La podemos buscar ahí.

—Ni en broma, por favor. Además —añadí al darme cuenta de la fecha—, mañana es Nochevieja y habrá un follón de la hostia.

—Razón de más —replicó Emilia, dejando de dar botes—. Yo mañana no quiero pensar, no quiero recordar —soltó de repente seria, con la mirada de nuevo emponzoñada.

En Sassaia nunca se oía el ruido de los petardos. El eco de los pocos que tiraban mis alumnos en Alma llegaba más flojo que el de las campanas, filtrado por el bosque. Era el lugar ideal para refugiarse de cualquier festejo y evitar que las veladas de fin de año y la imagen de las familias felices y alborotadas de los demás te hicieran sentir un fracasado.

—Vamos a pasárnoslo muy bien aquí. Si te apetece, puedo bajar a la ciudad y comprarte una botella de Dom Pérignon.

—No es eso —replicó terca.

—¿Qué es, entonces?

Vi cómo se dibujaba en su rostro, puntual, la Máscara de los Grandes Silencios. Una media sonrisa bañada en rubor. Movimientos mínimos en la superficie estancada de los ojos, de un verde tan turbio que casi parecía ponzoñoso.

—Por favor... —Se me echó encima, utilizando estrategias de combate absolutamente previsibles. Me mordió el lóbulo de la oreja, siseando—: Anda, cachondo de mi corazón, hazme este regalo.

Me entró la risa floja por culpa de las cosquillas y porque volvía a meterme una mano entre las piernas. No era porque me hubiera llamado cachondo, pero así me sentía yo.

—De acuerdo...

Le di la vuelta en la cama para agarrarla mejor, para hacerle pagar por entero el precio de aquel favor. Ya me veía a mí mismo: un bisonte torpe golpeado por las luces estroboscópicas, clavado como un monte en un mar revuelto de chiquillos que podrían ser mis hijos. Y ella, la experta en discotecas, la que se había meneado la tira de noches ahí durante su oscura juventud, se me escaparía. La perdería en aquel tumulto de cuerpos.

—Que sepas que me estás pidiendo un sacrificio inmenso. Al menos, prométeme que no me dejarás solo en esa baraúnda.

Emilia se liberó de mi abrazo. Me miró a los ojos con una expresión desgarradora. Los ojos le brillaban, como si fuera a llorar. Imposible. ¿Quién llora por una discoteca?

Pero sí. La verdad es que una lágrima se deslizó por su mejilla y yo hice todo lo que pude para no verla.

Comimos tarde. Desgreñados, vestidos de cualquier manera, con la mesa más cerca de la estufa porque la cocina parecía una celda frigorífica; ella en bragas, con una sudadera gruesa de paño y calcetines largos; yo con una camiseta y calzones de lana, sin saber bien dónde habían ido a parar las demás prendas. Juntamos polenta y queso con las sobras de las comidas navideñas y apuramos el licor de nuez. Ya serían las tres de la tarde, pero fuera el sol aún brillaba. Después de tantos días de tormenta y negrura, con las casas de Sassaia hundidas en las nubes cargadas, furibundas por el peso de la nieve, ahora el valle era un remanso de luz, un quieto milagro.

Por eso ni siquiera nos entretuvimos quitando la mesa; nos pusimos los equipos de nieve y salimos pitando antes de que fuera demasiado tarde. Las montañas eran puntas de hielo imponentes, como si hubieran crecido durante la tormenta. En el bosque, los rayos de sol seguían deslumbrándonos a cada rato mientras nos tirábamos bolas de nieve. Y yo, atolondrado, ebrio, corría detrás de ella, la acechaba escondido tras los troncos.

«Nunca deberíamos habernos aventurado lejos de aquellos bosques», pensé luego. Lo suyo habría sido dejar el trabajo, no pisar Alma siquiera, sino tener un huerto, criar gallinas, vivir como mis bisabuelos, comiendo castañas y polenta, sin contacto alguno con el mundo y la civilización.

Sin embargo, a la vuelta, ya en casa, me dejé arrastrar sin oponer resistencia mientras ella me agarraba de un brazo.

—¡Anda, toma el móvil!

Me senté a la mesa, obediente, despejando copas y platos sucios. Empecé a buscar una discoteca en Google mientras Emilia me jaleaba.

Al ser un tío de pueblo sin lavadora, sin calefacción, sin televisor ni microondas, tampoco se me daba muy bien manejar internet: era lento. Ella se ponía de los nervios y al poco rato ya me estaba insultando, diciendo que era un tarugo. Le solté un «tú misma» y ella agarró cabreada mi teléfono, pero acto seguido lo miró confundida. Tenía cinco años menos que yo, desde luego estaría más acostumbrada a moverse por una ciudad, aunque cada vez que intentaba indagar ella se iba por las ramas: Bolonia, Rímini, Pésaro, Urbino, como si hubiera pasado la vida entera mudándose de un lugar a otro... Sin embargo, presionaba la pantalla como si fueran a tomarle las huellas dactilares. Informaciones y recensiones asomaban por todas partes y eso era demasiado para ella. Me devolvió el teléfono con un escueto y apurado «mejor eliges tú».

La discoteca, internet, las tierras de Las Marcas y Emilia Romaña que se fundían en una sola región. Todas eran llamadas de atención, pero yo me empeñaba en no querer *ver*.

—Tartana —concluí—. Cincuenta y dos minutos en coche, unos cuarenta y ocho kilómetros. Vale.

—Hola. ¿Valeria?

—¿Con quién hablo?

Mientras sacaba su número del baúl de los recuerdos, mientras escuchaba luego los timbres de llamada, había retrocedido hasta un hueco de tiempo en el que yo tenía seis años y ella doce y volvíamos con la bolsa llena —de piñas, de setas, con un saltamontes metido en un frasco con la tapa agujereada— de una de nuestras excursiones al monte Cresto, para caer rendidos los dos a la vez, después de cenar, en dos camas gemelas separadas solo por una mesita de noche.

—¿Con quién hablo?

La lámpara encendida porque a mí aún me daba miedo la oscuridad. El olor de pino moro pegado a la nariz. Mis padres hablando en voz baja un poco más allá, en la cocina.

—¿Qué es esto?, ¿una broma?

—Valeria, soy yo. Bruno.

Silencio.

El silencio de cuando te la juegan.

Aquellos dos niños habían muerto. Teníamos treinta y seis y cuarenta y dos años y ya no sabíamos nada el uno del otro.

—¿Quién coño llama a esta hora? Muévete, que nos vamos.

A lo lejos oí la voz de un hombre y, acto seguido, la suya que contestaba complaciente:

—Un momento. Enseguida voy.

Luego volvió a dirigirse a mí, en un tono muy distinto.

—¿Ha pasado algo?

—No. Solo quería felicitarte las fiestas.

—¿Estás dándome por culo?

Era como si hablase con un desconocido. Evidentemente, ya no tenía memorizado mi número en su agenda.

—¿Has bebido?, ¿estás borracho?

Hacía poco que había vuelto a casa, la cocina estaba helada porque la estufa llevaba horas apagada. Veía fantasmas por todas partes y Valeria no andaba desencaminada: si no hubiera tomado todo aquel vino espumoso y tanto licor de nueces, no me habría atrevido a ser tan imprudente.

—He celebrado las fiestas, como todo el mundo. Y quería saber qué tal estás.

Otra vez, silencio. Otra vez, la voz masculina que insistía.

—A lo mejor podrías decirle que estás hablando por teléfono con tu hermano.

—Un segundo y voy... Ni siquiera sabe que existes.

¿Qué sabe? ¿Está enterado de lo del teleférico?

—Me has pillado en un mal momento, Bruno. Si no se trata de algo grave, hablamos en otra ocasión.

Algo grave.

En 1991 se celebró el juicio. El mismo año Valeria se había sacado el diploma de Magisterio. La nota final no era de las mejores, pero, total, no había nadie en casa a quien enseñarle los resultados.

Después había encontrado empleo en la ciudad como dependienta de un supermercado. La Bruja de los Bosques. La capitana de las expediciones al refugio de los partisanos, esgrimiendo en la negrura su bastón con la punta de sílex. Cogía el autobús de las seis de la mañana, abajo, en Alma, con el pelo aceitoso, las uñas mordidas, la cara lavada. Y volvía con el bus de las seis de la tarde, igual de exhausta que por la mañana, apática, muda. Mientras tanto, yo me preparaba la comida solo, hacía las tareas de la escuela solo, lavaba la ropa solo. Y por la noche nos sentábamos a la mesa juntos, hablando poco y mal. Se castigaba prohibiéndose a sí misma salir con gente, había quemado la mochila violeta en el jardín de la parte trasera de la casa. Se castigaba llevando casi siempre prendas masculinas, anchas y desaliñadas: las que se ponía mi padre para ir al trabajo. No habíamos tirado nada que perteneciera a nuestros padres, ni siquiera unos calcetines. Cuando finalmente yo cumplí dieciocho años y ella ya no se vio legalmente obligada a cuidar de mí, dejó el trabajo y se fue en un visto y no visto.

—¿Dónde vives ahora?

—En Ostia.

Me sonaba tan raro como si me hubiera dicho Singapur, Sídney o Honolulu.

—¿Qué haces en Ostia?

—En verano trabajo como vigilante de playa; en invierno, me busco la vida.

—¿Ahora resulta que sabes nadar?

—Perdona que te diga, Bruno, pero ¿qué derecho tienes de marcar mi número de teléfono después de todo este tiempo y meterte en mis asuntos?

—El tiempo no quita que seamos familia, digo yo.

—¿Y tú sigues agazapado allá arriba, en aquel puto cúmulo de ruinas?

No es que dejara de ser mi hermana de golpe y porrazo. De vez en cuando, durante los primeros años, volvía. Cuando aún vivía en Milán. Nunca por Navidad o en verano, pero cada año el 2 de noviembre ahí estaba, frente a la verja del cementerio.

En minifalda. Las medias de rejilla. Las botas negras que le llegaban a la rodilla y unos tacones altos como zancos, que ella nunca había aprendido a llevar con soltura. La chupa con tachuelas, el sujetador que asomaba tras una camiseta semitransparente. La cara embadurnada de maquillaje, el pelo rapado por un lado y teñido de verde o fucsia por el otro. La primera vez que volví a verla me quedé anonadado, como si ese otro lugar donde vivía ahora fuese un reino de portentosa transformación.

«No te imaginas la cantidad de vida que hay allí fuera, en el mundo», me dijo un día mientras, subida en el último peldaño de la escalera, colocaba un ramo de durillos blancos al lado del rostro sonriente de nuestra madre enmarcado en el óvalo de la lápida con las fechas 1954-1990. Y yo pensé que Sassaia también formaba parte del mundo, ¿o no?

Trabajaba en un local nocturno, un sitio transgresivo «donde todo el mundo hace lo que le da la gana: porros, tríos...», dijo y sonrió con cara de enterada. «¿Y tú qué haces en ese local?» Bajó de la escalera, la movió unos diez centímetros, y luego, subiendo otra vez para llegar al nicho de mi padre con una lámpara votiva por estrenar y otro ramo de durillos, me soltó, guiñándome el ojo: «Cócteles envenenados».

Yo cursaba el último año de bachillerato, el único chico en una clase de quince chicas, unas empollonas de cuidado, pero de todas formas el más empollón seguía siendo yo. Porque todas ellas, aunque vivieran más cerca del instituto y no perdieran las horas que perdía yo metido en un autocar y remontando luego la vereda, al llegar a casa tenían a alguien con quien charlar un rato, pelearse o ver la tele. Yo me mataba subiendo por Stra' dal Forche con la mochila cargada de libros, pero, una vez en casa, estaba más solo que la una. Ni televisión ni radio. La soledad más absoluta, el vacío. Una libertad inmensa que maldita falta me hacía. Tiraba encima de la mesa un tocho de los gordos, aunque solo fuera para oír algo de ruido, y me ponía a subrayarlo para no ver, para no recordar. Cenaba en compañía de la Segunda Guerra Mundial, de *Edipo rey*, de los sonetos de Ugo Foscolo. ¿Qué iba a saber yo de los locales de Milán y de los tríos? A esas alturas, ya vivía como un eremita.

Repartimos el dinero de la indemnización y lo colocamos en dos cuentas separadas, en dos vidas separadas. Solo nos unía el Día de los Difuntos.

—Sí, sigo viviendo en *nuestra* casa. Y no te he llamado para meterme en tus asuntos, sino para saber de ti.

—¿Y por qué ahora?

—Me he echado novia.

Lo dije sin querer. No era esa mi intención. Valeria soltó una carcajada y a mí se me encogió el corazón.

En un tono de voz de repente sorprendido, alegre, me dijo:

—Anda ya. ¿Te vas a casar?

—No, nada de boda.

—Ah... —contestó algo frustrada.

La voz masculina había vuelto a irrumpir en aquella parte del universo donde vivía, en Ostia, que quedaba, como enseguida me encargué de averiguar, a unos setecientos kilómetros de Sassaia.

—¿Aún estás sin arreglar? ¿Con quién coño estás hablando?

—No importa, ahora mismamente voy.

¿«Mismamente»? Nunca se lo había oído decir.

Intenté imaginarme la cara de ese hombre, ¿su pareja? Y cómo sería la casa en la que vivían, si allí fumaban *crack*, si tenían hijos. Cuán despiadada era la vida si había podido transformar a la Bruja de los Bosques en una nómada que había ido cambiando de ciudad y de trabajo cada dos por tres.

Quien había descuidado el mantenimiento de aquel cable acabó desgastando también nuestras almas. Y no había manera, ni la habría nunca, de recomponerlas.

O puede que sí.

—Valeria, ¿estás ahí?

—Sí, estoy.

—¿Qué te parece si de vez en cuando nos llamamos?

—¿Vienen de tu novia esas ganas de familia? ¿No estará embarazada?

—No lo está. ¿Podemos volver a hablar?

—Tengo que irme. Adiós.

Antes de colgar, con un hilo de voz añadió:

—Creo que sí.

18

Un hangar entre arrozales dejado de la mano de Dios. Un cartel luminoso basculando en la llanura, como una lámpara para atraer polillas, una trampa desvaída, en suspenso entre fábricas cerradas y casas abandonadas. Un poco más adelante, la frontera del universo: el peaje de la autopista. Ahí estaba nuestro Tartana. Un paralelepípedo de hormigón, nuevo y ya desgastado. La tierra prometida que Emilia se comía con los ojos desde lejos, moviéndose frenética en el asiento mientras enfilábamos una lenta procesión de luces cortas a lo largo de un camino sin asfaltar. Lo indicaba loca de excitación, empujando el dedo contra el parabrisas como si fuera a tocarlo. Mientras yo conducía tristón sin saber nada. Mientras aparcaba sin tener ni idea, en el gran descampado sembrado de hierba escarchada, entre decenas de coches hundidos en los malos humos de la noche. Forastero en aquella tierra llana, cubierta de niebla y de gases de escape. Dos chicos estaban vomitando en una alcantarilla y ni siquiera eran las diez y media de la noche.

Daba apuro mirar a esa Emilia que caminaba impaciente hacia la sala de baile llevando sus mejores galas: la minifalda vaquera encima de unos *leggins*, porque la Rosa no vendía pantis, un top verde agua que dejaba a la vista el ombligo, la parca de plumas de siempre y las consabidas Dr. Martens.

—¡Ojalá tuviera zapatos de tacón! —imploró frente al espejo antes de salir.

Pero el hada madrina no había aparecido y ella seguía siendo una Cenicienta con pinta de pordiosera. Pintalabios rojo, párpados con brillo. Me arrastraba hacia la entrada, agarrando por un brazo a ese ingenuo y torpe príncipe de los osos, con camisa de lana con estampado de cuadros y los pantalones de pana que me ponía para ir a buscar setas.

Nos unimos a la fila de niñatas chispeantes y chiquillos con vistosos penachos de pelo que casi les tapaban los ojos, depositados ahí por sus padres tras un sinfín de recomendaciones y la orden de estar esperándolos para que los recogieran a las tres o las cuatro de la madrugada, sobrios y puntuales. Éramos dos alienígenas, pero los adolescentes ni siquiera nos veían: para ellos éramos transparentes, como lo son todos los adultos: la imagen en vivo y en directo de un fin de fiesta al que uno no quisiera llegar nunca. Me di cuenta de que la euforia de Emilia se había evaporado en un santiamén, como de costumbre. Tenía la vista fija en las chicas, con una sombría mirada de odio.

—Fíjate, *ellas* sí que llevan tacones —siseó, no sé si dirigiéndose a mí o a sí misma—. Mira tú la cantidad de maquillaje que llevan puesto, los potingues de sus mamás.

Me molestó esa versión de Emilia. El tono de voz hosco. La risa oscura. La envidia insensata.

Éramos viejos y estábamos de más. A mí se me encogía el alma de solo pensar que íbamos a entrar. Luego, algo pasó. De repente, Emilia se puso de los nervios, me cogió de la mano y se coló en la fila. Acto seguido se levantó un coro de protestas, pero ella replicó con mucha desenvoltura:

—Tranquilos, chicos. Tengo invitación especial. Mi amigo y yo estamos en la lista vip.

Aunque cabreados, los ánimos se aplacaron, pero entre el gentío surgió pura y dura una voz femenina gritando: «¡Puta!».

Emilia se dio la vuelta, como un halcón. Enseguida la identificó. Y sonrió, transfigurada. Su rostro me dio miedo, y lo mismo le pasaría a la chica señalada y a sus amiguitas porque se pusieron pálidas, cerraron la boca y dieron un paso atrás.

Ella se les acercó con mucha calma. La mirada de hielo, de un verde ponzoñoso. Se encaró a la rubita, la cogió por las solapas de la chaqueta, le escupió en la cara y luego le soltó en voz alta, para que todas las demás la oyeran:

—No te atrevas. Porque te corto de cuajo esos tacones de mierda. —De repente, sonó el chasquido de la hoja de una pequeña navaja, un conato de negrura que asomaba, quién sabe de dónde—. Y también la garganta.

Ahí mismo, frente a aquel espectáculo, había quedado todo tan claro como un día despejado en la montaña. En ese momento tendría que haber comprendido que aquella forma ensayada de amenazar, aquella violencia calibrada, tenía que ser desde luego el resultado de un cierto tipo de aprendizaje específico.

—Una mujer no puede llamarle puta a otra —le soltó con voz sibilante a la chiquilla que ya estaba hecha un mar de lágrimas—. ¿Te das cuenta de qué significa este insulto o hablas por hablar, como una niñata?, ¿no ves que estás dando cuerda a los machos, que se pasan la vida jodiéndonos vivas? —Le dio un empujón—. Te queda mucho por aprender, gilipollas.

Cerró la navaja y la metió de nuevo en el bolsillo. Volvió hacia mí encendiéndose un cigarrillo. Inspiró con una expresión beatífica, aterradora. A lo mejor se le había ocurrido que, si Marta estuviera allí mirándola a escondidas, habría dado un salto y aplaudiría: «¡Eso es! Una clase de estilo y feminismo». *El respeto, chicas, el respeto como primera providencia.* Yo estaba consternado.

Hecho trizas.

La masa compacta de adolescentes se dividió en dos para dejarnos llegar a la puerta de metal.

Pagué dos entradas con las manos temblorosas mientras ella se acababa deprisa y corriendo su Winston y lo apagaba con un pisotón en el suelo.

—Ya lo sé. Me he pasado.

Sentados los dos en unos taburetes, con los codos apoyados en la barra del bar, tomábamos dos Negroni aguados en unos vasos de plástico.

Ahora estaba arrepentida y preocupada. Como sabría al cabo del tiempo, aquel espectáculo fue una solemne tontería por su parte. «¡Imagínate que hubieran llamado a la policía, que me pidieran la documentación y la rubita llegara a denunciarme!»

Bebía, se pasaba una mano por la cara para secarse el sudor.

Yo no la miraba.

—Es que no puedes llamarle puta a otra mujer. Cuando lo oigo me rayo. ¿Por qué? ¿Tú crees que una mujer se prostituiría si tuviera otra alternativa, si la hubieran criado en un mundo distinto? Quiero decir... —hablaba sin parar, chillando para que sus palabras superaran el muro de sonido rimbombante, ensordecedor, machacón—. Es posible que haya mujeres que se prostituyen porque les da la gana, pero son una minoría. En todo caso, habría que ver hasta qué punto se trata de una elección libre. A ver, ¿tú le permitirías a un desconocido feo, viejo, baboso, barrigudo, incluso sucio y maloliente, que te la metiera si pudieras evitarlo? ¿Tú te arriesgarías a quedarte preñada porque a un gilipollas le entran ganas de usarte como usaría un váter para mear? No, no puedes llamarle puta a otra mujer.

—¿Por qué llevabas una navaja en el bolsillo?

Me obligué a darme la vuelta para tener bien presente su cara, su máscara.

—Es pequeña y a la hora de la verdad no sirve de mucho, pero me han enseñado que es mejor llevarla siempre.

—¿Quién te lo ha enseñado, tu padre?

Emilia se mordió los labios y luego volvió a beber.

—De verdad que lo siento. Me doy cuenta de que me he pasado. He montado un pollo... Fui a unos cursos de teatro; mejor dicho, participé en un taller de teatro. Será por eso que me ha salido tan bien —esbozó una media sonrisa—. Qué aburrido eres cuando te haces el santo...

Me sentí solo, drásticamente solo. Al pie de una pista de baile invadida, como era de prever, por adolescentes con acné, subidos de tono e inexpertos. Iluminados por los relampagueos mecánicos de farolillos azules, verdes, naranjas. A cargo de la consola, un DJ de provincia entrado en años y de nombre Kevin animaba al respetable soltando a voz en grito: «¡Arriba las manos!», «¡Arriba los brazos!», «¡Arriba las copas!». Los altavoces disparaban en los oídos canciones raras, todas iguales. Y yo tenía a mi lado a una perfecta desconocida con una navaja en el bolsillo.

Una macarra de treinta años.

Ni en las noches más escuálidas de mi vida, ni siquiera cuando, al poco de volver de Turín, conducía el Seat Ibiza como un náufrago por estas carreteras tan llanas, rodeado de estos mismos arrozales, con la Gisella sentada a mi lado. Ni siquiera entonces me había sentido tan traicionado.

—Perdóname, por favor.

—¿Vamos a pasarnos toda la vida así? Tú disculpándote, dándome explicaciones, y de golpe y porrazo resulta que no eres una tía normal, que se te va la olla, que naciste un día en Bolonia y al siguiente en Pésaro o Riccione... ¿Y yo aquí, calladito, esperándote, porque tengo que confiar en ti como un tonto del culo?

Me levanté del taburete. Emilia intentó pararme.

—Voy a buscar el chaquetón. Te espero fuera.

—Por favor...

—Tranquila, no voy a dejarte plantada. Tú a lo tuyo. Si consigues encontrar a un tío que haya cumplido los dieciocho, incluso puedes llevártelo a los lavabos, como hacías antes.

Estaba asqueado y tan decidido que Emilia me soltó y dejó que me fuera. Se acabó. Tenía que terminar de una vez con esa historia, antes de que 2015 se convirtiera en 2016. Ya había cumplido con mi misión. Llevarla a una discoteca, hacer que se durmiera sin poner la tele, entretenerla en una aldea dejada de la mano de Dios.

Entregué el resguardo con el número a la chica a cargo del guardarropa, vestida de forma muy sucinta, y cogí mi chaquetón, el que usaba para ir a buscar setas. Al darme la vuelta, no pude evitar buscarla otra vez en aquella pista triste, bajo aquellas luces vulgares, confundida entre el gentío ondulante como las atracciones de feria, y la vi. Con los brazos levantados, como mandaba Kevin, con los ojos cerrados, el pelo suelto, la cabeza echada hacia atrás. La única adulta, con sus Dr. Martens sucias de barro y el ombligo al aire. Extasiada.

La esperé fuera, acompañado de unos cuantos padres, de dos coches que oscilaban rítmicamente con las ventanillas empañadas y un grupito de roqueros que se estaban pasando un porro.

Sentado en el capó del Seat Ibiza, no tenía frío, no sentía nada. Solo la estaba esperando para llevarla de vuelta a casa, como un chófer. Y luego, quién sabe... A lo mejor hacía la maleta y me iba a Ostia.

Tampoco Valeria habría permitido que la insultaran de esa manera. Cuando aún era la Bruja de los Bosques, iba por ahí llevando en el bolsillo la misma navaja que Emilia. A lo mejor, razoné, era yo quien se había pasado de la raya. «Puta» era una palabra vil, odiosa. Pero ¿cómo justificar el comportamiento de Emilia? Valeria nunca había amenazado a nadie.

Ni siquiera se veía la luna por aquellos pagos, ni una sola estrella, y tampoco la montaña. Volvía a ser un huérfano, como antes de que llegara ella; y, además, oprimido por un sentimiento que no me atrevía a nombrar. Que no quería experimentar y, sin embargo, ahí estaba, mezclado con la rabia, el desencanto, la desilusión. Un sentimiento que me volvía inseguro. Que, según los demás, tenía que ser el objetivo final de una vida, su parte mejor, y, en cambio, era una enfermedad que te golpeaba en la raíz, en tu identidad, y la hacía pedazos.

La cuenta atrás irrumpió en aquel retal desolado de llanura. La medianoche explotó con gran estruendo desde el paralelepípedo de hormigón. Kevin bendijo el nuevo año: «¡Bienvenido seas, 2016!». El futuro acababa de empezar y yo me sentía otra vez hundido en el fondo, en la negrura más negra del refugio de los partisanos.

Emilia salió. Sudada, sin la parca de plumas. Corrió volando hacia el Seat. Casi sin aliento, se quedó plantada frente a mí. Seguro que a la mañana siguiente tendría una pulmonía. Apoyó las manos en las rodillas. Tenía el vientre desnudo encogido, con carne de gallina, el pelo pegado a la frente.

—Mi madre murió el 31 de diciembre de 1997 —me soltó de sopetón jadeando—. Los de mi clase habían organizado una fiesta y yo fui la única que me la perdí. Después no volvieron a invitarme. Perdí el tren para siempre. Nací en Rávena. Cuando me siento excluida, cuando me doy cuenta de que soy diferente de los demás o la más gafe, se me va la olla. Ya sé que es horrible. He puesto de mi parte para solucionar el asunto. Me han diagnosticado un problema relacionado con la ira. Parece que tengo un montón de mierdas, de defectos, y te prometo que me he esforzado, que me he enfrentado a eso. No me condenes si de vez en cuando tengo una recaída, por favor. Nunca había estado en una discoteca. Es la primera vez en toda mi vida. Y ahora me gustaría que volvieras a entrar y bailaras conmigo. Una sola canción. Luego nos vamos.

—Baila tú sola.

—No, por favor.

—Ya no sé distinguir cuándo me dices la verdad y cuándo mientes.

—¡Acabo de contarte la verdad! Esa verdad que a ti tanto te importa.

Estaba harto. Era tarde. Rávena: ¿ahora me venía con esas?, ¿por qué? Era una ciudad como tantas otras.

Me bajé del capó y fui a abrir la puerta del coche. A la mierda el futuro, solo existía el pasado. La vida entera era un pasado que no podías arreglar, modificar, salvar.

—¿Quieres saber otra verdad? —me soltó gritando—. ¿Quieres?

Yo tenía una mano en la puerta y la otra en la capota del Seat.

—Ya no me interesa —mentí.

—Pues te la digo igual: te quiero.

Me lo había escupido en la cara, como antes le había escupido a la chiquilla. Me miraba a los ojos y toda ella temblaba, demasiado.

Nadie me lo había dicho nunca.

La agarré y volví con ella adentro, soltando un ladrido:

—Una sola canción y punto.

Que no sería una, sino *la*.

La vieja canción que había reinado en el año 2000, o quizá el 2001. Uno de aquellos ritmos chungos de verano que ponían día y noche en los bares, en la radio, de junio a septiembre, y luego si te he visto no me acuerdo. Quedan para las fiestas de pueblo y las discotecas de ínfima categoría que se estancan en el tiempo. Saben a nostalgia y a juventud perdida.

Tan famosa era que incluso yo me la sabía.

A esas alturas, los chiquillos en la pista de baile estaban borrachos y cansados, y cuando Kevin, que tendría más o menos mi edad, largó la pieza, nadie se sabía el estribillo excepto Emilia y yo. Ella, estupefacta, me miró a los ojos, me cogió las manos y empezó a reír, a saltar, repitiendo entusiasta:

—¡No me lo puedo creer! No puedo... Esto es una señal.

Quería que me soltara a bailar, lo mismo que ella, sin pensar en nada, sin recordar ni ser tan exigente con nosotros mismos y con nuestra maltrecha existencia.

Quería que yo también cerrara los ojos, echara hacia atrás la cabeza y moviera el cuerpo al son de aquella canción que no habíamos bailado cuando teníamos edad para hacerlo.

Quería brillar conmigo en el corazón triste de aquella noche, iluminados a ratos por una luz azul o verde, cantando a grito pelado:

> *Because I, I live to love you some day*
> *You'll be my baby*
> *And we'll fly away*

Y yo le hice caso porque aquel sentimiento podía con todo.

Con la dignidad, con el rencor, con cualquier idea u opinión.

Retumbaba en mi cabeza, iba penetrando cálido en mis venas: te quiero.

Algo sabía, pero en el fondo no sabía nada. Solo que tenía que bailar, aunque ese fuera nuestro último baile. Suponiendo que fuera nuestro último instante, yo tenía que vivirlo. A fin de cuentas, todo tenía un final. El futuro era inevitable. Por eso le di un beso con toda mi alma.

19

Inevitable.

Como el empleado de Hacienda, como el encargado del Ayuntamiento que te entrega la notificación de una multa, como el sepulturero. El jueves, 7 de enero de 2016, a las 10.30 de la mañana, en la sala reservada a los profesores, Patrizia, con una mirada que desprendía satisfacción por los cuatro costados, me plantó en la cara una hoja impresa de mala manera que había sacado de internet.

Ni siquiera se aguantó hasta el final de la mañana, aun sabiendo que después yo no me vería con ánimos de dar clase e incluso de respirar. Pero ¿cómo iba a esperar? Se moría de ganas de verme reventar. Aquel descubrimiento sensacional le había llevado un montón de horas de investigación. De ahí las prisas por llegar el orgasmo: tenía razón, había ganado.

—Me imagino que ya lo sabes —siseó con voz melosa—. Solo faltaría que no te lo hubiera dicho. Pero mira qué mona ha salido en esta foto tu noviecita.

Y yo, aunque cogí de mala gana el papel con las dos manos y lo ponía recto con aires de superioridad y desprecio, por dentro iba cediendo.

Mientras leía, o, mejor dicho, descifraba a duras penas el titular de un artículo de hemeroteca del *Corriere della Sera* fechado el 24 de junio de 2001, a mí se me nublaba la vista y me daba vueltas la cabeza hasta el punto de no entender la lengua italiana, no saber en qué día estábamos, en qué año, y no saber siquiera quién era yo.

—¡Anda! ¡No me digas que no te lo había contado!

Se regodeaba. Saboreaba el triunfo.

Mientras a mí se me caía el alma a cachos, se derrumbaba el suelo bajo los pies y se me congelaba el corazón, ella se acercaba cuchicheando:

—Un pollo de mil pares de narices. Esas pelirrojas...

Aún hoy, cuando me topo con ella, apenas me saluda y se aleja a paso ligero, con la mirada baja y las mejillas encendidas. Yo, a veces, me doy media vuelta y la miro. Me entran ganas de cerrarle el paso y preguntar: ¿cuánto te duró el jolgorio?, ¿fue cosa de una tarde, de un par de días?, ¿te mereció la pena?

En cambio, aquel jueves, 7 de enero, estábamos los dos en la sala de profesores. Era la mañana nublada del día en que se daban por acabadas todas las fiestas y los electricistas ya estaban subidos a unas escaleras desmontando las luces de Navidad en Alma. Yo me había quedado ahí aturdido, machacado por una palabra del titular que aún hoy mi corazón se niega a escribir. Y por aquella foto.

Porque la imagen era flagrante, devastadora en su simplicidad.

Empezaron a silbarme los oídos. El ruido sordo de la nada empezó a retumbar y pulsar en el pabellón auricular y más adentro, en las arterias, en el ventrículo derecho e izquierdo, en los alvéolos pulmonares. Lo mismo que cuando el cable se rompió y la cabina del teleférico se estrelló en el suelo hecha mil pedazos, tan pequeños que después fue imposible recomponer la mayoría de los cuerpos: yo no había oído nada. Todo estaba oscuro. Era como cuando sueñas que te caes y la caída no tiene fin.

Patrizia intentó acariciarme con sus garras. Yo la esquivé horrorizado.

Con la pizca de sentido común que me quedaba, conseguí juntar cuatro palabras para rogarle que no comentara nada sobre el asunto y me sustituyera durante las dos horas siguientes.

Metí el papel en el bolsillo y me fui pitando.

Corría como un loco bosque a través. Pero, incluso yendo a mil por hora sendero arriba, con los ojos cerrados, no conseguía zafarme de él, dejar de verlo. El rectángulo en blanco y negro, mal impreso.

Donde campeaba una Emilia parcialmente pixelada, pero reconocible, sin posibilidad de error. Frágil y desorientada como la chiquilla rubia a quien había amenazado la noche de Fin de Año. El pelo recogido, unas deportivas y una camiseta blanca. La mirada censurada por razones de privacidad, pero yo sabía muy bien cuánta vacuidad podían llegar a contener aquellos ojos.

Emilia, esposada y custodiada por unos policías que se la llevaban.

PARTE II
5.264 DÍAS

20

Quién sabe si las almas también envejecen. Si mantienen su voz de siempre, las expresiones propias de la adolescencia, al estilo «me la suda» o «de puta madre». Si tienen recuerdos y sienten rencor o se desentienden de todo.

Emilia aplicaba el papel de arroz en el morro de Satanás y le aguantaba la mirada: torva, ausente. Envuelta en la parca de plumas y echando aliento condensado por el frío, recordaba una lejana tarde de julio en la que Marta y ella habían llegado a las manos. Razón: la inmortalidad del alma.

Iluminada por una lámpara y con los mitones puestos, presionaba con las yemas de los dedos unas gasas embebidas de agua destilada, intentando recuperar el azul de los cuernos, el amarillo verdoso de las piernas del condenado que se movían espasmódicas, libres aún de las fauces, el negro de las garras que hacían pedazos a la que sería su siguiente víctima: desnuda, desesperada. Aunque, en teoría, al infierno uno llega muerto y sin cuerpo.

Mientras tanto, el Basilio la observaba desde el paraíso casi del todo restaurado, con los santos bien alineados y Cristo solemnemente entronizado, dispuesto a emitir su sentencia.

—Si seguimos a este ritmo, en una semana habremos acabado.

Emilia levantó los ojos y lo miró:

—Pues voy a sentir que se acabe, ¿sabes?

El Basilio asintió:

—Yo también, pero en la pequeña iglesia de Donato vamos a encontrar una danza macabra interesante y también una *Piedad* digna de consideración. Aunque no puedan compararse a esto —e hizo un gesto circular con el brazo indicando toda la contrafachada.

Era la única pared iluminada en aquellas horas grises de un mediodía de enero. Acabadas las fiestas, también la iglesia se había hundido en un abismo polvoriento, y en el fondo solo brillaban, muy flojos, restos de velas encendidas con las ofrendas. Emilia había intentado esquivar de todas las maneras posibles aquel encargo y aún ahora, debajo del grueso jersey, notaba los aguijones de la taquicardia. Bien mirado, era una tontería: en la trena se habían metido en el cuerpo todos los episodios de *Un día en los tribunales* e incluso habían visto *El silencio de los corderos*, mofándose de Hannibal Lecter. Pero la diferencia estaba en que aquel fresco no tenía que ver con actores y actrices, sino consigo misma.

Hacía poco que había cumplido los diecisiete cuando empezó *su* juicio. Le habían entregado un esquema con las funciones, los tiempos del trámite judicial, porque ella no pillaba ni una de todo el asunto. No tenía idea de lo que significaban las siglas que marcaban los pasos que debía seguir. Los jueces eran unos adultos hechos y derechos, omnipotentes como Cristo y todos los santos. Tenían el poder de decidir quién era ella. Cuántos años iban a quitarle de su vida. Ahora, al cabo de casi quince años, estaba restaurando aquellos cuerpos podridos por la culpa. Con dedicación, con cura.

¿Iban a perdonarlos algún día?

¿Ella también se convertiría en un alma?

La hora del recreo en verano, debido al calor, duraba desde las cinco hasta las siete de la tarde. Sería el año 2005, máximo 2006. Los altavoces anunciaban: «¡Que bajen las chicas!».

Habían colocado las toallas encima del cemento puro y duro del gran patio amurallado. Las cuatro llevaban unos bikinis que cubrían poco o nada, chanclas y gafas de sol. Llevaban unos viejos frascos de detergente en espray llenos de agua para refrescarse. «Lástima que no haya por aquí ningún chorbo para admirar nuestros culos.» Dios sabe cuántas sentadillas, abdominales y estiramientos se metían cada día entre pecho y espalda para mantener el cuerpo tonificado. Y todo eso, ¿para qué?

—A ver cómo coño llevas la asignatura, Innocenti —soltó Marta abriendo una de las carpetas de Emilia con mala leche; porque cuando llegaba el momento del repaso se encabronaba.

Afifa y Myriam se habían colocado bocabajo para que les diera el sol en el culo y ya habían cerrado los ojos.

—¿De qué va este examen? —preguntó una de las dos.

Emilia, ufana, contestó:

—Consideraciones a propósito de la muerte y el poder del tiempo.

—Guauuu...

Todas se habían quedado de una pieza. Incluso Marta, que después de haberlo hablado largo y tendido seguía pensando que la muerte era solo una cuestión de células que la diñan y de oscuras reacciones químicas que, a fin de cuentas, eran las causantes de un proceso de putrefacción.

«Poder del tiempo» era una expresión que molaba mucho; molaba tanto que era imposible no sospechar que hubiera algo distinto en el destino, además de vísceras fétidas y huesos deteriorados.

—El alma según Platón —había dicho Marta—. Dale.

Las más jóvenes jugaban al voleibol. Los responsables las vigilaban sudando y charlando. Una música rap en inglés se iba propagando desde una ventana del primer piso. Afifa acababa de sacarse el diploma. Myriam había vuelto tras mogollón de experiencias y traslados, decidida a portarse bien. Emilia y Marta incluso iban a la universidad. Tumbadas encima del cemento al rojo vivo, con sus libros y sus tangas, en la historia del lugar sin duda representaban ya el «ejemplo a seguir».

—Pues... —empezó Emilia.

—No se arranca con un *pues.*

—¡No me rayes, Vargas! Pues en el *Fedón*, uno de los diálogos de Platón dedicados al alma, Sócrates desea la muerte porque libera el alma del cuerpo, que es una jaula y está constreñido por los vicios. En cambio, después de la muerte el alma accede a su condición ideal: la verdad del ser.

Unos pocos años antes habría sido inimaginable que alguien esgrimiera temas de metafísica a la sombra de un alambre de púas. Un día Emilia había escuchado a escondidas una conversación en un despacho al lado del de Frau Direktorin: «Hay que tener mala suerte para acabar en un lugar como este. De solo pensar en estas infelices me entran ganas de llorar». Resumiendo, había dos opciones: el encierro de por vida o la condición de infeliz. La posibilidad de ser astrofísicas, químicas o filósofas quedaba descartada.

Sin embargo, Emilia había completado su plan de estudios en la facultad de Artes Visuales con pretenciosas asignaturas de Filosofía Clásica, Bioética y otros temas que Vilma, su tutora, consideraba «en el límite» de lo que eran sus competencias. «¿Cómo puede ser que siempre acabes hablando de la muerte, del alma y del más allá?» Y ahora iba a toda leche con la descripción del alma que, según Platón, «es esa parte del ser humano que más se parece a una idea. Por eso no es corruptible».

—¿Quieres decir que sigue siendo buena, sin importar lo que haga el cuerpo? —preguntó Myriam impresionada por esa posibilidad.

—No dice exactamente eso... Platón compara el alma con una biga.

—¿Una biga?

—Una especie de carruaje tirado por dos caballos alados. Uno es blanco y representa el intelecto. El otro es negro y representa los instintos irracionales. Además, hay que contar con el auriga... —Myriam había vuelto a poner cara rara y Afifa se había dormido—. Digamos que es el conductor y simboliza la razón, que debe gobernar la luz y la oscuridad.

—Un buen puñado de chorradas —soltó Marta repasando los apuntes—, pero creo que esta vez sacarás algo más que un aprobadillo.

—Oye, ¡que eso lo dice Platón!

—Nos vamos a convertir en gusanos, Emi. Olvídate de las ideas resplandecientes en la verdad del ser.

—Yo prefiero pensar que el alma existe —insistió Emilia— y que todos tenemos una.

A Marta le cambió la cara.

—¿Todos? —No era una buena idea insistir cuando esgrimía *aquel* tono de voz y se sentaba de *aquella* manera, con *aquella* expresión en la cara—. ¿Estás segura, Innocenti? ¿De verdad querrías que *ciertas personas* se hubieran convertido en almas resplandecientes y que en una de esas ahora incluso nos estuvieran mirando y escuchando?

Emilia le aguantó la mirada:

—Sí, lo querría.

Marta se levantó y se le echó encima, propinándole una bofetada de padre y muy señor mío.

—¡Yo el alma de aquel tío no la quiero ver ni en pintura! ¿Entendido? Ese ni siquiera tenía alma.

Pero Emilia pasó al contraataque:

—Entonces, ¿qué coño hacemos aquí si después vamos a convertirnos en unos putos gusanos?

Había agarrado el hermoso pelo de Marta, tan negro que casi parecía azul, y tiró de él con todas sus fuerzas. Porque aquello no era filosofía: era carne viva.

—Después no hay una puta mierda, Emi.

—¿Entonces estamos aquí pagando por nada?

—¿De verdad te empeñas en creer lo contrario?

Tenían veinte años y se estaban zurrando como unas chiquillas recién llegadas, estrujándose las muñecas, agarrándose de mala manera las tetas debajo del traje de baño. Afifa y Myriam ya se habían largado para no entrometerse en un asunto que nada tenía que ver con ellas. En cambio, las celadoras habían intervenido, solícitas y algo molestas: mediar en una trifulca con el calor que hacía era una trabajera infame.

Las llevaron *ipso facto* al despacho de Frau Direktorin. Puñetazo en la mesa y adiós paciencia:

—¡Si seguís así, os traslado: una a Roma y otra a Pontremoli!

Luego añadió un plus a su castigo, encerrándolas en una celda de aislamiento durante cinco días para que meditaran. Pero antes de que las celadoras consiguieran separarlas por la fuerza y de que las confinaran en la soledad, Emilia había encontrado el momento de susurrarle a Marta, con el rostro mojado de lágrimas:

—Yo *necesito* que el alma exista, ¿sabes? Porque quiero volver a verla.

Aunque sabía muy bien que eso no iba a pasar. Incluso ahora que se dedicaba a restaurarlo, sabía que no era posible que el infierno estuviera vacío y el paraíso lleno.

Por la simple razón de que víctimas y verdugos jamás tendrían que volver a encontrarse, ni siquiera en el más allá.

Ahora me corresponde una tarea: reconstruir lo que pasó aquel día a través de los sentimientos de Emilia, si bien eso comporta mirarme desde fuera y sentir odio hacia mí mismo. No va a ser un trabajo fácil de asumir, pero se lo debo: intentaré hacer justicia, aunque solo sea a través de la escritura.

Eran las tres de la tarde. Emilia se dio prisa para acabar con la aplicación del papel de arroz antes de guardar los utensilios.

En los días más oscuros del invierno, cuando a las cuatro ya era de noche, el Basilio había decidido acortar el horario de trabajo. Apagaron las lámparas, bajaron del andamio y se despidieron hasta la mañana siguiente a las nueve en punto. Y, como cada tarde, Emilia salió la primera, impaciente.

Después de la experiencia del Tartana, no había sido fácil mantenerme atado en corto. Algún detalle tuvo que soltar. El chalé blanco de Rávena. Su madre, que era profesora de Italiano y tenía como hija a la peor de las alumnas. La gran cantidad de problemas, cognitivos y relacionales, que habían implicado costosas sesiones con la logopeda, con la psicóloga, con la musicoterapeuta. Sin embargo, se había cuidado muy mucho de contar algo que hubiera pasado a partir de junio de 2001.

Yo siempre solía esperarla sentado en la escalinata de la iglesia, la mayoría de las veces con un libro en la mano, el sombrero de fieltro que me tapaba los rizos, mi capa de lana echada sobre los hombros, la cartera de cuero llena a rebosar de ejercicios por corregir. Pero resulta que ese día no estaba.

Emilia sintió un escalofrío. El cuerpo siempre se adelanta a los acontecimientos, pero la cabeza no: no quiere. Un contratiempo, pensó: la caldera estropeada, un tubo congelado, un tronco caído que impidiera el paso. Aunque yo nunca me había retrasado. Encendió un cigarrillo y aspiró hasta sentir que le quemaban los pulmones. Al rato, salió el Basilio:

—¿Cómo es que no está aquí Bruno?, ¿está enfermo?

—No, no. Estará a punto de llegar.

—¿Quieres subir conmigo?

—Prefiero esperarlo.

—Vale. Hasta mañana.

—¡Hasta mañana!

Emilia se quedó mirando al Basilio, que avanzaba despacio entre las nubes bajas que congelaban Alma. Encorvado, movía a trancas y barrancas sus viejas piernas, cuidando de no tropezar con unos adoquines mal colocados. Se preguntó cómo conseguía recorrer dos veces al día el sendero de Stra' dal Forche. Y por qué.

Eran las tres y veinte. Emilia se sacó el móvil del bolsillo para averiguar si yo le había enviado un mensaje: nada. También era raro que a mí se me pasara por la cabeza recurrir al teléfono, a menos que fuera una cuestión de vida o muerte. El hecho de que no hubiera mensajes significaba que no tenía de qué preocuparse.

Se sentó en un escalón, bien abrigada por la parca de plumas, expuesta a las miradas de los clientes del Samuray, que se empeñaban en espiarla desde los cristales iluminados como si aún fuera una novedad. Encendió otro Winston y volvió a pensar en Marta, en el día en que se había licenciado: la primera de toda la historia de aquel lugar. La habían homenajeado con una pequeña fiesta —alcohol *verboten*— y ella, con los ojos negros rebosantes de satisfacción, había estrechado las dos manos de Emilia entre las suyas. En el baño, antes de salir a recibir el aplauso, le dijo: «He ganado, Emily. Soy feliz. Ahora todas las cuentas están saldadas. Aún me falta un año para salir, pero me siento libre».

Se le habían quedado impresas aquellas frases: «he ganado», «soy feliz», «me siento libre».

Cuando le llegó a ella la hora de licenciarse, la segunda en la historia de aquel lugar, no sintió ninguna alegría. Al contrario, le parecía haber llegado a una vía muerta. Aunque su padre se había emocionado hasta llorar y Frau Direktorin hubiera organizado también para ella una pequeña fiesta regada con Coca-Cola y Fanta, diciéndole una y otra vez: «Estoy orgullosa de ti, Innocenti, muy orgullosa». Aunque en la celebración hubieran participado también la Venturi, Rita, sus profesoras de bachillerato, y ella se hubiera empeñado en sonreír a diestro y siniestro, en aquel día de gloria en realidad ella solo conseguía enfocar un vacío.

Había encuadrado, enmarcada en la pared del fondo, en el punto de fuga de todas las manos levantadas, en el silencio sordo agazapado tras todos los gritos de jolgorio, la silueta de una persona que ya no estaba, y no era su madre. Llevaba en la mano un vaso de plástico con un mojito y una pajita negra. Sus ojos azules habían brillado, su boca se había contraído en una mueca: «¿De qué coño te va a servir la licenciatura?». El campanario anunció que eran las cuatro. Yo aún no había llegado. Se dio cuenta de que quizá el precio que debía pagar para el amor era la verdad. Y ella estaba buscando las palabras para decirme: «En qué mierda me he metido». Pero no era tan fácil como yo pensaba.

No es que, sumando la muerte de tu madre, la dislexia y el acoso, vayas a encontrar una explicación.
Lo sé.
No somos una cadena de causas y efectos. No funcionamos de la misma manera que la gravedad, la lluvia o una adicción.
Lo sé, Rita.
Si nos desmontas, seguro que siempre nos faltará una pieza del engranaje.

El cielo había oscurecido del todo. Las farolas parecían bolsas de vapor suspendidas en la humedad. Incluso los parroquianos del Samuray se habían cansado de mirarla.
Emilia levantó los ojos y miró el reloj del campanario: eran las 16.47.
Le quedó claro que ese día yo no iría a buscarla.

Remontó la cuesta sola, usando la linterna.
El cono de luz ponía en evidencia a veces un tronco; otras, una rama partida por el peso de la nieve o la punta de una roca, la capilla votiva que albergaba una Virgen negra.

De noche y en enero, el bosque estaba deshabitado. «El peor castigo que puede infligirse a un ser humano no son las quemaduras, los cortes, el dolor —pensó Emilia—. Es la soledad, el no tener ningún rostro en el que reflejarte, ninguna voz que te recuerde que sí, que tú también eres un ser humano.» Eso era lo que le había pasado después de que la arrestaran: una habitación desnuda con una cama individual.

Sintió frío en los huesos y más adentro, donde cabe que de verdad anidara el alma. Estaba preocupada y, sin embargo, tranquila. Al estar muy acostumbrada a vérselas con las desgracias, apechugaba. Iba rezando, eso sí, porque, quieras que no, creía en Dios. «Por favor te lo pido, que Bruno no se haya roto una pierna o la cabeza resbalando en el hielo. No puede ser, es un experto, y se ha pasado un montón de inviernos allá arriba solo. Te ruego que no le haya dado un infarto o un aneurisma; es demasiado joven: imposible. ¿Qué más puede pasar en Sassaia?»

Subía pisando con las botas la nieve dura, guiándose por nuestras viejas huellas, las suyas y las mías, aplastadas y confundidas una encima de otra. Aguantaba la ansiedad y la respiración. Sudaba, envuelta en el forro impermeable de la parca de plumas. El cuerpo percibía la tensión: ese malestar que produce un hueco en la realidad y genera molinillos, rozaduras, succiones. «Me lo voy a encontrar allá arriba, arreglando una tubería o recolocando una teja mal puesta —se dijo a sí misma—. Dios, por favor te lo pido, que no haya pasado nada malo.»

Llegó a Sassaia con el corazón en un puño.

Alcanzó el callejón.

Cuando me vio, entero, sentado en los peldaños de la puerta de mi casa, brutalmente iluminado por la farola, se sintió tan aliviada y feliz que a punto estuvo de explotar.

Corrió a mi encuentro.

—¡Qué susto me has dado! —exclamó riendo—. ¡Me las pagarás!

Quería besarme, abrazarme.

Pero cuando la tuve enfrente, yo me eché atrás. Un gesto del cuerpo que significaba: no me toques.

Horrorizado. Esa era la palabra que me iba como anillo al dedo. Emilia la conocía porque, antes que yo, muchas personas la habían mirado de la misma manera.

Tenía en las manos el papel que me había dado Patrizia. Estaba arrugado y yo seguía estrujándolo.

—¿Qué ha pasado?

Ahora me detesto porque ya no soy aquella persona ciega y sorda.

Le tiré el papel a la cara.

Emilia se agachó y lo recogió del suelo.

Vio lo que había que ver, sin necesidad de leer.

—¿Por qué, Bruno? —Las piernas flojas, el pecho hecho añicos, la vejiga que pide vaciarse—. ¿Por qué has investigado?

Yo con los puños cerrados, el cuerpo rígido, encogido por el desprecio. Y las lágrimas que seguían fluyendo hasta llegar a la barbilla, mudas.

—Eres un monstruo.

Me atreví a decirlo, a escupir yo también lo que escupían todos al enterarse de golpe y porrazo de ciertas noticias. Avergonzado y, sin embargo, gritando. A fin de cuentas, ¿qué puedes hacer cuando no consigues razonar y eres presa del pánico, sino joderte de miedo e intentar defenderte?

Emilia cerró los ojos.

—Has dejado que me enamorara de ti sin saber nada.

Ella continuaba con el papel en la mano. No lo había tirado ni pisoteado, no le había prendido fuego con el mechero. Porque aquel papel seguía siendo parte de su historia. Intentó explicármelo:

—No soy solo eso.

Pero yo no quería escucharla. No podía.

Como las demás personas bondadosas, incluso las normales y corrientes, colocadas en los asientos de los santos y los beatos durante su *juicio particular*, en el Tribunal de Menores de Bolonia, calle del Pratello, 36: cuando se había visto obligada a hablar, no la habían escuchado.

Pero ahora habían pasado quince años. Catorce y medio, para ser exactos.

Volvió a abrir los ojos e intentó decírmelo otra vez:

—Si me hicieras el favor de escuchar...

Di media vuelta para entrar en casa.

Si pudiera volver atrás, no volvería a portarme así.

Estaba hecha polvo. Inerme.

Y yo no quería apiadarme, mirar a los ojos a la mujer que amaba. Solo quería patalear como un niño que no sabe gestionar la rabia, la impotencia; lo único que pretendía era saltar el obstáculo que tenía delante.

Antes de cerrar la puerta en sus narices, y con todo el odio que llevaba en el cuerpo, solo atiné a decir:

—¡Vete de Sassaia!

Y ella ahí, clavada en la nieve vieja.

—¡Que te vayas, joder! No quiero volver a verte nunca más —le solté, como si tuviera el derecho de decírselo.

Y ella de pie, en el callejón, como un ser inanimado.

Bajó la mirada para fijarse en el papel que aún llevaba en la mano. Era la primera vez que leía de cabo a rabo un artículo que hablaba de ella. Había tenido que llegar hasta aquí, a diez bajo cero, con las yemas insensibles por culpa del hielo, en el perímetro de la única luz encendida en kilómetros a la redonda. Y eso no le había servido para salvarse, sino para volver a estar, inexorablemente, en el punto de partida.

Leyó y pensó que le habría gustado tener un alma. Y morir. Para poder ser libre al fin y llegar a un lugar que no fuera ni un infierno ni un paraíso. Solo un sitio sin pretensiones, incluso anónimo, pero con vistas. Una terraza o un mirador desde donde la Tierra apenas se entrevería, pequeña y borrosa.

Enseguida reconocería a su madre allí arriba. Y ella la estrecharía con brazos que no serían brazos, y la besaría con labios que no serían labios. Y luego le diría en voz baja y tierna: «Está ahí. Ve a hablar con ella». Le indicaría dónde encontrarla. Y ya nadie tendría cuerpo, ni desgarros. Solo se quedarían con lo bueno.

21

Emilia me hizo caso.

Se metió en casa, encendió todas las luces y ni siquiera se cambió de ropa. Bajó la bolsa de viaje que estaba encima del armario y metió lo indispensable: bragas, calcetines, jerséis, folios, lápices. Solo tenía unos cinco minutos a disposición. Cambió las pilas de la linterna, agarró la bolsa, la mochila, y apagó todas las luces. Cerró la puerta con llave y la puso debajo del felpudo.

«Adiós, Sassaia.»

Empezó a correr cuesta abajo. A tumba abierta, como aquella vez en que había perdido el autobús, pero ahora eso no pasaría. Se cayó, se golpeó la rodilla con una roca y la sien con otro saliente. Notó una punzada y la sangre. Pero no tenía tiempo que perder. Se levantó y empezó de nuevo a correr. La linterna temblaba en sus manos y la luz hería el bosque con sus destellos. Volvió a tropezar. ¿Tienes idea de qué es la desesperación? Pues sí, es el lugar que me corresponde.

Se levantó de nuevo, los pantalones embarrados, el pelo lleno de pequeñas ramas. Da gracias por haber tenido estos dos meses: no te los merecías. Alcanzó la pequeña escalera de piedra entre el bar y la tienda de ultramarinos. Eran las 17.47. El autobús acababa de llegar. Se subió jadeando. No tenía billete. Sacó del monedero todo el dinero que tenía. El chófer le dijo que con dos euros bastaba, pero ella no tenía fuerzas para contarlos. El autobús estaba vacío. Se dejó caer en la última fila de asientos. No quería verlos: los cuatro faroles de Alma, las cristaleras iluminadas del Samuray y de la Rosa, el campanario y la escuela que iban desapareciendo. Cerró los ojos, pensando: «A estas horas, estará en boca de todos».

Después de dos curvas cerradas, oyó que el teléfono vibraba y dio un bote en el asiento. Esperaba que fuera yo, que al menos quisiera escuchar su versión. Se tiró encima de la mochila y la abrió con manos temblorosas. No lograba encontrar el móvil y volcó todo lo que había dentro encima del asiento de al lado. Escondido entre el monedero, el estuche, las compresas y la pequeña navaja, lo vio y se dio cuenta de que era su padre quien llamaba.

Volvió a hundirse en el asiento y dejó que el móvil siguiera sonando. Cuando paró, agarró la navaja. Por eso la llevaba siempre a mano: se subió la manga de la parca de plumas, luego la sudadera, y practicó un profundo corte vertical a lo largo del antebrazo. El dolor la calmó como un ansiolítico disuelto bajo la lengua. Volvió a meter sus cosas en la mochila. Se tapó la cabeza con la capucha.

Al cabo de tres o cuatro paradas, empezó a subir gente. Se fijaban en ella y enseguida miraban para otro lado. Se acomodaban en asientos alejados: nadie quiere el mal cerca porque tiene miedo de contaminarse. Y ella llevaba los vaqueros empapados de sangre a la altura de la rodilla y una manga con las mismas manchas. Llamarían a la policía, estaba segura. En cuestión de minutos, de segundos. Total, ¿qué más le daba?

Cinco mil doscientos sesenta y cuatro días tragándose marrones para un futuro que no existía. Mejor dicho: existía, pero no contaba con ella. Acababa de echarla.

Vete de Sassaia.

¿Llegaría a olvidar mi rostro congestionado por el odio y el asco mientras le escupía en la cara esas palabras?

Ella me amaba.

Llegó a la estación a las 19.20. Se dirigió al tablón con los horarios; ropa sucia, bolsa en bandolera, mirada alterada pero atenta. Dos trenes: uno a Turín y otro a Milán. El de Milán salía al cabo de un cuarto de hora desde la vía 2. Se fue a la máquina para sacar el billete. Luego entró en el bar y pidió el último bocadillo reseco y una lata de cerveza. También compró un cartón de Winston Blue. Y con eso se le acabó el dinero.

Fue arrastrándose hasta la vía 2 mientras se comía el bocadillo. Esperó fumando junto a un puñado de norteafricanos y mujeres con minifalda, los desperdicios de la tierra amontonados como huesos de sepia en aquel andén: estaba otra vez en familia.

El tren se paró frente a ella y la acogió. Una larga serpiente cubierta de grafitis traqueteaba en la tiniebla. Una hilera de ventanillas iluminadas que no pronosticaban ilusiones, sino huidas. Un regional cansado, con los baños guarros y una costra de mugre en los cristales. Emilia subió, recorrió un par de vagones y finalmente se dejó caer en un asiento.

Fue entonces cuando llamó.

Quedémonos con lo bueno y volvamos a empezar desde aquí. Y un huevo.

Sintió el cálido aliento de su voz en el oído y le soltó:

—Si ahora, en este mismísimo momento, me preguntaran: «¿Quieres volver atrás?». Al reformatorio. Con la plana mayor, la Frau medio rayada, el despertador a las siete, los desayunos por repartir, las llaves de metal que dan vueltas en las cerraduras con ese ruido. El comedor, el baño donde nos metíamos a estudiar a las tres de la mañana para no despertar a las demás, ¿te acuerdas? Los barrotes. Y la Venturi que nos ponía de los nervios, pero, al final, de algo sirvió. Y Rita, con su pelo cardado, dos veces por semana. Pandolfi, que nos guio hasta la licenciatura. Las dos horas al aire libre jugando al voleibol, las riñas. Incluso Myriam, que la ha diñado. Yo enseguida diría: «Sí, sí, sí».

—¿Qué coño ha pasado?

Emilia se dio fuerte con la cabeza contra el cristal.

Ninguna de las vidas en fuga que estaban en aquel vagón de segunda clase se sorprendió. Ninguno de los manteros, ninguna de las prostitutas. Ya habían pasado por ese mal trago.

—La libertad es una mierda.

—¿Qué coño ha pasado, Emilia?

—La libertad de hacerme daño, ¿y de hacer daño a los demás? Gracias, pero paso.

—¿Me vas a decir de una puta vez qué ha pasado?

—Que el muy gilipollas me ha buscado en internet.

Silencio del otro lado.

—No sé cómo lo ha conseguido porque yo nunca le dije mi apellido. Podría haberse esperado.

—¿Dónde estás ahora?

—En un tren, voy hacia tu casa.

—¿A qué hora llegas?

—No lo sé. No me he fijado.

—Dime de dónde has salido, a qué hora, y ya lo miro yo.

Emilia se miró en el reflejo de la ventanilla. A aquella hora las familias normales se reunían en sus casas calentitas y cenaban juntas, las parejas hacían el amor y las amigas se entretenían intercambiando una última confidencia en la mesa de un bar. Pero esas eran las vidas apacibles de los demás que se desarrollaban en otro planeta. En este, en cambio, el planeta por donde pasaba el tren, todo era negro y vacío. Ya no se podía mirar hacia el exterior. Solo hacia dentro. Y ese interior era ella, con el pelo enmarañado, sucia y desaliñada. Un desperdicio. *Quedémonos con lo bueno*: también Rita la había engañado.

—Llegas a la estación central a las 21.03. Yo voy a esperarte al andén, pero tú ponte guapa. Si te llevo fuera a cenar, no quiero que tengas pinta de carcelaria.

Las dos se echaron a reír desesperadamente.

Escondido detrás de la cortina, protegido por las sombras del dormitorio, vi cómo se iba. Luego bajé a la cocina, llené una olla de agua y, mientras esperaba a que hirviera, puse la mesa.

No estaba orgulloso de mí mismo, no me sentía satisfecho con lo que había pasado, pero la cuestión era que ya no tenía palabras: solo un bulto mudo de rabia. Durante las horas en que había esperado a que volviera de la iglesia no había hecho otra cosa que llorar, arrugar el pedazo de papel con la noticia, salir, dar cien vueltas al pueblo sin parar, pensar, respirar. Era como darse de cabeza una y otra vez contra los mismos recuerdos.

Cuando, en 1991, había entrado en la sala como testigo, enseguida los busqué, pero ellos no me devolvieron la mirada. Iban recolocándose las gafas, se remangaban los puños de la camisa, leían documentos: parecían estar muy ocupados. No tenían ni idea de qué significaba apropiarse de una vida, cavar dentro un cráter, desertificarla, empobrecerla hasta volverla completamente estéril. Sin embargo, lo habían hecho. El niño que estaba en la cabina había muerto abrazado a sus abuelos. Lo demostraba la disposición de algunos fragmentos de los huesos. Los padres, que habían sobrevivido, estaban sentados bastante cerca de Valeria y de mí, agarrando con las manos un conejo de peluche.

Nuestros rostros, la ropa desaliñada, los tics nerviosos, los ojos hinchados, mostraban a las claras la manera en que íbamos arrastrando nuestra supervivencia: todos estábamos muertos en aquella sala. Todos, excepto ellos: los responsables. Que escuchaban nuestras palabras ocultando a duras penas el fastidio, pensando en las musarañas, acomodando un mechón de pelo rebelde. Les importaba la vida, la suya propia. Pretendían que la pena fuera leve. Y se la sudaba que nueve personas la hubieran diñado y muchas más solo estuvieran aparentemente vivas. Ellos habían ahorrado. El mantenimiento era caro. Mis padres habían muerto a los cuarenta años por un apunte de menos en la lista de gastos. Valeria se convertiría en una usuaria de los servicios de asistencia a la drogadicción por culpa de aquel poco dinero ahorrado y yo acabaría como un eremita escondido en la montaña por una cantidad miserable. Y ninguno de nosotros, empezando por aquel niño rubio de nombre Thomas, era culpable de nada.

Vi a Emilia esconder las llaves debajo del felpudo, la vi huir arrastrando la bolsa de viaje, con la linterna en la mano temblorosa. Y la odié.

Ahora, mientras ponía el mantel y colocaba un solo plato, un solo vaso, una sola servilleta, un solo juego de cubiertos, sentía el odio que recorría mi cuerpo mezclado con el rencor.

En las crónicas periodísticas no suelen aparecer los parientes de las víctimas. Cuando lo hacen, solo se les dedica unas pocas líneas. Nadie quiere ver su dolor. No resultamos tan interesantes como los verdugos y aún llevamos demasiada vida dentro como para que se nos considere unos santos. Estamos condenados a convivir con una vorágine, en el mismo mundo donde siguen respirando, pensando, viendo la tele, comiendo, e incluso riendo, bromeando y follando, los asesinos.

Habíamos aceptado el dinero de la indemnización porque nuestro tío nos había obligado. Porque éramos una chica que acababa de cumplir la mayoría de edad y un chiquillo con toda la vida por delante. «Os servirá para pagar la universidad, para hacer frente a los gastos de la casa y la comida. Seguro que esta sería la voluntad de vuestros padres, y punto.» La habíamos aceptado, pero sin hablar nunca del asunto, y decidimos usarla solo para lo indispensable. Con aquel dinero no había nada hermoso que pudiera comprarse. Ningún viaje, ninguna camiseta divertida, ningún disco de música, ninguna flor. Solo lo necesario para sacarnos el carné de conducir, su alquiler en Milán los primeros tiempos y el mío en Turín mientras estudiaba en la universidad, la gasolina para el Seat Ibiza y las reservas de comida para el invierno.

Después de cinco años, los asesinos estaban libres, y nosotros, aún prisioneros. Incapacitados para llevar una vida normal, para tener relaciones normales. Valeria nunca había conseguido que un trabajo o un hombre le duraran y le era imposible mantenerse sobria. Yo había vuelto a Sassaia para esconderme y cumplir mi condena.

Si había sido Dios quien puso a Emilia frente a mi casa, una de dos: o no existía o era cruel.

Las imponentes arcadas de acero, los continuos avisos a través de los altavoces, el mogollón de trenes que descansaban en las vías hasta perderse en el horizonte: Emilia se sintió abrumada por la magnitud del mundo.

Siguió los pasos del gentío. Todos marchaban en la misma dirección. El regional había iniciado su recorrido con poca gente, pero durante el trayecto, parada tras parada, se había ido llenando de personas que ahora, al llegar a su destino, habían recuperado el buen humor.

Ella no. Sudaba y olía mal. Notaba el pelo pringoso y las manos sucias. El frío ahí era mucho menos intenso, pero ella aún llevaba la misma ropa que en Sassaia. Se desabrochó la parca y se aflojó la bufanda. Debajo llevaba su vieja sudadera hecha un guiñapo y manchada de sangre y los vaqueros que usaba para trabajar igual de maltrechos. Habían prometido volver a verse en el Cocoricó, en el Imperiale, en el Billionaire. En cambio, iba a ser al final de una vía de tren.

Las dos se quedaron clavadas a un metro de distancia.

La última vez que se habían visto fue el día en que Marta cumplió veinticinco años. Eran las nueve de la mañana. Tras el desayuno, habían subido a la celda y Emilia había ayudado a Marta a preparar las maletas para el traslado al penitenciario de adultos.

No habían conseguido despedirse a gusto. Sus labios se habían unido en un beso rápido y, acto seguido, Marta se había marchado. Cruzó el pasillo del segundo piso mientras las demás protestaban y amenazaban con incendiar las camas. Con los responsables emocionados porque «al final, a las chicas les coges cariño, es inevitable». La Frau se había quedado encerrada en su despacho todo el día, prohibido molestarla, y seguro que había llorado. Emilia, con el rostro encajado entre las rejas para ver cómo el furgón de la cárcel se la llevaba, con el corazón destrozado, murmuró un «Que te vaya bien».

De eso hacía más de ocho años.

Y ahora ahí estaban, la una frente a la otra. *Presentes y vivas*, como escribe Leopardi en mi poema favorito. El gentío se había dispersado. En el andén 3, plataforma oeste, solo se habían quedado ellas, reconociéndose despacio, remendando el tiempo.

Bajo la luz cruda de las farolas, con las faldas de las gitanas revoloteando a su alrededor, los raíles a rebosar de inmundicia, y un poco más allá un chiringuito todavía abierto que vendía porciones de *pizza*.

Marta parecía aún más alta porque llevaba tacones. Finos, de aguja, tapados en parte por suaves pantalones de color marrón oscuro. Vestía un abrigo color leche ceñido en la cintura y un sombrero del mismo color de alas anchas. Ni de coña habrías podido imaginar quién era y de dónde venía.

Emilia no se atrevía a moverse: no quería ensuciarla.

Se había convertido en una mujer. La ropa cara, el rostro bien maquillado que no permitía que se transparentaran las emociones. Pero los ojos negros de corte oriental sí.

—Mágica Emi.

Emilia esbozó una sonrisa.

—Hay que ver cómo te ha maltratado el amor.

—Tú, en cambio, sigues siendo una reina.

Marta dio un paso, comiéndose la distancia que las separaba. La agarró y la apretó contra su cuerpo lo más fuerte que podía. Como si Emilia fuera la mitad de ella misma que había vuelto a encontrar. Como si pudiera recomponer los dos escritorios trasladados hasta el baño mientras las demás dormían, pegadas la una a la otra la noche antes de los exámenes. Las yemas de los dedos unidas para mezclar su sangre.

Emilia hundió su rostro en aquel pelo al estilo Sailor Mars y aspiró profundamente el aroma a champú de coco: el mismo que perfumaba la celda después de que Marta se duchara.

22

Hasta 1999, en el centro penitenciario femenino para menores de Bolonia nadie había conseguido siquiera una diplomatura, por el simple hecho de que no existía una escuela.

Había cursos de alfabetización para extranjeras, cursos de formación profesional para quien había conseguido acabar secundaria por los pelos. Y a nadie le importaba una mierda que les correspondiera por edad la educación obligatoria: no estaba previsto que nadie saliera bien parado de aquel infierno. Ya era mucho que supieran escribir sin cometer demasiados errores de ortografía y de vez en cuando añadieran un subjuntivo a la oración. Las metas eran la cocina de un Fast Food o una cooperativa de mujeres encargadas de la limpieza. Lo que de verdad importaba era que no volvieran a robar, a traficar con droga, a asaltar, a pegarse y, en el peor de los casos, a cargarse a alguien.

Pero en la primavera de 1999, y a poca distancia el uno del otro, hubo dos acontecimientos destinados a cambiarlo todo. El nombramiento como directora del centro de la extravagante, visionaria y fanática de la poesía italiana Frau Direktorin. Y el traslado desde el centro penitenciario de Nisida de la joven presa Marta Vargas, una chica problemática, ingobernable y objeto de múltiples sanciones disciplinarias.

Se cuenta por ahí que la Frau y Vargas se las tuvieron por primera vez en el despacho de la dirección y que así fueron las cosas.

—No me crees problemas, Vargas, porque voy a cabrearme.

—Tranqui, Frau.

—Que quede claro: no quiero ver una sola sábana chamuscada aquí dentro.

—Sin problema, Frau.

Al día siguiente, la plana mayor había tenido que ir deprisa y corriendo a su celda con el extintor. Acto seguido la enviaron a aislamiento, de donde salió dos días después para un nuevo encuentro con la Frau.

—Ya sé que estás cabreada, Vargas. Pero yo lo estoy más que tú.

—Lo siento, Frau. La cosa no va con usted.

—¿Qué vamos a hacer? Nos esperan muchos años juntas.

—Dígamelo usted, Frau. No ha sido idea mía venir a Bolonia. ¿Cómo se las apañará mi madre ahora para acudir a las visitas? ¿Quién le pagará el viaje?

—¿Y quién montó el gran pollo en Nisida? ¿Quién se buscó este traslado?

Vargas se había encogido de hombros; dedicaba mucha atención a sus uñas pintadas con un viejo esmalte negro que se caía a cachos. Era tan pobre que había llegado con una sola muda de recambio y sin abrigo. El esmalte negro se lo había prestado una presa de Nisida y ya no habría manera de arreglar el desaguisado.

La Frau se había relajado en el asiento: sus dedos tamborileaban encima del imponente escritorio, con el retrato del presidente de la República colgado justo detrás de ella, a la vista de todos.

—¿Alguna vez te has planteado estudiar?

Vargas le había dedicado una mirada arrogante:

—¿Qué voy a estudiar?

—¡Manzoni, Platón, Petrarca!

—Ni idea de quiénes son.

—Tienes diecisiete años y has terminado secundaria. Deberías apuntarte a bachillerato, Vargas.

Ella había soltado una carcajada tan estruendosa que resonó en todos los despachos de la planta.

—¿El bachillerato, dice? Yo veía pasar desde mi ventana a las que iban a bachillerato. Con la mochila de moda, las Converse, el brillo en los labios y un palo en el culo. Pero la que de verdad tenía el culo roto era yo.

—A ver si cuidamos un poco ese lenguaje, Vargas.

—El pasado no se cambia, Frau.

—Vargas, yo te monto el bachillerato aquí en septiembre y tú te apuntas y te sacas el título de bachillerato. Si no estudias, vuelvo a meterte en la celda de aislamiento un mes entero y los permisos los verás como Galileo: con un telescopio. —Tras soltar una sonrisa maliciosa, había añadido—: Ya que estamos, luego dispondrás incluso de cursos universitarios. Andando, que es gerundio... Total, ¿cuántos años de cárcel te quedan?, ¿nueve, diez? No los malgastes, aprovéchalos. Tú te licencias y yo te saco del aislamiento.

La revolución había empezado así, con un chantaje en toda regla.

Frau Direktorin era una romántica de tomo y lomo: creía firmemente en la justicia reparativa, en el rescate a través de la cultura. Y no se equivocaba a propósito de Vargas: era la candidata ideal para su proyecto. Insistía en que no se trataba de una utopía, sino del derecho a tener unos estudios. Vargas era una chica espabilada, no tenía déficit de atención, tampoco mostraba hiperactividad o síntomas parecidos. Tenía hambre y un cabreo descomunal. El informe de Nisida hablaba de una «asidua asistencia a la biblioteca del instituto», aunque quemara sábanas y una vez hubiera intentado fugarse.

También cuentan que aquella mañana de abril Vargas se había levantado de la silla, desafiando a la Frau:

—A ver si consigue traer el bachillerato a esta mazmorra...

Y parece ser que a la mañana siguiente Frau Direktorin se había personado en los despachos de la Administración dispuesta a pelear duro, tocando las narices a los del Ministerio, llamando por teléfono a diestro y siniestro durante semanas, terca, dispuesta a chillar y a imprecar sin descanso. Algo consiguió: no iban a poder cursar bachillerato, eso habría sido demasiado, pero la escuela de hostelería Artusi abriría una sucursal en el penitenciario femenino, cambiando para siempre el destino de algunas de ellas, aunque no de todas.

¿Qué otra manera hay de redimir a estas criaturas
sin la historia, sin Pascoli, sin Manzoni y sin Dante?
«¡No nacisteis para vivir como bestias!»
¡Ánimo: a estudiar!

Emilia y Marta salieron del gran vestíbulo de la estación central de Milán y desembocaron en la noche. Se quedaron un instante paradas en la plaza Duca d'Aosta, deslumbradas por el hotel Gallia, por la altura del rascacielos Pirelli, por todas las luces que las rodeaban. Las dos pensaron lo mismo: nunca se habían enfrentado juntas al mundo después de las nueve de la noche.

—Pareces una sintecho. No puedo llevarte a cenar por ahí así.

—Me da igual, no tengo hambre.

—A ver... —Marta la escudriñó con su mirada penetrante—. Yo voy a acogerte, a ayudarte, pero tú tendrás que aprender a comportarte.

Emilia soltó una risotada.

—Hablas igual que la Frau.

—Pues claro que sí. Nos llamamos cada quince días. Siempre me pregunta por ti —replicó Marta mientras iba directa hacia la parada de los taxis.

Emilia se sorprendió. Pensaba que también Marta, aunque recordara aquellos tiempos, había roto todos los lazos con la institución penitenciaria para menores. Había pasado un montón de tiempo. Las dos, como víctimas de un hechizo digno de un cuento de hadas, al cumplir los veinticinco años tuvieron que marchar. Ambas habían terminado de cumplir su condena en una cárcel para adultos y luego en un centro donde las habían rehabilitado y preparado para una vida normal, al menos sobre papel. Pero aquella cárcel para menores había sido el lugar de su juventud.

—¿Qué es eso de que *nos llamamos*? ¿La llamas tú o te llama ella? ¿Por qué nunca me lo has contado?

Marta se estaba encargando de la bolsa de viaje. La llevaba con gracia, aunque fuera sucia y fea.

—Tenía curiosidad por ver qué cara ponías —le soltó sin aflojar el paso—. Y, efectivamente, te has puesto pálida.

—Oh... Es que estamos fuera, pero es como si nunca hubiéramos salido de allí.

—¿Y te extraña? —soltó Marta esbozando una sonrisa. Cuando estaban a punto de cruzar la calle y alcanzar la fila de taxis blancos en la parada, unos chavales les cortaron el paso. Eran tres, y el más alto tendría unos veintitrés años. Gorra de béisbol de marca, reloj pretencioso a la vista, miró a Marta de arriba abajo y soltó un silbido.

—Hola, preciosa.

Tanto Marta como Emilia, instintivamente, no los esquivaron. No se echaron atrás. No se acobardaron. Todo lo contrario: los observaron con mucha atención.

Los otros dos, más bajitos, se reían pegándose codazos.

—Hola —contestó Marta seria.

Una quimera, nada más. Solo una vieja quimera con la que habían construido castillos en el aire a la sombra del gran patio.

—¿Adónde vais tan deprisa?

Extraviados y hermosos, los tres, pero él en especial: una cazadora bómber y vaqueros destripados, riñonera de Gucci exhibida con arrogancia. Ojos relucientes y pestañas muy largas. Piel tostada, manos grandes. Un dios malogrado, imprevisible, caprichoso. Y los antecedentes penales, como si los llevara escritos en la cara.

—¿Vamos a tomar algo? —insistió él, siempre con los ojos puestos en Marta. Emilia no estaba en condiciones de atraer a nadie.

Alargó la mano hacia su mejilla, pero Marta dejó caer la bolsa en el suelo y le bloqueó la muñeca con un movimiento brusco.

—No te conviene —le dijo.

—¡Anda! —El dios volvió a silbar y paró con el brazo libre a los amigos dispuestos a intervenir—. ¿Cómo te llamas? Ya me tienes loco.

Las dos reconocieron el acento: era el mismo que el de Afifa.

—Yo soy Marta. Ella es Emilia. Para que lo sepas: llevamos entre pecho y espalda más de diez años... cada una —puntualizó.

Emilia buscó los ojos de Marta: ¿cómo se había atrevido a contar lo de su condena así, a los cuatro vientos, y a un desconocido? Ella nunca lo diría, ni siquiera bajo tortura, ni siquiera a alguien a quien quería.

A Marta se la veía absolutamente tranquila, en su salsa. Seguía agarrando al chaval por la muñeca, la que no lucía el reloj; tan cerca estaba que parecía querer saborear el gusto de su piel.

—¿Y tú cómo te llamas, míster Túnez? —le preguntó.

Míster Túnez sonrió. Marta y él casi parecían cogidos de la mano.

—Habib. Y ellos son Rami y Luca.

—¿Cómo os ganáis la vida? —soltó ella, ni corta ni perezosa.

—¿A qué viene eso? —Habib se puso tenso, agresivo, a la defensiva—. Trabajamos de mecánicos y hemos nacido en Italia.

Marta le soltó la mano y replicó:

—Los que trabajan en un taller de mecánica no van por ahí con una riñonera de Gucci y un Rolex tan vistoso.

—Esta es una poli —comentó uno de los chavales.

—Nisida, Instituto Penitenciario de Menores de Bolonia, y luego Dozza. Y tú, Habib, ¿en qué prestigioso hotel te has alojado?

Era como si fuera su pan de cada día: seducir a chiquillos en los alrededores de la estación.

Él tuvo que admitirlo:

—Estuve una temporada en el Beccaria.

—Ya me parecía...

Marta le guiñó un ojo a Emilia, que se había quedado de piedra. De golpe y porrazo, había pasado del cúmulo de omisiones y mentiras diseminadas en Sassaia, ansiosa por esconderlo todo, a esa noche milanesa en la que se hablaba de ello con unos tipos cualesquiera, sin apuro ni vergüenza.

—¿Tus amigos también han pasado un tiempo a la sombra? —siguió preguntando Marta.

Era una pregunta retórica: las grandes amistades entre detenidos siempre nacen cuando uno está en chirona. Habib asintió y volvió a insistir:

—¿Vamos a tomar algo, entonces?

—Esta noche va a ser que no. Mi amiga está un pelín perjudicada y en los sitios que a mí me gustan a vosotros no os dejan entrar.

Los tres protestaron encabronados.

—Antes que nada, tenéis que estudiar. —Marta estrenó un tono de voz insólito, casi maternal, que a Emilia le resultaba desconocido—. Primero os licenciáis en Economía, en Derecho, y luego ya os podréis casar con una como yo.

—Tú no has estado en chirona.

—Sí que he estado, pero aproveché el tiempo.

—Me caes como el culo, pantera.

—Pues tú a mí me gustas un montón. Si me dejas tu número, a lo mejor te llamo.

Míster Túnez, sorprendido, dio un paso atrás.

Marta sacó un bolígrafo del bolso, se lo dio y le ofreció la palma de la mano:

—Escríbelo aquí.

—¿Por qué lo has hecho? —Emilia se lo preguntó cuando ya estaban en el taxi.

—¿Qué me contabas antes por teléfono? Que echabas de menos el talego. Pues yo también. —Marta miró por la ventanilla—. ¿Te acuerdas de cuando fantaseábamos con la idea de que juntaran la sección femenina con la masculina, de que llegaran al centro todos aquellos benditos chorbos que estaban más buenos que el pan?

—Tengo el corazón hecho pedazos. No me apetece pasármelo bien.

—¿Ni siquiera si te dejo prestado a míster Túnez?

—Tiene rizos negros. Me haría pensar en él.

—¡Pero si está para comérselo! Joven, puro. No tienes que contarle nada, no tienes que esconderle nada. Te lo follas y te quedas tan ancha. Si estás en racha, incluso llegarás a sentir el olor de la celda.

Emilia se quedó un rato callada. El taxi se deslizaba entre suntuosos edificios, bazares chinos, Fast Food con los escaparates iluminados: *open*, incluso a esa hora. De repente, le soltó a Marta:

—No podrás.

—¿Qué?

—Conseguir a los treinta años el sueño que tenías a los diecisiete.

—Pues que sepas que me los llevo a un hotel, querida. Desde luego, nunca a mi casa.

—¿Y pagas tú?

—Siempre. Incluso los cacheo. A ellos les gusta.

El taxista las escuchaba mientras aparentaba conducir sin más y miraba de reojo a Marta por el retrovisor.

—Tendrá unos diez años menos que nosotras.

—Mejor me lo pones. Los mayores no me apetecen, me recordarían a mi padre.

Emilia ya no pudo morderse la lengua más tiempo:

—¿Por qué habrá investigado?

—Porque siempre lo hacen, Emily. Olfatean los silencios, las reticencias, las incongruencias. Y no consiguen respetar el límite. Van más allá porque creen que están en su derecho. Y se queman, ellos los primeros. Encuentran algo en un periódico, que ya me dirás tú cuánto crédito hay que darle a la prensa, y sienten pánico. —Marta le pellizcó un muslo y concluyó sonriendo—. Por eso a mí me van de perlas los tipos que pillo en la estación.

La noche resplandecía de luces que la devoraban sin descanso. Emilia ya empezaba a añorar el bosque.

—Los colegas con los que he salido se presentan todos hechos unos figurines, son carne de gimnasio, pero la violencia solo la han vivido a través de Netflix. Todo se lo han servido en bandeja: la escuela, la carrera, la familia feliz. No tienen a nadie a quien visitar en un cementerio. Ni se les ocurre pensar que tarde o temprano todos vamos a diñarla. Míster Túnez ha tenido que dormir en los bancos de la estación y eso se nota. —Le dio un beso al número de teléfono que llevaba escrito en la piel con bolígrafo y continuó—: Ha nadado para no ahogarse, ha corrido el riesgo de matar y de que lo mataran. Tiene hambre y por eso me quiere follar. —Se acercó al chófer para indicarle un atajo—. Coja usted esta calle, por favor. —Luego volvió a reclinarse en el asiento y abrió el bolso de piel de marca—. Con mis colegas nunca me corro.

El taxista no había abierto la boca en todo el trayecto. Marta le pasó la tarjeta de crédito y él la insertó en el soporte electrónico. Las dos se dieron cuenta de que llevaba el bulto bien hinchado a la altura de la ingle. Marta firmó el recibo. Él la miró de arriba abajo, con obstinación, mientras se bajaban del coche y alcanzaban un portal ornamentado. Antes de entrar, Marta le dirigió una sonrisa malvada mirándolo directamente a la cara. La belleza era su maldición, pero ya lo sabía, estaba acostumbrada, y siguió mirándolo con ese odio que, al igual que la belleza, nunca la dejaría.

Finalmente, como el hombre parecía no entender, levantó una mano, se la llevó al cuello e imitó con un gesto brusco el corte de una hoja de cuchillo en la yugular.

El taxista volvió a meterse en el coche y arrancó de inmediato.

Cuando Emilia llegó al centro, el curso escolar ya había empezado e iba a toda marcha. Tenía el horario reducido respecto a las escuelas normales y sin clases de apoyo en caso de necesidad, claro. Con vigilancia constante, las ventanas cerradas con llave y las aulas llenas de humo de tabaco y de ceniza en el suelo. Los profesores se ganaban el cielo con su paciencia. Explicaban, y volvían a explicar diez veces si hacía falta, la misma preposición subordinada enunciativa, la misma guerra púnica, la misma ecuación. Pero, quieras que no, por fin tenían una escuela.

En octubre de 2001, Emilia se sentó en uno de los pupitres junto a Vargas, Myriam, una chica rumana y una eslava muy rubia. Pandolfi (Italiano e Historia) le dio una calurosa bienvenida, explicando a las demás con entusiasmo: «¡Vuestra nueva compañera viene del bachillerato de letras!».

La rubiales había torcido la nariz. La otra sonrió con cara de asco. Myriam, que siempre había sido una gilipollas, hizo el gesto de vomitar. Estaba claro que sus orígenes burgueses no eran del gusto de nadie. Pero todo el mundo conocía su delito. Ahí funcionaba el teléfono sin hilos: entrabas, y en un santiamén todas ya sabían el qué y el cómo y se entretenían especulando sobre los años de condena. Además, en el caso de Emilia las noticias del telediario habían rebotado de celda en celda. «¡A esta la vais a tener aquí mañana jugando al voleibol con vosotras!» Cierto que llevaba prendas demasiado pijas y tenía una familia con dinero esperándola en casa, pero el crimen era de alivio. Infundía temor y respeto. Por eso Vargas ese día le lanzó un manotazo en la nuca a Myriam, justo para recordarle cómo había que comportarse en el trullo, y las otras dos enseguida aprendieron la lección. Emilia no abría la boca; lo único que hacía era torturar una esquina de su libreta de rayas. Luego Pandolfi dio un golpe violento en la mesa con el manual de Literatura con la intención de restablecer las leyes de la escuela ahí donde imperaban las de la cárcel. «Giuseppe Ungaretti —anunció con vehemencia—, *La mañana.*»

Vargas y la rumana ya tenían el cigarrillo en la boca. Estaban apoltronadas en la silla, de una manera que en el viejo instituto de Emilia habría merecido sin duda una mala nota en conducta. Myriam dibujaba un gran unicornio en la libreta. Emilia se atrevió a levantar la mirada: no podía dar crédito a ese espectáculo.

De la noche a la mañana había pasado de una clase donde era la última, la peor, siempre al borde del suspenso, a otra donde podría destacar para bien. Vargas había intuido sus pensamientos y le sonreía mientras echaba el humo a la cara de Pandolfi, que seguía leyendo en voz alta, impertérrita e inspirada: «*Me ilumino / de inmenso*». «Joder, ¿ya se acabó?», «¿No hay más?». A pesar de los comentarios, ella volvía a empezar: «A ver si lo pilláis: *Me ilumino*, pausa, *de inmenso*». Y acto seguido: «*Estamos como / en otoño, / en los árboles están / las hojas*», para después continuar con: «*De este poema / me queda / aquella chispa / de insaciable secreto*». Myriam se rascaba el trasero. Las otras dos dejaban que aquella lengua italiana del siglo pasado fuera a depositarse en alguna parte de sus cerebros y su destino. Traspasados los barrotes, Bolonia se llenaba de voces en una espléndida mañana de sol. Ya habían pasado cuatro meses desde su detención, y por primera vez Emilia pensó que quizá, *quizá*, aquello no era el infierno.

Quince años más tarde, Marta y ella subían en un ascensor de madera con las cancelas de hierro forjado. El espejo les devolvía su imagen, tan distintas: la bella y la chunga, la elegante y la sintecho. Pero eso era pura apariencia: en realidad, tenían el mismo corazón.

Cuando llegaron al tercer piso, el ascensor se paró y Marta la guio a lo largo de un pasillo. El edificio era de principios del siglo XX, con unos acabados en estilo Liberty que Emilia supo ver y admirar, aunque no lo exteriorizara. En la placa encima del timbre de la última puerta ponía VARGAS. «Sí, señor», pensó Emilia.

La historia de Marta había provocado un escándalo, ocupando las primeras páginas de los periódicos e infinidad de tertulias en distintas cadenas de televisión por la noche, debates encendidos entre tertulianos que no tenían ni idea de cómo se vive en ciertas circunstancias límite, pero siempre tenían una opinión al respecto. Escándalo y tumulto, cierto, pero no tanto como con la historia de Innocenti. Porque Vargas tenía atenuantes e Innocenti no. Vargas tenía un buen motivo e Innocenti no.

Vargas abrió de golpe la puerta, pulsó el interruptor de la luz e Innocenti se encontró en una sala de estar llena a rebosar de libros, desde el suelo hasta el techo, con un televisor de pantalla plana que parecía la de un cine y, en el centro, un sofá de piel blanca donde podrían caber como mínimo cinco personas.

—Joder... —comentó Emilia.

—Date una buena ducha, anda. —Marta la ayudó a quitarse la parca de plumas, la bufanda y la sudadera, y acto seguido fue a meterlas en la lavadora—. El baño lo tienes ahí y las toallas limpias están en el armario al lado del lavabo.

En el baño con revestimiento de baldosines blancos el aire era tibio; nada que ver con el cuarto helado de la Iole. Emilia se quitó la ropa y se sentó en el váter. Abrió un poco los visillos para mirar por la ventana, pero ahí no había montañas, ni luna, ni estrellas.

Marta entró en aquel momento. Emilia estaba desnuda y se limpiaba con el papel higiénico. Intercambiaron el sitio con un apuro que nunca habían experimentado en Bolonia: ya se les había pasado el tiempo de hacer pis juntas.

Marta se fijó en los cortes, viejos y nuevos, en la piel de Emilia. No hizo ningún comentario, pero sacó de un pequeño armario un frasco de desinfectante y lo dejó encima del lavabo, bien a la vista. Emilia empezó a darse cuenta de que, a pesar del poder de ciertos recuerdos, el tiempo existía, te iba golpeando una y otra vez y acababa fastidiándolo todo.

Se metió rápidamente en la ducha. Marta, en bragas, se sentó en el suelo a su lado. Pasaron un minuto así, separadas por el cristal y por los años que habían transcurrido. Al rato, mientras se enjabonaba con una esponja, Emilia comentó:

—Debes de ganar un buen sueldo para permitirte un piso como este.

—De eso va la libertad, ¿o no?

—Tienes que estar orgullosa.

Emilia oyó a Marta suspirar. Aunque tuviera frío, no volvió a meterse debajo del agua para poder escuchar el silencio de su amiga.

—A veces pienso que querría tener una hija solo para poder pagarle clases de piano —le dijo Marta con una entonación de voz nueva, la misma que había usado con míster Túnez fuera de la estación—. Para llevarla a clases de natación sincronizada, a gimnasia artística, a una escuela de teatro. Todo menos a voleibol, eso nunca. Si tuviera una hija, entonces tendría sentido todo este dinero. Para admirar a mi niña, o a mi niño, que eso es lo de menos, en el escenario, durante la función de fin de curso. Sentarme entre el público y mirar con orgullo a la chiquilla que no pude ser. Yo a los diez años era una experta haciendo pajas, chupando pollas, practicando sexo anal. En cambio, ella solo tendría que preocuparse por cantar o tocar un instrumento. Por destacar. Y yo a través de ella.

Emilia volvió a abrir el agua de la ducha. Procuró que saliera hirviendo. Metió la cabeza debajo y cerró los ojos. No había soltado ni una sola lágrima desde que le habían tirado a la cara el dichoso papel. Y ahora, protegida por el agua, tenía ganas de llorar.

—Vaya argumentos de mierda —soltó en cuanto salió de la ducha.

Marta le pasó una toalla grande.

—Tranquila, que no pienso tener hijos. No quiero que nadie cargue con un padre.

A Emilia le habría gustado contestarle que no todos los padres eran iguales, que también los había maravillosos, pero se daba cuenta de que predicaría desde el púlpito del privilegio.

También habría querido decirle que ella sí había ido a clase de ballet, de música y de natación, pero nunca había conseguido una chispa de luz que pudiera enorgullecer a sus padres.

Ya no le importaba esa época de su vida. Volvían a estar ellas dos, en un baño, de noche, solas. Se sentó también en el suelo, encima de la pequeña alfombra, mirando a su amiga; el pelo le goteaba en el rostro.

—Cuando me di cuenta de que me había enamorado de Bruno, me lo pregunté: ¿qué pasa si me quedo embarazada?, ¿y si seguimos juntos y llega el día en que él quiera tener un hijo?, ¿cómo se lo cuento?, ¿cómo le digo que ningún hijo debería arrastrar mi pena?

Una lágrima le asomó entre las pestañas, clavada ahí como la escarcha entre dos briznas de hierba.

—Mi padre, que no tenía nada que ver, ya ha pagado lo suyo.

Marta le cogió las manos y las apretó con fuerza, sacudiendo la cabeza, pero Emilia fue tajante.

—Mi historia se acaba conmigo.

23

A Sassaia había vuelto el silencio. Denso, como un manto de nubes. Yo había retomado la costumbre de dar unos paseos solitarios por el bosque helado y ahora estaba volviendo a casa. Ya era de noche, serían las cinco de la tarde. ¿Cuántos días habían pasado? Tal vez tres, cuatro como mucho, pero me parecían años. En el laberinto de callejones, encogido entre las casas vacías, al llegar al lavadero por instinto me quedé clavado y enfoqué la linterna.

Volví a verla. Nítidamente. Ahí, vomitando. Sacando la cabeza del agua después de limpiarse, mirándome.

Volví a oír cómo me preguntaba si la acompañaría esa noche mientras intentaba dormirse.

Entonces me metí en casa deprisa y corriendo y cerré con llave.

Después de cenar, llamaron a la puerta. Solo podía tratarse de una persona, pero igualmente me pilló por sorpresa. Dejé el plato que estaba fregando y fui a abrir.

El Basilio ni se molestó en quitarse el chaquetón:

—¿Qué ha pasado?

Le di la espalda y volví a fregar el plato.

Oí cómo apartaba una silla y se sentaba.

—¿Te apetece un café, algo?

—Quiero saber dónde está Emilia.

Cerré de nuevo el grifo.

—No lo sé. —Solté el dichoso plato, que ya había fregado no sé cuántas veces, y fui a sentarme frente a él—. Pero vi cómo se iba.

—¿Por qué?

—Porque sé quién es. Y no quiero tener nada que ver con aquel asunto.

—¿Te lo contó ella?

—Fue Patrizia Rocellati.

El Basilio pegó un puñetazo en la mesa, un gesto que no era habitual en él.

—Esa maldita bruja y sus celos...

La mesa estaba vacía y nuestras manos descansaban encima de ella.

—Tú lo sabías. —Mi voz rebosaba hastío—. El único tarugo era yo.

El Basilio se quitó las gafas, las metió en el bolsillo del chaquetón y se restregó los ojos.

—Creo que la Iole se murió por culpa de todo eso. Le dio un telele. Le tenía cariño a la sobrina y no podía creérselo. Solo lo habló conmigo. Aquí no llegó la noticia y ella era una pariente lejana. Además, hacía unos cuantos años que no venían por aquí, desde que la madre enfermó. Nadie, ni en Sassaia ni en Alma, ató cabos. Ten en cuenta que aquí no vemos la televisión.

—Ella siempre me dijo que no conocía a la Iole.

—Quería protegerte.

—No me vengas con esas.

—Yo la miraba cuando salía de la iglesia para ir a tu encuentro. Oía cómo hablaba de ti. No sé si me he enamorado alguna vez en mi vida, y si lo hice no me acuerdo, pero sé reconocer el amor cuando lo veo.

—Yo era la persona equivocada.

—¿Eras o eres?

Lo miré.

—Dejémoslo, por favor.

—Esa mujer arrastra un infierno y nadie va a librarla de eso, pero, a pesar de todo, se enamoró. —Se puso de pie—. A pesar de todo, los dos habéis vuelto a insuflar vida a este lugar. ¿Quién eres tú para condenarla por segunda vez? Ya la juzgaron, Bruno, la sentenciaron y ya cumplió su condena. —Volvió a ponerse las gafas—. Nadie está hecho de una sola pieza.

Me quedé sentado.

—No puedo con eso.

—No estoy diciendo que sea fácil. Solo digo que erais felices juntos.

—Pero ¿cómo puede uno casarse, tener hijos y hacer proyectos de futuro con una tipa así?

—Emilia no es «una tipa así».

—Vale. Pero ¿cómo se puede?

El Basilio estaba a punto de irse.

—¿Desde cuándo te has vuelto así? Vida solo hay una, y me hablas de casarte y tener hijos. ¿Desde cuándo te importa tanto ser como los demás? —Se quedó un instante pensativo y luego me soltó—: Lástima que el *Juicio* de Alma vaya a quedarse sin acabar: sin Emilia yo no sigo.

Cuando cerró la puerta, hundí el rostro en las manos: me había vuelto a crecer la barba. En un visto y no visto, la soledad campaba otra vez a sus anchas. Como los hierbajos y las plagas de insectos. Me había esforzado por dar clase, por cocinar y mantener la casa en condiciones. Con Patrizia no: no podía dirigirle la palabra, ni mirarla siquiera. Lo único que hice, y me costó Dios y ayuda, fue pedirle de nuevo que no contara nada a nadie. Y ahora con más razón: Emilia se había ido, ya no tenía sentido hurgar en la herida. Sin embargo, no me pareció especialmente afectada por la noticia. Había aceptado de mala gana, pero no parecía satisfecha ni aliviada. Lo había dejado todo patas arriba y lo demás no le importaba.

En cambio, yo ya no podía dormir. Me quedaba despierto hasta altas horas de la noche, torturándome y bebiendo. Incluso se me ocurrió la idea de llamar a la Gisella para fumarnos juntos unos porros y echar un polvo.

Esa noche me tragué una botella entera de licor digestivo; luego, hacia las dos o las tres de la madrugada, cuando ya estaba más borracho que una cuba, salí de casa. Crucé el callejón, me agaché cerca del felpudo, lo levanté y cogí la llave. La había dejado para mí, estaba seguro. Sabía que la estaba mirando mientras la escondía. Quería que hiciera lo que estaba a punto de hacer.

Metí la llave en la cerradura y entré. La cocina estaba helada. Encendí la luz. Había mucho desorden. Se había marchado demasiado deprisa, dejando un montón de cosas sin recoger. El cepillo encima del lavabo con restos de su pelo rojo enganchados. En la mesa, un vaso con agua y las huellas del pintalabios aún marcadas. Las botas de montaña.

Subí al piso de arriba. Entré en el dormitorio, iluminado apenas por un gajo de luna. Me acerqué a la mesilla, cogí una cerilla, la prendí y encendí las cinco velas al mismo tiempo. Luego eché a un lado la muñeca y me embutí en el silloncito. Saqué Mandelstam del bolsillo interior del chaquetón, lo abrí en una página cualquiera y leí en voz alta, calibrando las pausas y mirando obstinadamente la cama vacía:

Difícil me resulta el sueño entre gente extraña,
y mi vida misma ya no me ama.

Dejé que el silencio sepultara aquellos versos. Luego me levanté. Me abrí la bragueta y me tumbé en la cama. Me la agarré con una mano. Y, llorando a mares, por primera vez le dije que la amaba. Y que no debía volver. Que la quería conmigo, pero no me veía con ánimos.

Tras el orgasmo me dormí ahí mismo, con la ropa puesta y tapado con dos mantas, pues la habitación no estaría a más de tres o cuatro grados, y con el rostro hundido en lo poco que quedaba de su olor.

—Vamos a ver: ¿quiénes sois vosotras?

Todas contestaron a la vez, sin dudarlo ni un segundo:

—¡Unas presas!

—Pues no, queridas mías. —Pandolfi movió la cabeza en un gesto de negación, sonriendo, como si supiera muy bien de qué iba el asunto—. Vosotras sois estudiantes.

—¿Qué coño está diciendo, profe? —preguntaron, protestando, como si alguien hubiera herido su orgullo.

—Esta es una escuela, y aquí estáis vosotras.

—¿Se da cuenta de que hay barrotes? Y aunque un día salgamos de aquí, seremos siempre unas expresidiarias.

—A mí me paga el Ministerio de Educación, no el de Justicia.

Y todo ese follón por culpa de Dante y el canto XXVI del *Infierno*, con eso de «No fuisteis hechos para vivir como brutos, sino para seguir la virtud y el conocimiento», que la Frau pretendía ver pintado a lo largo de las paredes de los pasillos.

—Vale, profe, pero, aunque ahora vayamos de estudiantes... Las cosas no cambian solo porque modifiquemos el nombre.

—¡Pues estáis muy equivocadas!

Esa mañana Pandolfi era pura adrenalina. «Habrá echado un polvo», «O se ha fumado un porro», comentaban las chicas. Ellas, en cambio, encendían un cigarrillo tras otro, sin prisa y sin pausa, desganadas, porque poco más puedes hacer cuando estás en el trullo, excepto soltar sonrisitas y comentarios vulgares referidos a aquella mujer de buena voluntad que se había empeñado en que estudiaran, aunque estuviesen presas, mientras todo el mundo intentaba disuadirlas. «Tú no podrás con eso» era la frase que todas, tarde o temprano, habían tenido que oír.

Desde los pasillos llegaban las voces estridentes de los *walkie-talkies*: «Está subiendo Pepita», «Está llegando Manolita», «Antoñita, lista para las visitas», «Hora del patio». Mientras las llaves daban vueltas en la cerradura y la gente iba dando portazos; mientras la voz de Britney Spears, de Christina Aguilera o de alguien parecido llegaba maullando de alguna de las celdas y de otra se expandía el volumen demasiado alto de la televisión, emitiendo una réplica de *Hombres y mujeres*; mientras todo ese alboroto —los insultos, las llaves, las puertas, llama a la celadora para que acuda, quédate ahí quieta hasta que alguien te abra, ojo con la llave, con el *walkie-talkie*, y así sucesivamente— se iba propagando por las arcadas del convento, Pandolfi, dale que te pego:

—¿Queréis definiros como presas? Vale. Pero también tenéis que pensar en vosotras como estudiantes, porque eso es parte de lo que sois. Además, sois hijas, ¿verdad? Y amigas o enemigas. Novias, algunas. Madres, otras. Soñáis con ser modelos, cocineras, cantantes, jugadoras de voleibol. Sois deportistas, artistas, y a alguna de vosotras incluso le gusta leer. ¡Sois cien, mil palabras! Pero la más importante de todas sigue siendo *estudiantes* —recalcó.

Se levantó de la silla y empezó a caminar, mezclándose con ellas, dando pasos en la pequeña aula con la pizarra, el mapamundi, los pupitres amarillos, verdes y azules, como si estuvieran en una clase de primaria. Pero el trullo seguía siendo el trullo, y de eso ellas estaban muy convencidas. Eran «jóvenes detenidas», porque así lo proclamaban todos los comunicados colgados en los pasillos: «Aviso a las jóvenes detenidas». Estaban condenadas. Marcadas. Señaladas. Excluidas. Desde siempre y para siempre.

—*Estudiantes* es una palabra que contiene un movimiento, una transición. *Estudiantes* es la palabra que os libera de la jaula. No solo de esta, sino también de la que tenéis en la cabeza. Os libera de la manera en que os valoráis, en que os han educado, en que los demás os han mirado y juzgado. Como si una persona solo tuviera la opción de estar del lado correcto o equivocado durante toda su vida... ¡Ni hablar! Cambiar forma parte de nuestra naturaleza, y el lenguaje es el primer paso hacia el cambio. Porque así es: si las nombramos de una forma distinta, las cosas cambian —proclamó mientras las miraba enfervorizada.

Marta estuvo a punto de desmentirla, pero se lo repensó. Encendió un cigarrillo y es posible que fuera ese el momento en que lo decidió: ella se convertiría en ese caso excepcional que un buen día la Frau mostraría ufana a los del Ministerio.

Las demás también cerraron la boca y Pandolfi volvió a sumergirse en Dante. En el canto en el que aparecía Ulises: un tipo loco y temerario que no se contentaba con ir tirando, ocuparse de sus asuntos, hacer dinero, llevar el agua a su molino, ligar o prender fuego a su isla de mierda. El tío quería conocer. Ir hacia delante. Ser distinto de lo que los demás le pedían que fuera.

Verso tras verso, paráfrasis tras paráfrasis, Pandolfi se había hecho cargo de aquella clase maltrecha, que variaba continuamente dependiendo de quién entraba y quién salía, en la que todas o casi todas tenían problemas de aprendizaje y conducta, llena de chiquillas que apenas sabían leer y veinteañeras que a duras penas habían acabado primaria, que se pasaban el día fumando. Se había hecho cargo sin dejar a nadie atrás, y, pacientemente, las había llevado más allá de las columnas de Hércules: al graduado escolar.

El despertador sonó el lunes a las seis y media de la mañana. Abrazadas como estaban en la cama de matrimonio, se espabilaron y se levantaron enseguida, como tenían costumbre desde siempre.

Emilia preparó el desayuno: ya sabía dónde estaban las tazas, los cubiertos, el exprimidor. Tomaron el café juntas, en silencio. Ahora que el fin de semana había acabado y Marta tenía que volver al trabajo y retomar una rutina en la que no había cabida para Emilia, todo resultaba un poco raro. Ninguna de las dos sabía bien cómo comportarse.

Mientras Marta se maquillaba, Emilia hizo la cama y pasó el aspirador a la habitación. Vio el espejo un poco empañado y fue a buscar un limpiacristales y un trapo.

—Déjalo... —le dijo Marta mientras se ponía unos zapatos rojos y escotados.

—No quiero estar aquí chupando del bote. Al menos, permíteme que me ocupe de la limpieza.

Marta cogió el bolso y, cuando ya estaba a punto de salir, le dedicó una mirada seria.

—Come; en la nevera hay de todo y más, y tienes un diploma en Hostelería. Ahí tienes el ordenador, puedes encenderlo y hacerte una idea de lo que te gustaría ver en Milán. Sal, date una vuelta. Te dejo las llaves y cien euros, ¿vale? Cómprate algo que te guste. —Emilia la escuchaba, apurada y sin soltar el aspirador. La otra seguía con sus consejos—. Vuelvo a las siete. Si te ves en apuros, me llamas. Por cierto —estaba a punto de cerrar la puerta, pero en el último momento volvió a asomar su sonrisa maliciosa—, tendremos que decidir qué hacer con míster Túnez...

Cerró y desapareció. Fuera, en aquella ciudad desconocida y demasiado grande. Emilia se quedó sola en el apartamento vacío, sin soltar aún el aspirador. Al final lo dejó. Aún llevaba el pijama puesto. Se acabó el café, que ya estaba frío, se puso la parca limpia y perfumada y salió al balcón a fumarse un cigarrillo.

Miró la ciudad de Milán, que no le sugería absolutamente nada. Los rascacielos, los carteles publicitarios de Sky y de Intimissimi colocados encima de los tejados. Un álamo solitario en medio de una rotonda. Coches, coches y más coches. Se preguntó qué iba a hacer ahora.

Volvió a verse frente al andamio, con el Basilio volviéndose y mirando hacia la puerta lateral izquierda para saber si ya había llegado. Y ella no llegaría. No podía. Aquella vida, la que incluía ese proyecto tantas veces discutido, propuesto, arriesgado, se había acabado. Y no le quedaban otras.

Durante el fin de semana, Marta y ella solo habían salido para ir a hacer la compra. El resto del tiempo se habían quedado en casa, encerradas como si estuvieran en su vieja celda, tumbadas en el sofá y comiendo porquerías y viendo la tele.

Mientras se emborrachaban y charlaban. Bebiendo todo el alcohol que en los viejos tiempos tenían prohibido. Contándose vida, muerte y milagros de lo que les había pasado durante los años que habían estado separadas, al principio sin poder siquiera comunicarse por teléfono: solo cartas. Como en el siglo xix, como durante las dos guerras mundiales, pero desde dos trincheras distintas.

—Bien mirado, tenía un punto romántico...

—Tenías la letra muy torcida, era casi imposible leer tus cartas.

—Sí, pero nos lo contábamos todo.

—¿Tú las has conservado?

—¡Claro! Guardo incluso las notas que nos enviaba el Denfrente.

Mientras Emilia aún estaba en el reformatorio y Marta había pasado al régimen normal, y mientras Emilia estaba en régimen normal y Marta ya había salido de la cárcel, se habían carteado como mínimo una vez a la semana. En ocasiones, llenaban hojas enteras; en otras, solo unas líneas. Pero lo importante era que una sintiera la presencia de la otra, aunque solo fuera a través de aquellas palabras que Emilia aún escribía pegando las sílabas, con la letra torcida y muchas faltas; unas palabras que ella odiaba.

Cuando Emilia pasó al régimen comunitario, habían podido llamarse por teléfono. Con la respiración atropellada, las pausas ensordecedoras, la voz de una que le rompía el corazón a la otra. A esas alturas, Marta ya tenía un móvil, aunque con diez años de retraso con respecto al común de los mortales. En cambio, Emilia aún colgaba del auricular del teléfono fijo que funcionaba con las tarjetas proporcionadas por la comunidad. Ocho años separadas, así que aquellos tres días los habían vivido aferradas la una a la otra, entrelazadas, inseparables. En *leggins* y sudadera, como en los viejos tiempos. El mundo más allá de las paredes, aunque ahora fuera accesible, ya no les interesaba a ninguna de las dos.

Emilia se quedó ahí fumando, con los codos apoyados en la barandilla del balcón. Aunque no quisiera, me imaginaba a mí: limpiando la casa, subiendo por Stra' dal Forche con la capa puesta, en el mostrador de la Rosa comprando pan, en el patio de la escuela vigilando a mis jóvenes alumnos para que no se hicieran daño. Y, acto seguido, sofocaba esas imágenes cerrando los ojos para borrarlas.

Al rato, sonó el móvil que tenía en el comedor. Entonces tiró el cigarrillo en medio del tráfico, entró y contestó resignada:

—Hola, papá.

—Hace tres días que no sé nada de ti, Emilia. Y eso no puede ser.

Estaba enfadado.

—Tranquilo. Estoy en Milán, en casa de Marta.

—¿En Milán?

Estaba preocupado.

—Ayer fue su cumpleaños —mintió.

—¿Y el trabajo?

—Casi hemos acabado. El Basilio me ha dado una semana de permiso.

—Bueno... —No parecía convencido—. ¿Qué tal está Marta?

—Mejor imposible.

—¿Y tú?

—Muy bien.

—Te noto una voz rara.

—De verdad, papá. Estoy en la gloria. Milán es el no va más.

—¿Y cuándo vuelves?

No supo contestar.

—Emi, ¿estás ahí? Te llamaba también para decirte que el Aldo ha conseguido un electricista. La semana que viene puede subir a ponerte la antena parabólica el día que te vaya bien.

Emilia enfocó la mirada hacia un punto cualquiera del cielo, que era opaco, pesado, y aplastaba los tejados con una niebla muy suya, impregnada de contaminación. De repente, veías asomar una chimenea, una antena, un respiradero. No había horizonte.

«¿Qué significa *morir*?», se preguntó.

El corazón se para, de acuerdo. Las neuronas dejan de transmitir mensajes, el cerebro se apaga. Pero ¿*tú* qué sientes? ¿Dolor? ¿En qué piensas mientras mueres? ¿Qué recuerdas, qué ves? ¿Hay algo que te consuela, algo a lo que puedas agarrarte? Porque no es posible que *tú solo seas un cuerpo*.

—Ya no quiero la tele.

—¿Estás de broma?

—No —replicó Emilia muy seca—. Ya no me hace falta.

24

A la Gisella me la había presentado un amigo, uno que no era de Sassaia, sino de una aldea cercana igual de despoblada, que se había montado un invernadero de marihuana en la parte trasera de su casa, camuflada por el bosque.

Estando lejos de Dios y de todos los santos, te sientes más libre de transgredir, de renacer o de perderte definitivamente. Yo en 2004 había vuelto con la intención de acabar con todo, huyendo de Turín de madrugada. Tras llenar hasta los topes el maletero del Seat con los libros y las pocas prendas colgadas en mi armario de estudiante, me fui sin despedirme de los demás inquilinos, sin rescindir el contrato de alquiler, sin acabar el doctorado. Con aquella ristra de «sin» a cuestas, conduje como un loco, lejos de las luces de la ciudad, lejos del futuro, hasta el meollo de la oscuridad, hacia mis montañas negras.

Volví a abrir la casa de Sassaia que yacía sumergida en el polvo y miré durante un buen rato la foto enmarcada en el recibidor: mi madre, mi padre, Valeria y yo en el monte Casto durante una excursión dominical. Los cuatro sonreíamos a la cámara, cargando con nuestras mochilas y los palos de paseo para la montaña. Valeria incluso llevaba una flor en los labios. Aunque me fuera lejos, siempre acabaría volviendo al mismo sitio.

Descolgué la foto y la subí al desván. No pegué ojo. Bien entrada la mañana llamé a Sebastiano, el único del viejo grupo que no tenía hijos, mujer o novia, el único que no se había marchado a Turín o Milán para sacarse una carrera o buscar un trabajo más decente que el de traficante, aunque él insistía en definirse como cultivador directo: «Bio & Mafias Free». Aquella misma noche nos vimos en su casa, una chabola destartalada que él había restructurado a la buena de Dios, y nos pusimos ciegos de porros. Caí en un estado de inconsciencia, que era justo lo que andaba buscando, y volví en mis cabales unas horas o unos días más tarde, dolorido, tirado en el suelo y con un perro lamiéndome la cara. Tuve la angustiosa sensación de estar vivo.

Veinticinco años, y no sabía qué hacer con mi vida. No quería horizontes, proyectos: solo pretendía acabar con el dinero que me quedaba. Y después me moriría de hambre y de frío en Sassaia, o sobreviviría comiendo castañas, tapándome con mantas viejas, hecho un guarro.

Las cajas que traía de Turín se quedaron en el maletero un año entero, y durante ese período Sebastiano y yo no hicimos otra cosa que aturdirnos en su casa o en la mía, caminando a trompicones por callejones tan vacíos que nadie habría podido juzgarnos o socorrernos. Junto a los porros, enseguida nos metimos ketamina y unos parches de LSD embebidos de licor. Vomitábamos en la nieve. Escuchábamos *black metal* con el volumen a todo trapo, tan alto que incluso ahuyentábamos a los animales de los bosques que nos rodeaban como un océano. Soltábamos gilipolleces farfullando las palabras. Cocinábamos ollas enteras de polenta, que nos tragábamos a cualquier hora del día y de la noche, impulsados por el hambre que provocaba la ingesta química. Como máximo nos íbamos a tomar copas a algún bar perdido en el valle, rodeados de viejos que jugaban a las cartas y nos saludaban de mala gana: «Aquí están, los tontos del culo». Dos nihilistas de tomo y lomo, con una diferencia: que a Sebastiano de vez en cuando le entraban ganas de follar. A mí nunca.

Para no quedarme solo, lo acompañaba hasta la llanura con el Seat Ibiza y nos íbamos al hotel Le Piane. Ahí conocí a la Gisella, que se reía a carcajadas medio tumbada en un pequeño sofá, agarrada a un tipo cualquiera que le llenaba la copa y el escote de vino espumoso. Estábamos en pleno invierno, pero ella llevaba unas medias de rejilla debajo de una minifalda escueta de piel negra. Me habían impresionado sus dientes torcidos y su carita pálida de chiquilla, aunque poco le faltaría para cumplir los cuarenta. Lo que se dice hermosa, no era. Más bien, machacada por la vida. Sin embargo, su risa era tan auténtica que había encendido los rescoldos de mi corazón.

Sebastiano y yo nos habíamos quedado esperando a que desapareciera del brazo de aquel tipo y luego la habíamos invitado a una copa en el bar del hotel Le Piane, un caserón que emitía tenues destellos entre los arrozales helados y la niebla tan espesa que no veías a un palmo de tu nariz, como si fuera un lugar de ultratumba. Ahí habíamos intimado y bromeado como si fuéramos compañeros de clase de toda la vida, como si el dinero no formara parte de aquella complicidad.

Hacía años que Sebastiano era cliente suyo y la proveía de marihuana. Yo en aquellos meses drenaba la cuenta donde guardaba el dinero de la indemnización, gastándomelo todo en droga y gasolina. Ni se me había pasado por la cabeza la idea de trabajar en una escuela, de enseñar el alfabeto y guiar los movimientos de una pequeña mano que estuviera aprendiendo a usar el lápiz. Lo único que tenía claro era que no gastaría el dinero del teleférico con una prostituta: ese era mi límite.

Aquella vez me quedé abajo, en el vestíbulo, sentado en un sillón raído, hundido en ese vacío tan mío. Acerqué la mano a la mesita de madera barata que tenía enfrente y me hice, una tras otra, con todas las revistas que hablaban de deporte y de asuntos del corazón. Me las tragué enteras mientras Sebastiano y la Gisella, encerrados en una habitación, iban a lo suyo. Y pensé que aquella proximidad al sexo de los demás, a su compañía de tres al cuarto, podía bastarme.

Paseaban por el barrio de los canales de Milán, pegadas la una a la otra para resguardarse del frío. Marta, muy desenvuelta y llevando tacones; Emilia, que tanto los había deseado, agarrada al brazo de su amiga para no tropezar.

—Hay buen ambiente por aquí, ¿verdad?

Emilia asintió, pero se sentía insegura. No solo por los zapatos de charol y el vestido estiloso de color negro que le había prestado Marta, sino también por toda la gente que se apiñaba en los locales o se quedaba fuera esperando a que se liberara una mesa, riendo desenvuelta. Observaba a aquellas parejas, a aquellos grupos que se lo estaban pasando en grande, sintiendo que, a sus treinta y un años, ella aún no pertenecía al mismo mundo. Marta le preguntó:

—¿Te acuerdas de Vilma?

—Claro.

Había sido la tutora de las dos.

—A veces me vuelven a la cabeza ciertos detalles... Chorradas, ¿cómo te diría?, *significativas*.

—¿Por ejemplo?

Se quedaron paradas en un puente, ceñidas en unos abrigos demasiado livianos. El viento azotaba sus rostros, tan bien maquillados que parecían máscaras.

—Por ejemplo, una vez hice un alto en un puesto de libros en la zona de Montagnola. Estaba volviendo del servicio de voluntariado en el centro de ancianos. Adoraba a aquellos viejecitos... —dijo sonriendo—. Sabían de dónde venía y, sin embargo, yo era su «nieta preferida». Sería que no tenían internet —continuó, guiñándole un ojo—, pero a lo que íbamos: el puesto de libros.

Hurgó en su bolso, en busca de los Camel Light. Colocó un cigarrillo en los labios de Emilia, otro en los suyos y los encendió.

—Vi un libro en edición de bolsillo. El título es tan conocido que incluso tú que no lees ni que te maten tienes que conocerlo: *Crimen y castigo*. Era normal que me llamara la atención. Sentía que me reclamaba, y no podía quedarme allí dándole vueltas y arriesgándome a volver tarde. ¿Qué te repiten cada día? —Marta echó el humo y parodió la voz baritonal de la autoridad—: «Tienes que demostrar tu arrepentimiento. Tienes que demostrar tu concienciación». El magistrado, el abogado, todos pontificando a propósito del arrepentimiento. Entonces yo, que solo llevaba cinco euros, hice lo propio y me compré el Dostoievski.

Siguieron caminando porque si te quedabas parada te congelabas. Los canales parecían quietos y negros, mientras que en los alrededores las oleadas de la movida arreciaban alegres en el gran mar de la noche.

Marta no podía arrepentirse, Emilia lo sabía, o por lo menos no del todo. Una vez que se habían quedado solas en el comedor recogiendo habían intercambiado confidencias. Emilia ya tenía diecisiete años; Marta, veinte. Cada cual resumió lo suyo en pocas palabras, sin dar detalles. Especialmente, Emilia: tres palabras. Pero la amistad exigía una confesión específica de los hechos: no puedes esconderle a la otra por qué estás en chirona. Tanto más si ya no es un secreto para nadie. Pues resulta que eso que todo el mundo sabía, para ellas representaba *lo indecible*. Porque poner un «yo» al lado de ciertos verbos suena irreal. Acto seguido, habían ido a pincharse las yemas de los dedos, usando la hoja de afeitar escondida dentro del colchón. Fue entonces cuando Marta le confesó: «Me odio, pero estoy contenta de haber salvado a mi madre». Nunca más volvieron a hablar del tema. Ni siquiera cuando la madre de Marta había muerto de cáncer, igual que la suya, y a Marta le habían denegado el permiso para ir al funeral: había que evitar cualquier *oportunidad* de crear posibles tensiones. Ni siquiera cuando ya había quedado claro que en este mundo no había salvación.

—Empecé a leer *Crimen y castigo* y me enrollé mogollón. Me tenía pillada. No dormía por la noche para seguir leyendo.

—Tú podías pasarte noches enteras leyendo cualquier cosa.

—No, Emi, aquello era distinto. Me estaba pasando algo que en la vida real nunca me pasará: me estaba enamorando. No es que estuviera encoñada. De verdad me estaba enamorando de Raskòlnikov. Él me comprendía, yo lo comprendía. Si hubiera sido un hombre de carne y hueso, habría esperado que saliera de la cárcel el tiempo que hiciera falta. Pero, cuando estaba metida a tope, de repente se presenta Vilma en la celda: «¿Qué estás leyendo?». Cogió el libro y, en cuanto vio el título, se puso hecha una furia: «¡Eso no es adecuado para ti!». Y se lo llevó. ¿Te das cuenta?

Emilia se apoyó en un murete para quitarse los zapatos: ya no podía con su alma. Soltó una carcajada porque a Vilma le iba eso de sobreproteger a la gente.

—Resumiendo, ¿yo estoy metida en el trullo por homicidio y tú me quitas a Dostoievski? —soltó Marta sacudiendo la cabeza.

—Pretendía defendernos.

—Vale, pero ¿defendernos de nosotras mismas, de nuestros propios crímenes?

Emilia se dio la vuelta, tiró la colilla y miró con intensidad las luces de las farolas que oscilaban en el agua densa, parecida al petróleo. La palabra «homicidio» se había instalado entre ellas como otra palabra cualquiera; pero, obviamente, no lo era.

Marta la había pronunciado como si fuera un hecho consumado, porque era *también* un hecho consumado, pero no se colocaba en la línea temporal al uso, no era un evento entre muchos. Era algo parecido a un hoyo donde el futuro se desmoronaba.

—Nos conocían por cómo éramos allí —dijo Emilia—. Nos veían en pijama, estudiando, cocinando, y nos tenían cariño. Por cómo éramos a pesar del mal.

Rita, la Venturi e incluso la Frau, Pandolfi y algunas celadoras a las que apreciaban, las que iban a subirles la moral los días en que ni siquiera querían levantarse de la cama: era conmovedor volver a pensar en ellas ahora, bajo el cielo tan vasto de Milán. Incluso Vilma: parecía la típica tía solterona, pero había que ver cómo se lo había currado. Tenía debilidad por el huerto y le encantaba llevarlas ahí, enseñarles a enterrar un bulbo, a regarlo. Era como si toda esa faena de jardinería fuera a limpiarlas y devolverles la inocencia. Puede que con las demás funcionara, con las que estaban presas por tráfico de droga o por robo, pero ¿con ellas?

Marta también observaba la superficie del agua encrespada por las luces y el viento. Y, debajo, toda aquella negrura bien clavada. Acabó de fumarse el cigarrillo y miró la hora: llegarían con retraso, pero hacerse esperar formaba parte de la estrategia.

—Entré en una librería un par días después de salir de la cárcel —dijo Marta mientras se agachaba para ayudar a Emilia a ponerse otra vez los zapatos— y volví a comprar *Crimen y castigo*. Me quedé con la mejor edición, la más cara, de tapa dura y con las esquinas tan rígidas que en el trullo con eso habrías podido cortarte la garganta. Me lo leí tres veces seguidas. Mi dichoso Raskòlnikov... —La agarró del brazo y la arrastró hacia la noche—. A ver si míster Túnez va a estar a la altura.

Al llegar a Porta Ticinese, la vista de la dársena le recordó a Emilia la del puerto de Rávena y se le hizo un nudo en el estómago. Habib y su nuevo amigo, que parecía haber cumplido ya los dieciocho, las esperaban en la entrada del local, muy elegantes los dos. A Emilia no le apetecía en absoluto coquetear, pero Marta procedía rauda y veloz, desabrochándose el abrigo y abriéndose paso hacia una mesa reservada, exhibiendo el escote y los pantalones muy ceñidos, un cuerpo estupendo que de niña alguien había mancillado de la forma más obscena.

Hay personas que llevan dentro de sí esa fuerza, y Marta era una de ellas. Una especie de apego feroz a la vida que, pase lo que pase, incluso los hechos más execrables e irreparables, te impulsa, mientras estés viva, a empeñarte.

Empeñarte en seguir viviendo, en seguir caminando. Como Ulises.

Conducía envuelto una vez más en la niebla. Iba por una carretera secundaria que desfilaba a través de los campos. Ahora sabía que no solo conducía al hotel Le Piane, sino que llegaba hasta el Tartana, unos diez kilómetros más allá. Emilia iba sentada a mi lado, en el asiento vacío. Su ausencia no me dejaba nunca. Aún la recordaba preguntándome cabreada: «A ver..., ¿tú crees que una mujer se prostituiría si tuviese una alternativa?».

Había un solo sitio libre en el aparcamiento y ahí me metí: al ser viernes por la noche, el bar estaba lleno y en el vestíbulo del hotel también se notaba cierto trasiego de gente. Me fui a recepción, enseñé mi carné de identidad y subí la escalera hasta el tercer piso, habitación 52.

Mientras llamaba a la puerta, me invadió una sensación infinita de cansancio. Conducir hasta allí, hacia atrás en el tiempo, había sido como cruzar el océano a nado. La Gisella abrió la puerta, me sonrió mostrando sus dientes torcidos y yo volví a reflejarme en aquel rostro machacado y cordial.

—¡Qué triste te veo! —me dijo.

Me quité el chaquetón y me dejé caer en la cama. Aquella era nuestra habitación de siempre. Persianas bajadas, mosquitera puesta, tanto en los bochornosos veranos plagados de insectos como durante los inviernos helados y yermos como ese en el que estábamos. Una mesa baja con dos copas y una botella. El baño sin ventana y con un ventilador. La colcha que olía a polillas. Así podría resumirse toda mi experiencia sexual antes de conocer a Emilia.

Me imaginé diciéndole: «Para que te enteres, yo también tenía secretos que esconder».

Proyectaba en el techo su cara asqueada, mientras hacía una mueca y se encendía el enésimo cigarrillo: «Peor que mi historia con Emanuele. A Marta esto no le gustaría ni pizca».

«Pero imagínate lo torpe que habría sido contigo si no llega a ser por la Gisella. Nos habríamos quedado leyendo a Mandelstam.»

Oí la voz de la Gisella que me devolvía al aquí y al ahora, preguntándome qué me había pasado. Me recobré dolorosamente.

—Antes cuéntame algo de ti, Gise. ¿Tu hijo?

—Ya lo tengo cursando el bachillerato —soltó orgullosa mientras llenaba las copas—. Con esta nueva familia de acogida la relación es mucho más fácil y puede que él esté incluso aprendiendo a perdonarme. —Se sentó a mi lado y me alcanzó la copa—. ¿Cuánto hace que no nos vemos?

—Más de un año, creo. —Me levanté de la cama y me metí en el cuerpo un sorbo largo de tinto pastoso que me reanimó. La miré—. Me alegra saber que estás bien.

—¿En qué líos te has metido tú?

—Tremendos.

—Tan tremendos no pueden ser... Comparado con la pinta que traías cuando te conocí, estás hecho un pimpollo. No te veo los ojos hinchados ni hueles a hierba.

—Me he enamorado de la persona equivocada.

—Uy... —Volvió a servir vino en las copas ya vacías—. ¿Casada?

—Infinitamente peor —le contesté soltando una risotada.

—¿Drogadicta, madre maltratadora, puta?

—Déjalo ya —repliqué, dándole un ligero empujón en el hombro.

—Oye, que yo ahora trabajo en un salón de belleza con contrato fijo y hace tres años que estoy limpia.

—Lo sé.

—Entonces, ¿qué le pasa a esta chica?

Los infelices se reconocen entre sí y uno no tiene miedo de ser juzgado. Yo a la Gisella siempre se lo había contado todo, pero no podía soltar esa palabra, ni siquiera se me ocurría pronunciarla.

Me puse de pie y empecé a caminar arriba y abajo por la habitación. ¿Podía remplazar un cuerpo con otro, esperando resolver algo? Sin proponérmelo, cogí el mando de la tele y la encendí: un gesto que nunca se me había ocurrido.

—Ha tenido problemas con la justicia.

Canal 1, canal 2, luego una red privada. Dejé de hacer *zapping* cuando pillé un canal de teletienda. Necesitaba aquel ruido de fondo.

—Todo el mundo puede cometer un error —contestó la Gisella, para nada impresionada.

—Hay errores y errores.

A fin de cuentas, Sebastiano también se había pasado un tiempo en la cárcel. Aunque su invernadero estuviera muy bien mimetizado, al final siempre anda por ahí una Patrizia Rocellati dispuesta a joderle la vida a los demás.

Pero la historia de Emilia era distinta. La historia de Emilia *Innocenti*. Que por razones trágicamente irónicas llevaba ese apellido. Lo mismo que en las obras de Esquilo y Sófocles, en que el destino se empeña en denigrarte y recordarte que solo eres un ser humano, un soplo.

Había investigado, cómo no. Todo lo que podía investigarse. Había buscado y rebuscado en internet y luego bajé a la biblioteca de la ciudad para hojear los periódicos de junio, julio y agosto de 2001, sacándolos uno tras otro de un archivo polvoriento, que estaba impregnado del olor mismo del olvido. Había reconstruido los tiempos muy breves de las investigaciones y de la detención, el período largo y extenuante del juicio, pero ahí me quedé: no había referencia ninguna al después.

Leer aquellos artículos había sido como tener enfrente a alguien con un bisturí, que te abre el pecho con lentitud exasperante y te opera a corazón abierto sin anestesia. Porque aquellos textos breves de unos siete u ocho mil caracteres, siempre acompañados de la misma foto suya pixelada con las esposas puestas, mostraban a una chiquilla con graves problemas psíquicos, la típica infeliz de la que por instinto nos alejamos para ponernos a resguardo, gritando *¡monstruo!*; una desquiciada que nadie podría perdonar, ni siquiera Dios. Sin embargo, mientras analizaba los detalles del caso difundidos por los periodistas con ansia morbosa, volvía a encontrármela muy cerca, en mis brazos. La veía de nuevo riendo, emocionándose como aquella vez en el lavadero, con toda aquella nieve, y mientras me decía «te quiero» al salir de la discoteca, y mientras volvía a ponerse de pie después de desmayarse aquel primer día en el mirador, con los ojos despavoridos, como un ciervo. Sentía el calor de su cuerpo vivo, su consistencia benéfica de criatura. Mientras el cirujano sádico me partía por la mitad, yo no podía, no conseguía creer que la Emilia Innocenti de las crónicas de sucesos y la que yo había conocido fueran *la misma persona*.

—¿Qué hacemos? ¿Te apetece distraerte un rato y no pensar en ella o no?

Una réplica deslavazada de Wanna Marchi, la famosa reina de las teletiendas, cantaba las bondades de un collar de bisutería y en la parte baja de la pantalla iba pasando un número de teléfono de Milán. La Gisella estrechó mis manos entre las suyas y nos quedamos de pie en medio de la habitación, inseguros y como a la espera de algo, lo mismo que la primera vez que fui a verla solo, sin Sebastiano, y había dejado cincuenta euros encima de la mesilla de noche para que ella resolviera al menos uno de mis problemas: el de ser virgen e incapaz de entregarme a la vida.

Conduciendo por la autopista a ciento cincuenta kilómetros por hora, el máximo que me permitía el coche. Volviendo a abrir el garaje de mi padre cerca de las primeras casas de Alma, llorando a moco tendido porque seguía faltándome su voz y ya no podía abrazarlo. Y luego, subiendo por el sendero de Stra' dal Forche cuando casi era de día y la luz rosada me devolvía ilesa mi isla de piedras entre los castaños junto con mi fracaso, mi enquistamiento definitivo en la llaga, me había convencido de que nunca nadie en este mundo podría recomponerme.

Pero me equivocaba.

—Gise —le dije—, charlemos un rato.

Una cosa estaba clara: del 2 de noviembre de 2015 al 7 de enero de 2016 yo había recompuesto mi persona.

—Voy a pagarte igual por las molestias.

La Gisella movió la cabeza para decirme que no.

—La amistad no se paga. Además —añadió estrenando una sonrisa nueva—, ahora ya no soy solo puta: tengo una alternativa.

25

Junio de 2000, cuando ya habían acabado las clases. Gigi D'Ag y Ricky Martin campeando en la radio de todos los bares, chiringuitos y locales de la costa. Cogían la moto a las dos de la tarde, con un sol de justicia, con el traje de baño puesto y encima una batita ligera y airosa, y conducían hacia la costa.

Ir a la playa sin el permiso de sus padres las unía en cuerpo y alma. Durante aquellas huidas, llenas de adelantamientos y bocinazos mutuos, se volvían *indistinguibles*.

Era cosa de un momento: el tiempo de ir a toda máquina por la carretera estatal y llegar al pinar, el tiempo del viento que bailaba entre los mechones de pelo que se salían del casco. Luego, una vez alcanzada la meta, volvía a imponerse la ley de la naturaleza.

Dejaban las mochilas en la arena, se quitaban la bata, y era entonces cuando las diferencias de sus cuerpos en traje de baño marcaban un corte neto. Eran la vistosa y la esmirriada, la curvilínea y la seca. En pocas palabras, la *miss* de la playa y la *Pelo de zanahoria*. La que tenía un montón de amigas y pretendientes, además de una espléndida familia, y la que, al contrario, no tenía nada de todo eso. Lo que sí tenía era un padre a menudo ausente por motivos de trabajo, un chalé vacío y el corazón hundido en la negrura de una soledad abismal.

Nadie sabía bien por qué la otra se empeñaba en ir con ella. ¿Por piedad, porque eran vecinas? Su relación siempre había tenido un punto de ambigüedad, desde el día mismo en que la princesa rubia y su estupendísima familia se habían instalado en el chalé de al lado y ella, espléndida y generosa, había invitado a jugar a la PlayStation a la huérfana que iba dando vueltas tontas por el jardín.

A decir verdad, no es que fueran realmente amigas, pero se veían cada tarde. En casa, encerradas en la habitación, se sentaban en la cama muy juntas, las dos agachadas hojeando la revista guarra del hermano, cómplices hasta decir basta. Cuando estaban con los demás, a Emilia le tocaba quedarse apartada, en el rinconcito que le habían asignado. Eso es tanto como decir que, al llegar a la playa, veías el montón de toallas de los compañeros de clase, sus cuerpos tumbados y entrelazados, y, un poco más allá, estaba la toalla de Emilia, el cuerpo de Emilia. Aislado, excluido. Que, según les viniera en gana, unas veces era objeto de mofa y, otras, tolerado e incluso engañado con falsas esperanzas. Que quede claro que se trataba del cuerpo, pues su alma ni siquiera se tomaba en consideración.

«Piel de zanahoria», «Que te folle un pez», «Plancha», «La huerfanita», «La niñata». A solo un par de chiringuitos de distancia estaban los Baños Amore, pero su madre ya no ocupaba la primera hamaca de la segunda fila y ya no podía darse la vuelta para asegurarse de que ella no se hiciera daño, de que nadie le hiciera daño.

Un buen día de aquel verano, el primero y el último en que viviría *libre*, ellas dos habían llegado, pero faltaba la gente de su grupo. Se habían equivocado de día. El pedazo de playa comunal entre un chiringuito y otro estaba a rebosar de familias, sombrillas colocadas al tuntún y neveras térmicas, pero ningún conocido.

Ya que estaban, igualmente colocaron las toallas. La otra, muy decepcionada; Emilia, entusiasmada ante la inesperada oportunidad de estar solas, las dos, al aire libre, sin el peso del techo sobre sus cabezas y sin la pandilla. Siempre le había gustado la sensación de tener espacio, cielo, horizonte. Se tiraron al agua, nadaron juntas, pero el idilio duró poco. Enseguida se les acercaron dos adultos.

Dos turistas, dos hombres. Que, obviamente, tenían los ojos puestos en la otra. Y la otra siempre se moría de ganas de ser adulada y cortejada.

Fueron al bar, los trajes de baño mojados pegados a las sillas de plástico. Los dos adultos las invitaron a un helado y les propusieron algo *especial, artístico*.

—Aquí donde nos veis, somos artistas y exponemos en toda Europa.

A Emilia no le llegaba la camisa al cuerpo, pero la otra iba dándole lengüetazos al helado, muy desenvuelta a sus quince años y diciendo que sí, sí, a esa cosa *especial* y *artística*.

Luego se adentraron los cuatro juntos en el pinar, hasta llegar a un lugar escondido en la espesura del bosque. Ahí les esperaba una sorpresa, habían dicho los lobos, un regalo. Emilia quería dar media vuelta y regresar, pero la otra la arrastraba enfurruñada.

—Eres una miedica. ¿Qué nos puede pasar, siendo dos?

Eso era: dos rosas con una espina cada una como única defensa. Y los turistas de unos cuarenta años, que medían y pesaban el doble que ellas, que sonreían para intentar quitarle hierro al asunto.

Las convencieron para que se quitaran la parte de arriba del bikini. Luego las sentaron encima de una mesa de pícnic medio rota para que posaran en una composición provocadora: las manos de una apoyadas en la parte de abajo del bañador mojado de la otra. Acto seguido, uno de los dos, el que llevaba barba, sacó de la mochila una hoja y un lápiz y las retrató. Entrelazadas, a pecho descubierto, mientras el otro les pedía que se quedaran quietas en aquella postura y, con la excusa de dar unos retoques, las rozaba. Los pezones, la ingle, el ombligo, los pies. Y aquel roce era disgustoso, excitante y asqueroso al mismo tiempo.

Las cosas no fueron a más. El tiempo fue pasando y todo se consumió en la inmovilidad y la imaginación. El artista, como así se definía, les enseñó el dibujo. Un boceto a lápiz morboso y muy detallado, que la Emilia de entonces no habría podido calificar de mediocre o espléndido y que la del presente consideraba notable por su agresividad, suponiendo que aquellos tipejos fueran algo más que dos lobos.

—¿Nos lo regalas? —preguntó la otra, descarada.

El hombre volvió a sonreír mostrando los dientes manchados de nicotina.

—¡Pues no! Este es un recuerdo que vosotras nos regaláis. A ver esas manos...

Dejó caer en la palma de cada una un billete de veinte mil liras, unos diez euros, una cantidad que equivalía a lo que sus padres les asignaban cada semana. Emilia pensó que las cosas se habían arreglado para bien, siempre y cuando los tipos se esfumaran ya. Lo que hicieran después con el dibujo poco importaba. Lo único importante era que no les habían quitado las bragas, no las habían obligado a agacharse, a besarlos o vete a saber qué.

Sin embargo, se había sentido sucia, ensuciada. Como si, sirviéndose de aquel dibujo que mostraba sus pechos al desnudo al precio de veinte mil liras, les hubieran robado algo, algo íntimo, importante. Había sido una tarde asquerosa, nauseabunda, que Emilia borró de su mente durante años.

—¿Qué te pasa, Emi?, ¿estás soñando?

—¿Mola el sueño ese?, ¿estamos ahí contigo nosotros?

Pues eso: que aquella noche, de repente, puede que por el hecho de ser cuatro, dos mujeres y dos hombres, desconocidos y, sin embargo, ya muy próximos, recordó aquel episodio. Como un géiser. Y eso la dejó hecha un pedazo de hielo.

Era la una de la madrugada. No podría decirse que estuvieran borrachos, pero sí algo achispados, sobre todo Marta y Habib. Emilia y Mohamed se habían quedado con el papel más discreto de «carabinas». El local aún estaba lleno y había que hablar en voz alta para que te oyeran. De vez en cuando alguien los miraba disimuladamente con cierta curiosidad, porque *allá fuera* dos magrebíes (jóvenes) y dos italianas (menos jóvenes) juntos aún daban que hablar.

Los ojos de Habib brillaban desafiantes.

—Pues yo no acabo de creerme —le dijo a Marta— que hayas pasado del trullo a... ¿qué me decías?, ¿medicamentos contra el cáncer?

Marta echó el pecho hacia delante en una actitud agresiva.

—No estoy diciendo que mientas, pero entonces tienes que haber acabado en una cárcel de cinco estrellas.

—No, era una mierda.

Habib miró a su compañero, meneó la cabeza y comentó:
—Yo puse de mi parte para tener unos estudios, la verdad sea dicha. Me apunté a Formación Profesional para sacarme el diploma de Técnico en Mecánica, pero resulta que te metían en la misma celda que un gilipollas guarro y acababas a puñetazo limpio. Te ibas al comedor y enseguida subía la tensión entre los chinos y nosotros. Hubo una época en la que éramos cuarenta y dos donde solo cabían treinta y uno. Te pasabas el día cabreado y te caía una denuncia al día. Entrabas con una condena de dos años y al final te caían tres. Todos ciegos de tantas pastillas, tantos cortes, tanta ansiedad. Y, además, hablabas con tu madre por teléfono y resulta que tenía diabetes por estrés. Por tu culpa. Así que lo único que querías era dormir, fumar, dejar de pensar. —Su rostro se había ensombrecido; mientras iba contando lo suyo, parecía haberse hecho muy mayor de repente—. Déjate de estudios: a mí la cárcel solo me sirvió para ir subiendo el umbral del dolor.

Marta lo miró sorprendida: una no se espera que un chorbo cualquiera suelte palabras como esas. Pero, si las has pasado putas, tu corazón se vuelve complejo, revuelto en sus honduras. También Emilia se quedó mirándolo en silencio y pensó que no le faltaba razón. En la cárcel los problemas del exterior se agigantan y tú te quedas dando bandazos como un junco. A veces el aire sopla en la buena dirección, especialmente en primavera, cuando llega el calor, las horas de luz aumentan y tú te convences de que podrás arreglar algo, aunque sea poco. Entonces no te saltas las clases, en el comedor no vuelan insultos ni tenedores porque luego vuelves al patio, y durante las visitas ves a tu padre sonreír, intentando no prestar mucha atención a sus ojeras y a las nuevas arrugas.

Pero luego, el filo de la depresión te golpea como un hacha. Sobre todo en diciembre, cerca de las fiestas, cuando cualquier anuncio relacionado con la comida navideña te deja para el arrastre. O cuando una celadora viene a comunicarte que tu hermano está ingresado en un hospital o que tu madre o tu abuela han muerto. Cuando en las visitas ves a tu padre hecho pedazos, aunque intente disimular, y la responsabilidad es tuya. Es como si la negrura te absorbiera, como si la celda no tuviera ya ni puertas ni ventanas y se pegara a ti, convertida en una placenta podrida y envenenada. Los colchones ignífugos empiezan a chamuscarse. La cola delante de la enfermería en busca de pastillas es cada día más larga. Te haces cortes en los brazos, acudes a clase una vez a la semana y con cuarenta minutos de retraso, pues ¿para qué levantarte de la cama cuando fuera todo es oscuro y frío y dentro está invadido por la sarna? Porque dentro no solo están las amigas; también, las gilipollas, las que te atormentan, esas a quienes te entran ganas de moler a palos. Y no puedes ir a darte un paseo para calmarte. No, tienes que quedarte ahí a la fuerza, hora tras hora, día tras día, y se te incendian los nervios. Todo se incendia.

«Qué iban a saber los demás», reflexionó Emilia mirando a la gente sentada a las otras mesas. Pero ahora ellas también estaban fuera.

—Era una mierda —siguió diciendo Marta después de pedir la cuarta o quinta botella de vino—, pero tenía ciertas ventajas. El bachillerato, la universidad... Ni de broma te sacas una licenciatura estando fuera. Yo, ni en sueños.

—¿Por qué? —preguntó Mohamed soltando una risotada—. ¿Tus padres no te enviaban al cole de una patada?

—No.

—Yo aún recuerdo los latigazos que me daba mi padre con el cinturón —intervino Habib—. Por suerte, él también acabó en el trullo.

—Él en una cárcel y tú en otra —resumió Marta—. A eso se le llama el «ciclo de los vencidos» y no se acaba nunca.

Ni Mohamed ni Habib parecían saber de qué trataba el dichoso ciclo de Giovanni Verga, pero eran dos tipos espabilados y pillaron la idea.

Mientras tanto, Emilia, a escondidas y con las manos debajo de la mesa, miraba el móvil. Nada: ninguna llamada, ningún mensaje. Empezó a sentir que Sassaia iba desvaneciéndose, como una minúscula estrella en una galaxia lejana. Un destello apenas perceptible, puede que ya apagado o incluso nunca encendido.

«¿Por qué no puedo ser como tú?», volvió a preguntarse Emilia mirando a Marta, que se recogía el pelo a un lado, lo acariciaba y se disponía a hablar.

—¿Queréis que os cuente un cuento?

Porque cada cual tenía uno. Y se podía volver a empezar, escribir capítulos nuevos, darle la vuelta a la trama, subir el tono de los giros de guion. Lástima que fuera imposible volver a escribir o borrar los capítulos pasados.

—Érase una vez Sonia, por llamarla de alguna manera...

El local empezaba a vaciarse y el ruido de fondo había disminuido.

—Había nacido en un pueblo de doce mil habitantes, en un lugar de secano a unos ciento veinte kilómetros del mar, donde nadie nunca la había llevado. El mar solo lo vería a los diecisiete años, desde el furgón de la policía que la llevaría a la cárcel. Y luego, durante un corto período, en Nisida. —Marta sonrió como si aún lo tuviera enfrente—. Qué maravilla despertarse con la isla de Procida envuelta en la bruma, entre olas y gaviotas...

Emilia sintió que Marta le cogía la mano debajo de la mesa.

—Pero volvamos a lo nuestro. Sonia vivía en aquel pueblo de mierda, tan metido en el culo de la provincia que poco le faltaba para parecer una prisión. Cuando era una chiquilla solo había disfrutado de una cosa hermosa: una biblioteca, al lado de la escuela. Prácticamente desierta, frecuentada solo por los viejos del lugar, pero que a ella le gustaba. Porque ahí no estaba rodeada de compañeras de clase alegres y sin un puto problema. Y porque nadie la acosaba en el baño agarrándola por los hombros como en casa. Estar ahí era como evadirse —apuntó mientras en sus labios asomaba una sonrisa y los ojos se quedaban velados por lágrimas de escarcha—. Evadirse de su vida.

»Pasaba ahí horas enteras sin darse cuenta. Hasta que se hacía de noche y su madre acababa el turno de limpieza en el hospital y, entonces, podía volver sin arriesgarse a estar sola en casa con él. Le gustaban las novelas policíacas y los manuales de ciencia. En la biblioteca reinaba el silencio: nadie gritaba, nadie soltaba palabrotas, nadie quería bajarle las bragas u obligarla a chupársela a sus amigos. Así que la pequeña Sonia sacaba buenas notas en clase. Sus profesoras se habían fijado en ciertos moratones y habían avisado a los servicios de protección infantil. Sonia los esperaba, pensando que podrían salvarlas, a su madre y a ella. Pero resulta que vivían en el culo del mundo, con una única fábrica ya cerrada, la gente en paro y siempre de mala hostia, y las hadas madrinas ni estaban ni se las esperaba, así que los servicios de protección nunca llegaron. Solo quedaba el ogro.

Emilia observó los rostros de Habib y Mohamed, serios y un poco más pálidos. Ella se sabía aquella historia, pero a ellos, que la escuchaban por primera vez, les costaba seguir bebiendo. Agarraban los vasos, los tenían un rato en la mano, pero volvían a dejarlos en la mesa sin tomar siquiera un trago.

En el local cada vez quedaba menos gente y había más silencio y atención a su alrededor. Como en el tribunal, durante el juicio: aquella fue la primera vez que Marta tuvo la sensación de que la escuchaban de verdad y ella era importante.

—Sonia *nunca* faltó a clase, no hizo pellas ni un solo día, porque sabía que, en cuanto entraba en la escuela, estaba a buen recaudo. Ya por aquel entonces odiaba el verano y las vacaciones de Navidad, pero tarde o temprano volvía septiembre y eso significaba la salvación.

»Hasta que, al finalizar secundaria, *alguien* decidió que la vida de Sonia podía darse por acabada. Siendo mujer, de sobra tenía con lo que había estudiado y nadie vendría a tocarle a él los cojones si dejaba los estudios con catorce años. Así que Sonia, que tenía la mala suerte de vivir en un piso maloliente y destartalado, pero que estaba justo frente al instituto dedicado a la rama de ciencias, miraba desde la ventana a sus excompañeras de clase que a las ocho de la mañana se reunían debajo de su casa, alegres y con la mochila al hombro. Y se sentía víctima de una tremenda injusticia. Porque, vamos a ver, a la hora de la verdad, ¿qué resulta injusto: la causa o la consecuencia?

Marta levantó la mirada, se dirigió a uno de los muchos camareros que ya quedaban libres y pidió la última botella de la noche. Luego miró a Habib:

—Tú me preguntas cómo me lo he montado para estudiar estando en chirona. Pues te diré que, en cuanto tuve una oportunidad, la primera oportunidad en serio de toda mi vida, la aproveché.

El local estaba a punto de cerrar. Cuando llegó la cuenta, Habib sacó un rollo de billetes atados con una goma, pero Marta fue categórica:

—Hazme el favor de guardar eso.

Salieron a la calle algo achispados, conmocionados y en silencio. Fuera caía aguanieve, pero los pequeños copos no aguantaban, enseguida se deshacían en contacto con el asfalto, con los abrigos y el pelo. Llegaron hasta el muelle. Ninguno de los cuatro tenía ganas de irse a casa. En los alrededores aún había barullo y se oía el ruido de las motos.

Fue entonces cuando Habib, que era el más joven y atrevido, agarró a Marta de los hombros y le dio un beso largo, larguísimo.

Mohamed sacó una bola de hachís del bolsillo y empezó a calentarla. Luego lio un porro y se lo fueron pasando, entre risas y chistes. De alguna manera, aquel beso había marcado un punto y aparte y ellos dos estaban dispuestos a empezar un nuevo párrafo.

—¿Qué hacemos? —preguntó Habib mientras tomaba a Marta de la mano—. Supongo que no tendréis ganas de iros ya...

Marta miró a su alrededor y al fondo vio una plazoleta con un solo taxi parado. La luz verde encendida, como si estuviera esperándolos. Empezó a correr, taconeando rauda y veloz mientras les hacía señas para que la siguieran. Emilia se quitó los zapatos y fue corriendo en la misma dirección, con las medias empapadas de agua.

Subieron los cuatro al coche. Marta dio la dirección y a nadie le sorprendió. Ahora que eran libres, no iban a perderse nada, nunca más.

Llegados al hotel, entregaron los documentos y subieron al tercer piso. Las dos parejas se separaron: Marta, abrazada a

Habib, se esfumó por la parte izquierda del pasillo; Emilia y Mohamed se fueron hacia la derecha, pero antes Emilia se dio la vuelta para mirar a su amiga: el suyo había sido un delito con agravantes debido a la premeditación y al grado de parentesco, aunque los abusos sufridos habían servido de atenuantes. Y ahora estaba morreándose con aquel chico que acababa de conocer con tanta fogosidad que parecía que estuvieran enamorados. Que él también estuviera enamorado, a pesar de todo.

Se lo preguntó: ¿por qué tú no, Bruno?, ¿por qué no consigues tener en cuenta *todo lo demás*, no puedes quererme *tú también* y *a pesar de*?

Mohamed y ella se habían quedado callados durante toda la velada, y ahora estaban metidos en una habitación con una cama en el centro.

Emilia se acercó a la ventana, abrió las cortinas, encendió un cigarrillo y fue directa al grano:

—Lo siento, pero no puedo hacer nada.

Mohamed se sentó en el borde de la cama; él también encendió un cigarrillo.

—¿Por qué?

—Porque, sintiéndolo mucho, estoy enamorada de otro.

Él asintió. También se acercó a la ventana y se apoyó en el dintel.

—Yo tengo una esposa en Túnez, pero no la conozco. Me obligaron a casarme con ella.

Miraron juntos la noche, la luna que surgía tras una muralla de nubes. Las calles vacías, las persianas bajadas, ni una sola luz excepto la de las farolas. De repente, entre los cúmulos de nieve derretida, Emilia vio pasar dos vespinos a toda velocidad. Una Phantom azul y una SR amarilla, conducidas por dos chiquillas que vestían una bata ligera y unos cascos pintarrajeados y llenos de pegatinas. Sintió en su piel la frescura del pinar, la alfombra de agujas blandas debajo de la goma de las chanclas.

Emilia cayó en la cuenta de que a lo mejor aquel dibujo aún existía en algún lado sobre la faz de la tierra. Las dos aferradas la una a la otra, lánguidas, a pecho descubierto. Tal vez alguien tuviera aquella prueba, alguien la había conservado. Pero ¿qué probaría eso?

De repente, se volvió hacia Mohamed. Alarmada, le cogió una mano y se la apretó.

—¿Vosotros, los musulmanes, creéis en la existencia del alma?

26

Las semanas fueron pasando, aunque se quedaran quietas. Enero se convirtió en febrero: palabras distintas para nombrar el mismo frío. En Sassaia el invierno es un tiempo que va adelgazando hasta volverse apenas perceptible: una membrana. El corazón late despacio, como si estuviera hibernando. Las horas de luz a duras penas son suficientes para resolver los asuntos básicos: ir y volver del trabajo, procurarse comida y leña. Luego la oscuridad te cubre, como un manto de ladrillos. El hielo te corta los huesos y basta una corriente de aire para sentirlo. La nieve está dura: una vieja cáscara que te mantiene prisionero. El mundo se reduce a la burbuja de calor de la estufa.

Volvía a estar solo, pero no de la misma manera que otros inviernos. Y ese era el problema: cuando has sido feliz, es difícil resignarse a no serlo.

Me iba arrastrando, víctima de una somnolencia inquieta y bronca, acumulando botellas de vino vacías fuera de la puerta. No leía, no me ocupaba de la casa. No me comunicaba con nadie que tuviera más de doce años.

Valeria no había vuelto a contestarme ni mucho menos a llamarme. El Basilio apenas me saludaba y ya no se entretenía charlando; me atribuía la culpa de que la restauración de la iglesia no estuviera acabada. Cada vez que me iba hasta Alma, los ojos de todo el mundo estaban puestos en mí, y con su mirada afilada e insistente parecían querer saber por dónde andaba la pelirroja. Se morían de ganas de preguntar, pero no se atrevían a hacerlo. Me habría gustado decirles a grito pelado si ahora, de repente, la echaban en falta.

Patrizia salía con un tipo de un pueblo cercano, *casado*, como todos se encargaban de subrayar. Tenía otras cosas en que entretenerse, o puede que, viéndome hecho una piltrafa, se contentara con eso. En la escuela ni siquiera nos mirábamos a la cara y solo nos comunicábamos por correo electrónico.

Estaba a punto de darme un buen susto, pero durante esas semanas yo no lo imaginaba. Me limitaba a embrutecerme. De no tener que atender a mis alumnos, esos trece niños que aún poblaban el valle abandonado, habría dejado de bajar al pueblo. Enseñar el modo caprichoso en que se comportan ciertas palabras era el único salvavidas que me mantenía a flote.

—Agua, alma y aula llevan el artículo masculino.

—¿Por qué?

—No hay un porqué.

—¿No siguen la regla?

—La lengua es viva y no acata órdenes. Por ejemplo, lo que era incorrecto hace cincuenta años, ahora se acepta. «Sus labores», por ejemplo, ya no sirve para indicar el trabajo de una mujer porque se entiende que cada cual tiene su profesión, aunque la lleve a cabo en casa. El *smartphone* ese, que tanto os gusta, ahora aparece en el diccionario. Hay palabras que mueren y otras que nacen. Depende del uso y del tiempo. Aquel día me miraron perplejos:

—¿Y qué hacemos entonces con tantas excepciones?

—¿Qué hacemos? —les contesté, sonriendo a mi pesar—. Pues nos equivocamos.

Me pasaba el día con el teléfono en la mano. Desde luego no iba a llamarla, pero tenía tantas ganas de saber dónde estaba y cómo se encontraba que me sentía con el agua al cuello. «Hola, Emilia», empezaba escribiendo, pero acto seguido borraba el mensaje. «Lo siento. ¿Qué tal estás?» Sin embargo, ella tenía razón: cuanta más falta hacen, más te fallan las palabras.

Eso pasaba a mediados de enero; al acabar el mes ya me había rendido y no encendía el móvil. Ser testigo de su silencio obstinado, como si no hubiera bastante con el de Sassaia, de los bosques, de las montañas, de mí mismo, era demasiado. Volví a ser un oso encerrado en su propia cueva; si los días laborables, aunque pesados como rocas, iban pasando, el sábado y el domingo eran escollos inamovibles.

Fue esa la razón por la cual un fin de semana a primera hora de la mañana crucé el callejón en pijama, saqué las llaves de debajo del felpudo y, desesperado, sin haber desayunado siquiera, me puse a barrer el suelo de la casa de Emilia. Luego limpié los cristales y quité el polvo de las repisas. Llevé el colchón y las mantas hasta el balcón para que les diera el aire, enmasillé unas cuantas grietas en la cocina y arreglé un grifo que perdía agua. Fueron ocho horas sin parar, y la vieja casa de la Iole acabó luciendo como los chorros del oro.

El sábado siguiente me ocupé del desván: llené grandes sacos negros de muebles que ya no tenían arreglo, de lámparas de mesa rotas, de periódicos manchados de moho. Arranqué una gruesa capa de telarañas de los rincones debajo del techo. Metódico, concentrado. Sentía una urgencia visceral de que todo estuviera limpio y puro. Cuando ya no quedó ni rastro de polvo, me puse con el jardín, que era una auténtica selva. Las zarzas se extendían más allá de la verja llena de herrumbre. Mirando desde la cumbre del Cresto y del camino, intuía que la vista desde allí debía de ser espléndida, pero el abandono impedía ver el horizonte. Recordaba las rosas de la Iole, un peral en el centro y puede que un ciruelo, pero era imposible distinguir forma alguna en aquel caos de vegetación rabiosa.

Me equipé: guantes gruesos, botas hasta las rodillas, tijeras de podar. Desatendía mi casa con tal de resucitar la suya. Me metía entre ortigas altas como arbustos y las cortaba de cuajo, las agredía, las pisoteaba, las arrancaba. Sentía un placer enfermizo al meterme de lleno en aquella jungla primigenia y sin ley. Estaba en mis manos restaurar esa ley con la violencia. Mientras sacaba a la luz los rosales, el tronco retorcido del peral centenario, el ciruelo, mientras liberaba la verja de las plantas trepadoras de belladona y volvía a dar esplendor al jardín frente a los Alpes, me entraban ganas de llorar.

«Emilia, cuando lo veas...»

Cuando acabé la faena, un sábado cogí el Seat y me fui a la ciudad, a los almacenes Euronics. Compré un televisor de cuarenta pulgadas. Lo llevé a hombros por la subida de Stra' dal Forche sudando como un pollo. Cuando llegué, hecho polvo, lo coloqué encima del aparador de la cocina. Aún faltaba la antena, vale; pero, mientras tanto, yo contemplaba feliz la pantalla negra.

«Emilia, cuando vuelvas...»

Sabía que eso no pasaría. Porque había sido yo quien la había echado. Mientras mi mundo se reducía a aquel minúsculo y consabido punto en el mapa terrestre, el de Emilia se ensanchaba sin medida.

Fue cuatro veces a la pinacoteca de Brera, se quedó embobada durante más de media hora frente al *Cristo muerto* de Mantegna, pasó delante de *El beso* de Hayez sin molestarse en echarle un vistazo: a esas alturas, el amor para ella era un asunto cerrado y desalentador.

En cambio, la muerte seguía siendo uno de sus temas preferidos. Igual que en los tiempos de la universidad, cuando los profesores iban a la cárcel para que ella pudiera examinarse y se les veía apurados al tratar ciertos temas porque sabían muy bien quién era. En cambio, Emilia se ponía estupenda cada vez que podía hablar de cuerpos, de almas, de la existencia del mal. No era capaz de asimilar los términos técnicos de la filosofía, palabras como *ontología* o *metafísica* le eran tan ajenas como la vida de sus coetáneas que se iban a bailar a Riccione, pero el mal lo conocía al dedillo. Era *banal*: tenía razón Hannah Arendt. También era un asunto mezquino. Sin límites, confuso, sin respuestas. Y la manera que había encontrado ella de poner un poco de orden era observar con atención, estudiar e intentar reproducir en un papel las facciones de aquel Cristo sin vida.

Visitó una exposición dedicada al Bosco en las Galerías de Italia, y otra dedicada a Caravaggio, su pintor preferido, en el Palacio Real. Le había dedicado meses de investigación, unos artículos y la tesis. Solo con él había saltado esa chispa tan potente y visceral. Él también sabía muy bien qué era el mal. Lo había experimentado en su vida, en sus propias carnes, en primera persona y sin vías de escape. ¿Cómo, si no, habría podido transfigurarlo en una negrura tan densa y grandiosa, penetrada por aquella luz deslumbrante, divina? ¿Cómo habría podido plasmar una fruta tan marchita como para morir condenada desde el interior mientras seguía pudriéndose?

No desdeñaba las iglesias y podía pasarse un montón de horas sentada en un banco de Sant'Ambrogio o en la catedral. El mundo que durante más de catorce años había contemplado solo en los libros ahora la sobrecogía con su belleza, la dejaba aturdida y sin aliento. Durante el fin de semana, Marta y ella iban a comprar toda la ropa que en la cárcel habían recibido de forma irregular, doblada y embutida en paquetes que les enviaban sus parientes, y se entretenían probándose cantidad de prendas en los vestidores. Luego iban a cenar con Habib y Mohamed, a quienes Marta, por cierto, había empezado a invitar a su casa.

Para no depender económicamente de su amiga, empezó a trabajar en un Fast Food. Todos sus compañeros eran más jóvenes que ella, inmigrantes de segunda generación. Su tarea consistía en freír hamburguesas en aceite hirviendo desde las seis de la tarde hasta las dos de la madrugada. Volvía a casa oliendo a fritanga, y el mal olor no se iba ni siquiera después de darse una buena ducha.

Tras aguantar una semana, Marta se plantó y fue contundente:

—Yo respeto cualquier oficio, lo sabes. Incluso los trabajos ilegales si no hay otra alternativa. Pero, si una consigue una licenciatura en Bellas Artes, no está para freír sacos de patatas congeladas en aceite de colza.

—No soy muy ambiciosa, y en Milán no abundan oportunidades para alguien con una carrera en Bellas Artes.

—Pues hay que ser ambiciosos. ¿Has enviado tu currículum a los lugares adecuados? A todos esos museos que frecuentas, a algún colegio privado, qué sé yo...

—Eso es: no sabes. El mundo está lleno de artistas que se dedican a freír patatas.

—Yo solo sé que no quiero dormir oliendo a tu fritanga. Así que... déjalo en mis manos —le soltó Marta agarrando el teléfono.

Según Marta, todo podía resolverse en esta vida, porque conocía muy bien el *modus operandi* de lo que de verdad no tenía solución. Transcurridos unos pocos días, ya le había encontrado un empleo modesto a tiempo parcial e indefinido, donde le pagaban algo más que en el Fast Food. Sin embargo, Emilia no apreció el gesto ni mucho menos.

—¿Cómo se te ha ocurrido eso?

—Tú dame las gracias; y andando, que es gerundio.

—Tenía a unos chicos estupendos como compañeros. Estaba lleno de vida el sitio ese, ¡y ahora tú quieres encerrarme en un ataúd!

—A mí no me vengas con chistes de ataúdes... —contestó Marta soltando una risotada—. He dado la cara por ti, así que tú procura portarte bien con la señora Emma.

Durante días no se dirigieron la palabra, pero los deseos de Marta eran órdenes. Ella era el águila real, el león, la pantera negra, mientras que a Emilia le había tocado el papel de antílope, de gacela, de mapache.

Se despidió del Fast Food y a principios de febrero empezó una nueva etapa de su vida: cuatro horas diarias, desde las ocho y media hasta las doce y media de la mañana, en una minúscula librería de barrio, de lo más triste y rancio que Emilia había visto nunca. La dueña iba en silla de ruedas, y esa era la razón por la cual necesitaba ayuda para moverse en aquellos cinco metros cuadrados donde el aburrimiento campaba a sus anchas. Por desgracia, entre sus clientes habituales, que rondaban los setenta años, se había infiltrado la consabida excepción de Marta, que a la hora de la verdad financiaba el chiringuito comprando novelas policíacas, clásicos del siglo XIX y ensayos de filosofía política. Hacía meses que la señora Emma había colgado en el escaparate un pedazo de papel que llevaba unas palabras escritas con letra torcida y temblorosa: SE BUSCA PERSONAL. Si nadie se había presentado, por algo sería.

Ya se sabe que Emilia tenía una pésima relación con los libros, pero hizo de tripas corazón. En lo de hacer de tripas corazón, el trullo era una escuela excelente: ella había limpiado letrinas atascadas de vómito y suelos cubiertos de colillas; se había enfrentado a peleas, dramas, tribunales, y había sufrido el escarnio mediático. Así que sacar de las cajas unos cuantos ejemplares y colocarlos en las estanterías no era nada del otro mundo.

Lo más importante ahora era tranquilizar a su padre, que la había llamado cada día más cabreado, agresivo, preguntándole qué planes tenía, porque...

—Un Fast Food no es ningún plan, y, además, ¿qué es eso de irte a vivir a Milán? ¿Ahora resulta que, después de años de tocarme las narices, Sassaia ya no te gusta? Esas no son maneras, Emilia. En la vida hacen falta coherencia y voluntad. Se necesita un proyecto con cara y ojos.

Y ella le gritaba de vuelta con voz histérica, como de costumbre:

—¿Por qué coño hace falta tener siempre un proyecto?, ¿no puedo vivir al día y ver qué tal me las arreglo? Además, ya sabes que esas cosas no van conmigo: ¡a tomar por culo!

Pero su padre era un tanque con misiles incorporados:

—Voy a recogerte, Emilia. Está visto que no sabes cuidar de ti misma. No consigues empezar algo y acabarlo en condiciones.

Una noche intervino Marta. Le quitó el móvil a Emilia y se lo llevó al oído:

—Todo bajo control, míster. Marta Vargas al habla. He encontrado un empleo decente para su hija en una librería independiente, pequeña pero muy bien abastecida. Como usted sabrá, las librerías independientes son puntos esenciales, bastiones culturales imprescindibles, un bien para la comunidad. Si Emilia no cumple, se la enviaré a Rávena con un billete solo de ida.

Riccardo se quedó conforme. Pidió fotos que le sirvieran de prueba y Marta se las envió con una sensación de placer algo sádica. Unas imágenes que mostraban a Emilia entre estanterías llenas de libros y con cara de pocos amigos, la misma con la que aparecía en las fotos de primaria.

Bien mirado, el asunto tenía sus ventajas: al salir de la librería, tenía toda la tarde para ella. Podía comerse una porción de *pizza* sentada en un banco o bajando las escaleras del metro, para sumergirse acto seguido en la excitación del gran mundo y dejarse llevar. Todo parecía al alcance de la mano: robar un pintalabios en unos grandes almacenes, comerse un helado artesanal, relacionarse con la flor y la nata de la sociedad en las galerías de arte y ponerse ciega de porros en el barrio del Sempione con Mohamed.

Había descargado Facebook en su móvil y ahora ella también estaba metida en las redes sociales con el pseudónimo de Mágica Emi, aunque no colgara fotos. Eso le había permitido volver a ponerse en contacto con Afifa, Giada y Yasmina. Ponía un corazón en las fotos de Yasmina con su hijo, de Giada en la discoteca o en las playas de la isla de Elba. Se entretenía charlando con tíos pringados en los bares de la periferia y con mujeres con acento extranjero que soltaban un momento las bolsas de la compra en la acera para descansar un rato. Mohamed empezaba a gustarle. Ahora incluso intercambiaban confidencias; hablaban de la cárcel, de las actividades en las que habían participado, de algún personaje famoso que había ido a visitar a los detenidos, de cómo era el comedor. Al principio, nada comprometedor; solo unas anécdotas que habían compartido con cierto apuro. Al cabo de un tiempo, al comprobar que se entendían a la perfección, se los veía más desenvueltos, dispuestos a echar unas risas y hacer bromas. Para Emilia era gratificante poder pronunciar en voz alta la palabra «cárcel» sin el terror de que alguien la descubriera y volviera a juzgarla. También Mohamed había vivido las mismas experiencias escolares, la misma adolescencia; mejor dicho, casi, porque a él lo habían trincado por un atraco. En el barrio del Sempione, sentados en el banco que ya habían hecho suyo, él no se había andado con remilgos a la hora de hablar con detalle del pasamontañas, de la pistola, de la huida en una motocicleta. Fue entonces cuando Emilia empezó a tragar saliva, hundiendo las uñas en las palmas de las manos. No: ella no podía contarle lo suyo, debería callar su culpa, porque incluso las personas que han estado en la cárcel saben que existen los delitos justos y los delitos injustos.

—Por mucho que hagamos —le dijo una noche a Marta, levantando la cabeza del móvil—, acabamos viéndonos solo y siempre con gente que ha estado en el trullo.

Marta también levantó la cabeza, en su caso de *Guerra y paz*:

—Porque ciertas etapas hay que cerrarlas como Dios manda —le explicó muy seria— y nosotras aún no lo hemos hecho.

Emilia no acababa de entender.

—Tenemos que volver.

—¿Adónde?

Marta la miró a los ojos sin quitarse las gafas de montura metálica que usaba para leer.

—Lo sabes muy bien.

Emilia movió la cabeza en un gesto violento de negación, se levantó del sillón, se quedó de pie, desconcertada, como si quisiera irse, pero sin saber qué camino tomar. Luego soltó una risotada:

—A ti se te ha ido la olla.

En esos mismos días, yo me llevé el «gran susto».

La mañana del 25 de febrero, a la hora del recreo, de repente olí a quemado. Llovía y nos habíamos quedado dentro, a resguardo. Los niños corrían como locos, arriba y abajo, por el gran pasillo entre las aulas cerradas por falta de alumnos, en una escuela vacía donde sus voces retumbaban como si estuvieran en el vientre de una montaña.

Intenté averiguar de dónde procedía el olor. También Carlo, el bedel, había salido de su garita con cara de preocupación. Aunque amortiguado por los gritos de los niños, los dos percibimos unos leves chasquidos como de papel. Abrimos de par en par la puerta de la sala de profesores: los registros de clase estaban ardiendo.

Saltó la alarma. Carlo agarró el extintor mientras yo reunía a los críos. Ya los habíamos entrenado para casos de incendio y se lo habían tomado a broma, pero esta vez no hubo risotadas: descolgaron los chaquetones de las perchas y en un santiamén se colocaron en fila india. Diletta encabezaba la fila, yo la cerraba. En un instante estábamos todos fuera, a salvo en el cobertizo. Los conté: el Martino no estaba.

Después de ordenarles tajantemente que no se movieran del jardín, volví a entrar. Carlo había llamado a los carabineros. La sala de profesores estaba cubierta de brasas. Yo iba gritando enloquecido el nombre del Martino.

Entré otra vez en clase, miré debajo de los pupitres, debajo de mi mesa. Estaba seguro de que esa mañana había venido a clase porque había pasado lista. Daba patadas a las mochilas de los demás, buscando la suya, y la suya no estaba. «¡Martino!» Abría las puertas de aulas que hacía años que no se utilizaban. Abría de par en par las puertas de los baños de chicos y chicas. «¡Martino!» Hacía semanas que venía a clase muy de tanto en tanto. No prestaba atención a lo que le decía, miraba por la ventana, pegaba a los demás y en sus cuadernos no había ni una sola línea escrita. Volví a salir y pregunté en tono muy serio:

—¿Dónde está el Martino?

Todo el mundo con la cabeza agachada, las manos cruzadas y en silencio.

—¡Quiero que me digáis dónde está el Martino! —grité—. Si nadie habla, todos seréis considerados responsables y obligados a repetir curso.

Diletta levantó la mirada, dio un paso al frente y confesó:

—Ha huido.

—¿Se ha marchado de la escuela? ¿Estás segura?

—Sí. Lo he visto huyendo mientras miraba por la ventana —contestó. Y rompió a llorar.

—Chicos, aquí nadie se está chivando. Solo estáis ayudando a un compañero. Es fundamental que lo encuentre inmediatamente. ¿Dónde está?

La lluvia caía a cántaros y engrosaba el torrente. Todos negaron con un gesto de la cabeza. Los más pequeños lloriqueaban, los mayores estaban nerviosos.

—Bueno... Vamos a ver, ¿dónde creéis que puede estar? Sabiendo de qué pie calza, ¿dónde pensáis que puede haberse escondido después de montar este follón?

De nuevo, todo el mundo permanecía callado.

—Podría estar asustado y haberse hecho daño, podría estar metido en un follón aún más grande. Chicos, tenéis que ayudarme.

Luis se animó:

—Hay un pajar en el bosque, más arriba de su casa. Se ha construido un refugio secreto allí.

—Gracias. —Instintivamente, alargué una mano y le acaricié el pelo—. Muy bien, chicos. Como la escuela se ha quemado, la tarea para mañana será leer un libro.

—¡Noooo!

—¡Yo no tengo ningún libro en casa!

—Entonces, coge un periódico, un listín telefónico, una postal vieja... Además, vais a entregarme una redacción que hable del miedo, la alegría o cualquier otra emoción que hayáis sentido hoy.

No podía quedarme esperando a que llegaran los padres y los carabineros, así que le pedí a Carlo que los vigilara. Él, mientras tanto, había llamado también a Patrizia. No tenía un paraguas a mano, así que me subí la capucha del chaquetón y empecé a correr como un loco en dirección al puente de piedra. El torrente se removía furibundo. Crucé y llegué hasta la otra ladera del valle, la que siempre se quedaba en la sombra. Pasé frente al cementerio sin aflojar la marcha y empecé a subir por la estrecha vereda llena de socavones que serpenteaba por el bosque. La ansiedad era tal que casi no notaba el cansancio. Subía como una flecha, con el corazón que me iba a mil por hora. Ahora comprendía qué llegaban a sentir unos padres angustiados: el infierno.

«¿Por qué lo has hecho? —le preguntaba—. ¿Hacía falta tanto jaleo para llamar la atención?» Pero con quien de verdad estaba cabreado era conmigo mismo. «¿Por qué no he estado más atento?, ¿por qué no he intervenido?, ¿por qué nunca llego a tiempo?» A ver si esta vez no fallaba, joder.

Tras la última curva, vi la pedanía de San Michele, un puñado de casas abandonadas como la mía. Salía humo de una chimenea y en el establo de al lado oía el mugido de unas vacas, pero no me entretuve, no llamé a la puerta. Me fiaba solo de los niños. Fui directo hasta las últimas casas de la aldea y me encaminé por el sendero del bosque. Estaba empapado; sin embargo, no tenía frío. La lluvia seguía cayendo a chorros, violenta, terca, pero la espesura del bosque me protegía. Me hundía en el barro y en la poca nieve que quedaba. Había vivido como encerrado en un letargo, los sentidos amortiguados por el frío, el pensamiento enrarecido, la soledad, el alcohol. Y ahora estaba despierto del todo, como si me hubiera chutado adrenalina pura. Vivo y loco, buscando a ese niño que no había sabido ver, con quien no había sabido hablar. Y el bosque era un pozo sin fondo, oscuro como el cielo, enfurecido y empapado.

«Emilia, por favor te lo pido, ayúdame a encontrarlo. Dime que está aquí, que no se ha subido al autocar como tú. Dime que no se ha ido. Dime que no se ha despeñado por algún precipicio.»

Cuando el bosque de hayas quedó más despejado, me vi delante de un gran claro y la lluvia empezó a aflojar. En el lado opuesto del campo, frente al camino de donde venía, se vislumbraba una casa de piedra en ruinas, prácticamente idéntica al refugio de los partisanos, y de la chimenea salía humo.

Volví a correr y a rezar. Llegué sin aliento y con las piernas que ya no me aguantaban, abrí de un golpe lo que quedaba de una puerta de madera y ahí estaba el Martino, sentado encima de un viejo colchón cerca del fuego, con el perro acurrucado a sus pies y un cigarrillo en los labios.

Levantó la mirada sorprendido. Acto seguido, se mosqueó:

—¿Quién se ha chivado?

Cerré la puerta. Me quité el chaquetón empapado y yo también me senté encima del colchón frente al fuego, envuelto en una manta sucia.

Ahora que lo había encontrado, que tenía la seguridad de que estaba vivo, podía permitirme el lujo de cerrar los ojos y caer rendido.

—Me vais a suspender, ¿verdad? Total, la escuela me la paso por el forro.

Yo aún estaba sin aliento.

El Martino dio ávidas caladas al cigarrillo hasta llegar al filtro y luego lo apagó en un cenicero.

Miré a mi alrededor: además del colchón en el que estábamos sentados, había una buena cantidad de suministros de agua, chucherías y cigarrillos. Incluso vi un estéreo portátil que funcionaba con pilas y unos cuantos ejemplares de *Tex Willer*.

—¿Qué pasa? —le pregunté—. ¿Tienes intención de mudarte aquí?

El Martino volvió a fijar la vista en el fuego.

—No te metas en mis asuntos, maestro.

—Tus asuntos son también míos.

—¿Me llevarán al reformatorio?

—Eres demasiado joven —le contesté con una media sonrisa.

—No me importa suspender porque no pienso volver a clase.

—Eso no está en tus manos, Martino. Vas a volver, te guste o no te guste. La ley te obliga hasta los dieciséis años y a ti te faltan cuatro.

—¿La ley sirve solo para los niños? —me preguntó con aire insolente—. ¿Qué hay de los adultos?

El perro, que gracias a sus redacciones yo sabía que se llamaba Niebla, hundió el hocico entre las piernas del chico, buscando su mano para que lo acariciara. Marino le dio un beso en la nariz.

—Escucha bien lo que te voy a decir —le solté, mirándolo y obligándolo a mirarme—: por lo que a mí respecta, el incendio ha sido un accidente. Que descansen en paz los viejos registros del siglo XIX. A tomar por culo el pasado. Pero tú tienes que explicarme, aquí y ahora, con tus propias palabras y sin mentir, por qué lo has hecho.

Agachó la cabeza y estuvo callado durante un buen rato.

—Ya no sabía dónde meter la rabia.

Martino Fiume tenía el pelo largo, liso y negro, que casi le llegaba a los hombros porque nadie se ocupaba de cortárselo. Los piojos campaban ahí a sus anchas. Llevaba las uñas negras, la ropa sucia. Era un niño desatendido, nacido en contra de la voluntad de sus padres, un hijo único con un padre y una madre que nunca se habían acercado al colegio a preguntar por él y nunca habían abierto la puerta de su casa a los asistentes sociales. Era una persona que había llegado a este mundo sin que nadie lo deseara ni lo cuidara. Pero era inteligente, simpático a su manera; y, lo que de verdad importaba, yo le tenía cariño.

Lo forcé a hablar.

—Oye, Martino, yo ahora mismo no soy tu maestro. No estamos en clase. No te estoy interrogando. Soy Bruno, y quiero comprenderte, ayudarte. Por favor... —le pedí, cogiéndole de la mano—, fíate de mí.

Él se soltó, asustado por el contacto. Abrazó a su perro. Los ojos de Niebla y los suyos tenían el mismo punto de abandono marcado en las pupilas, la misma triste dulzura.

—Mi madre está en el hospital.

Yo también me entretuve mirando las llamas de la chimenea y dejé que se tomara su tiempo para hablar.

—Intenté agarrarlo del cuello y estrangularlo, pero es demasiado grande para mí. —Se subió la sudadera y la camiseta, y ahí, a la altura del vientre, vi un moratón grande como una *pizza*—. A mí me tocó recibir esto, pero a mi madre le fue peor. Había dejado de respirar y llegué a pensar que estaba muerta. Iba borracho como una cuba, como casi siempre. A punto estuvo de matarla; luego la levantó del suelo, la metió en el asiento trasero del coche y nos fuimos a toda leche, tan rápido que yo tenía miedo de que se pegara un castañazo en una de las curvas. Cuando llegamos al hospital, dijo: «Mi mujer se ha caído».

Se levantó y fue en busca de más leña. Yo no me moví.

—Mi padre es muy fuerte. Tiene manos de gigante. Me gustaría que vieras cómo saca los terneros del vientre de la vaca cuando al animal le cuesta parir. Hunde una mano dentro y los libera en un santiamén. Si aprieta con ganas, puede llegar a romper un vaso. Lo ha hecho un montón de veces. Siempre anda cabreado, conmigo y con ella. ¿Por qué? ¿Qué le hemos hecho? No sé decirte cuántas veces le ha roto las costillas, y, cuando se despierta en el hospital, ella dice que se ha caído por un barranco. Tengo un cabreo que ni te cuento.

—Tenéis que denunciarlo. Os acompaño yo.

—Sí, claro —replicó soltando una carcajada—; así, la próxima vez acabamos muertos los dos.

—No hay otra alternativa, Martino. Las personas violentas tienen que estar en la cárcel. —Mientras pronunciaba estas palabras, sentía cómo me temblaba el corazón—. Alguien tiene que pararle los pies a la gente como tu padre. No está de Dios que paguéis vosotros en su lugar. La culpa no es vuestra, es suya.

Niebla detectó un movimiento y se puso a ladrar. El Martino, alarmado, fue corriendo al ventanuco gris de tanto polvo acumulado. Pero era una falsa alarma, tal vez había pasado un zorro. Entonces prendió otro cigarrillo y alargó la mano hacia una caja a la que yo antes no había hecho caso: cervezas.

—¿Quieres una?

—No, y no se te ocurra pensar que voy a permitirte beber y fumar con doce años.

—Ojo, maestro, que esta es mi casa y hago lo que me da la gana.

—Esto no es una casa. —Me levanté. Estaba dispuesto a hacer algo, pero aún no sabía cómo actuar—. Estas piedras se caen a cachos y tú no puedes quedarte aquí. Los niños no pueden vivir solos.

—Yo a casa de mi padre no vuelvo.

—Y no tienes por qué volver. Solo pasarás por ahí diez minutos y yo te acompaño. Recoges lo que necesites para la clase, la ropa y lo que te haga falta: esta noche te vienes a dormir a mi casa.

El Martino volvió a mirarme con los ojos como platos. Por lo visto, seguía sorprendiéndolo.

—Anda, vámonos —lo animé—. Tienes que ducharte y comer algo más que estas porquerías.

Seguía mirándome a los ojos.

—Puedes llevarte el perro —añadí. Luego, al verlo poco convencido, quise tranquilizarlo—. Yo hablaré con tu padre. Voy a contarle que te quedarás conmigo hasta que se resuelva la situación. Y luego iremos a ver a tu madre y buscaremos una solución. Te lo prometo.

Se levantó. Con movimientos lentos y torpes, metió algunas cosas en la mochila. Apagó el fuego. Llamó al perro. Cuando salimos del pajar, el claro estaba inundado de luz. En la muralla de nubes que tapaba el cielo se había abierto una grieta. El sol pujaba por salir. El agua brillaba entre las ramas y la hierba como un alfabeto primigenio, nítido y feliz.

El Martino y yo bajamos de la montaña dando zancadas mientras Niebla nos acompañaba a paso ligero. Pensé que, si bien lo mío ya no tenía remedio, al menos podía buscar un apaño para los demás.

27

Iban sentadas la una frente a la otra en primera clase, del lado de la ventanilla. Mientras la estación central de Milán se alejaba, se les acercaron dos encargados llevando el carrito de las bebidas y preguntaron si les apetecía algo. Aunque solo fueran las nueve de la mañana, Marta pidió dos botellines de vino espumoso y dos bolsas de patatas.

Durante un rato se quedaron calladas, mirando el paisaje, el monótono discurrir de la llanura que las acompañaba: una lámina de escarcha quebrada de tanto en tanto por una granja, un silo o una hilera de abedules.

No era un viaje fácil para ninguna de las dos, y la una advertía la tensión que se agazapaba en la otra.

—¿Qué es lo primero que harás? —preguntó Marta para despejar un poco la atmósfera.

—Fumarme un porro en la plaza Verdi.

—No me vengas con tonterías, que ya no tienes dieciocho años, mágica Emi.

Tomaron un sorbo de espumoso de la copa de plástico y volvieron atrás en el tiempo, unidas por el mismo recuerdo.

Absolutamente *verboten*: los encuentros entre las presas durante los permisos; y de lo de fumar porros, ni hablemos. Pero ellas dos se habían dado cita a la chita callando siempre que habían podido, desafiando a la Magistratura, a la Frau y al Estado, que actuaba como si no tuvieran dieciocho años. Pero, quieras que no, los tenían; y a esa edad transgredir es una necesidad física. Y no te conviertes en una santa solo por el hecho de estar en el trullo; más bien, todo lo contrario.

Después de años de reclusión absoluta, cuando llegó la hora de disfrutar del primer permiso Emilia había cruzado la calle hasta el centro de la plaza San Francesco; acto seguido, se desmayó bajo la inmensidad del cielo.

En realidad, los límites estaban ahí, rígidos e inflexibles en cuanto a horarios y trayectos; y cuidado con saltártelos. Entre otras cosas, porque al regresar no te encontrabas con tus padres, sino con las celadoras que te registraban de arriba abajo, y, si encontraban algo raro, la Frau enviaba un informe al magistrado y de golpe y porrazo perdías todos los privilegios.

Marta tenía que ir a una residencia de ancianos, y Emilia, al pabellón de cardiología pediátrica del hospital Sant'Orsola. El trabajo de voluntariado estaba pensado para concienciarlas. Y ellas, desde luego, eran muy conscientes: de la vejez, que te deja hecha pedazos, del destino infame que se ensaña con niños inocentes, obligándolos a permanecer en una cama de hospital. Pero seguían siendo presas. Y con dieciocho años. Para ser exactos, Marta con veintiuno.

Así que se iban a la chita callando. Una hora antes. Alegando motivos muy bien estudiados. Iban corriendo como locas hasta la zona universitaria, y ahí, en la esquina de la calle

Petroni con la plaza Verdi, sentado en el suelo, con la barba larga y las uñas negras, estaba su camello de confianza.

Era una gozada eso de tumbarse a la bartola en la puerta de entrada del Teatro Municipal con el canuto en los labios, aunque, si llegan a pillarlas, las habrían trasladado de inmediato a la cárcel de adultos. Se colaban en los grupos de los estudiantes universitarios, fingiendo ser iguales que ellos, gente normal, mientras la hierba las llenaba de estupor y gratitud hacia esa vida tan jodida que les había caído en suerte, y que era responsabilidad suya, con los párpados que se hacían cada vez más pesados, la garganta seca, el hambre química.

Aunque de mentira, *libres*. Veinte, veinticinco minutos como máximo. En cuanto el campanario de San Giacomo daba las cinco, se daban una buena sacudida y acto seguido se levantaban a toda prisa y corrían como locas hacia el centro, llenándose la boca de chicles y echándose desodorante en los dedos y en el pelo. Antes de cruzar el puesto de guardia, intentaban recuperar cierta compostura, pero les resultaba difícil, dificilísimo. Porque, aun intentando pensar en algo feo, y no había que esmerarse mucho para conseguirlo, la risa floja se les quedaba ahí, atragantada, haciéndoles cosquillas, soltando burbujas y chispas. Sobre todo cuando las cacheaban y la celadora rebuscaba en sus bolsillos, en el bolso, en las bragas, repitiendo a mala leche que a ella nadie le tomaba el pelo... Pero es que esa hierba era jodidamente buena.

—Anda, que no son pocos los que te fumas tú con míster Túnez —comentó Emilia soltando una risotada—. Tú, que no parabas de decir que lo tuyo no era enamorarte, que nunca te enamorarías...

—A eso se le llama sexo.

—Os pasáis el día colgados del móvil.

—Se ha inscrito en unos cursos nocturnos. Tengo que vigilarlo de cerca.

—¿Pretendes redimirlo?

—El pastor de ovejas te ha vuelto arisca —soltó Marta ofendida.

—Es maestro de primaria. Y digo yo que te habría gustado.

—Viendo cómo estás, creo que no.

—Sea como sea, te pido, por favor, que no vuelvas a mencionarlo. Mejor te ocupas de tu nuevo juguete con ese Rolex comprado a los manteros.

Los padres de dos niños pulcros, repeinados y bien vestidos, se dieron la vuelta desde los asientos delanteros y las miraron extrañados. También dos turistas alemanes que iban en manga corta. Solo los hombres de negocios, con la cabeza metida en sus portátiles, estaban demasiado ocupados como para fijarse en ellas.

—No demos la nota, por favor —pidió Marta siseando.

—La culpa es tuya. A mí ni se me pasaba por la cabeza hacer este viaje —contestó Emilia mientras se acababa la bolsa de patatas.

Ambas fijaron la mirada en el campo, dominado por aquel cielo inmenso, indiferente, lejano. Era como quitarse una muela: necesario, pero doloroso.

Al cabo de un rato, el tren empezó a reducir la velocidad. Y Bolonia surgió ante sus ojos. Idéntica. Intacta. Con sus casas rojas, amarillas y naranjas pegadas la una a la otra y sus colinas arqueadas como los lomos de grandes animales dormidos. Los pórticos, donde tanto les había gustado resguardarse de la lluvia. Y las dos torres en el centro.

Era el mismo lugar al que las había llevado un furgón para transporte de presos unos decenios antes.

La ciudad del castigo.
De la juventud.
De la amistad.

A medida que se iban abriendo una tras otra las puertas blindadas de la cárcel, que son muchas, a Emilia, con sus deportivas blancas y su carita de niña, le pareció haber aterrizado en otro planeta.

Nunca olvidaría su ingreso en prisión, la entrega de la pulsera de oro que le había regalado su madre el día de la confirmación y que siempre llevaba puesta. Había llegado el momento de separarse de ella y lo mismo tenía que hacer con toda su vida: quitarse por capas todas las Emilias que había sido, y ¿qué quedaría entonces? Una foto de frente, otra de perfil y una huella digital, como en las películas. Pero aquello no era una película, y una celadora de carne y hueso la había acompañado por un pasillo y una escalera entre los ruidos, los chillidos, los transmisores y las miradas curiosas de las otras, que ya la conocían después de verla en el telediario.

Aterrorizada, había entrado en una de las celdas de aislamiento. La habían arrestado e interrogado en comisaría durante tanto tiempo que ni sabía cuánto. Y, justo después, noventa y seis horas en un centro penitenciario de acogida, casi sin comer y sin beber, sin poder descansar, amodorrándose solo de vez en cuando en un estado neblinoso, hasta que finalmente decretaron su prisión preventiva.

Se había sentado en un lado de la cama, repitiendo una y otra vez un mantra: «No es verdad, no es verdad, nada de esto es verdad». Las rodillas pegadas, los talones unidos, las manos en el regazo, esperando que alguien viniera a decirle: «Ha sido una pesadilla, puedes volver a casa». Al chalé blanco de Rávena, que había sido inspeccionado a fondo por la policía.

Antes, su vida transcurría por una vía; ahora, había descarrilado bruscamente y la había depositado en otro mundo. ¿Qué había pasado entre una condición y otra? El cambio había provocado un bloqueo en su mente.

Respiraba con los nervios en un puño. Ausente y, sin embargo, vigilante; en estado de alerta como una bestia en un hoyo, acosada por todo lo que la rodeaba. No tenía hambre, sed o sueño. Era un manojo de nervios. La realidad resultaba tan densa e irreal que lo único que le apetecía era tumbarse y dormir.

Cabe que incluso lo hiciera. O que imaginara haberlo conseguido. Tras pasar horas o días —el tiempo se había resguardado como un oso en su guarida—, había levantado los ojos del suelo y se había dado cuenta de lo que tenía a su alrededor. Fue entonces cuando la vio: la chiquilla de la celda frente a la suya la estaba mirando con interés.

¿Qué queda de una persona privada de la escuela, de las vacaciones, de su familia, de su casa? Emilia aún tenía que aprenderlo, pero la chiquilla de la celda de enfrente no, y parecía tomárselo con calma. Llevaba una ropa horrible, probablemente recuperada de un contenedor de basura. Sus facciones duras y su mirada circunspecta le recordaban a la gitana que pedía limosna en la puerta del supermercado y que ella siempre había esquivado, acelerando el paso con cierto apuro. En cambio, ahora estaban juntas, en el mismo barco, con una diferencia: la otra, se enteró Emilia más tarde, había cometido un delito ridículo si lo comparabas con el suyo; por tanto, muy pronto saldría de prisión.

—¿Cómo te llamas? —le preguntó.

Emilia no conseguía despegar los labios.

—¿Eres la de Rávena?

Incluso ella se había enterado.

—No es la primera vez que me encierran aquí, y no puedo quejarme. La directora es buena persona y el jefe no jode demasiado. —Al ver que Emilia seguía mirándola sin reaccionar, como una muñeca de trapo desmadejada, añadió—: Incluso puedes hacer deporte y teatro. Y la comida no está mal del todo.

Estar presa era como morir: te igualaba con las demás. Guapas y feas, cultas e ignorantes, pobres y ricas. Aunque pronto Emilia descubriría que en aquel lugar la única con un buen pasar era ella.

Cuando consiguió librarse de la niebla provocada por los ansiolíticos —al cabo de un tiempo, la doctora se había negado a seguir recetándoselos— Emilia había ido dándose cuenta poco a poco de que las trece, diez, doce chicas del centro no tenían nada en común con las que ella solía encontrar, frecuentar y conocer *fuera*.

Desde que iba al parvulario hasta acabar primaria, en las aulas de Emilia nunca había puesto los pies una marroquí, una tunecina, una gitana o alguien procedente del este de Europa. Y, menos aún, en las aulas donde le daban clases de danza y piano.

Todas habían seguido las noticias por televisión y sabían por qué estaba allí. Así que, aun llevando las Adidas blancas e inmaculadas, le correspondía el podio de las miserables. Mientras los periódicos la consideraban una bruja, aunque ella no pudiera enterarse, dentro le tenían envidia por llevar ropa de marca, aunque también sintieran pena por ella.

Como la inmensa mayoría de sus amigas, Emilia nunca se había interesado por la política. Lo suyo era pasarse horas jugando a *Resident Evil*, ver los vídeos de Christina Aguilera en MTV y fumar porros en el baño del instituto. Todo su mundo acababa ahí, en su chalé y en su barrio. Para ella, un pobre era un alienígena, y un inmigrante, alguien que intentaba venderte mecheros. Los gitanos se sentaban encima de un montón de mantas en las puertas de los supermercados. A su entender, ni siquiera llegaban a ser personas de carne y hueso: solo unas siluetas sin rostro, historia o nombre propio. Y ahora había ido a caer ahí con ellas. El mismo comedor, el mismo baño, la misma escuela.

Había adquirido su aprendizaje político de golpe, todo junto.

Caminando al lado de Marta por la calle Marconi, Emilia le iba dando vueltas al asunto. Al hecho de que las italianas nunca acaban en el trullo. Porque siempre les queda una familia, una casa, una oportunidad.

En chirona solo terminan las chiquillas abandonadas, sin un puto pariente que se haga cargo de ellas ni un trastero donde acabar castigadas. Niñas que nunca han ido al cine a ver una película de Disney ni han jugado a dibujar vestidos de princesas. Entonces, si a los catorce años no tienes zapatos que ponerte y entras en una tienda a robar, ¿de quién es la culpa?

Emilia se acordó de Yasmina, del día en que, con poco más de catorce años, la habían enviado a su celda y se había presentado. Marta, que estaba leyendo un Pavese o tal vez un Moravia en una vieja edición de bolsillo procedente de una donación, había levantado la mirada y se lo había soltado en toda la cara:

—¿Qué coño haces tú aquí? Esta no es la casa de Barbie.

Pero resulta que Yasmina no había visto una Barbie en su vida, aunque se le pareciera un montón: grandes ojos negros, pelo largo y rizado, labios carnosos y piel de ámbar. Su vocabulario en italiano se limitaba a ocho palabras. Había dispuesto con cuidado sus cosas encima de la cama, que ni siquiera llegaban a ocho: un camisón, tres bragas, dos pares de calcetines. Por no tener, no tenía ni cepillo de dientes.

—*Where are your parents?* —le preguntó Marta.

—*Under the sea.*

—¿Y el *boyfriend* ? *You have a boyfriend?*

Yasmina había contestado que no moviendo con violencia la cabeza. A tenor de su mirada hosca, enseguida quedaba clara su anterior experiencia con los *boyfriends.* Le habían caído un año y dos meses por haber arrancado del cuello de chicas más afortunadas que ella cinco o seis collarcitos. Pero los collares solo eran un pretexto: la cuestión era que aquella chiquilla no tenía un hogar, un documento, un adulto dispuesto a darle de comer, de proporcionarle ropa y de acompañarla al colegio.

Emilia nunca olvidaría su cara a la hora del desayuno, cuando tuvo a su disposición un paquete de galletas con chocolate. Pasaron semanas antes de que se convenciera de que podía darse duchas calientes *with shampoo.* Era más educada y amable que todas las jóvenes educadas y amables que Emilia había conocido fuera, y en cuanto empezó el curso de alfabetización dio lo mejor de sí.

Ahora tenía un trabajo, un marido, un hijo. Volviendo a pensar en su historia, a Emilia se le empañaron los ojos.

—¿Qué pasa? —soltó Marta—. ¿Ya te ha dado la llorera?

Llegaron a la plaza de San Francesco y fue como recibir un puñetazo en el estómago. Miraron los rosetones de la iglesia que dejaban entrever el cielo, los niños que iban pasando rápidos en patinete, la heladería: todo tal cual lo habían dejado. Emilia fue a sentarse en uno de los bancos porque las piernas ya no le aguantaban.

Las italianas nunca acaban en el trullo.

Las italianas menores de edad: imposible.

A menos que...

Como Giada y Myriam, tuvieran problemas de adicción a las drogas y se escaparan una y otra vez de los centros de rehabilitación.

O...

Como Emilia y Marta, hubieran cometido un delito de una gravedad extraordinaria.

Tan extraordinaria que a la hora de la verdad no había una comunidad o un puesto de trabajo socialmente útil que se atreviera a apechugar con ellas.

Durante ocho años Marta y Emilia habían visto desfilar nuevas caras por la cárcel de menores. Se habían convertido en los pilares, un ancla de salvación para quienes salían y luego procuraban que volvieran a arrestarlas: en la cárcel de Bolonia siempre encontrarían un comedor en condiciones, una cama, un patio hermoso y la Vargas al lado de la Innocenti.

Las veteranas, las hermanas mayores, y, además, aquella otra manera de definirlas que no se podía mentar.

—Punto y aparte —dijo Marta obligando a Emilia a levantarse.

Cruzaron la calle cogidas de la mano. Diligentes, adultas, con un peinado a la moda: incluso habían ido a la peluquería el día anterior. Llevaban puestos sus mejores abrigos y los mejores conjuntos de camisa y pantalón para marcar distancia con las chicas que habían sido.

Entraron en el callejón. Fueron consumiéndolo a paso lento.

Finalmente, levantaron la mirada hacia la gran verja de hierro, hacia los muros infranqueables. Reconocieron uno por uno todos los edificios, las ventanas, los balcones de su viejo horizonte, incluso el del Denfrente. Había dos banderas ondeando al lado de la entrada: la italiana y la europea, un poco deshilachadas y algo desteñidas por el sol.

Marta se fijó en aquellos dos pedazos de tela.

—¿Sabes qué pienso? —le preguntó.

Emilia dio media vuelta para mirarla y por primera vez vio llorar a su mejor amiga.

—Que este lugar no debería existir.

Marta sacó un pañuelo del bolso, intentando que no se le estropeara del todo el maquillaje.

—Dejando de lado los estudios, las amistades y los buenos momentos que reconozco haber vivido, una cárcel para menores es un sinsentido —soltó cabreada—. La inmensa mayoría de quienes acaban aquí no merecería siquiera ser castigada. ¿Por qué motivo?, ¿por tener la mala suerte de nacer en ciertos barrios dejados de la mano de Dios o en familias en las que no hacen más que recibir bofetadas? Si la sociedad te lleva a robar, a atracar, a liarte a hostias, a traficar con droga a los quince años, ¿quién tiene la responsabilidad de toda esa mierda? ¿Dónde estaban la escuela, los servicios sociales, Italia y Europa *antes* de que fueran presos? *Después* es un juego de niños —concluyó casi a gritos.

Se dio la vuelta para mirar a Emilia, con la mitad del maquillaje corrido y los ojos que soltaban chispas.

—¿Te das cuenta? Rejas, llaves, celadores... ¿Quién va a formarse y salvarse en estas condiciones? Yasmina, Afifa, todas ellas: deberían haberlas llevado a teatro, al cine, asignarles las mejores familias, incluirlas en ese mundo privilegiado del que siempre se sintieron excluidas. En cambio, las encerraron y hundieron aún más en la mierda, diciéndoles que eran putos desechos. En una sociedad *civilizada*, lo suyo no habría sido llevarlas presas, sino darles una indemnización. Emilia clavó la mirada en el asfalto.

—Estoy de acuerdo contigo —susurró—. Todas vosotras merecíais que os resarcieran, ¿pero yo? Yo no —concluyó sacudiendo la cabeza.

Y pensó que, suponiendo que alguien desmontara toda la estructura social y reparara las injusticias y las desigualdades, aun sanándola desde la raíz, algo que desde luego habría que hacer, el mal persistiría. Terco. Residual. Reducido a una aguja en un pajar, a la mínima expresión. Pero ahí estaba ella, si de muestra servía un botón.

Marta no le contestó. Porque estaba cansada y porque había misterios que ni siquiera ella sabía desentrañar.

Se dirigieron juntas hacia la entrada, llamaron al interfono. La puerta se abrió, como muchas otras veces, pero ahora en el puesto de guardia había una agente nueva que las miró atenta y curiosa. Como si fueran dos tutoras, dos profesoras, dos abogadas, dos treintañeras libres y guapas.

Así que el bien resulta ser igual que el mal: terco.

28

Volvimos a Sassaia de noche, exhaustos. Habíamos estado en el hospital de la ciudad y llevábamos a rastras lo que quedaba de un día muy duro.

Al Martino le había tocado aguantarse las lágrimas, sentado en una silla incómoda a los pies de la cama de su madre, escayolada y tumbada de cualquier manera, como un mueble hecho añicos. Una mujer terca como un mulo, a quien yo, con muy buena voluntad, había intentado convencer para que denunciara al marido. Sin embargo, tras insistirle durante tres cuartos de hora, ella se había limitado a decir:

—Este asunto no es cosa suya, señor maestro.

—Pero sí es cosa de su hijo.

—Martino ya es mayor, se hace cargo.

—¿De qué?, ¿de que la violencia es lo más normal del mundo?

—De que su padre está cansado, y la familia es lo primero. Eso por encima de todo.

Me puse de pie sin saber dónde colocar las manos, la frustración, los nervios. En el pabellón iluminado por las luces de neón, los demás pacientes nos observaban, llevados por la curiosidad y también por la lástima.

—Disculpe, pero ¿por encima de qué? ¿De las habladurías de los del valle, que van a cotillear tanto si denuncia como si no? ¿Por encima de correr el riesgo de que la mate?

Adelaide, que así se llamaba la mujer, me miraba sin soltar prenda, con los puños cerrados, puede que preguntándose qué narices sabría yo de lo suyo.

—¿Qué es una familia? —le solté.

—El que sabe de letras es usted —me contestó ella sonriendo.

El Martino estaba que se salía. Evidentemente, ya se había tragado muchas gilipolleces, como eso de que *los hombres nunca lloran*. Entonces, ¿por qué yo me empeñaba en inculcarle lo contrario? ¿Qué tenía que ver yo con todo eso?

Su madre estaba ahí, con el cuerpo envuelto en vendas y el gotero. Le habían destrozado la vida, pero defendía lo suyo como un león, protegida tras un caparazón que se había ganado a pulso.

—No sabría decirle qué es una familia —repliqué; respiré hondo y seguí hablando—, pero estoy convencido de que es un lugar en el que nadie te muele a palos. En el que no hay nadie fuerte que se desquita con los más débiles. Porque eso es lo que pasa en el bosque, donde tienes que estar siempre alerta si no quieres que te coman. Y en una familia tendría que pasar justo lo contrario, creo. Claro que es usted quien se ha casado con ese hombre. ¿Y qué voy a saber yo de todo eso, de la historia complicada que hay detrás? La gente debería ocuparse de sus propios asuntos: no veo, no oigo. Pero yo la estoy mirando a usted ahora, hecha pedazos, viva de milagro. Y veo al Martino ahí, reventando de rabia, y no hay nada en este retrato de familia que me parezca normal ni apropiado.

Como decía, estábamos exhaustos y desconsolados. Ya eran las ocho. Nuestros pasos retumbaban entre las casas congeladas de Sassaia. Había gastado un montonazo de palabras y, al final, Adelaide casi ni se había despedido de nosotros: un gesto dirigido a mí y un beso desabrido en la mejilla del Martino. No había conseguido nada.

En cuanto abrí la puerta, Niebla se nos echó encima haciéndonos carantoñas y eso nos levantó un poco la moral.

—Andando... —le ordené—. ¡A la ducha!

El Martino subió al piso de arriba sin rechistar. Se había vuelto obediente desde que estaba en una casa que no era la suya. Yo me lavé las manos en la cocina con el detergente para los platos y me puse a organizar una cena.

Era la noche del sábado, 27 de febrero. Desde que había empezado aquella inesperada convivencia, hacía cuatro días, no había tomado ni una gota de vino. Abrí una botella y me tragué de un sorbo media copa. Eché un vistazo a la alacena: la polenta de siempre, el queso casero de siempre, unas remolachas. Lo cogí todo y me puse manos a la obra. Mientras vigilaba las cazuelas y ponía la mesa para dos, escuchaba los pasos del Martino, el ruido de los objetos que iba moviendo, el chorro de la ducha, el ruido del agua en las tuberías, y no podía resistirme a pensar que la casa volvía a estar viva.

Llevado por cierta alegría, volví a encender el móvil después de semanas de tenerlo apagado. Niebla iba metiendo bulla a mi alrededor, implorándome con la mirada que le dejara probar la comida. «A ver, ¿qué quieres?, ¿te apetece un poco de remolacha? Toma...» El teléfono no emitió ningún sonido, mudo como una piedra. No es que me esperara un mensaje o una llamada, o no quería admitirlo.

El Martino acabó de ducharse y vino andando por el pasillo descalzo, empapando la alfombra, provocando cierto desorden. Eso no me molestaba, sino todo lo contrario. Oí cómo abría la puerta de su nueva habitación, que había sido la de mis padres, cómo enchufaba el secador y se arreglaba el pelo, que pedía a gritos un buen corte.

Me había dado apuro vestir *aquella* cama, buscarle al chiquillo un hueco en el armario donde aún descansaban, sumergidos en naftalina, los abrigos de mi madre. Me había costado rescatar del desván el baúl con los juegos y los libros de nuestra infancia. El Monopoly, el juego de adivinanzas, el Scrabble, los prismáticos de Valeria. Y toda la colección de los clásicos de Salgari, que, por supuesto, el Martino ni siquiera había hojeado.

Fue necesario establecer unos horarios y ciertas reglas: prohibido escaparse de casa, obligatorio apagar la radio cuando uno se iba a la cama, obligatorio cepillarse los dientes después de cada comida y lavarse las manos antes. De momento, también habíamos tenido que esquivar la curiosidad morbosa de los compañeros de clase que nos veían llegar e irnos de la escuela juntos. Todo resultaba provisional, precario, posiblemente en los límites de lo consentido por la ley. Pero ahí estábamos.

El Martino bajó oliendo a colonia, con el pelo recién secado, y se sentó a la mesa a tiempo para comerse las remolachas. Al verlas torció el gesto, pero no es que pudiera pretender demasiado. Lo coloqué todo en un solo plato para no tener que lavar más de uno, y él enseguida se hizo con el queso. Comimos en silencio y sin mirarnos a los ojos, sintiendo aún una cierta incomodidad que no parecía disminuir con el tiempo. Cualquiera que se fijara en mi barba y su pelo diría que éramos padre e hijo. Dos tíos raros, dos salvajes. Le serví un dedo de vino. Él se sorprendió.

—Solo porque es sábado por la noche —le aclaré.

La verdad es que cargar con los abrigos de mi madre envueltos en fundas de plástico y llevarlos al oratorio de Alma para donarlos a Cáritas no me había entristecido. Es más: mientras retomaba el camino, subiendo por Stra' dal Forche ligero y más libre, a ratos sonreía.

Cuando acabamos de cenar, el Martino quitó la mesa y yo lavé los platos. Esto también formaba parte del reparto de los deberes establecido *a priori* para organizarnos mejor. Como a la mañana siguiente no había clase, aunque acababan de tocar las nueve de la noche, le dije:

—Anda, sube a buscar el Monopoly, echaremos una partida.

Se le iluminó la cara. Yo me serví otra copa de vino. Colocamos juntos el dinero, las fichas y, cuando estaba a punto de entregarle los dados, de repente y a traición el sonido del teléfono rajó la casa y la partió por la mitad.

Fue un sobresalto. Durante un instante me quedé clavado en la silla, incapaz de reaccionar, de pensar, mientras el Martino me observaba sorprendido y Niebla lamía el fondo de su cuenco. Me levanté con el corazón a mil por hora. Me acerqué al aparador. La pantalla brillaba con obstinación.

No era Emilia.

—Diga.

Desde el rectángulo de noche enmarcado por la ventana, cruzando los visillos, surgió la luna. Blanca, llena, iluminando la nieve en la cima del Cresto.

El Martino buscaba la manera de hacer trampa en el juego.

Niebla, después de hartarse de comer, dormía debajo de la mesa.

—Hola, Bruno —me soltó ella en ese tono cantarín y chulesco tan suyo que yo creía perdido—. ¡Feliz cumpleaños!

Me dejé caer en la silla como un peso muerto.

—No me digas que te habías olvidado.

Recuperé la voz.

—Sí.

—Tienes treinta y siete años. Empiezas a ser mayor, y no solo por dentro, sino también por fuera. ¡Tienes que celebrarlo!

Me di cuenta de que, sin querer, se me empañaban los ojos. Mientras Valeria se liaba hablándome del tiempo que hacía en Ostia, de una borrasca en el mar, de un chiringuito echado a perder, yo movía la barbilla intentando contener las emociones. Volvía a mí la Bruja de los Bosques, su bastón, su cerbatana, su fuerza: no había muerto. Se había acordado.

—También quería decirte que he dejado al gilipollas con el que estaba saliendo. Valeria Peraldo en su puta vida volverá a liarse con un tío celoso, eso te lo garantizo. He alquilado un apartamento para mí sola. No pienses que es una mansión, son cuarenta metros cuadrados; pero, si no sabes qué hacer cuando tengas vacaciones, en Semana Santa o en junio, cuando se acaben las clases... Si te apetece pasar unos días en la playa y ver un lugar distinto, tengo un sofá cama.

¿Qué es una familia? No sabría qué decirte, Adelaide. De eso entiendo poco o nada. Sin embargo, moví los labios empapados de lágrimas. «Una familia es un cable, Adelaide.»

Un cable de acero que te aguanta, pase lo que pase. Que impide que te pierdas o te disuelvas en la nada porque a ti, enganchado a ese cable, te han querido.

—Gracias, Valeria —susurré con un hilo de voz—. Cuenta conmigo, de verdad.

Colgué, pero me empeñaba en agarrarme al móvil, incapaz de soltarlo; aún percibía la calidez de nuestra conversación. Mientras tanto, el Martino se moría de ganas de empezar a jugar, a edificar, a ganar.

Tiré los dados después de que lo hiciera él, moví mi ficha en el tablero. El Martino ya estaba empezando a construir casas y hoteles, a invertir dinero. Yo no conseguía concentrarme e iba perdiendo puntos. Me quedaba atrás. Volvía.

A Turín. A la noche en que había llenado deprisa y corriendo el maletero del Seat de bolsas y cajas para volver aquí, llamar a Sebastiano y, en resumidas cuentas, encontrar la manera de acabar de una puta vez con mi vida.

No había vuelto a pensar en lo que había pasado y ahora, entre una jugada y otra, aquello volvía a mi mente. Todo junto.

Los años de universidad, el pequeño apartamento en vía Po. Mis compañeros de piso se traían chicas a casa y yo me ponía tapones en los oídos para no escuchar nada y seguir subrayando textos, sin moverme de mi escritorio.

Nunca salía. Para mí el mundo estaba encerrado en un triángulo isósceles delimitado por mi habitación, la facultad y la biblioteca. Jamás me aventuraba más allá de ese perímetro y no salía con nadie. A decir verdad, nunca había visto Turín.

No me había resultado difícil licenciarme con adelanto y con matrícula de honor y seguir con el doctorado. Desde el principio me habían prometido una cátedra, dejándome entrever la posibilidad de una carrera brillante. Quieras que no, me había convertido en el pequeño lumbreras del valle. Era mi destino: viajes por Europa, conferencias, publicaciones. Pero había una grieta en mi interior y yo no tenía ninguna intención de salvarme. Más bien, todo lo contrario.

Una compañera de doctorado que acababa de llegar desde Florencia una mañana me pidió prestados los apuntes; su sonrisa daba a entender que le apetecía entablar amistad. Y yo me quedé clavado como un pasmarote.

Tras el episodio de los apuntes, me pidió que estudiáramos juntos en la biblioteca. Aunque hubiera vivido seis años sin pena ni gloria, ahora resultaba que, aun en contra de mi voluntad, existía. Y, también en contra de mi voluntad, había vuelto a asearme y a afeitarme. Al cabo de un tiempo ya estábamos tomando café juntos, de pie frente a la máquina expendedora de la facultad, y de ahí pasamos a tomarlo sentados en un bar de los alrededores. Nunca me había morreado con nadie. Nunca había palpado unas tetas. Una noche me puse a buscar películas porno en internet para saber cómo funcionaba el asunto.

Accedí a una primera cita en un local nocturno. Los tres o cuatro Spritz que me metí en el cuerpo con el estómago vacío ayudaron un montón. Luego nos fuimos a dar una vuelta por el parque Valentino, que bordeaba el río. Ella y yo, paseando juntos: un muermo al lado de una veinteañera exuberante que hablaba con acento toscano y que, de repente, se había parado y le había estampado un beso en la boca al muermo. Fue entonces cuando, por primera vez desde el 26 de agosto de 1990, me quedé asombrado al descubrir que tenía un cuerpo: vivo y accesible.

Un poco después, me invitó a una fiesta y yo acepté. Se trataba de volver a vivir; o, por lo menos, de intentarlo. Me compré unos vaqueros y una camisa para la ocasión. Llamé al interfono; la música retumbaba incluso en el zaguán. Subí con las mejores intenciones y me la encontré en la puerta, acalorada y borracha. Dentro del piso el aire estaba impregnado de humo y había botellas vacías de cerveza y vino desperdigadas por todas partes.

Tenía claro que yo era un cable con hilos sueltos y que no puedes pretender renacer si antes no te has muerto del todo, pero ahora me habían entrado las prisas. Estaba convencido de que esa era la chica. Ella me cogió de la mano, me llevó a una de las habitaciones y cerró la puerta con llave. La lamparilla de noche estaba encendida y la cama deshecha, como si otros acabaran de dejarla libre. A fin de cuentas, a eso había venido, ¿no? Para dejar de ser simplemente un hijo, un hermano, el huérfano por excelencia. Para ser, por fin, *yo*.

Se acercó a la cama y se desnudó delante de mí. Habría dado lo que fuera por tenerlas: la tensión, la erección, la pérdida de control; en vez de eso, notaba el metal. Debajo de la lengua, debajo del esternón.

La corrosión se desarrolla en tres fases, había explicado el perito: la nucleación, que casi no se advierte. La propagación, de la que uno puede y debe darse cuenta a tiempo. Por último, se llega a la ruptura definitiva e irreparable.

Yo había pasado por la nucleación en los tiempos del bachillerato y por la propagación en la universidad. Había ido fluctuando, lejos, durante todos aquellos años. Cabreado conmigo mismo y con Valeria: ¿qué había tan importante en aquella maldita mochila?, ¿una carta, un anillo? ¿De quién?, ¿de tu ligue? ¿Canjeaste una relación de tres al cuarto por nuestra familia?, ¿por la posibilidad de morir todos juntos?

La vida pedía a gritos un sí. Amor, apertura, sexo. Mi compañera de doctorado se estaba quitando los vaqueros, las bragas, y se abría de piernas. Y yo, en vez de soltar el dichoso sí, sentía cómo se aflojaban los cables de acero retorcidos hasta llegar al punto de no retorno y me desmoronaba. En vez de librarme de la coraza. En vez de darme el lujo de disfrutar. El 2 de noviembre directo al cementerio, todos los años; ese era mi deber.

—¡Te he pillado! —gritaba el Martino, feliz.

Y yo ahora lo miraba como alelado.

Como alguien que, por fin, empieza a entender por dónde van los tiros.

—¡Te toca pagar, tío!

Y comprende que ha tirado por la borda un montón de tiempo.

—¿Te das cuenta de que solo te queda un billete?

Me daba cuenta. Bien mirado, no era tan distinto de Adelaide: yo también estaba convencido de que si te muelen a palos es porque en el fondo te lo mereces; que, si el mal puede contigo, la culpa es tuya.

En cambio, con Emilia habían bastado dos poemas para que todo cambiara.

Porque la vida pide vida, y punto. Pide seguir adelante y se pasa por el forro todo lo demás.

—¿Te has tomado una copa de más?

—No, estoy estupendamente —le contesté, negando con la cabeza.

Volví a concentrarme en el juego. A esas alturas, estaba sin un duro; en pocas palabras, el Martino me había desbancado. Agarré los dados.

—¡Ánimo! Juegas fatal, pero en una de esas tendrás suerte —me decía burlón.

Eché los dados y acabé en la casilla «Prisión».

—¡He ganado, he ganado! No te queda dinero para pagar la fianza —me soltó riendo a carcajada limpia.

Fijé la mirada en la palabra «Prisión», que en mi cabeza enseguida se convertía en «Emilia». ¿De verdad había renunciado a un futuro con ella por culpa de su pasado?, ¿por culpa de mi pasado?

Levanté los ojos de aquella maldita ficha y miré al Martino: estaba loco de alegría. Y no hay espectáculo mejor que ver a un niño contento.

—Quiero contarte algo —le dije sonriendo.

—Vale, pero he ganado yo.

—Has ganado, Martino. Eres un campeón. Nadie lo pone en duda. Y por eso quiero contarte algo que puede que te resulte útil el día de mañana.

—Solo si me dejas fumar un cigarrillo.

Solté un suspiro: todo acababa siendo un trueque, un compromiso, una trabajera.

—Solo porque esta es una noche excepcional —acepté; luego extendí la mano—: dame uno.

—Tú estás acostumbrado a verme así, como el maestro, y crees que no podría haber hecho otra cosa. Pero a mí nunca se me pasó por la cabeza la idea de dar clases y, menos aún, a chavales de primaria. Era lo último que se me habría ocurrido. —Di una calada y solté el humo—. Cuando tenía tu edad, perdí de golpe a mis padres.

El Martino se enderezó en la silla; se le veía más interesado que conmovido.

—¿Fue el accidente del monte Stella? Me habían contado algo, pero yo no acababa de creérmelo.

—No fue un *accidente* —repliqué, mientras echaba la ceniza en una taza de café—. Llamemos a las cosas por su nombre: aquello fue una *masacre*. Pero lo que quería decirte es que yo, a tu edad, me consideraba igual que la ficha de antes: jodido. En pocas palabras, estaba tan mal que, a pesar de haberme metido de cabeza en los libros, de haber conseguido una licenciatura y estar a punto de terminar el doctorado, al final volví aquí, a ponerme ciego de porros, de alcohol y de cualquier droga que cayera en mis manos.

El Martino aguzó la mirada: la cosa se ponía cada vez más interesante.

—Me pasé un año entero, Martino, *un año*, en el pozo. En cuanto me despertaba, lo primero que hacía era fumarme un canuto y luego tragarme un orujo. No aguantaba ni cinco minutos con la mente despejada.

Lo observé: su mirada colgaba de mis labios. Los niños se sienten atraídos por el mal porque no lo poseen. Quieren conocerlo porque aún no han sido contaminados. ¿Y luego? ¿Cómo es posible que la adolescencia nos corrompa a todos?

—Una mañana del mes de mayo, en vez de despertarme en mi cama, descubrí que estaba en la orilla del torrente, sin tener la más mínima idea de cómo había llegado hasta allí y con quién había pasado la noche. Como una bicicleta abandonada, pura chatarra. Punto final. Tenía un dolor de cabeza espantoso, la luz se me comía los ojos a mordiscos, la humedad había acabado con mi ropa. Daba asco, y el asco era tan grande que me dije: ahora voy y me muero, me meto en vena una mierda bien potente y se acabó lo que se daba. Y esa gilipollez me rondaba la cabeza mientras a mi alrededor el aire olía a flores, a lo lejos se oía el sonido de los cencerros y la montaña, el campo y el cielo estaban tan repletos de voces y colores que era imposible encontrar un punto vacío.

Los dos apagamos el cigarrillo juntos, en el mismo momento. Cuando volvimos a levantar la cabeza, nuestras miradas se encontraron.

—Tenía muy claro que quería morir, clarísimo. Pero resulta que de pronto sonó la campanilla del recreo y vosotros salisteis al patio. —El corazón se me ensanchaba en el pecho al recordarlo—. Entiéndeme, no erais vosotros, sino los chicos de unos cursos anteriores, vigilados por una maestra más vieja que el andar a pie, que tú no has llegado a conocer. Entonces me di cuenta de que estaba frente al instituto Collodi, mi vieja escuela, y me levanté del suelo porque sentía vergüenza. Con los huesos que crujían y me dolían, me escondí detrás de un tronco de abedul y me puse a espiar. Miré a aquellos niños que estaban como tú hace un rato: encantado de haberme ganado. Jugaban al escondite, a la pelota, al pillapilla, a revolcarse en la hierba. Y se me ocurrió algo: pensé que, a fin de cuentas, la vida no solo me había quitado. También me había entregado cosas. Un montón. Cantidad de días hermosos, de veranos en los bosques, de chapuzones en ese mismo torrente, de libros que me habían enamorado. Me había dado amor a espuertas. Y ahora me tocaba a mí: tenía que *devolverlo*.

Había llegado la hora de irse a la cama. El Martino me miraba perplejo, con Niebla acurrucado entre sus pantorrillas.

—Te cuento todo eso para que tengas claro que, a pesar de las muchas palizas que te den, de todas las cosas feas que has visto y oído, de los problemas que te están reconcomiendo por dentro, y créeme si te digo que el hoyo en el que estás metido yo me lo conozco al dedillo, a pesar de eso, la verdad es que ni tú, ni yo ni nadie está realmente jodido mientras está vivo. Y en especial si uno tiene doce años y toda la vida por delante. —Lo miré con tanta determinación que casi se asusta—. Prométeme que no harás lo mismo que yo, que pondrás todo de tu parte para disfrutar de estos años y de los que vendrán.

Mientras le hablaba, mientras lo observaba asentir, algo esquivo, pero también meditabundo, mientras lo oía en el piso de arriba, cepillándose los dientes antes de ir a la cama... yo sentía de una forma muy clara también eso.

Que mi cable, por dentro, se estaba restaurando.

29

En el tren de alta velocidad que las devolvía a Milán, sentada frente a Marta, que hojeaba el *Corriere della Sera* mientras se tomaba una copa de vino espumoso a pequeños sorbos, Emilia sintió algo que pocas veces había probado en su vida: el derecho de habitar el mundo que le había tocado en suerte.

Volver a abrir la puerta del despacho de la Frau había sido como recibir un cañonazo en el pecho.

Ella las estaba esperando: tenían una cita, y lo suyo era que estuviese dispuesta, preparada. En cambio, cuando las tuvo ahí delante, de carne y hueso, después de tanto tiempo, a duras penas había aguantado las lágrimas. Le temblaba la voz al preguntar:

—¿De verdad sois vosotras, Vargas e Innocenti?

Mira tú por dónde, era ella, la directora, quien estaba a punto de dejarse caer encima del escritorio por la emoción, un sentimiento absolutamente prohibido a las presas.

Pero ahora Emilia y Marta ya no eran presas. Y darse cuenta de este detalle también había representado un buen golpe. Eran mujeres adultas, ciudadanas libres, elegantes, sin rastro de chándales anchos, de sudaderas que olían a tabaco, sin espinillas en la cara. A la Frau, en cambio, se la veía muy mayor. Se le habían ensanchado las caderas y tenía barriga. Ya no daba tanto miedo como antes. También los muebles, el suelo, los barrotes de la habitación eran igual que recordaban, pero parecían distintos. Incluso el presidente de la República colgado en la pared tenía otra cara.

Rita tenía toda la razón del mundo: todo, absolutamente todo, *cambia*.

—Ver para creer: ahora sois unas mujeres hechas y derechas, y guapas.

Se levantó, dejando su silla de mando, que era sinónimo de poder y autoridad, para unirse a ellas en un abrazo torpe. Emilia y Marta se vieron pegadas al cuerpo blando y cálido de aquella mujer que las sofocaba con un afecto que antes habría resultado *verboten*. Ya no era la Frau, sino Gilda Pavulli, una persona que no era solo, sino también, la directora de una cárcel femenina para menores.

En cuanto se repuso, Gilda volvió a ser la belicosa y exuberante capitana de siempre, y las paseó con aire triunfante de un despacho a otro. Aquella mañana Rita no estaba. Seguro que nadie la había avisado, y puede que fuera mejor así, pensó Emilia: habría sido demasiado y, además, ella tendría que pedirle disculpas por no haberla llamado.

Hacía poco que Vilma se había jubilado. El jefe supremo, en cambio, seguía siendo el mismo e incluso él se había emocionado, aunque no quisiera demostrarlo. La mayoría de las celadoras y las educadoras eran nuevas, pero Gilda se explayó a gusto presentándolas, contando anécdotas y celebrando la ocasión:

—¡Vaya par! Estas dos me volvían loca, y míralas ahora: ¡licenciadas, con una nueva vida y un trabajo! Estoy muy orgullosa.

A través de los grandes ventanales con barrotes entraba una luz que Marta y Emilia recordaban muy bien. Su mirada siempre se escabullía hacia ahí, hacia el patio, donde su adolescencia se había consumido sin llegar a florecer. Vislumbraban la red del campo de voleibol, la sombra fantasmal de sus saltos, de sus golpes a la pelota, de sus cuerpos lanzados en aquel cubículo de aire. ¿Es posible pagar un delito con la moneda de la propia juventud? ¿Era el tiempo lo que cuadraba las cuentas? Reconocían el huerto ahora seco por estar en invierno, el murete donde otras, que ya no eran ellas, se sentarían desde las dos hasta las cuatro de la tarde con las piernas colgando y la cabeza hacia atrás para apurar la sensación de tener el cielo de cara.

Mientras Gilda le daba al pico, ellas se volvían cada vez más silenciosas y dubitativas. ¿De verdad hacía falta volver a recorrer aquellos despachos, parar frente a la máquina automática de la que, muy de vez en cuando, una celadora había sacado un café también para ellas, y luego pasar delante de la fotocopiadora que escupía folletos del estilo «Aviso para las jóvenes presas», «La ducha y la crema para acabar de una vez con la sarna», «Los nuevos horarios de la enfermería»? ¿De verdad era necesario hacer todo el recorrido?

Pues sí.

Porque, te guste o no, es la adolescencia la que decide quién eres. Y ese era el lugar más importante de su vida.

Se entretuvieron mirando el tablero que colgaba en una pared de la sala de profesores: «El abecedario de la prisión: A como abogado, B como brigada, C como celda, D como detención, E como estiba...». Con una media sonrisa porque ellas también habían participado en la confección de aquella lista, idea de Pandolfi. Incluso las palabras básicas de su léxico eran distintas de las del común de los mortales.

Y un buen día la Frau las convocó: había llegado el momento.

Crucial, fatídico y, para ser sinceros, algo al margen de la legalidad: los expresos no pueden volver a la cárcel, a menos que hayan cometido nuevos delitos, obviamente. Por regla general, un magistrado nunca habría concedido permiso a dos como Vargas e Innocenti para un *tour* por la cárcel. Que aquello no era Disneyland.

Sin embargo, Gilda había prometido a Marta que darían «una vuelta rápida» solo porque se trataba de ellas; y ahí estaban, frente a la dichosa puerta.

A la entrada blindada.

En la frontera entre la vida normal y la mala vida.

Entre las chicas de bien y las malas pécoras.

Gilda tocó el timbre. Desde el interior, la celadora abrió el ventanuco. Acto seguido, se filtraron al exterior *aquellos* ruidos. Los de siempre, tan hirientes como pasar un papel de lija en carne viva. Un batiburrillo de rap, *walkies, metal*, rabia. Vislumbraron un par de chiquillas desaliñadas, con la mirada perdida bajo las pestañas postizas, el pelo sucio y las raíces sin teñir, que iban dando vueltas desganadas por el pasillo con un cigarrillo en los labios. El sempiterno olor a tabaco, a ceniza y a comida rancia. Los insultos y las peleas por un frasco de esmalte de uñas.

La celadora que asomaba desde el ventanuco ya tenía en las manos las llaves para abrir. Estaba todo predispuesto y se daba por sentado, como el movimiento mecánico de un tambor de cilindros. Pero instintivamente Emilia dio un paso atrás. Y Marta se impuso con un sonoro «no».

Gilda se ruborizó. Casi a modo de excusa, levantó las manos.

—Me lo pedisteis vosotras, chicas. A mí nunca se me habría ocurrido proponer algo así.

—Es cierto —la tranquilizó Marta—; teníamos toda la intención, ¿verdad, Emi? Pero ahora tengo claro que ya no puedo cruzar este umbral.

—Yo tampoco —dijo Emilia—. Basta ya.

Fue suficiente un gesto de la cabeza de la directora para que la celadora cerrara el ventanuco con el mismo movimiento repetido de un tambor de cilindros.

Emilia y Marta habían entrevisto un pasado que ahora volvía a embutirse tras la ventana.

Si había quedado claro que el pasado no tenía arreglo ni reparación, también era cierto que era algo *acabado*.

De repente, les entró prisa por salir y se despidieron de todo el mundo sonriendo a diestro y siniestro.

—Bueno, ha sido una buena experiencia, pero, bien mirado, me ha resultado espantosa.

—*Ciao*, adiós, hasta nunca.

—Vamos a comer por ahí —propuso Marta.

—Mejor nos damos una vuelta por Bolonia, y así vemos lo que nos perdimos cuando no podíamos salir —replicó Emilia.

Gilda las llevó a un restaurante típico y pidieron lasaña, entrecot a la boloñesa, un postre de nata y canela y un litro de vino. Durante la charla hablaron de asuntos trillados —los nuevos casos de crónica negra, la *baby gang* que se había convertido en una emergencia para todo el país, la plantilla fija que iba disminuyendo día a día, la falta de fondos, los magistrados que iban cambiando y el código penal que seguía siendo el mismo—, pero de una manera superficial, casi banal: esos problemas ya no tenían nada que ver con ellas.

Luego se despidieron de Gilda con un abrazo, prometiendo mantenerse en contacto, y llegaron hasta la plaza Mayor para hacerse un par de selfis. Uno delante del Palazzo D'Accursio y otro, que no podía faltar, con las pelotas de Neptuno en primer plano. Imágenes tontas que no iban a colgar en ninguna de las redes, porque ¿qué narices vas a colgar si te has pasado media vida en chirona? Lo único que importa es la vida.

Ya en el tren, la noche envolvía en su espeso manto el paisaje que se extendía más allá de las ventanillas. Estaban hechas polvo, exhaustas, con los pies doloridos y el maquillaje agrietado como la pintura de una vieja pared. Sin embargo, se sentían en paz consigo mismas, como quien ha cumplido con un deber y lo sabe. No decían nada porque ya no les quedaba nada por decir, por recriminar.

Llegaron pasadas las once. Justo en el momento en que el tren aflojaba la marcha y entraba en la estación central, Emilia se dio cuenta de que su móvil vibraba dentro del bolso. Pensó que sería Mohamed, o su padre. Pero no.

Te pido disculpas. No estaba preparado para esa chispa de felicidad que eres tú. Piensa que incluso he comprado un televisor que, como bien sabes, no funciona. Espero que te encuentres bien, allá donde estés. Aunque te echo mucho de menos. Aunque ahora estoy dispuesto a compartir contigo algo que sea de verdad: una vida.

Emilia escondió el mensaje inmediatamente, como si le quemara en las manos. Se obligó a sofocarlo pensando en otras mil cosas durante el trayecto en taxi hasta casa, y mientras se duchaba, y en la cama, después de que Marta hubiera apagado la lamparilla de noche. Pero no conseguía dormirse.

Hacia las tres de la madrugada, se liberó de las sábanas y se escabulló hacia el baño, un lugar seguro. Volvió a abrir el mensaje y lo leyó otra vez.

Muchas veces.

30

Resultaba paradójico, pero cierto: el hecho de que ella no pudiera pensar en el suceso que le había cambiado la vida. No podía recordarlo siquiera, ni contarlo. Nada. Tenía que aparentar que no había sucedido, y, sin embargo, lo sentía: inamovible y compacto, clavado a la altura del corazón. Como un bulto duro de negrura, un pedazo de grafito afilado. Incluso peligroso. Mortal, como un tumor estático, un proyectil que no hubiera explotado. Tenía que apechugar con él, procurando no removerlo demasiado, no irritarlo; porque, si hubiera llegado a progresar, a dispararse, la negrura la invadiría por completo hasta paralizarla.

Las veces en que se había visto obligada a hablar del tema, y habían sido tres, solo consiguió soltar unas pocas palabras en voz baja, como si cuerpo y alma estuvieran disociados. Durante el juicio, sufrió un estado de trance tan absoluto que en cuanto salió de la sala lo borró todo de su cerebro. Con Rita, años después, había hablado del tema con el mismo desapego con que preparaba caldos y sopas en la cocina del comedor o barría las áreas compartidas. Por último, con Marta se había limitado a farfullar un resumen de los hechos y solo porque ella le había contado lo suyo primero y la había amenazado con que si callaba dejarían de ser amigas.

Pero ahora, con treinta y un años, su corazón no iba a aguantar una cuarta confesión. Su negrura tenía que quedarse encapsulada en su interior, aislada en su sarcófago como el reactor de Chernóbil.

Esa era la razón por la que no había contestado a Bruno, no lo había llamado, aunque sentía unas ganas inmensas, irresistibles, de hacerlo.

Él ahora *sabía*. La versión de los periódicos, de la gente, de los que estaban del lado del bien. Pero también existía la suya. Y el amor implicaba que esa versión fuera verbalizada, que lo indecible fuera expresado, que se recordara todo lo olvidado. Sin embargo, para Emilia el hecho de recordar era peor que los catorce años y medio que había pasado en la cárcel.

Había decidido quedarse en Milán, una ciudad ciertamente estimulante, repleta de cosas que podía hacer y ver, llena de gente, pero que para ella no significaba nada. Y también continuar dedicando media jornada a un trabajo que no le importaba un carajo, y follarse al tipo ese que era buena persona, aunque no consiguiera enamorarse de él. Buscaría refugio en el confortable apartamento de Marta, que no era un verdadero hogar, que no tenía ventanas que se abrieran a los Alpes ni grietas por las que entrara el aroma del bosque.

Sin embargo, aunque anduviera con mucho cuidado, Milán se la estaba jugando. Era cierto que las grandiosas dimensiones de las plazas, de los barrios y de los posibles recorridos, toda esa libertad para ir a donde le diera la gana sin límites de horario, le restituían el mundo, pero también estimulaban su bulto de negrura. Abrían de par en par las puertas del futuro, pero también entreabrían la trampilla del pasado. Como si, a fin de cuentas, estos dos episodios de su vida estuvieran imbricados en un mismo y maldito nudo. Era entonces cuando los recuerdos la poseían, escabulléndose de los hondos recovecos de sí misma en los momentos menos oportunos. Imágenes fugaces, como las de unos vídeos caseros, pero nítidas, deslumbrantes. De ahí que la dejaran hecha polvo.

En aquellos *flashes* siempre aparecían el pueblo de Marina de Rávena, el pinar, el mar revuelto, el edificio de la petroquímica envuelto en la bruma. En verano y en invierno. Con los chiringuitos llenos o las playas desnudas y los vestuarios cerrados.

La golpeaba a traición una ráfaga de aire de mar, y, acto seguido, marzo de 2016 se convertía en enero de 2001: el final de las vacaciones de Navidad. *Ella* había forzado una cerradura y se había encerrado en un vestuario en compañía de alguien. Se le daba estupendamente infringir las reglas, violar la propiedad privada, sacar un preservativo del bolsillo. Porque *ella* era una tía cojonuda, que iba a por todas, que brillaba.

Un juego de niños, pensaba Emilia, cuando tienes la suerte de tu parte. Cuando no se te ha muerto la madre, cuando llevas una talla noventa y cinco de sujetador, cuando no te atropellas leyendo en voz alta en clase y tu nota media es un notable, aunque estudies solo diez minutos al día y el resto del tiempo lo dediques a jugar a la PlayStation. Si se hubiera limitado a pensar esas cosas, puede que le hubieran caído nueve o diez años de cárcel. Pero Emilia las había puesto negro sobre blanco, aunque odiara escribir. Aunque su diario secreto de chiquilla pringada tuviera solo unas pocas páginas plagadas de errores. Todo el mundo tenía un diario, así que ella también.

Emilia volvió a ver el vestuario desde fuera, la pintura blanca y azul desgastada por la acción de los vientos y el salitre. A ella le había tocado vigilar, avisar, ser la comparsa en la suntuosa película donde la protagonista era la *otra*. Y resulta que la persona que estaba dentro con ella no era uno de su edad, sino un hombre de pelo en pecho. Lo suyo no era salir con chiquillos llenos de granos, torpes y atolondrados. Ella pedía lo mejor: la vida plena.

Emilia era el perro guardián, la que custodiaba el secreto. El hombre de pelo en pecho estaba casado. Por desgracia, la investigación revelaría más tarde que el tío no solo era un pedófilo, sino que el asunto del vestuario no era un episodio aislado. En aquellos primeros y solitarios días de enero en Marina de Rávena aún no se sabía cómo acabaría la historia. Aún no se hablaba de amor. La amistad insólita y tortuosa entre ellas dos seguía siendo el asunto principal.

¿Cómo se las habría apañado *la otra* para perder la virginidad y vivir su vida intensa y brillante sin la ayuda de Emilia?

En la librería, en Milán, Emilia iba colocando en las estanterías las ediciones de bolsillo de Ariosto, Pellico y Manzoni; pero, en realidad, lo que tenía en las manos era su viejo diario: el candado medio oxidado, la llave, tan delgada que resultaba fácil doblarla, las rayas de las páginas manchadas por su letra torpe. No era un recuerdo: de verdad rozaba con las yemas de los dedos la consistencia rugosa del papel. El pasado volvía a tener un tamaño gigantesco que sobrepasaba todos los límites y se la tragaba entera.

Había sacado de la mochila el dichoso diario. Se había sentado encima de lo que quedaba de una barca a pedales hundida en la arena. El viento soplaba con fuerza, hacía frío. A la espera de que los dos terminaran de una vez, había dibujado el paisaje con trazos nerviosos: la banderita roja que se tensaba por efecto del mistral, la espuma blanca de las olas embravecidas, las nubes bajas y negras. Luego, un momento de desahogo:

Te odio.

Eres una puta.

Cinco palabras esmirriadas que había escupido llevada por la rabia, por los celos y la envidia. Que luego se transformarían en «los agravantes», pues demostraban la «premeditación», lo cual añadía cinco años a la condena.

¿Y ustedes se lo creen?, habría replicado hoy de haber podido. ¿Dan crédito al diario de una adolescente? ¿No saben que en la adolescencia cabe todo y el contrario de todo? ¿Que, si escribo «te odio», también estoy diciendo «te quiero»? ¿Que me gusta morrearme con alguien, pero también me da asco? ¿Que, si me siento feliz por ser amiga suya, también me da tristeza? ¿Que soy yo y, al mismo tiempo, una desconocida que nunca llegaré a conocer?

—¿Qué te pasa, Emilia? Estás temblando.

La voz preocupada de la señora Emma laceró el tiempo. Emilia volvió de repente a colocarse en el presente, el pasado se escabulló por la trampilla, los libros se le cayeron estrepitosamente de las manos.

El corazón le oprimía la garganta, como una concha enorme depositada en la arena. Se dio la vuelta muy despacio, con el cuerpo empapado de sudor frío.

—Te veo muy pálida. —La señora Emma le puso una mano en la frente—. Estás muy caliente, mejor vete a casa.

Emilia fue arrastrándose hasta el trastero, recogió la chaqueta y el bolso. Se despidió con un gesto tímido de la mano y salió a toda prisa porque le faltaba el aire. Notaba la fiebre, pero no quería volver a casa y meterse en la cama. Aquel apartamento no era suyo, sino de Marta. Ella ya no tenía un lugar que fuera su casa. No podía volver a Rávena, no podía volver a Sassaia. El agobio era tan grande que volvió a añorar la cárcel, el lugar de la condena que se adueñaba de los pensamientos, donde no existía la posibilidad de hacerse preguntas, de vérselas con el bulto de negrura porque ya estabas pagando, ya ibas ciega de ansiolíticos y cortes: ¿qué más podías hacer?

Ahora iba caminando por la acera, jadeando como un náufrago a la deriva. Ellos te dicen: «Sal, estás absuelto», pero solo son palabras. Como *puta* y *te odio* en el diario de una chica de dieciséis años. La verdad es que no hay manera de que tú misma te absuelvas, de que vuelvas atrás para arreglar las cosas, de que respires aliviada y, por fin, pases página.

Lo ideal habría sido volver a encontrarse con ella en algún lugar —un bar, un paso subterráneo, esa misma acera— y poner las cosas en claro. No podía esperar hasta alcanzar la punta de una estrella, convertida en puro espíritu; además, ¿qué pasaría si al final todos nos convertíamos en unos putos gusanos? Emilia tenía que resolver ese asunto. Si no quieres a nadie, puedes cagarte en todo y acabar con tu vida. Pero el amor exigía que reparara lo irreparable.

Sentía punzadas en la cabeza. Se desabrochó el chaquetón porque estaba sudando a mares. Empezó a fijarse en la gente que abarrotaba las calles de Milán: los chiquillos recién salidos del colegio, las modelos haciendo un alto para comer al mediodía, los ancianos con su perro. Buscaba obstinadamente dos ojos de color pizarra. Y cuando se dio cuenta de que los buscaba en serio, aquí, en el mundo real, se dijo en voz alta: «Emilia, te estás volviendo loca». Fue entonces cuando Milán entera se vino abajo, le falló el equilibrio, sintió que se desmoronaba. Se quedó agarrada a un poste de la estación del metro, ahogándose, mientras el gentío la rodeaba sin prestar atención.

No había manera de librarse del pasado, de volver a mirar aquellos ojos azul oscuro y frenar la caída en el precipicio; sin embargo, ella se empeñaba en querer esa manera, en exigirla.

Abrió frenéticamente el bolso. Buscó el móvil y, con las últimas fuerzas que le quedaban, llamó a la única persona de este mundo capaz de agarrarla de la mano y salvarla de la negrura.

Una mañana en que acabé las clases a las diez y media y sabía que el Martino estaría a buen recaudo dentro del colegio, aunque a cargo de la idiota de Patrizia, cogí el Seat Ibiza, arranqué y, sin pensármelo dos veces, fui subiendo por el valle hacia un destino concreto.

En esa época del año los días se alargaban casi hasta la hora de la cena, es decir, las seis, máximo las seis y media de la tarde. La luz más intensa iluminaba el lecho de los bosques, derretía las últimas manchas de nieve y templaba los brotes en las ramas. ¿Que si me dolía que Emilia no hubiera contestado? Pues sí, pero el amor no servía para conseguir ni para resolver. A esas alturas ya lo había comprendido.

Servía para aceptar.

Yo subía despacio por la carretera provincial abandonada, aflojando la marcha cerca de las curvas cerradas entre las montañas; tenía el firme desgastado por toda la nieve caída a lo largo de los años, las vallas de protección abolladas, los carteles borrosos, pues nadie nunca se había preocupado por mantener ese tramo en condiciones.

Al llegar al cruce, torcí a la derecha. El frío me golpeó la columna vertebral. De ahí en adelante se acababan las aldeas, las granjas aisladas, y se imponía la montaña desnuda. Me sumergí en ella recordando cada paso, cada ribazo, sin recurrir a la memoria: lo hacía con los músculos y los nervios.

Sí, lo aceptaba. Que Emilia no hubiera llegado a ser la persona con quien casarme y tener una familia, como mis padres. Sin embargo, me había servido para rehacer este camino.

Al llegar, dejé el Seat en el centro del aparcamiento desierto.

Había tardado unos cuarenta minutos. Calculé que tenía un cuarto de hora a mi disposición, ni un minuto más, porque quería llegar sin falta a recoger al Martino cuando saliera de clase y prepararle la comida.

Abrí de golpe la puerta del coche, puse los dos pies en el suelo. Me enfrenté al vacío.

Los hoteles, los restaurantes, los chalés de dos pisos, de un color blanco desgastado por el tiempo, con sus balconcitos de madera ahora plagados de moho, que habían surgido como setas en los años sesenta y cuyo valor había bajado en picado después de la tragedia. Más arriba, los remontes, las laderas empinadas, las pinedas. Por último, dominando el pequeño pueblo abandonado, el funicular que llevaba al monte Stella.

Ahí seguía.

Polvoriento, atrancado, cerrado.

«Incluso más pequeño», pensé.

Dejé el coche abierto, las llaves en el salpicadero, el móvil en el asiento, y fui andando, en mangas de camisa, hacia los prados punteados de flores de azafrán. Levanté la mirada y vi las cabinas todavía colgadas en el cielo: los cristales mugrientos o rotos, unos nidos de pájaros en los asientos, el óxido. No sentí horror ni miedo. Solo un atisbo de pena y ternura.

Ahora solo se podía llegar el monte Stella andando, si es que tenías arrestos para subir. Su lago de la época glacial en la cima de la montaña volvía a ser un misterio, como en los tiempos remotos.

Me quedé parado debajo de los pilares del funicular fuera de servicio, clausurado para siempre, como mostraban los precintos oficiales. Llené los pulmones del aire empapado de luz, del perfume de las prímulas, de la vida que se estaba preparando para asomar de nuevo desde la tierra, para volver a empezar en el lugar donde habían quedado aplastados los huesos de mis padres. Porque todo el mal de este mundo nunca podría imponerse frente a un brote obstinado, frente a su minúscula y, sin embargo, terca voluntad.

Entreabrí los labios y susurré: «A tomar por culo».

Luego, con más fuerza: «*A tomar por culo.* Aún estoy vivo».

Y encantado de estarlo, por primera vez. Encantado de que mi hermana hubiera querido volver atrás para recuperar el anillo de su novio, de que aquel amor pasajero nos hubiera salvado a los dos.

Dejé que mi cuerpo planeara mientras bajaba, corriendo por la curva dulce de la montaña, con los brazos abiertos en cruz como aquel niño de once años. La hierba estaba húmeda y tierna: era nueva. Perfumada de flores de azafrán de color amarillo intenso y de prímulas rosas y azules. Descubrí que estaba en el paraíso y me sorprendí riéndome de las paradojas de la vida, tropezando con una piedra y rodando monte abajo, con los tallos y el polen de las flores metidos en la boca, en la nariz, en el pelo. Acabé la carrera con el cuerpo estampado contra las raíces de un haya.

Al ponerme de pie, estaba completamente mojado, estupefacto. Como si acabara de nacer.

Me limpié de cualquier manera y fui subiendo cuesta arriba por el campo hasta llegar al *parking*: ahora tenía a alguien de quien ocuparme, y no pertenecía a mi pasado.

—Papá... —Emilia se desplomó en el suelo y rompió a llorar. Lloró desesperada, como nunca lo había hecho. Como si sus lágrimas arrasaran con el mar Adriático, los chiringuitos, la fábrica petroquímica, el puerto, la arena, las agujas de pino. Ni siquiera en un momento de alucinación o en un sueño, con todas sus fuerzas al límite y después de pasar más de catorce años metida en la cárcel. No, no había manera de volver a ver aquellos ojos.

—Papá, no puedo más.

—¿Dónde estás? —Riccardo enseguida se hizo cargo del peso de su dolor—. Voy para allá. Enseguida salgo.

—No, quédate donde estás. Pero háblame.

—¿Qué ha pasado?

Emilia levantó la mirada del asfalto y se fijó en el ir y venir de la gente: sonrientes, distraídos, pegados al móvil, corriendo escaleras abajo para coger el metro. Sin embargo, no veía a nadie. No veía nada.

—¿Aún hay desfiles con antorchas en contra de mí en Rávena? ¿Siguen quejándose de que ya haya sido puesta en libertad? ¿No había bastante con que cumpliera con el máximo de la pena? ¿Por qué nunca van a tener bastante? —Movió la cabeza en un gesto frenético y se dio un puñetazo en la frente, fuerte, con ganas de hacerse daño—. ¿Cómo te las has arreglado tú? —le preguntó a voz en grito. Llevaba tanto tiempo queriendo hacerle esa pregunta, teniéndola siempre a punto de salir de su garganta, que, por fin, explotó—. ¿Cómo te las has arreglado durante todos estos años? Porque para mí, vaya a donde vaya, haga lo que haga, nunca cambia nada. Y ahora ya no sé dónde esconderme.

Riccardo se quedó callado. Al cabo de un rato, musitó en un tono de voz sosegado:

—Yo nunca me he escondido, Emilia.

Era verdad. Emilia agarró con más fuerza el móvil, lo apretó contra la oreja como si fuera la mano, la mejilla de su padre, y cayó en la cuenta de que él siempre se había quedado. En la misma ciudad, en la misma casa, en el mismo despacho. Firme como un clavo. Dispuesto a aguantar toda clase de tormentas, comentarios, noticias divulgadas por los periódicos. Respetando siempre los mismos horarios, los deberes que imponía la vida de cada día: los recibos, los viajes, los proyectos entregados a su debido tiempo. Lo había arrollado un tsunami que lo había echado todo a perder: para empezar, se había quedado viudo, y luego llegó aquel día del mes de junio que había truncado la vida de ambos. Porque no solo se había roto la de Emilia, sino también la de Riccardo. ¿Y él? Él había ido al despacho. Había hecho la compra. Se había ocupado de la casa, de las cuentas, de la hija encerrada en la cárcel. Había permitido que lo señalaran, lo miraran, lo juzgaran, pues, aunque mucha gente lo compadecería por la desgracia que le había tocado en suerte a ese pobre hombre, seguro que otros le darían al pico preguntándose qué clase de padre sería si había criado a una hija que había terminado de aquella manera.

—No me escondí, Emilia, porque nadie puede esconderse de sí mismo. Puedes hacerte la ilusión de que lo consigues, pero con eso no arreglas nada. Y lo mismo pasa contigo. Déjalo ya.

—¿Y cómo lo hago? —contestó Emilia a voz en grito. Chillaba porque, total, nadie iba a oírla: la gente, apurada, pasaba frente a ella apretando el paso. Pero él no; incluso hablando por teléfono, conseguía respirar a su lado—. Todos acaban descubriéndome —dijo, y acabó soltándolo—. Incluso Bruno, él también me ha descubierto. Y le he dado asco, se ha quedado horrorizado. Me ha echado de Sassaia.

Riccardo respiró hondo: empezaba a entender.

—Nadie tiene el derecho de echarte, Emilia. Aunque te sorprenda oírmelo decir, creo de verdad que lo que te conviene ahora es volver a Sassaia.

—Imposible.

—¿Acaso piensas que no ha sido duro también para mí, que no he tenido nunca la tentación de dejarlo todo?

A Emilia, tirada a los pies de la entrada del metro, se le rompió el corazón justo donde ya se le había roto mil veces. Porque ella había pagado una deuda que le correspondía, pero su padre también había tenido que hacerlo sin tener ninguna culpa.

—¿Que si he tenido que aguantar chistes de mal gusto? Pues sí. ¿Que si ha habido gente que se ha cruzado de acera cuando pasaba yo? Sí. Sabes muy bien cuánta maldad pueden mostrar ciertas personas, especialmente cuando se enfrentan a algo feo que no acaban de asimilar porque nos supera a todos. Ya he perdido la cuenta de los conocidos que se esfumaron, incluso algunos parientes. Eso pasó sobre todo al principio, cuando salía del garaje y tenía que esperar a que los corresponsales de todos los canales de televisión, y en aquel entonces no faltaba ni uno, se dispersaran y me dejaran pasar. Me moría de ganas de darles una patada a aquellos fisgones para que se les cayeran de las manos las malditas cámaras. Pero, Emilia... —Riccardo volvió a soltar un suspiro—, pasemos página.

Emilia cerró los ojos e intentó incorporar aquellas dos palabras, metérselas en vena para que ocuparan todo su ser: *pasemos página.*

—¿Sabes cómo me salvé? Pues pensando que, incluso en esas circunstancias horrorosas, tú y yo estábamos juntos. Mientras estuviéramos juntos, todo ese sufrimiento tendría un sentido. Podríamos analizar el asunto y con el paso del tiempo llegaríamos más allá del túnel. Porque, a pesar de todo, tú y yo éramos, somos, una familia. Milán ya no existía, tampoco existía Rávena. Ahora solo había un padre y una hija hablando por teléfono como lo habían hecho poco antes de que fuera presa. Sin barreras de defensa, como cuando Emilia acababa de nacer y él había cortado el cordón umbilical en la sala de partos.

—Siempre sentí la presencia de tu madre a mi lado cuando iba al despacho cada día. Y luego, los fines de semana, iba de compras para ti, porque sabía que la semana siguiente te vería. Me llenaban de alegría las visitas. —Riccardo también empezó a llorar a lágrima viva—. Aquello no se lo deseo ni a mi peor enemigo, pero al menos te veía, Emilia: eras mi hija, eras tú, incluso en los peores momentos. Y saldríamos adelante porque nos queríamos. A pesar del acoso de los periodistas, nadie me impidió continuar con mi profesión y ningún habitante de Rávena me obligó a irme. Los amigos de verdad siempre estuvieron a mi lado, y finalmente también encontré a una compañera. Por eso, Emilia, te pido por favor que dejes de huir.

Y luego soltó aquellas dichosas palabras.

Unas pocas frases que, aun sin arrancarlos, pues eso era imposible, modificaron la colocación del proyectil cargado de pólvora y del bulto de negrura.

—Lo mejor que puedes hacer, y no solo por tu bien, sino también por *ella*, es no tirar a la basura este tiempo del después. Lo que te conviene es reconstruirlo.

Emilia la buscó por última vez, escudriñando los escaparates y las terrazas de los bares de Milán. Luego se secó las lágrimas y se puso de pie. Miró a su alrededor, aturdida pero segura de tener una nueva opción entre manos.

—Tienes razón.

Desde que había aprendido a dar los primeros pasos y más tarde a ir en bicicleta, su padre había dejado que se cayera y luego la había ayudado a levantarse. La calle ya estaba tranquila. La gente había vuelto a trabajar. Se puso una mano en la frente: estaba sudando, pero sin fiebre.

—Nunca te he dado las gracias.

Riccardo soltó una risotada:

—A los padres no hay que darles las gracias.

31

El pico de matrículas en la escuela coincidió con la llegada del profesor Mangiagalli, que impartía cursos de cocina y hostelería. Perilla corta y bien cuidada, ojos azules, culo marmóreo envuelto en unos vaqueros ajustados. Tan ajustados que empezaron a llamarlo el Superpolla.

Treinta años, la tableta de los pectorales que se intuía debajo de la tela de la camisa y una alianza a la vista, pero ninguna de ellas se preocupaba por el detalle: habrían dado lo que fuera por un polvo rápido a la sombra de los fogones.

Sin embargo, el comportamiento del hombre era intachable. Muy serio, se empleaba a fondo para enseñarles a cocinar lasaña con setas, a llevar en equilibrio una bandeja de copas de champán o a atender a los clientes en la mesa. Por mucho que ellas movieran insinuantes las caderas, llevaran escotes de vértigo y se prodigaran en risitas y coqueteos, con las hormonas a flor de piel, no había manera.

Solo muy de vez en cuando, al comprobar que, después de intentarlo durante horas, habían conseguido decorar en condiciones un plato de carpacho, él aflojaba e incluso parecía entusiasmado: «Bien, lo estáis haciendo muy bien», les soltaba en un tono de voz que pretendía animarlas y redimirlas a la vez. «*Llegará el día* en que se pelearán para teneros trabajando en grandes hoteles y restaurantes con cinco estrellas.»

«Sí, seguro», decían ellas entre risotadas, sabiendo muy bien que los únicos empleos a los que podían aspirar, una taberna de mala muerte con menú fijo a once euros, serían los que les procurara el Estado pagando a los dueños del establecimiento para que las aceptara.

Él solo las miraba con ojos de profesor; en cambio, ellas con ojos de querer comérselo a bocados, como una manada de adolescentes hambrientas, obligadas a una castidad que no habían elegido. Después del episodio del Denfrente, se habían quedado a dos velas, y ahora tenían a Culo de Mármol. Se entretenían encuadrando las partes más subidas de tono, haciendo *zoom* en los labios o regalándose un primer plano de la cremallera, ajenas a todo lo demás, que no les importaba un comino. Marta quería cursar el bachillerato de ciencias, Emilia quería ir a Bellas Artes, y a las otras les habría gustado mucho más apuntarse a un curso de estética en vez de tragarse tanta cocina y tantas clases de hostelería, que aburrían hasta a las ovejas. Aunque, todo hay que decirlo, la lasaña con setas estaba rica, lo mismo que las crepes rellenas de queso fresco y, sobre todo, los arroces y los escalopes, que además se cocinaban, cosa extraordinaria, con vino. Un vino joven que no llegaba a los diez grados, pero daba igual: después de echar el chorrito de rigor en la sartén para cocinar el plato, se tragaban el resto pasándose la botella por detrás de la espalda.

Habían sido las encargadas de preparar la comida de Navidad y de Semana Santa para todo el centro, y las autolesiones parecían haber disminuido un poco. Incluso se hablaba de abrir un restaurante anexo a la cárcel: un proyecto ambicioso que había hecho subir un poco su nivel de autoestima. De todas formas, el Superpolla, Culo de Mármol o como fuera que lo llamaran, resultaba mucho más atractivo que cualquier proyecto de formación. Era molón y rubio como Brad Pitt, así que se pasaban veladas enteras intentando imaginar cómo y de qué manera el tío se follaba a su afortunada esposa, y los comentarios eran tan subidos de tono como los mensajes porno que habían escrito juntas para el Denfrente. Todas se morían de ganas de tender una mano y llegar a tocar el dichoso paquete. Tenían dieciséis, diecisiete, veintidós años: costaba un montón seguir sublimando. La imaginación subía como la espuma, magnificaba los hechos: «Yo me atrevo. Mañana lo hago, te lo juro», «No, mañana quien se la va a chupar soy yo», «Pues nos ponemos juntas». Películas compartidas que, noche tras noche, entre susurros que iban de una cama a otra, se enriquecían con nuevos detalles. Hasta que una mañana, estando en clase, Myriam había franqueado la barrera entre lo posible y lo imposible.

Mientras iba removiendo la sopa a la chita callando, movió la cadera hasta llegar a rozar la del profesor, y luego, rauda y veloz, le palpó la bragueta. Pavoneándose frente a las demás, sorprendidas pero dispuestas a alentar su gesto. El fuego ardía en los fogones, los picatostes se estaban quemando en el horno y todas sucumbían a una memorable taquicardia. Hasta que una capa de hielo ensombreció el rostro del Superpolla.

Se quitó el delantal y miró con infinito desprecio a Myriam y a las demás. También se arrancó de la cabeza el gorro de chef y lo tiró al suelo con un gesto violento. Luego se dirigió con paso firme a la puerta blindada, llamando a voz en grito a las celadoras y ordenándoles que volvieran a llevarse a aquella chusma a los fétidos sótanos de la sociedad donde merecían marchitar y ser tratadas a pan y agua. Por si eso fuera poco, llamó luego a la puerta del despacho de la Frau con sus puños poderosos.

Se redactó un informe, especificando la naturaleza de este nuevo crimen, «agresión sexual», y se remitió a la autoridad competente. Tres días después, habían enviado a Myriam a Roma, a quinientos kilómetros de distancia de su familia, interrumpiendo una vez más y para siempre su formación escolar. Porque, si cambias de ciudad e instituto, ni sueñes con retomar las clases de antes, pues no todas las escuelas se guían por el mismo programa de formación. Si la pifias y te empeñas en seguir pifiándola, el derecho a la formación académica no está garantizado.

En el caso de Myriam, aquella interrupción significó la muerte de un futuro que ya era precario, como quedó claro por la cantidad de mierda que se chutaría en vena. Por lo que respecta a Culo de Mármol, le asignaron otro curso y quien lo sustituyó en el centro era un tío barrigón de unos cincuenta años que no despertaba la imaginación de nadie.

La culpa era de ellas: prohibido quejarse. Es más, si te atrevías a levantar la voz, corrías el riesgo de acabar como Myriam. Su traslado había subido la tensión a niveles de alerta. Todos los mecheros habían sido requisados, las celadoras ya no charlaban ni se andaban con bromas, limitándose a vigilar, y en las celdas todas ponían cara de pocos amigos.

—La formación es un privilegio y hay que merecerla —soltó la Frau furibunda mientras pasaba de una celda a otra—. Aquí la escuela es un lujo; cuanto antes os deis cuenta, mejor.

Silencio envenenado, uñas que rascaban tanto los antebrazos que al final salía sangre.

Al rato, Marta gritó:

—No. La escuela es un derecho.

Antorcha encendida, fuego imposible de extinguir.

Y la Frau la hizo cenizas con la mirada.

—A mi despacho, ya.

—Estamos condenadas, y basta una tontería para que cada vez haya más castigos —dijo Vargas cuando se quedaron solas—. Y os pensáis que así vamos a ser mejores.

—Palparle el bulto a un profesor no es ninguna tontería. Si él te hubiera tocado el culo, lo habría denunciado sin pensármelo dos veces.

—Vamos a pedirle disculpas, le escribiremos una carta..., pero no estaría mal que nos enviarais a alguien del centro masculino de vez en cuando para desfogarnos un poco.

—Compórtate, que ganas de enviarte a Pontremoli no me faltan...

Marta tenía la mirada fija en un retrato enmarcado que colgaba un poco más arriba de la Frau: era la cara del presidente de la República, un hombre de pelo cano, con su buena corbata y la mirada muy digna, que parecía estar a años luz de las mezquinas y pútridas adversidades de la vida.

—Quiero escribir a Carlo Azeglio Ciampi —afirmó con solemnidad—. Voy a enviarle una carta para contarle que en las cárceles no está garantizado el derecho a la educación.

A la Frau se le pusieron los ojos como platos.

—Quiero pedirle al presidente, que también es mi presidente, digo yo, y no solo de las chicas modositas..., quiero pedirle que la escuela se convierta en la columna vertebral de la condena. Que ninguna formación académica pueda interrumpirse o negarse, porque, si no, estar aquí dentro no servirá de nada.

Cuando decía ciertas cosas, y lo hacía con vehemencia, poniendo los puntos sobre las íes, a Marta le habrías dado tu voto en las urnas. Lástima que nunca, en toda su vida, iba a poder dedicarse a la política.

—No se nos puede exigir que comprendamos el alcance de nuestros errores, perdón, de nuestros delitos, si ni siquiera tenemos un trapo para limpiar la pizarra. No se nos puede pedir que dejemos de equivocarnos si solo conocemos las palabras equivocadas, los ejemplos equivocados y los barrotes. La condena no sirve. Sirve la cultura. Y yo sé que usted está de acuerdo conmigo.

La Frau soltó un suspiro. Cerró los ojos, maldijo... Y luego le entregó un bolígrafo y una hoja en blanco.

Ahora la paladina del derecho a la educación estaba sentada a la mesa frente a Emilia, sirviendo dos platos de pasta con salsa de tomate recién hechos. Tras rememorar el asunto del Superpolla, añadió una pizca de aceite crudo al plato y concluyó:

—¿Sabes qué me jode, Emi? Que la escuela no es la espina vertebral de nada; y, menos aún, en los reformatorios. Meten a miles y miles de menores en chirona porque no hay otro lugar donde colocarlos. Y los de un mismo barrio acaban en el mismo centro. Bien mirado, tú, Afifa, Yasmina, yo y un par más que han conseguido licenciarse solo somos excepciones en un mar de perdición.

Emilia se quedó dando vueltas a aquella palabra: *excepciones*.

Marta se metía en la boca un montón de pasta de una sola vez y la devoraba. Siempre tenía hambre y continuaba delgada: lo suyo era quemar calorías.

—No sabes las ganas que tengo de ir los fines de semana al reformatorio masculino a echarles una mano a aquellos chavales. Ni te imaginas qué haría si fuera ministra de Justicia o de Educación...

—Oh, ¡me lo puedo imaginar!

Las dos soltaron una carcajada. La luz que iluminaba la mesa creaba una intimidad especial. Se estaba a gusto en aquella casa. *Pero resulta...*

—Marta... —Emilia intentó interrumpir el flujo fervoroso de palabras de su amiga, que iba enumerando las iniciativas que tomaría en caso de ser ministra.

Pero resulta que ya no eran compañeras que la vida había recluido en una misma celda.

—Marta... —Emilia reunió el valor necesario y su voz era firme—. Me vuelvo a Sassaia.

Marta dejó de hablar, de masticar, de sonreír.

—Gilipollas. Y desagradecida.

—No te equivoques: te estoy muy agradecida. Me has socorrido en este momento tan jodido, me has aguantado...

La mano de Marta agarraba con fuerza el tenedor. Intentó volver a pinchar un poco de pasta en el plato, pero la decepción le pesaba demasiado.

—Por culpa de un hombre, como siempre —exclamó con un gesto resignado de la cabeza.

—Él no tiene nada que ver —Emilia fijó su mirada en los ojos de Marta—, o, en todo caso, él no es la razón.

—¿No te ha escrito, no te ha llamado?

Hacía tres semanas que había llegado el mensaje, pero Emilia se había cuidado muy mucho de revelarle nada a su amiga.

—Entonces, ¿puede saberse por qué se te ha ocurrido esta idiotez?

Para Emilia nunca había sido fácil enfrentarse a Marta, decepcionarla, pero las palabras de su padre por teléfono habían hecho de ella, al menos en parte, una persona *nueva*. Dejó que la pasta se enfriara antes de hablar:

—Tú misma lo has dicho: somos excepciones. ¿Cuántas salen de chirona con una licenciatura? Nosotras lo conseguimos, obramos el milagro. Pero ¿de qué me sirve haber estudiado si no puedo elegir el sitio adecuado para mí?

—¿Un agujero perdido en las montañas?

—Es el único lugar donde he tenido una vida feliz. Antes de que mi madre enfermara. Antes de que yo fracasara en todos los frentes. Y no quiero renunciar a eso, como tú dices, *por un hombre*. Independientemente de lo que él quiera, yo me quedo en Sassaia. Vuelvo a mi trabajo. Mis ojos volverán a ver los Alpes.

—Haz lo que te dé la gana. Eres adulta.

Marta se concentró de nuevo en su plato de pasta. Comía con voracidad, como alguien que estuviera hasta el coño de que otros quisieran amargarle la vida.

—Quiero que sepas que la próxima vez no iré a rescatarte. Si el cabrero vuelve a dejarte hecha trizas, ni se te ocurra llamarme o presentarte en mi casa. No te abriré la puerta.

—Marta... —dijo Emilia con una media sonrisa en los labios—, después de seis años de reformatorio juntas y ocho más intercambiando mensajes, somos inseparables. Tanto si te gusta como si no.

Efectivamente, no le gustaba. Lo único que quería era ensañarse porque lo que le quemaba por dentro ahora era su herida más honda.

—Te echa, te insulta, te humilla, y tú vuelves a él. Historias como esa las he presenciado cientos de veces. Mi padre, que en pleno invierno echaba a mi madre de casa a patadas en el culo porque le faltaba sal a la salsa, porque la pasta había hervido un minuto de más. Él, que la dejaba tirada en el felpudo como si fuera un saco de basura. ¿Y qué hacía ella? Lloraba y pedía disculpas.

—Marta... —Emilia intentó cogerle una mano, pero ella se echó atrás.

—¿Qué te piensas?, ¿que él te mirará sin tener ya en cuenta, cada día, en cada momento, lo que has hecho?

De golpe, Emilia se puso de pie y se apoyó en la mesa con ambas manos: no pensaba huir, nunca más.

—Quiero hacer lo mismo que haces tú: caminar por la calle sin agachar la cabeza, incluso contarle al primero que pasa de dónde vengo, como hiciste tú con Habib en la estación. Sin esconderme, sin decir mentiras. Quiero mi sitio. Si a Bruno le parece bien, perfecto. Si no, Sassaia no es suya. Nadie puede disputarme el permiso para existir.

Se fue a la habitación a preparar la maleta.

Media hora después, Marta llamó a la puerta, la abrió despacio y se asomó a la habitación con el rostro marcado por un enorme cansancio.

—Perdóname. Me he pasado.

Emilia dio media vuelta y la miró. Encima de la cama, abierta de par en par y medio llena, tenía una maleta comprada en los chinos después de hablar con su padre.

—¿Te acuerdas de cuando el presidente de la República te contestó? Tú no acababas de creértelo, la Frau no se lo creía, las demás tampoco. Pero pasó —dijo Emilia.

Marta asintió.

—¿Te acuerdas de lo que me dijiste cuando acababas de licenciarte?

Marta seguía de pie, apoyada en el marco de la puerta, como expectante.

—Me dijiste que habías ganado, que te sentías *libre, feliz*. Las dos percibieron un escalofrío en la columna vertebral. Las palabras «libertad» y «felicidad» siempre tenían un regusto obsceno en sus labios.

—Yo también quiero intentarlo —dijo Emilia.

Siguió llenando la maleta con las prendas que le había regalado su amiga de Milán o que ella misma se había comprado con el poco dinero ganado en el empleo a media jornada en la librería.

—Te espero allá arriba, en la montaña.

Marta cerró los ojos. Emilia le besó los párpados, presionando los labios, piel con piel. Luego agarró la maleta, se puso el abrigo y salió.

Y Marta dejó que se fuera, porque eso es lo que hacen las buenas amigas.

32

Entré yo primero, por precaución. Me aseguré de que no estuviera agazapado en algún lado, borracho, dispuesto a golpearnos con un bastón o algo peor. Abrí las puertas, inspeccioné las habitaciones, una por una. Quería saber cómo lo había dejado todo: sucio, desordenado, pero me pareció que no faltaba nada. Solo se había llevado las vacas, y probablemente ya las habría vendido: del establo pegado a la casa solo nos llegaba un gran silencio. Él no estaba y eso era lo más importante. Me asomé a la puerta que se había quedado abierta y les dije al Martino y a Adelaide que podían entrar.

La denuncia había pillado por sorpresa a Fiume padre. Bajó al Samuray para tomar unas copas y soltar improperios, pero esta vez no encontró apoyo ni crédito para sus chupitos. Piero se asomó a la barra y le dejó bien claro que en este valle no eran bien recibidos los que daban palizas a la mujer y a los hijos, y que mejor sería que se fuera lejos si no quería correr el riesgo de que lo llevaran al bosque y acabaran con él como lo habían hecho con Fra' Dolcino. Los demás, jóvenes y viejos por igual, interrumpieron la partida de cartas, le echaron una mirada severa y asintieron desde sus mesas. Si nadie denuncia, la gente puede hacer la vista gorda; pero, si la verdad se muestra por escrito, entonces no tienes escapatoria. Él dio un paso atrás, comprendiendo muy bien por dónde iban los tiros. Salió sin protestar y se fue a la parada, en el lado opuesto de la plaza. Ahí se quedó, sentado, mano sobre mano, esperando el último autocar.

En los pequeños pueblos cerrados sobre sí mismos y aislados, con costumbres arraigadas desde hace siglos, también pasa eso: que los que se entretienen criticando y tocando las narices, llegado el momento, se ayudan entre sí. Bien mirado, esa es una de las razones por las cuales volví y aquí me he quedado.

A Adelaide, aún maltrecha, le cambió la cara en cuanto entró en su casa. Rauda y veloz se fue a la cocina y empezó a moverse alrededor de la mesa, volviendo a tomar posesión de la despensa, del fregadero y de las cacerolas. Llenó una olla de agua y me pidió que me quedara a comer.

—No, gracias —contesté—. Tengo que irme.

Mentira: no tenía nada especial que hacer, pero no era fácil quedarse ahí y apechugar con lo que suponía una separación.

El Martino se había quedado clavado en medio de la sala de estar, con la mochila al hombro, el chaquetón y la gorra puestos, como si tuviera que marcharse de un momento a otro. Me acerqué otra vez a él esbozando una sonrisa, pero él siguió mirándome con cara de pocos amigos. Poco podíamos hacer, pues ni él formaba parte de mi familia ni yo de la suya.

—Vamos a elegir un día, viernes o sábado, y todas las semanas, ese día, te vienes a comer a mi casa.

Torció el gesto: no iba a contentarse con tan poca cosa.

—Vienes a comer a mi casa y por la tarde vamos los dos a la ciudad a dar una vuelta —propuse; y, para mejorar la oferta añadí—: un helado y una partida de billar.

El Martino no se dejaba seducir fácilmente, pero poco a poco sus labios apretados, contraídos, cabreados, fueron cediendo. Llevó las manos a las correas de la mochila, la soltó despacio y la dejó caer al suelo de golpe.

—Ok el billar, pero nada de helados, que ya no soy un niño.

Luego empezó a mirar a su alrededor, volviendo a hacer suyos los míseros cuadros, el sofá sembrado de pelos de Niebla, la alfombra polvorienta, el televisor colocado encima de un pequeño mueble. Al ver el aparato, sus ojos se estremecieron; de repente, me ignoró, se zambulló en el sofá, agarró el mando y le dio al canal de los dibujos animados, lo que más había echado en falta estando conmigo en Sassaia. Lo miré y pensé: «Me has curado, niño del valle».

Volví a la cocina para despedirme de Adelaide. Ya había puesto la mesa y el aroma de la salsa se esparcía en el aire. La vida había retomado su curso.

—Me voy. Tendré el móvil encendido, por si necesita algo.

—Señor maestro... —dijo cuando yo estaba ya en la puerta. No había manera de que dejara de llamarme señor—. Gracias —me soltó bajando la mirada, como si le diera vergüenza haber necesitado mi ayuda.

—Sois vosotros quienes me habéis ayudado.

Entonces yo también bajé la mirada, di media vuelta, revolví el pelo del Martino, tumbado de cualquiera manera frente a los Power Rangers, y al salir cerré la puerta de golpe.

De camino a Alma, intenté no pensar en la casa vacía que me esperaba. Al pasar frente al Samuray, me di cuenta de que todo el mundo se había asomado para mirarme con una extraña excitación y unas medias sonrisas en los labios que también resultaban extrañas. No les presté atención: les faltaba un tornillo. A todos nos faltaba un tornillo en aquel valle. Volví a Sassaia. Al caminar por los callejones, andaba distraído y nada me pareció distinto. Me comí un bocadillo, no tenía hambre. Subí al estudio y empecé a corregir los deberes de los chicos para tener la cabeza ocupada. Regué los ciclámenes. Luego, al darme cuenta de que solo eran las cinco de la tarde, decidí anticipar la colada semanal. Me coloqué el cesto al hombro y me fui al lavadero. Lavar a mano con el agua helada es una trabajera que te deja molido, pero eso me vendría bien. Quería estar reventado por la noche y dormirme en un santiamén.

Cuando ya eran las siete de la tarde me preparé la cena y puse la mesa para uno. Solo había negrura y frío a mi alrededor, y encendí la estufa. Me senté a la mesa con vistas al callejón. Entonces las vi.

Todas las ventanas de la casa de enfrente estaban iluminadas.

Una mañana, recién empezado el verano, Rita había pasado a recoger a Emilia muy temprano. Ella asumía la responsabilidad de aquella excursión no programada y respondería en primera persona ante cualquier imprevisto.

—No podemos llevarla allí esposada y escoltada por la policía —había argumentado, y la Frau le había dado la razón—. Además, se merece esta oportunidad.

La Frau había asentido. Amén.

Era el año 2004. En los meses precedentes Emilia había aflojado la cuerda, como solía decirse ahí dentro. Había estudiado poco y mal. El trabajo de fin de curso era una auténtica chapuza y lo único decente eran las partes que prácticamente le había dictado Pandolfi; el resto casi no se entendía. La verdad es que ya no confiaba en eso. Había confiado antes, en los años anteriores, cuando había vuelto a estudiar: entre tanto ir y venir de pobres desgraciadas, con los programas reducidos y adaptados, con menos horas lectivas, en unas aulas donde se encontraban estudiantes y presas, había creído que podría conseguirlo.

Pero, ahora, el examen de selectividad era el mismo que tendrían que superar los demás, los estudiantes que no estaban presos. Eran chicos que habían seguido de principio a fin el programa del Ministerio y que habían hecho los deberes tan tranquilos, encerrados en su habitación o en la biblioteca, sin tener que soportar el griterío de las demás en los pasillos, sin las emergencias, las insurrecciones, las peleas, los encuentros con el abogado y la obsesión recurrente de la condena.

A ella también le tocaría enfrentarse a una presidenta que venía de fuera y a un tribunal docente que no conocía, como todos los demás, pero resulta que ella no era *como los demás*, ni de coña. Por eso había vuelto a ser la Emilia de antes: cortes en los brazos y horizonte negro. ¿De qué le servía estudiar y tener una licenciatura si luego, una vez fuera del trullo, seguiría siendo *la de Rávena*?

Se subió al Fiat Punto abollado de Rita y dejó que el coche cruzara la gran verja del instituto penitenciario. Al poco rato, la plaza de San Francesco se mostró frente a ellas en todo su luminoso esplendor. Aunque el corazón le pesara como el plomo, Emilia se llevó una grata sorpresa: había que ver lo hermosa que era Bolonia, una ciudad donde no existía el gris, no había manera de encontrarlo. Estaba llena de bicicletas, de carteles que anunciaban conciertos, de malabaristas aún medio dormidos que actuaban en los cruces con semáforo. Las ramas de los chopos bailaban como copos de nieve en los bulevares.

Rita no hablaba; había encendido la radio. Emilia estaba tan hechizada por ese mundo que se mostraba entero, vivo y libre de barrotes que no conseguía prestar atención a las noticias. Los responsables de la institución siempre tenían miedo de que las chicas se fugaran aprovechando las salidas, y ahora ella lo tenía a huevo: le bastaría con abrir la puerta cuando se pararan frente a un semáforo en rojo, saltar del coche y correr hasta que perdiera el aliento y le flaquearan las piernas. Acto seguido, entraría en un bar y pediría un Spritz doble.

—Que sepas, Rita, que no me piro solo porque voy contigo.

—Desde luego...

Conducía muy suelta, pero Emilia detectaba su tensión a flor de piel.

—Si llega a ser la Venturi quien conduce, a estas alturas ya estaría yo en la plaza Mayor. Sé que me encontrarían por la noche, pero, mientras tanto, me habría puesto ciega de copas.

—Si con tomarte unas copas tienes bastante, ya te llevaré yo a un bar. *Después.*

Emilia soltó una risotada:

—¿Hablas en serio?

—Solo si te portas bien. Una copita de vino blanco, y acto seguido te metes un caramelo en la boca. Pero eso no tienes que contárselo a nadie, ni bajo tortura.

Emilia tragó saliva. Tenía que soltarlo, y con Rita podía permitirse ese lujo.

—Habría preferido hacer el examen en la cárcel.

La asistente social clavó el coche en medio de la calle, corriendo el riesgo de provocar un accidente múltiple en hora punta. Se dio media vuelta para mirarla a la cara, hecha un basilisco, y le soltó a voz en grito:

—¡Y nosotras, implorando al magistrado a cargo de la vigilancia, poniéndonos de rodillas y prometiendo en nombre de nuestros hijos que no pasaría nada!

Había un asunto que a Emilia le preocupaba hasta el punto de angustiarla.

—¿Crees que *los demás* se darán cuenta?

—No es ese el meollo de la cuestión, Emilia.

Rita, abrumada por una marea de bocinas que protestaban, manos que hacían peinetas, bocas que soltaban imprecaciones e insultos, se subió a una acera y encendió los cuatro intermitentes.

—Hazme caso de una puta vez: tú vas allí por libre, igual que cualquier otra persona que quiera pasar la prueba de selectividad. Nadie sabe quién eres ni de dónde vienes. Te sientas, te pones a escribir y punto.

—Estoy cagada de miedo.

—Vargas me ha contado que está cabreada porque tú tienes esta posibilidad y ella el año pasado no la tuvo.

—Ya lo sé.

—¡Entonces, disfruta de esta mañana fuera del trullo! Hazlo por ella, por las demás, y, sobre todo, por ti misma.

Ese «disfruta» sonaba como una tomadura de pelo.

La verdad era que no tenía elección. Hacía años que no podía elegir.

Un cuarto de hora más tarde, y con las piernas que le flojeaban, Emilia entró en el instituto de hostelería Artusi: no era una simple sucursal, sino la verdadera escuela.

Reconoció las formas y los colores propios de los pasillos, de las aulas, de las ventanas de una escuela pública italiana. Volvió a disfrutar de un aire que no olía a calabozo, sino a tiza, a juventud, a berrinches de adolescentes, a vida desenfadada: el mismo olor que el de su vida pasada. Se unió a la riada de chicos y chicas que tenían un año menos que ella y entraban desperdigados en las clases. Buscó el lugar que le habían indicado, el aula 5B, y entró con el alma en un puño. Le temblaban las manos. Le temblaba el corazón. Muchos ya estaban sentados. Nerviosos, jugueteaban con los bolígrafos o intentaban colocar mejor las chuletas dentro del estuche para poder copiar. Nadie levantó la mirada al verla pasar, nadie la señaló diciendo: ¡el monstruo de Rávena!

Fue a sentarse en un pupitre al fondo de la clase. No se cansaba de mirar las ventanas sin barrotes, el cielo limpio allí fuera, las esporas de polen suspendidas en el aire que fluctuaban, se movían, se dejaban llevar. Un rato después, llegó una profesora con los sobres. Tras un momento de tensión, los abrió. Emilia recibió una hoja en blanco sellada por el Ministerio. Leyó una y otra vez el examen sin acabar de entenderlo. Su mente se parecía a aquellas esporas de chopo: volaba sin peso, sin adherencia. Al final, casi por instinto, decidió redactar un ensayo breve relacionado con la historia del arte. No es que supiera nada del tema, pero le gustó la manera en que resonaba en ella aquel título: «La luz en Caravaggio».

Quitó el capuchón y apoyó la punta del bolígrafo en la línea aún en blanco; y ahí se quedó clavada, en aquella postura, en aquel gesto de posible arranque, durante un tiempo indefinido. Luego levantó la mirada y observó las cabezas inclinadas de aquellos compañeros desconocidos, con los mismos vaqueros y las mismas camisetas que llevaba ella. Los rostros concentrados, los bolígrafos que se movían rápidos rasgando el papel, tal vez con la cabeza puesta en las vacaciones que les corresponderían como premio tras los resultados. Y ella estaba ahí, con ellos. Ni un solo *walkie-talkie*, ni una puta llave o una puerta blindada que se cerrara con estrépito. La luz inundaba el aula como un lago plácido. Y su corazón se había ensanchado, abierto en una apnea de gratitud.

Acabaría completando a duras penas una página, llena de errores de ortografía y de razonamientos poco claros; sin embargo, fue la última en entregar, pues no quería perderse ni un instante de aquel silencio.

Se iban a compadecer de ella y aprobaría por los pelos solo porque pasaba eso: que daba pena. Pero en aquella aula, rodeada de aquel maravilloso silencio solo interrumpido por el murmullo de los papeles e impregnado de tinta y de concentración, mientras redactaba su trabajo junto a los demás, Emilia se había sentido una persona normal.

A las tres de la tarde del lunes, 21 de marzo de 2016, al bajar del autocar y volver a encontrarse en la plaza Mayor de Alma, delante de la tienda de ultramarinos de la Rosa, de la escuela, de la iglesia, de las cristaleras del Samuray, desde donde todo el mundo, pillado por sorpresa, la miraba con ojos como platos, ella volvió a sentirse... normal. Y hay que ver qué hermosa, y rara, resulta esta palabra.

Levantó una mano para saludar a los clientes del bar, entre los que estaba el Basilio, que se había asomado a la puerta para regalarle una sonrisa ancha con todos los dientes que tenía y los que no tenía y lágrimas en los ojos. Encendió un Winston y se fue directa hacia la pequeña escalera medio escondida por las hortensias, que ya no estaban quemadas por el frío y lucían hojas nuevas.

Al retomar el sendero que llevaba a Stra' dal Forche, arrastrando la maleta, con los pulmones impregnados de humo y las piernas que ya no estaban acostumbradas a tanto trote, no pudo contener la risa.

Ya casi no quedaba nieve. Las ramas de las hayas, de los abedules y de los castaños mostraban los primeros brotes. Unos cuantos pájaros habían vuelto a llenar el aire con sus gorjeos y batir de alas. Las hormigas trepaban despacio por los troncos.

Al llegar a la capilla de la Virgen hizo un alto y prestó atención a una inscripción borrosa que aparecía de lado y en la que nunca se había fijado:

Aprenderás más de los bosques que de los libros.
Los árboles y las rocas van a mostrarte cosas que ningún maestro te enseñará.

«El silencio —pensó—. Esa es la enseñanza.»
El silencio y la luz, y el invierno que se acaba.

Había retomado el camino de subida con el olfato impregnado del olor de las hojas, de los tallos, del polen, de aquel universo que renacía, voluntarioso y terco, porque lo importante era vivir, a cualquier precio: encontrar el valor de hacerlo.

En el trecho final Emilia estaba hecha polvo, casi sin aliento: llevar la maleta había sido muy mala idea. Pero, superada la última curva, el cartel en blanco y negro había vuelto a asomar entre los árboles y Sassaia se había materializado frente a ella, incólume. A resguardo del tiempo, inmersa en la luz de Caravaggio.

Me levanté de la mesa y salí corriendo de casa.

Sin afeitar, con la camisa sucia y la sangre que me iba a mil por hora, crucé el callejón, miré la puerta y pensé: «Ahora llamo y Dios sabe quién me abrirá la puerta. Será Riccardo, Aldo o un inquilino que no conozco». Llamé. Tres golpes contundentes que retumbaron en las paredes de la montaña. Aquellos instantes de espera fueron rodando cuesta abajo como rocas pesadas. Iba aturdido por la adrenalina, por el miedo, por los sentimientos encontrados. Pero el cuerpo es sabio.

La puerta se abrió y provocó una onda expansiva de igual o incluso mayor magnitud que la que había podido conmigo en 1990, solo que ahora volvió a colocarme en el centro.

Ahí estaba Emilia, con unos vaqueros andrajosos de talle bajo por donde asomaba la goma de las bragas. Ahí mismo, con una camisa ancha de cuadros blancos y rojos a medio abrochar, sin sujetador. Ahí, vibrando y rabiando, aunque pareciera tranquila. Con su verdadero apellido.

Iba sin maquillar y despeinada. Me desafiaba con esa mirada arrogante, tan suya: ¿te enteras? He vuelto.

¿Por qué? ¿Qué piensas hacer?, le pregunté con la mirada.

Me contestó esbozando una media sonrisa: Ni te lo imaginas.

A todas esas, ella estaba dentro y yo, fuera. Tenía desde siempre toda la razón del mundo: no sirven de nada las palabras. Por lo menos, no para vivir.

Tiró de mí agarrándome por la camisa. El frío se quedó encerrado fuera de la puerta. No conseguimos siquiera llegar al piso de arriba. No había ninguna necesidad de cerrar los postigos o de andarse con cuidado.

Mientras nos desplomábamos en el sofá, los cuerpos incandescentes y al límite, lo pensé. Durante un instante, acudió a mi cabeza el pensamiento: estaba a punto de hacerlo con un *es*... La palabra murió en mi interior, deshaciéndose. Mientras la desnudaba y ella me desnudaba, y no solo nos arrancábamos la ropa, sino todo el pasado y el futuro, los nombres, las apariencias, las leyes, las convenciones, lo bueno y lo malo, mi boca se despegó de la suya para decirle la única cosa que aún no le había dicho, la única que para mí, aquella noche, contaba: «Te quiero».

33

Pero el pasado existía.

Desde luego que existía.

Y también el futuro.

Estaban ahí, al acecho debajo de los muebles, unas sombras en el callejón tras la ventana, tras las puertas.

Emilia prendió un Winston.

—No me voy a salir por la tangente —afirmó, echando el pelo hacia atrás. Desnuda, tumbada en el sofá con las piernas enredadas en las mías.

Yo la miraba embobado, con la cabeza inclinada en el otro apoyabrazos, desnudo igual que ella. Me habría gustado que no hablara, que no se levantara, que nunca tuviéramos que salir del cálido y precario refugio de aquel momento.

Pero no: Emilia se levantó y, con el cigarrillo aún colgando de los labios, se puso las bragas, los vaqueros y la camisa ancha, y se dirigió a la mesa donde ya había colocado, listos para su uso, un bloc de hojas y un lápiz.

Se sentó, dio una calada distraída. Luego dejó el cigarrillo en el cenicero, cogió el bloc, lo abrió, agarró el lápiz y empezó a dibujar con una furia metódica, como si hubiera olvidado que yo existía y estaba allí.

La estufa funcionaba a tope, pero de repente sentí frío. Me vestí, abrí la despensa y cogí dos copas y una botella de licor de nueces porque intuí que nos iba a hacer mucha falta. Luego me senté frente a ella.

Su rostro era sombrío. Estaba inclinada sobre el papel, metida de lleno en algo que yo intentaba no mirar. Las sienes estaban empapadas de sudor; la respiración, acelerada. Sentada de cualquier manera, con las piernas cruzadas y el pelo que le caía continuamente en la cara. Lo sujetaba detrás de las orejas, pero sin interrumpirse, demasiado arrebatada para ir a buscar una goma elástica y recogerlo.

Me serví media copa y miré el televisor inútil, las ollas de cobre que había abrillantado. Me pregunté si se habría fijado en el jardín, en el desván, en el grifo que ya no perdía agua. Pero no era el momento de preguntárselo. El reloj marcaba las ocho y media. Sassaia era como una estrella que se hubiera precipitado en la tierra, dispersa y escondida en un lugar demasiado escarpado. Emilia fumaba con una mano y con la otra movía el lápiz sin descanso. En el silencio, yo percibía el desgaste de la mina.

Levantó la cabeza solo cuando dio por acabado el trabajo. Primero valoró el resultado con gravedad y luego me miró. Con ojos llenos de urgencia y brillo, como nunca los había visto. Dio la vuelta a la hoja y la puso frente a mí.

Era el retrato de una chica. Muy joven, con algunos mechones de pelo que se habían soltado de la coleta y se deslizaban por su rostro, como movidos por el viento.

Los ojos claros y la mirada de niña lista. Los labios finos que dibujaban una sonrisa insinuante. No la reconocí. Emilia también había dibujado sus hombros, las clavículas asomando debajo de la piel y las tiras de un bikini en forma de triángulo.

—Ella es Angela —dijo, y repitió el nombre recalcando las palabras—: Angela Massia.

Se me heló la sangre en las venas.

Había dicho *es*, no *era*.

Habría querido pararle los pies, decirle: «No, no hace falta». Pero no podía soltar ni una palabra, y yo también sabía que sí: hacía falta.

Sabía que no puedes amar a alguien sin conocer toda su historia, especialmente la parte más negra.

—Han pasado casi quince años, pero recuerdo cada uno de sus lunares en la espalda, de sus pecas en los hombros. Recuerdo los hoyuelos que tenía en la barbilla y detrás, a la altura de las caderas, que volvían locos a los chicos. Cuánto llegué a envidiarlos... Están aquí —y, al decirlo, se dio un golpe en los párpados con el índice—, asoman por la parte de abajo del bikini mientras ella menea el culo en la playa. Aquí tengo sus ojos, que era lo mejor que tenía, además de las tetas. Está todo metido aquí, grabado a fuego, como si no hubiera visto otra cosa en toda mi vida.

»Al principio soñaba con ella y por eso pedía que me aumentaran las dosis. Me daba cabezazos contra los barrotes para quitármela de la cabeza. La manera en que me sonreía, su forma de tomarme el pelo: la veía, ¿me entiendes? Como si fuera real y aún la tuviera frente a mí. Luego me metieron tanta medicación que dejé de tener sueños. Durante mucho tiempo. Cuando volví a soñar, se me apareció Sassaia. Esa es la razón por la que estoy donde estoy. Aquí me tienes, tocándote los cojones. —Prendió otro cigarrillo y se relajó en el respaldo de la silla; buscaba con la mirada algo que estaba más allá de los cristales, en la noche—. Yo he sido la última persona que la miró. He sido la última a quien ella miró. —Cerró los ojos—. Nadie sale indemne de algo así.

—Cuéntamelo desde el principio, por favor —le pedí.

Emilia se recompuso, la espalda recta, la cabeza bien alta. Se echó dos dedos de licor en la copa.

—Éramos vecinas. Se había mudado a un chalé cerca del mío al poco tiempo de morir mi madre y puede que yo interpretara aquella coincidencia como una señal. También íbamos a clase juntas.

»No nos caíamos bien porque éramos completamente distintas, pero tal vez fuera por eso por lo que nos sentíamos atraídas la una por la otra. Ella lo tenía todo y yo estaba obsesionada por lo que le había caído en suerte: una familia al completo, la belleza, la seguridad en sí misma que mostraba o, al menos, aparentaba. La envidiaba, pero al mismo tiempo la admiraba porque, a fin de cuentas, si eres guapa e inteligente, algo habrás hecho para merecerlo, digo yo.

»Pero resulta que también era una hija de la gran puta.

—Sonrió—. Lo sé; no se puede criticar a las víctimas, hay que hablar bien de ellas, pero ¿qué le voy a hacer si ella era así? No solo eso, desde luego. Era mucho, mucho más. La conocía como la palma de mi mano, o eso creía.

»Me desairaba en clase, delante de los demás, porque decía que "le manchaba la reputación". Cuando íbamos a la playa juntas, yo tenía que poner la toalla a cierta distancia, aunque antes de salir de casa nos habíamos maquillado y meado juntas.

»Claro que ahora, viendo las cosas desde la distancia, con la edad que tengo, me doy cuenta de que era tan mala como puede serlo la rosa de *El principito* con su única espina. Entre las pocas lecturas que circulaban en chirona, *El principito* se llevaba la palma —apuntó, respondiendo a un gesto de sorpresa involuntario por mi parte—. ¿Te acuerdas de aquello de *lo esencial es invisible a los ojos*? Son gilipolleces. Sin embargo, cuando frente a los ojos solo tienes mierda, al final te ayudan.

Frente a mis ojos yo la tenía a ella, al amor de mi vida, exhausta por el esfuerzo de contarme aquello. Y a mí también me costaba Dios y ayuda quedarme ahí sentado.

—De todas maneras, era una relación complicada. Para que te hagas una idea, mi primer morreo fue con ella, no con un chico. «Voy a enseñarte cómo se hace —me dijo—, que tú eres muy torpe para esas cosas.» Y luego venga a hacer aspavientos, como si se hubiera sacrificado por mí; pero yo intuía que eso a ella le gustaba, y a mí también. Y para mis adentros pensaba: «Te llamas Angela, pero eres el mismísimo diablo», sin saber que el diablo de verdad era yo.

»Puede que fuera cierto que yo estaba obsesionada con ella, como dictaminaron en un informe. En otro dedujeron que ella, en mi mente enferma, había ocupado el lugar de mi madre. A fin de cuentas, no es que yo tuviera mucho más. Ni una sola chica que pudiera considerar una verdadera amiga. De los chicos, ni hablar. Solo tú, de entre todos los seres del universo, has pensado que soy hermosa. Lo que enseñaban en clase me importaba un comino. Ni siquiera me gustaban la danza y el piano, esas actividades a las que mi madre me había obligado a asistir. Aunque fracasara, ella seguía empeñada en que lo importante no era conseguir un objetivo, sino aprender; y que no se trataba de triunfar, sino de descubrir. A la vista del mundo en que nos ha tocado vivir, me cago en todo eso. Aquí si no triunfas, pringas. En lo que a eso se refiere, prefiero mil veces la cárcel.

Me miró a los ojos, quizá para ver qué efecto producían en mí aquellas palabras tan fuertes. Pero yo estaba inerte, imagino que pálido, asustado y, sin embargo, decidido a escucharla hasta el final.

—Ya entiendo que no sabes nada de lo que significa estar en chirona. Nadie lo sabe hasta que entra —afirmó esbozando una media sonrisa. Luego, otra vez muy seria, añadió—: A lo que íbamos: quiero hablarte de Angela.

»En pocas palabras, ella era la típica tía que mola un montón, con una madre que iba a la peluquería cada día y un hermano atlético del que me enamoré por... creo que se dice ósmosis o efecto de transición.

»Estar con Angela era como tener frente a mí a la persona que habría querido ser sin conseguirlo. De ahí que la odiara y la venerara al mismo tiempo, idolatrándola y envidiándola a muerte.

»Lo que me dejó anonadada *después*, durante el juicio, fue descubrir todas sus inseguridades. Iba al psicólogo, pero nunca me lo había dicho. En su diario escribía que se sentía inadaptada, que su madre la presionaba mucho. La escuela, el mundo entero: la estaban agobiando, pues no hacían otra cosa que demandar, demandar, demandar. En cambio, para mí su madre era lo mejor: una vida dedicada a los hijos, poniendo todo de su parte para que triunfaran el día de mañana. Entre todos los que me odian, ella es la que más, y la comprendo muy bien.

»Es ella quien, cada aniversario de la muerte de Angela, organiza desfiles con antorchas y reserva una página entera del periódico local dedicada al recuerdo de su hija. Y la que paga el pato soy yo. Me cayeron dieciséis años, el máximo para una menor de edad en un juicio sumario. Que luego se redujeron a catorce años, cuatro meses y nueve días por buena conducta. Y ni te cuento el pollo que montó por esta reducción de pena: concedió entrevistas al telediario, a la radio, y escribió cartas al Ministerio. Y a mí me gustaría explicarle algún día que aquel año y ocho meses no me sirvieron de alivio, no cambiaron ni van a cambiar nunca nada. Ni para mí ni para ella.

»Pero la había traído al mundo, Angela era su hija. La había parido, amamantado, acunado, cuidado, y había soñado para ella un futuro esplendoroso. Cirujana, mujer de negocios, Miss Italia, casada con un hombre tan exitoso como ella, con cuatro o cinco hijos. Y, de repente, aparece una tía de mierda, que soy yo, un gusano rastrero que ni siquiera merecía nacer, y le desmonta el chiringuito. —Emilia sacudió la cabeza con violencia y abrió los brazos—. ¿Cómo voy a *vituperarla*? Se dice vituperar, ¿verdad? Si llega el día, ¿cómo voy a decirle yo, que no soy madre y nunca lo seré, que creo saber lo que siente? Su derrumbe, su desesperación. No me creería.

Encendió el tercer cigarrillo y yo me levanté para despejar el humo que impregnaba el cuarto. A decir verdad, me levanté para abrir las ventanas y respirar.

—En diciembre de 2000, cuando estábamos en el último año de secundaria, empezó a salir con un tipo. Tenía treinta y siete años, estaba casado y con un hijo pequeño. Hablando mal y pronto, un cerdo, un depravado. Pero ella bebía los vientos por aquel tío.

»Le parecía increíble que se hubiera fijado en ella, ¿sabes? El tipo trabajaba en una tienda de compraventa de coches de segunda mano; se dejaba la piel en el gimnasio, siempre iba depilado y con el cuerpo bronceado por las sesiones de rayos UVA. ¿Sabes esos chulos que se sientan en el trono de *Mujeres y hombres y viceversa*? Pues eso. Incluso decían que se había presentado a un *casting* para participar en el programa, pero no lo eligieron.

»Así que el tío se quedó donde estaba, formó una familia y, en vez de perseguir sus sueños de éxito en televisión, se buscó a una chiquilla de muy buen ver. Desde entonces, para Angela yo fui un cero a la izquierda.

»Las tardes en que podía salir con él, salía y adiós. Además, la novedad era que ahora follaba, o sea que ya no era virgen, y eso sumaba puntos, te colocaba en una categoría superior, mientras que yo, fíjate —me sonrió con una tristeza infinita—, tuve que esperar a que llegaras tú.

Supongo que abrí los ojos como platos, incrédulo. Emilia asintió, confirmando que sí, que yo había sido el primero.

—¿Y el tal Emanuele?

—¿Te refieres al Denfrente? Cuando me lo propongo, se me da muy bien mentir —me contestó soltando una risotada.

Yo seguía mirándola, sin acabar de entender. Así que Emilia se vio obligada a contarme la verdadera historia de Emanuele, de los mensajitos que iban y venían cruzando barrotes. Un paréntesis que me arrancó una carcajada y me tocó la fibra.

Pero ahí estábamos, sentados, con el retrato de Angela Massia en el centro de la mesa por una razón muy concreta, y no era cuestión de ponerse a reír e irse por las ramas.

—Yo le era útil. —Emilia miró la hoja de papel y la enderezó porque había quedado un poco torcida. La alisó delicadamente con una mano, como acariciándola—. «Mamá, salgo con Emi», «Mamá, me voy a estudiar a casa de Emi», y se abría la veda. Yo era la excusa, la coartada, la llave que le permitía enrollarse con él en los *parkings* o en los pinares cerca de Rávena. Y cuando él estaba trabajando, con la familia o con los amigotes, yo me convertía en el segundo plato, un confesionario al estilo *Gran hermano*. Tenía que pasar el rato escuchándola mientras ella me contaba lo mucho que lo quería, lo mucho que molaba y que, en cuanto cumpliera los dieciocho años, él dejaría a su mujer y se casarían.

»Nunca se le ocurrió preguntarme: "¿Y tú? ¿Qué hay de ti?".

»Y yo tenía celos. Me sentía traicionada.

»¿Te parece que no es para tanto? Obvio: es que no existen razones serias, válidas, que justifiquen lo que hice.

Se pasó una mano por la cara, como si quisiera borrarla. Tenía el pelo empapado de sudor en las sienes. Se echó dos dedos más de licor de nueces en la copa, pero acto seguido se levantó y fue a buscar una bolsa de patatas fritas porque no quería emborracharse, pretendía mantenerse lúcida. Yo la miraba y tuve la sensación de que, mientras se arrancaba del cuerpo las palabras, iba perdiendo kilos y años.

Miré el reloj: las diez. Ninguno de los dos había comido nada.

—No hace falta que me lo cuentes todo en una noche.

—Pues te digo yo que sí —me contestó, echándose a la boca un puñado de patatas fritas—. Si no lo hago, no tendremos la oportunidad de seguir adelante y no podré quedarme aquí. Nunca tendré mi propio lugar.

—Vale —acepté. Volví a acordarme del episodio del Denfrente y de las demás chicas que me había nombrado: Yasmina, Myriam, Afifa—. Pero ¿por qué no me cuentas antes algo de la cárcel? Esto también forma parte de la historia, ¿verdad? Es una parte importante. Y me gustaría conocerla.

34

Entre las diez y media de la noche y las tres de la madrugada, Emilia me contó su vida en la cárcel a lo largo de los años, algo que ya he referido en las páginas anteriores. Y tengo que reconocer que fue una experiencia entrañable. El dolor siempre estaba presente, pero su mirada era viva, en su rostro se dibujaban mil expresiones distintas y sus palabras me inundaban como un cálido torrente.

—Yo no sé o, mejor dicho, ya no sé cómo un ciudadano de a pie se imagina una cárcel, un reformatorio, pero te aseguro que donde yo estaba no había jefas mafiosas o gente peligrosa; a fin de cuentas, incluso las peores no eran más que unas pobres desgraciadas. No pasábamos de ser, todas nosotras, un atajo de gilipollas con una vida muy chunga.

Veía su cuerpo estremecerse por la emoción. Veía su alma transparentarse en los gestos, en la manera en que su voz iba cambiando de tono según las personas que la habitaban: Vilma, Rita, la Frau, incluso la Venturi...

También me contó un hecho en apariencia anecdótico: me refiero a las elecciones, cuando llegaron los voluntarios con las urnas y las papeletas, y las que tenían derecho a voto fueron a la sala reservada a las visitas. Lo menciono aquí porque la gente de fuera no se imagina, o tal vez no se da cuenta, de que esas personas exiliadas, condenadas, presas, siguen siendo unas ciudadanas.

Emilia me contó que Marta siempre se venía arriba cuando llegaba el momento de las votaciones y que ese día todas se sentían importantes. Todas, excepto las que habían nacido en Italia pero seguían sin papeles y, como es lógico, estaban muy cabreadas.

Yo tenía la sensación de oír y ver a esas chicas. Era como si les tuviera cariño, aunque solo las conociera gracias a la voz de Emilia, por el modo en que me hablaba de ellas, por el amor que la unía a ellas. Bien mirado, lo más absurdo de aquella noche tan larga quizá fue que rebosaba amor por los cuatro costados.

—Todo se precipitó cuando salieron las notas. Era el 19 de junio de 2001. Fuimos juntas a mirarlas. Aparcamos las motocicletas una al lado de la otra frente al instituto. Ahí estaba el tablón, con las notas a la vista de todos. Y, para variar, sufrí una humillación pública.

A estas alturas los dos estábamos exhaustos, molidos por el cansancio; sin embargo, seguíamos con los ojos bien abiertos.

—Yo había aprobado por los pelos, con la típica patada en el culo y tres suspensos, pero me había salvado. Estaba encantada porque no tendría que repetir curso y, sobre todo, *no la perdería a ella*. Todas sus notas navegaban entre el notable y el sobresaliente.

»Me había prometido que, si las dos pasábamos de curso, lo celebraríamos *juntas*. Me lo había *jurado*: que iríamos a Marina, nos juntaríamos con los demás y nos quedaríamos en la playa hasta tarde, disfrutando de las fogatas, las guitarras, los porros y los botellones de vino. Yo sin ella no habría podido ir. No estaba invitada ni era bienvenida en ninguna fiesta. Incluso lo había apuntado en la agenda escolar: la fecha del 19 de junio estaba marcada con un círculo y una flecha: "Este será el día de nuestras locuras".

»Pero resulta que apareció él con su asqueroso Opel Tigra color amarillo, el coche más choni de toda Rávena. Con el brazo musculado asomando por la ventanilla, el pelo a tope de fijador, las gafas negras de agente secreto de pacotilla. Y ella, muy emocionada, hizo lo que ya te imaginas: se dio la vuelta y me cogió ambas manos, como Judas: "Disculpa, Emi. Ya no puedo. Me entiendes, ¿verdad?".

Emilia se quedó callada. Algo que venía de muy lejos volvió a asomar desde el fondo de sus ojos. Algo que interpreté como rabia. Una rabia que ahora solo era un tenue eco del pasado, pero que en aquel momento imagino que sería un incendio indomable.

—Volví a casa sola y me encerré en mi habitación. Pasé el día entero tumbada en la cama con los auriculares puestos, escuchando a Marylin Manson.

»Todos eran felices, resultaba evidente, y esa certeza no paraba de retumbar en mi cabeza. Todos, absolutamente todos, estaban encantados de la vida, excepto yo. Todos tenían a alguien con quien celebrar el verano, a todos los querían, los apreciaban. Se lo pasaban en grande. Yo era la única que se había quedado colgada: la única que no daba la talla, la única víctima de tanta injusticia. Y consideré en serio la idea de acabar con mi vida para darles una lección, pero tenía sentido común suficiente para comprender que a nadie le importaría un comino. —Volvió a mirarme a los ojos, enfervorecida—. A ti te pasó algo peor, lo sé, y continuaste siendo buena persona, gente de bien, pero yo, Bruno, no aguanté el tirón.

»Me he preguntado un montón de veces qué es el mal. Incluso me apunté a una asignatura de Filosofía en la universidad. Para comprender.

»¿Es un error del que eres responsable? ¿Una elección o un fallo en tu sistema, una culpa que todo ser humano acarrea? ¿Y la locura? ¿Es un elemento de más, una célula descontrolada que tienes de nacimiento, o es un elemento de menos?

»Yo creo que es algo de menos, como un vacío que nace de una grieta interior y luego va cavando, perfora en tus entrañas hasta aniquilarte.

»El dolor no nos hace mejores. Solo es útil para quien ya está fuerte y tiene dónde apoyarse. Yo he tenido un padre excepcional, pero no acepté su ayuda: pensaba que no me lo merecía, o no tenía fuerzas para pedir socorro. Prefería marchitarme, regodearme en el odio. A fin de cuentas, es lo más fácil: cabrearte con todo el mundo, encasquetarles tus culpas.

Estaba tan tensa que, sin darse cuenta, se levantó de la silla. Luego, de repente, se quedó clavada, escudriñando lo que había a su alrededor, como si acabara de aterrizar en algún lugar y no supiera bien dónde. Sus ojos agotados de cansancio se posaron en mí.

—No supe perdonar, Bruno. Ni la muerte de mi madre. Ni a mis compañeros de clase. No perdoné a Angela ni me perdoné a mí misma por ser quien era. No supe aflojar la cuerda.

Volvió a sentarse, a alisar el retrato de Angela, acariciando con las yemas de los dedos las facciones de su rostro.

—Cuando mi padre volvió a casa aquella noche, lo suyo habría sido celebrar mi aparente éxito escolar; pero yo estaba ahí, en la cocina, sentada a la mesa desnuda, lo mismo que cuando había muerto mi madre. Siempre creí que aquel había sido el peor día de mi vida y ahora tenía que enfrentarme a otro igual. No sabía que más tarde tendría que vérmelas con otro infinitamente peor. Porque ahora sé que el mal que recibes es mucho más liviano que el que tú impartes. Del mal que impartes no hay vía de escape.

Sus manos temblaban mientras intentaba prender el enésimo cigarrillo, sin conseguirlo. La veía luchar contra sí misma y sentía un dolor punzante. Cogí el mechero y la ayudé. Una vez más, me habría gustado decirle: «Basta, vámonos a la cama».

Después de dar un par de caladas, volvió a concentrarse. Eran las cuatro de la madrugada.

—El 22 de junio de 2001 le envié un mensaje para concertar *la cita*.

»Un SMS desde mi Alcatel blanco: "¿Nos vemos mañana a las dos de la tarde en el Stradello della Pesca? Tenemos que hablar: es importante".

»Ella habría podido contestarme, como un montón de otras veces, que no podía, que iba a salir con Fabio.

»Era probable, más que probable, que faltara a la cita.

»Pero me contestó: "Vale. Total, Fabio trabaja".

0

—El 23 de junio, a la una y media, metí el cuchillo en la mochila y salí.

»Un cuchillo largo, el más largo que encontré en la cocina.

»Desde mi casa se tardaba poco menos de veinte minutos en llegar al Stradello della Pesca. Recuerdo que mi habitación estaba helada. Había puesto el aire acondicionado a tope durante toda la mañana porque sudaba como un pollo. En la calle, la temperatura era de cuarenta grados. El asfalto estaba al rojo vivo, parecía soltar vapor, una nube que se entreveía al final del pequeño bulevar. El sol me daba de lleno en la cabeza y era tan fuerte que todo parecía estar a punto de quemarse.

»Antes de subirme a la moto, razoné: "¿Qué coño estás haciendo? Vuelve a casa y deja el cuchillo".

»Mis facultades mentales nunca fallaron, y lo demuestra mi criterio al elegir el lugar y la hora de la cita. Pero, a ver cómo te lo explico... Mi criterio estaba desconectado de mi voluntad. Diría que iban en dos direcciones opuestas. Porque mi sentido común pedía un no, pero yo quería un sí. Estaba en perfecto dominio de mis facultades, era consciente de lo que pasaba, entendía muy bien que aquello era una locura. Pero ahí había una película que daba vueltas en mi cabeza desde hacía un montón de tiempo y ahora quería verla.

»Me puse el casco y arranqué. Era sábado, en el centro había tráfico, pero fui sorteando todos los coches. Pasé frente a los puestos del mercado donde se amontonaban cantidad de trajes de baño y toallas playeras frente a los quioscos que exponían los juguetes para los niños, cubos y figuritas para dar forma a la arena en la playa. Me acordé de cuando me paraba ahí con mi madre a comprar alguno nuevo cada año.

»Ese recuerdo podría haberme detenido, pero no.

»Por todas partes había color y luz, un aire casi de fiesta, pero yo era un pedazo de negrura que circulaba a pleno sol. Llena a rebosar de rencor, iba a toda leche con mi Phantom. Mientras conducía, la mente me iba proyectando sin parar la maldita película. La película de Emilia: una persona importante a la que nunca nadie había hecho caso. Cuando ya había pasado frente al cementerio, también me pregunté: "¿Qué voy a hacer con él?".

»Papá, que todas las noches viene a darte un beso en la frente antes de irse a la cama. Que llama a la puerta de tu habitación en cuanto regresa del trabajo para preguntarte qué tal estás. Que siempre está disponible para hablar contigo, para escucharte.

»Papá no se merece algo así.

»No, mejor no pensar en él. Lo expulsaba de mi cabeza.

»Demasiado incómodo.

»Pensaba solo en mí misma.

—Deja que te cuente dónde queda el Stradello della Pesca.
»Antes de llegar a Marina, antes de las playas, antes del embarcadero turístico, de los hoteles, de las pizzerías y los restaurantes donde sirven pescado, hay un camino sin asfaltar que da directamente al canal.
»Es un lugar horrendo. Desde ahí se ven el edificio de la petroquímica y el puerto industrial. Montones de grúas, hangares por todas partes, torres enteras de contenedores, chimeneas siempre encendidas y cisternas anchas como cráteres que tapan por completo el horizonte. Es un lugar dejado de la mano de Dios, igual que me sentía yo. A lo largo de ese camino lleno de baches asoma una hilera de barracas de madera con las redes de pesca hundidas en el canal y los amarres para las barcas. Las familias se reúnen allí los fines de semana para asar pescado en las barbacoas. Si cruzas el camino te encuentras con un pinar, el más denso y silvestre de toda Rávena.
»Mientras aflojaba la marcha cerca del Stradello, con los cuarenta grados de temperatura que me martilleaban el casco, no sé cuántas veces me dije a mí misma que el cuchillo no lo usaría ni de coña, que yo no estaba loca, ni mucho menos.
»Tenía la sensación de estar jugando. Que sí, que llegaría al límite para saber qué se sentía, pero no iba a pasarme de frenada.
»Sin embargo, no se me iba de la cabeza la imagen de Angela meneando el culo mientras se acercaba al coche del tío ese, echándome de su lado como si yo fuera basura. Y, no sé por qué, aquella imagen se confundía con la de mi madre cuando solo pesaba treinta y siete kilos y ya olía a descomposición. Me doy perfecta cuenta de que aquel rencor era solo un pretexto: la verdad es que dentro de mí había un vacío, un abismo enorme con zarpas y dientes agazapado detrás de mi vida cotidiana.

»Mi ansia decía: "Ahora verás quién es la más fuerte, gilipollas de mierda". Y mi sentido común se tronchaba de risa porque se lo tomaba a broma.

»Llegué al final del camino, aparqué en el lugar de siempre, donde solíamos vernos Angela y yo cuando planeábamos alguna travesura, fumarnos un pitillo, tomarnos una cerveza o hablar de cosas serias. Enseguida me di cuenta de que su moto no estaba.

»El sentido común dijo: "Mejor, así estás a salvo".

»Mi ansia replicó: "La muy hija de puta ha vuelto a fallarte. Su querido Fabio la habrá llamado en el último momento diciendo que tenía un rato libre y ella ni siquiera se ha dignado a enviarte un SMS para avisar".

»Al cabo de cinco minutos oí el ruido de un escúter y me di media vuelta: era ella. Iba derrapando con su SR.

»Llegó a mi lado y apagó el motor. La imagen que más a menudo volvería a mi cabeza *después* sería el momento en que se quitó el casco. La naturalidad de aquel gesto, que demostraba hasta qué punto me infravaloraba y se fiaba de mí. No me miró, ni siquiera me saludó. Estaba pegada al móvil porque tenía otros asuntos rondándole la cabeza.

»A fin de cuentas, no es de esperar que la más chunga de la clase lleve un cuchillo en la mochila, ¿verdad?

»Tenía la garganta seca, la boca sin saliva, el corazón frío.

»Esperé a que acabara de intercambiar mensajes con Fabio, algo que salió a la luz durante la investigación, pero a mí no me hacía ninguna falta tanta investigación para saberlo. Hablando de Fabio, acabó perdiéndolo todo: el trabajo y la familia. Incluso diría que, después de que la prensa abundara en detalles sobre su historia con Angela, tuvo que marcharse de Rávena.

»A todas esas, yo tenía la mirada fija en las enormes grúas del puerto que impedían ver el mar, en el agua pantanosa del canal, en las barcazas que desfilaban a lo lejos. No solté ni una palabra, ni siquiera cuando Angela se bajó de la moto y tuvo a bien dirigirme la palabra: "¿Qué hay? ¿Qué querías decirme?". Tampoco entonces abrí la boca. No podía.

»El ansia me sugería que lo mejor sería ir a un lugar aún más apartado. Que tenía que mostrar la misma frialdad y eficacia que Jill Valentine en *Resident Evil*, como si aquello fuera un videojuego. Mientras tanto, a unos pocos kilómetros de distancia, los bares ponían música a todo trapo, los chiringuitos estaban a rebosar de familias, de niños, y de las playas llegaba una alegre algarabía que se difundía por todo el pueblo de Marina.

»Conseguí soltar unas palabras: "Vamos a dar un paseo, hasta donde está la barca del revés". Fuera nos alumbraba un manantial de luz; en el pinar la sombra era tupida y helada. Fuimos adentrándonos en la espesura, lo mismo que el verano anterior, cuando ella me había obligado a seguir a aquellos dos desconocidos que luego nos habían retratado medio desnudas.

»A mí aún no me había dado por dibujar. Empecé *después*, cuando ya estaba en chirona. Sin embargo, de entre todas las cosas —muchas, demasiadas— que no le perdonaba, estaba también aquella tarde en el pinar, cuando estuvimos posando en *topless* para unos tíos que tendrían unos cuarenta años. Algo obsceno que ella quería y yo no. Porque ella era una exhibicionista, una criatura hermosa, llena de vida, y yo no.

»Al rato me soltó: "Te noto rara". Y no le faltaba razón, porque seguro que mi cara tendría este color. —Emilia señaló un tapete blancuzco—. El sentido común volvió a asomar, pidiendo a los gritos que buscara una excusa y me fuera. El ansia, en cambio, notaba el peso del cuchillo dentro de la mochila, debajo de la toalla.

»Mientras avanzábamos por el camino lleno de zarzas y agujas de pino que nos herían los tobillos y los pies protegidos solo por unas chanclas, Angela empezó a contarme algo a propósito de su madre: que estaba empeñada en llevarla de vacaciones a Grecia a mediados de agosto, pero ella no soportaba la idea de separarse de su dichoso Fabio durante dos semanas y por eso no quería ir. Yo percibía su cháchara como a través de una capa de algodón. Me zumbaban los oídos, los sonidos del exterior resultaban confusos; incluso el bullicio obsesivo de las cigarras que chirriaban en las ramas trenzadas hasta el punto de oscurecer el cielo me llegaba amortiguado.

»Al salir del pinar, el sol volvió a incendiarnos. Instintivamente, cerré los ojos. Aturdida por la luz, sentí que me flaqueaban las piernas. Mi respiración retumbaba desde el interior y lo inundaba todo. En cambio, el corazón latía lento, muy lento, como si estuviera a punto de pararse.

»La que nosotras llamábamos "la barca del revés" era un simple casco de madera abandonado en un meandro, un lugar en el pinar donde se había abierto un claro que daba al agua pantanosa. Un sitio donde, por mucho que gritaras, nadie podría oírte.

»Tuve que apoyarme en la barca. Me restregué los ojos, intentando focalizar el lugar a pesar de tanta luz. Subí el nivel de alerta para advertir cualquier movimiento furtivo de animales o personas, cualquier figura que acechara en la oscuridad. El ruido de una piña al caer me sobresaltó. Mientras tanto, Angela, tan tranquila, exponía la cara al sol para broncearse.

»Intenté calmar los nervios. "Tú, tranquila —me decía—, que aquí no llega nadie, y menos aún de día." Por ahí veías condones usados, colillas y las típicas jeringuillas que tanto preocupaban a mi madre cuando hablaba conmigo. El fondo del pinar era un lugar peligroso, como el fondo de la negrura. El agua estancada olía a petróleo, a podrido, a fin de la historia.

»Sin embargo, desde allí, si me lo proponía, hubiera podido ver el mar.

»Medio escondido, pero deslumbrante. Hermoso, abierto, limpio.

»Pero yo no quería.

—Solo hablaba ella. Yo seguía callada.

»Cuando interrumpió la cháchara para preguntarme qué narices tenía que contarle que fuera tan importante, me di cuenta de que tenía que buscar una buena excusa y empecé a farfullar, como si estuviera frente a la pizarra intentando salir bien parada de una prueba: "Es sobre un chico...".

»"¿Ahora resulta que sales con alguien?" Se rio, y aquella carcajada me puso de los nervios. Me cabreé como una mona, *ipso facto,* y la tensión fue subiendo, como cuando te pasas cuatro horas disparando en *Resident Evil.*

»"¡Anda ya! No me lo creo..." Claro que no me creía. ¿Cómo podía ser que *yo* estuviera saliendo con alguien? Efectivamente era una mentira, la cita era una mentira. Nuestra amistad también lo era.

»De todas formas, ella siguió dale que te pego con el dichoso Fabio, y yo esta vez estaba encantada de que lo hiciera porque tenía el estómago revuelto. Me habría gustado decirle un montón de cosas, pero me fallaban las palabras. Eran como el aire: evanescentes. Ahora que me hacían falta, no las encontraba.

»Me he ido dando cuenta, o puede que solo me dé cuenta ahora, de que, si hubiera logrado expresarle el odio que sentía, el rencor y mi amor, aunque ponzoñoso, si hubiera soltado toda aquella maraña de sentimientos desesperados que llevaba atascados en la garganta, la habría salvado y me habría salvado.

»En vez de eso, nos sentamos encima de aquel casco pintado de rojo, con el barniz que se iba soltando como si fuera piel descamada. La barca se llamaba Esperanza, aunque la P y la Z ya casi no se veían.

»Angela se echó hacia atrás apoyándose en los codos para que le diera más el sol, con los ojos cerrados y el pelo apartado. Una postura que la dejaba completamente inerme.

»Estábamos a cuarenta grados y yo, muerta de frío, con los dientes que me castañeaban.

»Yo ya no encontraba mis palabras, y ella en cambio seguía con lo suyo. ¿Qué me estaba contando? ¿Hablaba de Fabio? No lo sé, porque ya no la oía.

»Había colocado la mochila cerca de mí, del lado opuesto a donde estaba ella, para que no se viera. Me agaché, abrí la cremallera y metí una mano dentro para palpar el mango del cuchillo debajo de la toalla, de la crema solar, del paquete de compresas, por si las moscas. Hacía tan poco que había estrenado la adolescencia... o puede que nunca la estrenara.

»Estaba al borde del abismo: se trataba de unos pocos centímetros, milímetros. Podría haber caído una piña, podría haber asomado una nutria, alguien en una barca de pesca lo bastante cerca para vernos. Pero eran las dos de la tarde y el mundo estaba vacío. Agarré el cuchillo y lo hundí en su vientre con toda la fuerza que tenía en el cuerpo.

»Como se puso a chillar, acto seguido se lo clavé en la garganta.

La mirada de Emilia estaba ahora completamente apagada. El tono de voz, monocorde. Inmóvil en la silla, las manos abandonadas encima de la mesa, palidísima.

—Tú haces lo que haces, pero ni tú crees que lo estás haciendo.

»Hay una parte de ti que piensa que lo está haciendo, pero la otra está convencida de que al final pasará algo que resolverá el embrollo. Que aparecerá el hada madrina, el duende de los dibujos animados, alguien que soltará una risotada y dirá: "Chicas, se acabó la fiesta".

»Es algo parecido a un pensamiento mágico, como volver a creer que existe Papá Noel. Estás hundiendo el cuchillo en el cuerpo de una persona, tu mejor amiga; ella lucha para defenderse, te araña, y tú piensas: "Ahora vendrá la ambulancia, se la llevarán al hospital y dentro de tres días estará como nueva".

Emilia encogió las manos en un puño y cerró los ojos. Vi cómo todo su cuerpo se contraía al esforzarse por continuar.

—Luchó como una fiera. Tuve que ponerme encima de ella, aplastarla con mi peso para que dejara de gesticular, mientras las astillas de madera podrida nos arañaban las caderas, la espalda, los brazos. Hay que ver cuántas ganas de vivir tenía, cuántas...

»Obvio: tenía dieciséis años.

»La verdad es que no quería darle en la garganta, pero mi corazón se volvió oscuro, negro. Y llevaba tanta rabia dentro que ya no sabía cómo parar. La vida entera fue discurriendo ante mis ojos.

»Mi madre, que de niña me llevaba a los Baños Amore y yo arrastraba una redecilla llena de figuritas para dar forma a la arena; las castañas que recogíamos aquí, en Sassaia, con la tía Iole; los domingos pasados en la cama de matrimonio, acurrucada entre mi padre y mi madre, los tres tapados con el edredón. Lo mismo que te pasa cuando mueres, dicen. Porque yo me estaba muriendo. Con ella.

»Veía sus ojos apagarse y yo me apagaba también. En aquella especie de sueño, videojuego o película que resultaba ser la realidad. Su batita de verano amarilla que se volvía roja, su bikini con un estampado de limones de la costa amalfitana, y ella, con la garganta partida en dos, apenas respiraba.

»Entonces le di aún más fuerte, pero esta vez fue un gesto piadoso. Y vi cómo se apagaban aquellos ojos tan hermosos, dejando que el alma los abandonara. Sin que yo pudiera ya detenerla.

»¿Verdad que no parece posible matar a una persona?

»Cuando murió, antes de huir, la abracé.

Los ojos de Emilia eran dos agujeros negros, su rostro exhausto daba grima. Estaba ausente, era incapaz de mirarme.

Mientras la luz dorada del amanecer se difundía por la habitación, yo me puse a llorar a lágrima viva.

Por Angela Massia, que ya descansaba en paz, muerta de mala manera a los dieciséis años.

Por Emilia, que a su misma edad había matado a una persona.

Por mí, que a estas alturas no sabía qué hacer. ¿Irme, quedarme o dar cabezazos contra la pared?

Decidí levantarme. La cogí por debajo de las axilas y la ayudé a subir trabajosamente la escalera. La metí en la cama y luego me eché a su lado.

Agotado, me quedé ahí, tumbado junto a una asesina. ¿Qué diferencia había entre ella y yo? Ninguna.

Éramos dos seres humanos. El acto que ella había cometido habría podido ejecutarlo yo; era una posibilidad que todos albergábamos en nuestro cuerpo y en nuestro interior: ¿el alma, el abismo?

Incapaz de dormir, durante un buen rato presté oído al sonido del bosque, de los pájaros, del mundo que se despertaba, conmovedor, hermosísimo, y volvía a empezar después del invierno. De repente, me di cuenta de lo precaria y maravillosa que resultaba toda la bondad que había en nosotros y en la materia, del cuidado que merecía, costara lo que costara. Entonces, ¿qué era la maldad?

El no saber perdonar.

PARTE III
EL MAR

35

El extenso prado que rodea la pequeña iglesia de Donato estaba cubierto por una niebla de dientes de león que se esparcían en el viento, confiándole sus semillas.

Con la espalda apoyada en el tronco del único roble que me ofrecía sombra, recuerdo haber observado durante un buen rato aquellas semillas suspendidas en la luz de la tarde, con el corazón lleno de miedo, pero también, y más fuerte que el miedo, de esperanza.

Aquel día era el 22 de junio de 2016. Esa misma noche Emilia y yo nos iríamos de viaje. Sin fecha de vuelta, decididos a tomarnos el tiempo que hiciera falta.

Sin embargo, antes de hablar del viaje, quisiera describir los sucesos más significativos de la primavera que acababa de transcurrir. Lo hago para no dejar de lado a nadie: somos una comunidad huraña, difícil; pero una comunidad, a fin de cuentas.

Empecemos por el *Juicio universal* de Alma: la restauración se llevó a cabo. Es más: Emilia y el Basilio acabaron el trabajo a tiempo para las fiestas de Semana Santa, lo cual surtió un efecto casi milagroso en mis conciudadanos. Los dos recibieron un gran aplauso cuando el cura los llamó para que se acercaran al altar; sin embargo, el reconocimiento unánime no pareció importarles demasiado. Dieron las gracias inclinando la cabeza y con una media sonrisa, pero enseguida volvieron a sus puestos.

El día siguiente se fueron a trabajar a Novella, una aldea situada a veinte minutos andando desde Alma, aunque su objetivo era Donato, a treinta y cuatro kilómetros de Alma, en el último valle de la provincia, donde está la pequeña iglesia construida hace quinientos años de la que el Basilio se había enamorado cuando aún era un chaval. Y Emilia poco tardó en sentir la misma emoción: la *Piedad* tallada en madera, en especial, la conmovió hasta el punto de querer sacarse el carné de conducir en dos meses con tal de poder ir a trabajar allí.

A mí me tocó acompañarla a la ciudad más cercana para las clases teóricas y prácticas. Pasamos sábados y domingos enteros repasando las normas de tráfico. Puesto que en el valle no había aparcamientos grandes donde machacar a gusto el Seat, más de una vez tuvimos que bajar a la ciudad y buscar lugares apartados en hangares industriales para que ella aprendiera a dominar el embrague y yo la paciencia.

Pero, erre que erre, lo consiguió, y desde finales de mayo pudo ir hasta Donato con el Basilio para hacerse cargo de la dichosa *Piedad*, que a ambos les parecía extraordinaria, y de una *Danza macabra*, una rareza por estos pagos.

En aquel período me sentía un poco solo, pero los viernes venía el Martino a comer a casa y luego bajábamos los dos al Samuray a jugar al futbolín en la terraza que Piero había abierto con la llegada del buen tiempo.

Por fin se acabaron las clases y organizamos la gran fiesta de siempre a orillas del torrente. Y sé muy bien que decir «gran fiesta», siendo una clase de trece niños, puede parecer exagerado; sin embargo, para mí, en 2016, lo fue de verdad. Participaron los padres, los hermanos, los primos, los maestros ya jubilados, y trajeron tartas caseras, galletas de la Rosa, trozos de *pizza* y zumos de fruta. Y además estaba Emilia.

Con ropa normal y corriente, por una vez en la vida: un vestido de algodón rosa con un estampado de flores que ponía en evidencia su gracia femenina en vez de recordarme el pasado carcelario. Incluso hacíamos broma con eso. Se vio con mis alumnos, aunque al Martino ya lo conocía, con sus padres, y reconozco que en esa ocasión Alma la acogió con benevolencia. Desde luego, ignoraban buena parte de su pasado y la juzgaban por lo que veían ahora: una mujer con el pelo limpio, los iris más claros y las ganas de aportar a la fiesta. A fin de cuentas, creo que es de justicia entregar nuestro lado más negro solo a quien nos ama.

Patrizia se puso colorada y agachaba la cabeza cada vez que cruzaban la mirada, aunque Emilia en un determinado momento incluso se ofreció a ayudarla a repartir las porciones de pastel. Me reí un montón al ver el espectáculo: Patrizia balbuceando y Emilia muy puesta en su versión de joven aldeana. Nunca le dije que había sido ella quien me había entregado el maldito artículo de prensa. ¿Para qué? Ciertas cosas es mejor dejarlas correr.

Luego empezó para mí ese período del mes de junio en que ya no trabajaba, pero tampoco estaba de vacaciones. Los días comprendidos entre los exámenes y la entrega de las notas eran un tiempo muerto, tan muerto que decidí unirme a Emilia y al Basilio, embutido en los asientos de atrás del Seat con unos cuantos libros, una petaca y un bocadillo.

Al principio protestaron. Les parecía un intruso y me lo dejaron muy claro: «No queremos que nadie nos moleste mientras trabajamos», pero a mí ni se me ocurría entrar en la iglesia. Me quedaba fuera y leía a la sombra de un gran roble.

La colina en la que se encuentra la pequeña iglesia de Donato queda lejos de los coches y del pueblo; solo se puede acceder andando por un camino de grava. Las montañas que la rodean, al contrario que las de Sassaia, no se cierran hasta casi tocarse, sino que se dilatan y se ablandan cerca del valle de Aosta. Allí está el límite de la provincia y de la región, donde acaba el pequeño mundo de Emilia y mío y se anuncia lo ajeno, que se desdibuja en una bruma tan azul como el mar.

Aquel día, el 22 de junio de 2016, también los acompañé, aunque antes de la medianoche nos iríamos de viaje y lo suyo habría sido quedarme para ir organizando las cosas: las bolsas, las flores, las tareas de casa. Pero el día era demasiado hermoso, con el cielo limpio y el viento dulce, y la pequeña iglesia conseguía serenar a todo el mundo, incluso a mí cuando estaba a punto de emprender aquel viaje.

Mientras ellos se ocupaban de la *Piedad*, de la *Danza macabra* y de una de tantas Vírgenes negras, yo saqué de la mochila la última redacción de Martino Fiume.

Había hecho una fotocopia para guardarla, aunque en teoría estaba prohibido. La primera vez que la leí, me fui directo a ver a Patrizia en la sala de profesores y se la restregué por la cara. «Aprobado», le había soltado. Hacía cinco meses que no le dirigía la palabra. «Me las traen al pairo el examen de matemáticas y la media de las notas. Fiume aprueba con un sobresaliente en italiano.»

El futuro: de eso tenía que hablar la redacción. Imagina qué te gustaría hacer, dónde te gustaría vivir y quién te gustaría llegar a ser de mayor.

El Martino había puesto toda la carne en el asador y yo lo iba vigilando. No se había movido del pupitre de la última fila, al lado de la ventana, pero ahora quería hacerlo bien y solo levantaba los ojos del folio para tomar aliento. Había cometido un único error: *cojer*, y yo hice como que no me había fijado en la dichosa jota.

Aquella tarde volví a leer la redacción, prestando especial atención a las frases finales:

Quiero subir hasta la cima del monte Cresto con Niebla trotando a mi lado, en un día despejado, y desde allí arriba quiero decirle adiós, o puede que hasta la vista, a mi valle.

No sé quién soy, quién quiero ser.

Lo decidiré paso a paso, prestando oídos a lo que me dice la vida.

Cuando ya pasaban de las once de la noche, cerramos ambas casas y fuimos bajando por Stra' dal Forche con las linternas, las mochilas, las bolsas de viaje y las flores.

Sabíamos que al viajar de noche no encontraríamos tráfico y lo importante era llegar al amanecer, cuando la gente aún dormía. Había repasado más de una vez el recorrido para no equivocarme, me lo sabía de memoria, pero, de todas formas, me iba diciendo: «Calma, no vamos con retraso».

Metimos las bolsas en el maletero y colocamos las flores en los asientos de atrás, con delicadeza, como si fueran nuestros niños dormidos. A esa hora Alma parecía un pequeño belén resguardado en una vitrina de cristal, tembloroso a la luz de las pocas farolas que lo iluminaban. Cerré la puerta del garaje, puse en marcha el coche y dejamos atrás el mundo que conocíamos.

Volvimos a recorrer la carretera provincial que lleva al Tartana y, cuando pasamos por delante, Emilia esbozó una media sonrisa. Más tarde llegamos al peaje y cruzamos la frontera de nuestra tierra. Entonces ella reclinó el asiento, se echó y cerró los ojos. Yo mantenía la velocidad de crucero. La A4 estaba despejada, a excepción de unos pocos camiones con matrícula de Polonia, Hungría y Eslovenia. La llanura se hundía en una masa de petróleo uniforme. Me deslicé lentamente en la noche, con el zumbido del motor y la respiración de Emilia como única compañía.

Solo cuando llegamos a Milán, recorriendo la carretera de circunvalación, ella abrió un poco los párpados, como si supiera dónde estábamos. Se colocó recta en el asiento y fue fijándose en las luces, los grandes edificios, los carteles publicitarios, y musitó con ternura un «Hola, Marta». Acto seguido, volvió a dormirse.

Tenía que acudir a la cita en las mejores condiciones. Yo, en cambio, solo iba de chófer. No era el protagonista, sino el cómplice de un plan que habíamos urdido juntos, durante semanas, cuidando los mínimos detalles. Sin embargo, el corazón me iba a mil por hora.

Cuando casi estábamos en Bolonia, volví a mirarla: dormía de lado, con la boca entreabierta y la frente despejada, como quien descansa tranquilo porque ya ha tomado una decisión. Y me pareció mejor no avisarla, cabalgar los recuerdos y seguir adelante: hacia los lugares de su vida que yo nunca había visto.

A las cinco y cuarto en punto, de acuerdo con el horario establecido, aparqué el coche a pocos metros de la entrada lateral, bajo una hilera de pinos marítimos, mientras desde el este ya nos llegaba una marea de luz aún pálida.

La desperté:

—Emilia, hemos llegado.

El cementerio monumental es un lugar intacto, impregnado de paz, y de ahí que se parezca a Donato, a Sassaia, a todos nuestros valles. Separado de la ciudad, es una isla de silencio delimitada por un canal, por la petroquímica y por el campo abierto.

A esa hora estaba cerrado, pero eso formaba parte del plan.

Emilia se colocó la capucha de la sudadera y abrió de par en par la puerta del coche.

—Te ayudo a saltar la valla —le dije.

—No. Tú pásame las flores y vuelve al coche, como teníamos previsto.

A pesar de las horas de viaje, las flores habían aguantado. Eran gladiolos, margaritas, begonias, dalias: las más hermosas que el Basilio y yo habíamos cultivado. Iban repartidas en dos ramos.

Bajamos del Seat y cruzamos el *parking* de tierra sin asfaltar. La iglesia y la floristería estaban cerradas y no se veían coches en los alrededores. Cuando llegamos a la entrada lateral que ya habíamos marcado en el mapa, no pude resistir la tentación de levantar los ojos y mirar hacia las cámaras de seguridad: ahí las vi, y probablemente estarían en funcionamiento, pero también habíamos considerado este detalle.

—Aunque alguien me reconociera —había replicado Emilia a mis objeciones—, no tengo ninguna intención de vandalizar las tumbas. Solo quiero llevar unas flores sin encontrarme con nadie.

El cementerio abría a las seis y media. Incluso, habíamos consultado la agenda del día en el sitio web del Ayuntamiento: a las diez y media de la mañana estaba prevista una misa conmemorativa y la procesión de antorchas empezaría a las nueve de la noche, como cada año.

—¿Qué quieres que hagan? Como máximo, publicarán un artículo más. Y, desde luego, sería el mejor de todos los que han salido hasta ahora —comentó, esbozando una sonrisa.

La observé mientras trepaba por la verja y aterrizaba con un salto al otro lado. Le pasé las flores a través de los barrotes. El aire estaba cargado de energía, la luz acariciaba con delicadeza las tumbas y el silencio, y a mí me iba el corazón a mil, preocupado como estaba por ella.

—Ten cuidado.

Emilia cogió los dos ramos de flores y asintió con la cabeza.

Antes de volver al coche y cumplir con mi función de vigilancia, la miré mientras se adentraba en el gran cementerio, entre las tumbas de familias, las paredes tapizadas de nichos blancos y, más allá, los pórticos de la entrada monumental que custodiaban las sepulturas de las figuras ilustres.

Ya sabía adónde ir. Sus deportivas rechinaban al pisar el suelo de grava. Sus pasos eran el único ruido, el único en toda Rávena.

Lo primero que hizo fue visitar a su madre.

Agarró una escalera de metal y la colocó bajo la hilera de nichos. Descansaba en la fila más alta porque así lo había pedido: quería reposar cerca del cielo. Emilia subió los peldaños con la regadera que había llenado en una de las fuentes cercanas, cambió el agua del florero y sustituyó las flores marchitas por las que habíamos traído de Sassaia.

Estuvo un rato mirando el óvalo con la fotografía en color de Cecilia: una mujer joven, sonriente, rodeada de otros nichos y otras fotos en blanco y negro de personas ancianas, que evidentemente habían tenido más suerte que ella. «Pero esa no es la cuestión ahora», se repitió Emilia, que, si había llegado hasta allí, era para dejar que las cosas fluyeran.

Luego acarició la lápida y le dio un beso a su madre, los labios cálidos rozando la superficie de cristal. «Ahora tengo que irme, pero la próxima vez pasaré más tiempo contigo.»

Su madre no era de las que se dejan llevar por los celos: comprendía muy bien el orden de prioridades de aquel día. La luz aún era tenue y difuminada, pero emergía del suelo cada vez con más fuerza. Dentro de cuarenta minutos llegaría el encargado.

Emilia se bajó de la escalera y tiró las flores marchitas en una papelera. Luego, con el segundo ramo en una mano y la regadera en la otra, se encaminó hacia la parte central del cementerio.

Tenía que buscar el ángel de mármol rosa. «Está siempre tan cuidado que parece nuevo —le había dicho su padre—, y destaca entre las demás esculturas.» Seguro que lo encontraría. Él había ido muchas veces, aunque desde luego no lo había hecho un 23 de junio o un 2 de noviembre, pero a lo largo de aquellos quince años siempre le había llevado unas flores.

En cambio, para Emilia era la primera vez, pues no podía ser de otra manera. Mientras recorría el paseo principal que cruzaba el cementerio, su corazón andaba desbocado, como si estuviera a punto de renacer.

Enseguida la reconoció. Era la más hermosa: una tumba llena de flores frescas, peluches, papeles con dibujos. El ángel que la amparaba tenía los ojos cerrados, pero sonreía.

Emilia dejó la regadera en el suelo. Cogió el ramo de flores con ambas manos y se lo llevó instintivamente a la altura del corazón.

—Aquí estamos, otra vez, tú y yo —dijo con la voz rota.

Observó el retrato que había elegido su familia. Puede que fuera la foto del día de la confirmación: vestida de blanco de pies a cabeza, con una corona de flores en el pelo y la mirada limpia de alguien que mantiene sus promesas.

—Yo habría elegido otra foto —soltó Emilia intentando esbozar una sonrisa—. En la playa, en traje de baño.

Qué jodido era quedarse allí, de pie, con el cielo entero encima de ella. Emilia miraba el retrato y dejaba que las lágrimas rozaran en silencio sus mejillas.

—Angela, tengo treinta y un años, casi treinta y dos. Y tú tienes dieciséis.

Buscó un jarrón para poner las flores. Había unos cuantos vacíos, que seguramente había dejado su madre por si alguien iba a la tumba ese día. Emilia llenó el suyo y lo colocó en el centro, solo un poco más arriba de la leyenda en letras de plata que rezaba:

ANGELA MASSIA
1/10/1984 – 23/6/2001

Se quedó mirando aquellas dos fechas un buen rato.

Luego se sentó en la hierba con las piernas cruzadas.

Eran las 5.57. El móvil no vibraba, señal de que nadie se acercaba.

Podía tomarse su tiempo. Quedarse sola con ella en este mundo terrenal y encontrar por fin las palabras.

—Le he dado mil vueltas —dijo, sacudiendo la cabeza en un gesto de desolación—. A veces pensé que me volvería loca; pero, por mucho que yo haga, tú no volverás a vivir. Tengo que aceptarlo.

»Nunca saldremos a cenar para dejar las cosas en claro, ya no liaremos porros juntas, no iremos a bañarnos a las doce de la noche. Y ya no volveremos allá, al Stradello.

Las lágrimas enturbiaban su voz, le nublaban la vista; sin embargo, quería seguir mirando de cerca el rostro enmarcado por el anillo de plata.

—No puedo hacerme a la idea de que ya no estás. Porque la culpa es mía. Fui yo quien lo decidió y lo quiso así. Bien mirado, no fui yo, sino aquella pobre desgraciada, aquella miserable, aquella persona triste que yo era entonces. Odio a aquella chiquilla. Porque tu madre, tu padre y tu hermano te perdieron, pero también te perdí yo.

Se empeñaba en dar con las palabras que nunca había encontrado, con la esperanza de que, desde quién sabe dónde, Angela pudiera oírlas. Con la esperanza de que, contra todo pronóstico, en el mundo existiera una pizca de magia.

—Me licencié en Bellas Artes. Me pregunto qué habrías estudiado tú, en qué ciudad. Lo más probable es que fuera en Bolonia. Habríamos ido juntas. Yo no habría visto la ciudad a través de unos ventanales con barrotes y tú te habrías licenciado en Medicina o en Derecho. Habrías salido con alguien mejor que Fabio, eso te lo garantizo. Pero yo no permití que te hicieras mayor. ¿Y ahora cómo lo arreglamos, Angela?

Emilia se llevó las manos a la cara y siguió hablando:

—Te lo robé todo, incluso las cosas más tontas, qué sé yo: un paseo, un sorbo de Coca-Cola, un beso. Convivir con eso cuesta un montón. Sería más fácil morir, acabar de una vez. Pero no quiero ser una cobarde. Entonces, se me ha ocurrido... —se quedó a cara descubierta, mordiéndose fuerte la lengua para no volver a llorar— que a partir de ahora voy a dedicarte todo lo bueno que me pase en la vida. No quiero huir de lo que hice; al revés, quiero recordarlo. Como no puedo devolverte la vida, por lo menos viviré por ti lo que me quede de la mía.

Se puso de pie. A esa hora el cielo ya estaba lleno de luz.

Después de matarla, aquel día había venido aquí, al cementerio. Embadurnada de sangre, se fue corriendo hasta la moto y condujo sin casco, sin mirar por dónde iba, deseando tener un accidente. Instintivamente, sabía qué le correspondía hacer.

Al llegar, había agarrado una escalera y se había sentado en lo alto de todo, frente a la lápida de su madre. Le había pedido: «Mamá, no me mires. Doy asco». Sabía, aun sin saberlo a ciencia cierta, que tenía que ir a una comisaría, a un cuartel, a entregarse, a ponerse a disposición de la justicia. O como narices se dijera.

Lo sabía porque, de lo contrario, nadie encontraría a Angela, o quizá sí, pero demasiado tarde, y cabía la posibilidad de que una bestia le hiciera algo peor de lo que ya le había hecho ella.

Pero antes tenía que decirle a su madre que la quería. Y luego sacar el móvil de la mochila y llamar a su padre, decírselo a él también, y así joderle para siempre la vida. El cuchillo lo había dejado ahí, al lado del casco de Esperanza, la barca sin P y sin Z.

Emilia metió una mano en el bolsillo de la sudadera y sacó el papel en el que había dibujado el retrato de Angela aquella noche en Sassaia, conmigo. Desdobló la hoja y la colocó cerca del jarrón con las flores.

Después también la besó a ella, rozando con los labios el cristal del retrato, y se fue justo a tiempo, cinco minutos antes de que el encargado abriera la verja.

El amanecer las había protegido.

EPÍLOGO

Antes de continuar nuestro viaje hacia el sur, fuimos a visitar a Riccardo en el chalé adosado en el que Emilia había sido criada y de donde nunca hubiera querido marcharse. También los padres de Angela habían seguido en la casa de al lado. Por eso, al bajarse del Seat, Emilia agachó la cabeza protegida por la capucha y aceleró el paso. Yo instintivamente también me sentí algo incómodo. Nos habíamos embarcado en aquel viaje con la intención de remediar lo que ya no tenía remedio, de cerrar cuentas que no podían cerrarse.

Aún no eran las siete de la mañana cuando aparcamos frente a la verja donde nos esperaba Riccardo, impecable incluso a primera hora de la mañana, con una camisa de lino blanca y unos pantalones azules con raya. Nos preparó el desayuno y le preguntó a Emilia qué tal había ido, pero a ella no le apetecía hablar del tema; aún tenía los ojos hinchados y enrojecidos de tanto llorar.

—Le he pedido a Camilla que coma con nosotros —dijo—. Tiene muchas ganas de conoceros, o sea que más vale que digáis que os parece bien. Además —añadió dirigiéndose a mí—, te prohíbo conducir si antes no descansas por lo menos un par de horas.

En efecto, estaba exhausto: se me cerraban los párpados e iba dando cabezazos.

—Yo no subiré con él —dijo Emilia indicando el piso de arriba.

Se trasladó de la mesa al sofá del cuarto de estar y no pude por menos que darme cuenta de que ponía mucho cuidado en quedarse lejos de las ventanas, entiendo que por miedo a que los vecinos, *aquellos* vecinos, advirtieran su presencia incluso ahora, incluso dentro de casa. No había remedio.

—Ya me ocupo yo —contestó Riccardo, acompañándome escaleras arriba y luego por un pasillo hasta llegar a la antigua habitación de Emilia.

Al abrir la puerta, enseguida noté un olor que me era conocido: era el mío mezclado con el de Valeria. El olor de un cuarto que se había quedado anclado en los años de bachillerato.

Riccardo me señaló la cama y yo me fijé en su rostro. Penetré con la mirada sus ojos muy cansados, pero aún vivos, luminosos. «¿Cómo lo conseguiste? —me habría gustado preguntarle—. ¿Cómo lograste quedarte a su lado siempre, sin condiciones? ¿Cómo te las apañaste para compartir con ella el horror, para cargar con tanto peso, si eras, y sigues siendo, inocente?»

Sin embargo, las preguntas murieron en mi garganta porque me di cuenta de que ya sabía la respuesta: yo estaba haciendo lo mismo que él.

Riccardo sonrió, como si me leyera el pensamiento; luego me deseó que descansara y cerró la puerta. Yo me quedé allí, solo, con las persianas bajadas y los peluches polvorientos. La colcha ligera que vestía la cama llevaba dibujos de cachorros y estrellitas. Teniendo en cuenta los dieciséis años de Emilia, quizá había demasiados peluches, colocados en varios estantes, encima de la cama, en un cesto de mimbre; en cambio, escaseaban los libros: solo textos escolares apilados encima del escritorio. Colgando de las paredes, y pegados con chinchetas, había algunos pósteres de las Spice Girls, de Leonardo DiCaprio, de *Beverly Hills 90210*.

Me quité los zapatos, me senté en la cama y presté atención a la anónima grisura de aquella habitación de chica. Intenté imaginar qué había en los ojos y en el corazón de Emilia la última vez que estuvo allí, antes de bajar a la cocina y agarrar el cuchillo.

Fue en aquel instante, con la luz del día que entraba con ganas, filtrándose a través de las ranuras de las persianas, cuando decidí que en cuanto volviéramos a Sassaia lo pondría todo por escrito. Sin dejarme nada.

La respuesta era el amor. Si quieres a una persona, no puedes prescindir de quien es y de quien ha sido. No puedes descomponerla y quedarte solo con las partes que más te convienen. Debes aceptarla entera.

Y yo tenía que escribirlo porque, digan lo que digan, las palabras sirven de algo.

Sirven para vivir, recordar, comprender. Sirven para dejar una huella y no desaparecer del todo, para que no muera la gente a la que queremos. Y porque, si un día llegamos a tener hijos, es necesario que la verdad se encarne en un testimonio. Hoy por hoy ni Emilia ni yo estamos por la labor, pero ¿qué derecho tienen dos personas como nosotras, que daban sus vidas por perdidas y luego, al encontrarse, han cambiado, a descartar sin más algo que pertenece al futuro?

Cuando reemprendimos la marcha después de comer, con la promesa de que Riccardo y Camilla vendrían a vernos y se quedarían unos días en Sassaia en agosto —desde luego, espacio no nos falta—, Emilia me contó lo del cementerio y supe todo lo que le había dicho a Angela, aunque ya entonces aquellas palabras le parecieran demasiado escuetas, poca cosa.

—Volverás —le dije para tranquilizarla.

Mientras tanto, Italia fluía a nuestro alrededor y cambiaba. Empezó encrespándose y endureciéndose mientras cruzábamos los Apeninos, para luego vestirse de un verde espléndido en Umbría y remodelarse de nuevo en las tierras del Lacio, entre campos, pueblecitos enrocados y rebaños de ovejas que dormitaban en las manchas de sombra.

Rodeamos Roma gracias a la carretera de circunvalación. Aunque no entramos y solo fuimos viendo los grandes bloques de casas de la periferia, la capital nos impresionó. Una mezcla de estupor ante toda la grandeza y todo el peso de la historia que se imponía, una sensación de euforia infantil y casi diría que de gratitud.

No hablábamos demasiado; estábamos cautivados por los nuevos paisajes, por las autopistas cargadas de coches que llevaban al mar, por los chiringuitos que vendían bocadillos a lo largo de la vía, por los mercadillos que surgían en los cruces de carreteras, por los restos de la antigua Roma que aparecían entre los pinos marítimos. El quehacer del mundo. Y nosotros formábamos parte de eso.

Solté una mano del volante, busqué la de Emilia y la agarré fuerte.

Ahí estaba mi hermana, de pie en la acera, delante del portal correspondiente a la dirección que me había dado. Iba muy maquillada, con el pelo teñido de negro y dos mechones color violeta; llevaba puesta una minifalda de piel y unos zapatos con plataforma de corcho muy vistosos.

Cuando me bajé del coche y me acerqué a ella, al principio le costó reconocerme. Yo, en cambio, no habría dudado ni un segundo en saber que era ella. Aunque ya tuviera arrugas y a sus cuarenta y tres años se le notaran las piernas pesadas, para mí seguiría siendo la Bruja de los Bosques.

Nos dimos un gran abrazo sin pronunciar una sola palabra, respirando juntos, y yo me comí las ganas de llorar porque ella, de pequeños, siempre me echaba una bronca cuando me ponía en plan «sentimental».

Luego nos separamos sin levantar la mirada, llenando el silencio con comentarios a propósito del calor, del tráfico y de la gasolina, que había subido de precio, mientras sacábamos el equipaje del maletero. Lo subimos todo a mano, hasta una tercera planta sin ascensor, y entramos en su piso de dos habitaciones. Abrimos el sofá cama, colocamos los cepillos de dientes en el baño y colgamos las pocas prendas delicadas en un armario.

Tuvimos que darnos prisa porque no podíamos permitirnos llegar con retraso. Valeria estaba de los nervios.

—Es el mejor restaurante de Ostia y exigen puntualidad. ¡No te sirven un entrante por menos de veinticinco euros!

Yo entendía muy bien que ese era su gran momento. Puede que hubiera vivido ahí una velada memorable y ahora se moría de ganas de volver, de volver con nosotros.

Emilia y yo nos cambiamos de ropa deprisa y corriendo, nos peinamos y acicalamos y nos fuimos con Valeria hasta el paseo marítimo de Ostia, donde estaba el dichoso local «famosísimo, elegantísimo y prestigioso». Donde, efectivamente, nos acogieron unos camareros encopetados que nos acompañaron hasta una terraza muy acogedora y nos acomodaron en una mesa con mantel de hilo, velas encendidas y una tarjeta que ponía: PERALDO.

Nos sentamos los tres y nos entretuvimos mirando el mar en silencio.

No acababa de creerme lo que estaba pasando; me sentía abrumado por el hecho de encontrarme allí, frente al mar Tirreno, con Emilia y Valeria: mi familia.

Aún no había oscurecido del todo. Antes de abrir la carta del restaurante, Emilia se dirigió a nosotros:

—¿Me disculpáis un momento? Tengo que hacer una llamada.

Valeria y yo accedimos de buena gana.

—Faltaría más; estamos de vacaciones.

Emilia dejó las sandalias debajo de la mesa y se fue corriendo, descalza. Vimos cómo se alejaba camino de la playa y luego trepaba por una hilera de escollos hasta sentarse en el punto más alto.

—Hola, Rita.

—¿Con quién hablo?

Después de tantos años, era lógico que no reconociera su voz.

—Soy yo, Rita: Emilia Innocenti.

Se impuso el silencio, roto de repente por la emoción.

—Dios mío, no me lo puedo creer.

—Ya lo ves: cumplo con mis promesas —contestó Emilia esbozando una sonrisa.

Las olas rompían en la orilla salpicando su rostro; la sal penetraba punzante en sus fosas nasales y en la garganta.

—Dime qué tal estás, por dónde andas.

—¿En este momento? Te vas a reír... —Miró el mar que se abría ante ella, inquieto, irisado, inmenso—. Estoy sentada en una escollera.

—¿Frente al mar? ¿Ese mar que odiabas a más no poder y jurabas que nunca más volverías a ver?

—Pues sí; pero no es el Adriático, es el Tirreno. Hay que cambiar, ¿verdad? *Todo cambia.*

—Cuando Pavulli me dijo que Vargas y tú habíais ido a verla en febrero, me entraron ganas de matarla. ¿Qué le habría costado avisarme? Pero al final me alegré porque me di cuenta de que era una buena noticia.

—Quería contarte algo, Rita.

—Dime.

Emilia llenó los pulmones de viento y cerró los ojos.

—Esta mañana he ido a visitar su tumba.

De nuevo, el silencio; un silencio a su alrededor que Emilia logró interpretar como un abrazo.

—Le he llevado unas flores y un dibujo.

Fue entonces cuando Rita se dio el gusto de llorar.

—Se me metió entre ceja y ceja recuperarte y es lo más hermoso que he hecho en mi vida.

Emilia volvió a mirar el mar, la luz que desprendía su superficie. Vivir: hacía falta una fuerza extraordinaria para eso.

—Ahora más que nunca, Rita, quiero darte las gracias. Porque si hoy estoy aquí y te estoy llamando es porque no me dejaste sola. Nunca os rendisteis conmigo, nunca dejasteis de tirar de la cuerda: Pandolfi, Vilma, Pavulli, incluso Venturi. Y tú, Rita; sobre todo, tú.

La superficie del mar resplandecía en perpetuo movimiento, infatigable e inabarcable. Dos barcos de vela cruzaban el horizonte; la esfera solar que rozaba las aguas, en equilibrio, se eclipsaría al cabo de pocos minutos. Pero mañana resurgiría.

—Gracias por recordarme que hay algo bueno incluso en alguien como yo.

Bolonia, 23 de marzo de 2023

AGRADECIMIENTOS Y UNA NOTA

Nunca habría podido escribir esta novela, en la que todos los personajes pertenecen a la ficción, sin el encuentro profundamente revelador con la realidad. Es decir, sin la confianza y la generosidad de muchas personas que me permitieron acceder al centro de menores masculino de Bolonia. La oportunidad de conocer a los chicos presos, escucharlos, organizar con ellos talleres de lectura y escritura, ha sido una de las experiencias más significativas de mi vida.

Por darme esta oportunidad, doy las gracias a Salvatore Busciolano, juez honorario del Tribunal de Menores de Bolonia e imprescindible compañero de viaje.

Agradezco también la intervención de los jueces de menores Luigi Martello y Francesca Salvatore; de Alfonso Paggiarino, director del Instituto Penal para Menores; de Romina Frati, coordinadora de los educadores; de las profesoras Agnese Arena y Elena Maresi; de la trabajadora social Anita

Lombardi, y de todas aquellas personas que trabajan en el Instituto, cuya ayuda me ha resultado útil y conmovedora.

Doy las gracias a los chicos que han participado en los talleres, uno a uno: nunca olvidaré vuestros nombres, vuestros rostros, vuestra mirada. He recibido de vosotros unas enseñanzas vitales y humanas que superan con creces todo lo que he podido expresar con mis palabras y mis libros. Siempre seré fan vuestra cuando esté en juego vuestro rescate.

Y doy las gracias a Monica Malatesta, la primera lectora de *Corazón negro*.

Creo necesario añadir una nota para las nuevas lectoras y lectores. Teniendo que cuenta que la novela es una obra de ficción y permite ciertos ajustes, a la hora de escribir me tomé algunas libertades que tienen que ver con los lugares, los tiempos y la narración misma. En especial, creo importante señalar que la ley que ha trasladado de veintiuno a veinticinco años el límite máximo de permanencia en las cárceles de menores está fechada en 2014, pero la he cambiado para que Emilia y Marta pudieran pasar más tiempo juntas.